FRANCK & VAUTRIN

LES AVENTURES DE BORO,
REPORTER PHOTOGRAPHE

La dame de Jérusalem

Fayard

ISBN : 978-2-213-62209-5

Pour Simon et Marie

I

LE ROI DAVID

La fille en chaussettes

Le soleil cognait sur la façade en grès rose de l'hôtel King David. Le bâtiment surplombait les dômes et les clochetons de Jérusalem. Quelques stores abaissés dans les étages égayaient le pourtour géométrique du bâtiment dont les garde-corps s'accordaient mieux aux créneaux de la Vieille Ville que le toit plat, désespérément moderne.

Les sentinelles anglaises en faction devant les portes allaient d'une guérite à l'autre, baïonnette au fusil. Les chevaux de frise et les postes de garde interdisaient l'entrée de l'aile sud au personnel civil non accrédité par les services officiels de Sa Très Gracieuse Majesté. L'hôtel King David abritait le commandement militaire des forces britanniques stationnées en Palestine. La puissance mandataire avait installé ses quartiers d'occupation au milieu des dorures et des marbres où, avant elle, trois monarques déchus avaient trouvé refuge.

À midi, ce 22 juillet 1946, un taxi stoppa sous l'un des cyprès qui bordaient l'avenue, en face de l'hôtel, à quelques mètres seulement du chemin délimité par les chevaux de frise. Un cycliste était arrêté à l'angle sud-ouest de l'hôtel. Il porta sa main en visière et observa attentivement l'homme qui venait de descendre de voiture. Il était brun et de haute taille. Il portait une chemise légère en toile kaki, un pantalon de même couleur, des espadrilles. Son poignet droit était passé dans le lacet d'un stick qu'il balança avec désinvolture devant lui, le temps de récupérer la monnaie de sa course. Lorsqu'il se retourna, le cycliste nota que l'homme était mat de peau. Une lanière de cuir dégringolait sous la veste qu'il portait à l'épaule. Un appareil photo battait sur sa hanche.

C'était lui.

Le cycliste donna deux tours de pédale. L'homme parut à peine surpris de se voir accoster par une jeune fille aux cheveux courts qui l'interpella sans même descendre de sa selle :

– Blèmia Borowicz ?

Il sourit sans répondre.

– Je vous ai identifié grâce à votre canne et à votre appareil.

La jeune fille désigna le Leica.

– C'est moi qui vous ai téléphoné à Paris.

Il avait reconnu le timbre un peu las qui l'avait frappé la veille, lorsqu'il avait reçu l'appel. Il rentrait chez lui après une soirée prolongée avec la bande des Hongrois. Le téléphone avait sonné une première fois comme il pénétrait sous la douche, une deuxième fois alors qu'une pluie de gouttes salvatrices épongeaient peu à peu les volutes de la nuit, enfin au moment où il venait de s'abattre sur la couche moelleuse et pour une fois solitaire de sa chambre.

Il avait décroché.

Son interlocuteur ne s'était pas plus présenté qu'il n'avait demandé à lui parler personnellement. Il lui avait seulement enjoint d'embarquer pour la terre de Palestine afin de s'y trouver le 21 juillet dans la soirée. Pourquoi ? Qui parlait ? Par quel hasard ou selon quelle nécessité s'était-on adressé à lui ? Il avait posé toutes ces questions dans le vide.

Il avait dormi quelques heures. Moins pour se remettre que pour se préparer : à l'instant où son correspondant avait raccroché, Boro savait qu'il serait au rendez-vous. Il était homme avant d'être reporter. Depuis la capitulation allemande, il avait consulté des centaines de listes, traîné aux abords de l'hôtel Lutetia, questionné cent rescapés dont il espérait chaque fois qu'ils lui apporteraient quelques renseignements sur ses Chers Disparus : les hommes, les femmes, les enfants dont les destins avaient croisé son chemin pendant les cinq années de l'Occupation avant d'être emportés sur les routes de la prison et de la déportation.

Après le Débarquement, il avait suivi l'armée américaine comme photographe de guerre. Il s'était joint aux cameramen de la Naval Field Photographic Unit, commandée par John Ford, chargée de filmer l'ouverture des camps. Il avait vu les empilements, les entassements, les cordes et les potences, le noir de toutes les suies criminelles, les trous dans la peau et la peau sur les os fragiles, difformes, brisés, les regards béants, l'inhumain désespoir, le malheur et l'Holocauste. Il n'oublierait jamais. Il ne pardonnerait pas. Depuis de nombreux mois, cent visages bruissaient dans les cauchemars de ses nuits : Noémie Albenitz, les étudiants de la prison du Cherche-Midi, Samuel Stern et sa femme… C'est pourquoi il avait pris l'avion pour la Palestine quelques heures seulement après y avoir été invité : il espérait que son mystérieux correspondant lui avait été envoyé par une personne qui avait croisé l'un des siens dont il était sans nouvelles depuis la guerre.

Il tendit une main aimable à la jeune cycliste et confirma :

– Je suis bien Blèmia Borowicz… J'arrive de Paris.

– On vous a vu au contrôle des douanes, hier en début de soirée.

– *On?* questionna Boro.

– Des amis, éluda la jeune personne.

Elle avait le regard clair mais voilé, une froideur au bord des lèvres. Elle portait des sandales dans lesquelles étaient enfournées de grossières chaussettes de laine. Une chemisette militaire et un short court parachevaient une silhouette restant étrangement féminine malgré un accoutrement sans grâce. La jeune fille était toujours juchée sur son vélo. Son regard allait du reporter à la façade de l'hôtel King David.

– Pourquoi m'avez-vous fait venir ?

– Pour que vous accomplissiez votre travail.

– J'espérais autre chose, dit-il.

Il était déçu. Il ne saurait rien de plus. Son voyage ne lui ouvrirait donc aucun chemin menant aux ombres enlevées.

Il défit la lanière de son Leica et arma l'appareil.

– Un portrait ? Un paysage ?

– Ça, répondit la jeune fille en tendant le doigt en direction du flanc de l'hôtel.

– Je ne vois pas grand-chose de remarquable… Une camionnette, des serveurs qui en déchargent le contenu… Sans doute des bonbonnes de lait ?

– Cinq bidons. Et les serveurs sont de faux Soudanais.

– *Faux?* questionna Boro, soudain alerté.

– Photographiez-les.

Les faux Soudanais descendaient de lourdes bonbonnes d'un camion de livraison. Ils les firent rouler sur le trottoir, puis disparurent avec leur cargaison dans les cuisines du café Régence. Devant l'hôtel, des marchands arabes déambulaient. Du haut de leurs guérites, les sentinelles anglaises veillaient, mitraillettes braquées. Boro prit quelques clichés. Une sensation désagréable lui chatouillait la nuque.

– Ce matin, Ishak Avinoam a donné ses ordres à vingt et un combattants de nos forces d'assaut. Sept sont désormais à l'intérieur de l'hôtel.

La jeune fille montra le camion de lait.

– Si tout se passe normalement, ils doivent maîtriser le personnel des cuisines et placer les bonbonnes de lait au pied des colonnes. Ishak Avinoam branchera les détonateurs et les mécanismes d'horlogerie.

Boro regardait alentour, en quête d'un taxi.

– Les autres membres du commando sont les commerçants arabes que vous voyez cent mètres devant vous. Leur rôle consistera à retarder l'arrivée des renforts lorsque l'immeuble sautera.

Boro avait la bouche sèche.

– Qui est Ishak Avinoam ?

– Le chef de notre organisation à Jérusalem.

– Et votre organisation ?

– L'Irgoun.

L'Irgoun était une organisation nationaliste qui recourait à la violence pour obtenir ce que l'Agence juive et la Haganah tentaient de conquérir par des voies plus pacifiques : la création d'un État juif.

– Est-ce l'Irgoun qui m'a contacté à Paris ?

– Bien sûr, répondit assez logiquement la jeune fille, puisque vous êtes là.

Soudain, il sembla à Boro qu'une rafale d'arme automatique partait des profondeurs de l'hôtel. La militante de l'Irgoun l'entendit aussi. Le reporter fit un pas de côté, cherchant désespérément l'ombre d'un taxi. Une pensée unique l'obsédait : donner l'alerte. La jeune fille elle-même paraissait soucieuse. Un pied sur le pédalier de son vélo, une fesse posée sur la selle, elle observait le mouvement des sentinelles. Il ne semblait pas que le bruit du tir fût parvenu jusqu'à elles.

– Je vais partir, dit posément Boro. Je ne peux pas laisser commettre ce massacre.

La jeune fille consulta sa montre et tourna son guidon vers lui.

– Le *Palestine Post*, le consulat de France et la réception du King David viennent d'être prévenus. L'hôtel va être évacué.

Elle ajouta, imperturbable :

– Nous avons choisi d'agir à l'heure du déjeuner pour que l'hôtel soit vide.

Cette nouvelle laissait Boro libre de ses mouvements. Il retrouva ses réflexes de reporter photographe. Il actionna le levier d'armement de son Leica et entreprit de photographier les lieux de l'attentat qui se préparait. Tout à son travail, il ne remarqua pas l'inquiétude croissante qui s'emparait de la jeune soldate de l'Irgoun.

Il était douze heures quinze. Vingt minutes auparavant, les faux serveurs soudanais avaient enfermé le personnel des cuisines dans une pièce verrouillée. Deux soldats de l'armée britannique qui passaient par là avaient été abattus. Les minuteries avaient été réglées sur douze heures quarante.

À douze heures seize, Boro perçut distinctement le bruit sec d'une nouvelle rafale d'arme légère. Surgissant des sous-sols, le commando venait d'être accroché par une patrouille. Il s'ouvrit un chemin à l'aide de grenades et de bombes lacrymogènes. Le reporter les fixa sur la pellicule au moment où il jaillit à l'extérieur. Il dirigea ensuite son objectif vers les faux marchands arabes qui vidaient des jerricans d'essence sur les trottoirs et la chaussée, sans doute pour empêcher les renforts d'approcher. Affolés par les flammes et le grondement des armes, les passants fuyaient.

Ayant épuisé un premier rouleau, Boro en glissa un deuxième dans le chargeur du Leica. La jeune fille ne cessait de consulter sa montre. L'inquiétude la rongeait : l'alerte avait été donnée, mais personne ne semblait en avoir pris connaissance. Les fonctionnaires anglais travaillant dans l'aile sud du bâtiment n'avaient pas quitté leurs postes.

Une très violente explosion brouilla soudain le ciel clair de Jérusalem. La façade sud de l'hôtel sembla frémir, se lézarder, puis elle ploya sur ses bases en un agenouillement mortel, et les pierres dégringolèrent, étouffant le vacarme de la bombe et les cris des passants. Paralysé, hébété, Blèmia Borowicz avait tout d'abord reculé de quelques pas, puis il s'était approché de l'hôtel et avait vidé la deuxième pellicule sur le drame qui se jouait devant lui. On ne pouvait approcher. Un rideau de feu léchait les barbelés. Les soldats anglais couraient d'un bout à l'autre de l'hôtel sans savoir quels gestes tenter pour venir en aide à leurs camarades. Quelques religieux vêtus de noir balançaient le buste d'avant en arrière, les yeux clos sur la misère criminelle qui venait d'incendier la ville trois fois sainte.

La dernière photo que prit Blèmia Borowicz, alors que la jeune fille à vélo l'avait abandonné pour rejoindre ses camarades en fuite, fut celle des ambulances surgissant, toutes sirènes hurlantes, pour tenter de sauver les deux cents blessés ensevelis sous les décombres de l'aile sud du King David.

Deux cents blessés et quatre-vingt-onze morts.

Azhar

Ses photos parurent dans la presse anglaise et américaine. En France, Pierre Lazareff les acheta pour *France-Soir*, devenu l'un des grands quotidiens d'après-guerre. *The Times* de Londres lui commanda un reportage sur le pays. Boro n'avait rien de particulier à faire à Paris, et l'agence qu'il venait de créer pouvait se passer de lui pendant quelques jours.

Il décida de rester.

Il parcourut le pays, de la pointe sud du Néguev jusqu'au nord de la Galilée. Il vit Beersheba, Hébron, Tel-Aviv et Acre. Il traversa des paysages blancs et arides, des routes de sable et de cailloux serpentant entre des monts pelés. Il croisa des colonnes de soldats anglais, en shorts et bérets à pompon, escaladant des contreforts pierreux ou traversant des paysages déserts et immobiles, juchés sur des half-tracks. Il vit des Arabes pacifiques fumant la pipe ou le narguilé. Et des Juifs cultivant la terre. Parfois ensemble. Parfois s'observant de loin. Il visita quelques fermes collectives, photographia des dizaines de jeunes pionniers charriant des caisses d'oranges, mangeant à la table commune, débattant des vertus d'un socialisme utopique qu'ils tentaient de bâtir ici, pour eux-mêmes et leur descendance. Il rencontra des parents, des grands-parents, la plupart venus trois décennies auparavant, chassés de Pologne et d'Ukraine par les pogroms. Il vit des Arabes qui avaient pactisé avec les Turcs et les Allemands pendant la Première Guerre mondiale, qui avaient maintenu des alliances nauséabondes au cours de la Seconde – mais d'autres qui s'étaient engagés avec les Alliés pour combattre les partisans du mufti de Jérusalem, acclamé à Berlin.

Un pays de thèses et d'antithèses.

Dans les villes, la chaleur était intense. La proximité accusait les contrastes. Les riches et les pauvres. L'ancien et le nouveau. La pierre et la mer. Les chameaux et les ânes surchargés, les Jeep, les camions, les voitures blindées. Mais aussi d'étranges voisinages. Boro photographia des Arabes barbus, enveloppés dans des capes sombres, le front ceint de turbans ou d'amples keffiehs – et des Juifs pieux, barbus eux aussi, engoncés dans des manteaux noirs et des chapeaux à large bord. Il vit là des histoires ancestrales, des mémoires différentes, mais, cependant, une manière commune de le considérer, lui qui les observait, jeune Européen né ailleurs et dans une autre culture, agnostique et libre-penseur. Ces hommes vêtus de sombre, allant par deux ou par trois, portant souvent un livre à la main, lui rappelaient sa mère et les mots qu'elle prononçait à son oreille lorsqu'ils croisaient des silhouettes semblables dans les rues de Budapest : « Tu es juif par ton père. Ne l'oublie jamais. »

Son père était mort au chemin des Dames, et sa mère longtemps après sans qu'il l'eût revue : il avait quitté la Hongrie à dix-sept ans et n'y était jamais retourné. Il était né Grilenstein. Sa mère lui avait donné le nom qu'elle portait elle-même, celui de son propre père, petit commerçant hongrois : Borowicz. Histoire qu'il résumait habituellement d'une phrase lapidaire : « Je suis un métèque. »

Il était un métèque juif. Il ne l'avait pas oublié.

Il parcourait la Palestine dans une Jeep anglaise conduite par un étudiant arabe. Ces deux paradoxes, doublés d'un troisième – lui-même –, l'amusaient. Ils avaient d'abord laissé son chauffeur absolument indifférent puis, l'accroissement du kilométrage parcouru facilitant les échanges, avaient fini par l'intéresser.

Azhar avait relevé l'aporie le troisième jour alors qu'ils roulaient vers la Judée Samarie, évitant soigneusement la route de Jérusalem, encerclée par les blindés britanniques : toutes les polices anglaises cherchaient le chef de l'Irgoun, Menahem Begin, considéré comme le responsable principal de l'attentat contre l'hôtel King David.

Ils avaient été contrôlés à un barrage. Un premier soldat anglais s'était éloigné avec leurs papiers tandis qu'un second avait passé la voiture au détecteur de mines. Puis le premier était revenu, les avait longuement questionnés, était reparti dans sa guérite, avait empoigné un téléphone, sans doute comparé leurs deux noms avec les listes de terroristes recherchés, avant de les laisser filer.

– Une Jeep achetée chez eux, avait commenté Azhar, un Arabe de Haïfa, un Juif français… C'était trop pour une cervelle d'Anglais !

Il conduisait à toute berzingue.

– Comment ces cochons ont-ils fait pour gagner la guerre chez vous ?

Il leur adressait un bras d'honneur chaque fois qu'il doublait un convoi, et Boro le soupçonnait même de les dépasser pour cette seule raison.

– Tu te rends compte ? …

Il se tourna vers son passager, hilare, la face lumineuse :

– … Mon père voulait que j'obtienne une bourse d'études en Angleterre !

Il haussa les épaules et se frappa trois fois la tempe de l'index :

– Qu'est-ce qu'on apprend chez les cochons ?… La saleté !

Il jura pour lui-même et conclut :

– Je ne suis pas né pour cela !

Il avait même quitté sa famille pour cela. Son père possédait une laiterie et une fabrique de tabac à Haïfa, et rêvait de voir son fils épouser la cause britannique. Après des études brillantes au Collège arabe de Jérusalem, Azhar avait claqué la porte de la maison familiale. Il était parti au volant de la Jeep paternelle et louait ses services aux touristes occidentaux clients des grands hôtels. Il avait ramassé Boro en perdition quelques minutes après l'explosion du King David. Le spectacle l'amusait encore :

– Tu courais après une fille en chaussettes qui filait comme une voleuse sur son vélo ! Et quand tu as enfin compris qu'elle t'avait plaqué, tu t'es mis à danser de désespoir en pleine rue alors que tout un bloc du King David s'était effondré ! Ça brûlait partout autour de toi, ça canardait dans tous les sens, mais toi, tu pleurais la fille en chaussettes !

Azhar n'avait jamais admis que Blèmia fût reporter photographe.

– Pas avec ce truc-là !

Le Leica que sa cousine Maryika lui avait offert en 1932.

– Et pas avec ta troisième patte !

Le stick à pommeau de cuir.

– Dis-moi la vérité !

Pour avoir la paix, Boro avait fini par reconnaître qu'il buvait une tasse de thé au café Régence lorsque sa fiancée l'avait rejoint pour lui annoncer qu'elle le quittait, et qu'elle l'avait en effet quitté au moment précis où la bombe avait explosé dans les sous-sols de l'hôtel, ce qui expliquait qu'il lui eût couru après afin de la sauver et de la reprendre ainsi sous son aile et dans sa vie.

– Tu comprends tout ?

– Sauf les chaussettes.

Trois jours après le drame, cette question travaillait aussi Blèmia Borowicz : pourquoi la jeune soldate de l'Irgoun était-elle chaussée de la sorte ?

– Tu as une idée ?

– Non.

– Peut-être est-ce la mode…

– La mode se démode, elle n'est donc pas une valeur sûre, apprécia Azhar. Change de fiancée.

À hauteur de Kyriat Malakhi, la Jeep quitta brusquement la route, tangua dans une ravine, se rétablit sur une piste crevassée, puis le jeune Arabe força les crabots, Blèmia replia sa jambe, et ils filèrent le long de baraques en torchis, évitant un âne et deux chameaux.

– Mon village natal, lança l'étudiant. J'ai vu le jour ici, il y aura un quart de siècle vendredi.

Au loin, un paysan poussait une charrue pourvue d'un soc en bois sur une terre sèche. Dans un fournil construit sur une petite place, des femmes faisaient cuire des galettes de pain. Quelques oliviers décharnés poussaient ici et là. Une grappe d'enfants jouaient à un jeu qui ressemblait au palet. Ils acclamèrent Azhar au passage de la Jeep.

– Des cousins… Ils me voient comme votre Père Noël, à cause de la voiture. De temps en temps, je les emmène faire un tour.

Azhar passa devant une mosquée qui côtoyait la maison du moukhtar, vira dans une combe et emprunta un raidillon caillouteux qui les ramena sur la route qu'ils venaient de quitter.

– Où m'emmènes-tu ? questionna le reporter.

Il avait confié à l'ancien étudiant la boussole de son voyage. Il lui avait précisé qu'il n'était pas là pour faire du tourisme, mais pour un reportage qu'il publierait dans la presse internationale. Azhar n'en croyait rien. Pour lui, le boiteux assis à sa droite poursuivait à travers le pays une chimère en chaussettes. Il avait inventé une fable de journaliste en action afin de contrarier sa déconfiture, et utilisait le Kodak qui lui pendait à l'épaule en guise de mouchoir. Au Collège arabe de Jérusalem, le jeune homme avait étudié la psychologie avant de bifurquer, pour cause de nullité avérée, vers les sciences politiques. Matière en laquelle il excellait.

Boro renouvela sa question :

– Où allons-nous ?

– Près de Kfar Etzion. À une quinzaine de kilomètres au sud de Jérusalem.

Une Land Rover venait en face. Azhar donna un coup de volant sur la gauche.

– Mon jeu préféré.

Il tendit les bras. Boro connaissait l'épreuve. Il s'assura sur son siège, les mains crochetées aux tubulures. La Land Rover approchait. Azhar riait. Il actionna son klaxon qui répondit à celui de la voiture anglaise. Elles allaient l'une vers l'autre à vive allure. Le jeune Arabe poussait des cris gutturaux tout en allongeant le cou. Il était comme un enfant sur un char face à la légion romaine. Ravi.

La trajectoire de la Jeep ne varia pas d'un pouce. Quand elle fut à dix mètres, et Boro prêt à sauter, la Land Rover tangua sur la droite, s'inclina au bord de la ravine, puis reprit le cap dans une vocifération sonore qui se perdit bientôt dans le calme lénifiant d'un paysage aride.

– Un jeu d'idiots, commenta sévèrement le reporter.

– Un jeu de cochons, rectifia le conducteur.

– Pourquoi détestes-tu tant les Anglais ?

– Ils ont trompé tout le monde. Les Juifs et les Arabes. Ils ont promis un tout à chacune des parties, ce qui les oblige à tricher avec tout un chacun.

– Pourquoi m'emmènes-tu près de Kfar Etzion ?

– Voir des amis.

– Des amis arabes ?

– Des amis juifs.

Le jeune homme ralentit derrière un troupeau d'ânes mené par deux paysans vêtus de djellabas en grosse laine. Il les dépassa, roulant au pas et à très bas régime. Il accéléra ensuite sur la piste déserte.

– Je t'emmène là-bas parce qu'il y a des femmes. Tu dois oublier ton fantasme en chaussettes.

Boro ne répondit pas.

– Si tu es vraiment reporter, tu t'intéresseras à elles seulement pour ce qu'elles font.

– Qui te prouve qu'il n'en sera pas ainsi ?

– Toi, répondit Azhar en le désignant du pouce. Un reporter sans papier ni crayon, ça n'existe pas.

– OK, admit Boro. Et que font tes amis de si particulier, qui pourrait intéresser un reporter digne de ce nom ?

Azhar pointa le doigt en direction d'un horizon incertain et dit avec le plus grand calme :

– Ils préparent la guerre.

Un derrick dans le désert

Une dizaine de camions chargés jusqu'à la gueule dessinaient un arc de cercle autour de plusieurs bâtiments bas. Ceux-ci étaient habités. L'un d'eux semblait abriter une colonie d'enfants. Ils allaient et venaient d'une baraque à l'autre. Certains formèrent un cortège et s'éloignèrent en riant sur une piste fraîchement creusée dans la pierre qui menait à des plantations invisibles de la route. Les autres s'approchèrent des camions.

Des jeunes gens en shorts et chemises légères s'activaient autour des véhicules. Quelques-uns enfonçaient des piquets métalliques dans le sol. Sur le bord de la route, un homme à cheveux blancs parlait à deux Arabes. Ces derniers s'appuyaient sur l'aile d'une Chevrolet antédiluvienne dépourvue de plaques. Comme la Jeep de Azhar s'arrêtait à quelques mètres de la voiture, l'homme aux cheveux blancs serra la main de ses interlocuteurs. Ils montèrent dans la Chevrolet. Une brève explosion succéda à une pétarade de cylindres allant à cloche-pied, puis la voiture américaine s'éloigna dans un nuage de poussière.

Azhar coupa le contact.

– Lui, c'est un vrai héros, dit-il en désignant l'homme aux cheveux blancs. Un Polonais. Il a fait toutes les guerres et il n'a peur de rien.

Il descendit de la Jeep, glissa deux doigts dans sa bouche et siffla. L'homme se tourna vers eux mais ne bougea pas. Un mince sourire éclaira son visage.

– Azhar ! Bienvenue sur nos terres !

Boro descendit à son tour. Il resta en retrait. L'envie le démangeait de chausser son Leica et de photographier l'homme qui donnait l'accolade à son compagnon chauffeur. Il n'était pas très grand. Il n'était pas particulièrement séduisant. Il était vêtu comme ceux qui, alentour, débarrassaient les camions de leur chargement : un pionnier, très ressemblant à tous ceux que Boro avait croisés depuis son arrivée en terre de Palestine. Deux particularités troublaient le reporter. En dépit de sa chevelure blanche, l'homme était jeune, à l'évidence bouillonnant d'énergie. Il avait un regard vif, très noir, et une manière de regarder qui rappelait à Boro son ami Dimitri. Cette ressemblance dans les gestes, les manières, la stature et la corpulence, fascinaient le reporter et l'empêchaient d'aller au-devant de l'inconnu. Il restait cloué devant la Jeep, incapable de prêter attention aux jeunes gens qui déchargeaient les camions, captivé par les particularités remarquables de cet homme qui lui rappelait tant son frère d'armes.

– Dov Biekel… Boro Witche.

Azhar tendait ses deux bras vers l'un et l'autre. Ils se serrèrent vigoureusement la main.

– Vous venez nous aider ?

– Pourquoi pas ?

Ils s'étaient exprimés en anglais. Chacun avait un accent qui n'était pas étranger à l'autre.

– De quel pays êtes-vous ? demanda Dov.

– Hongrie, il y a longtemps. Plus récemment, France.

– Je viens de Varsovie. Après de nombreux détours.

D'un ample mouvement du bras, le Polonais embrassa la petite communauté qui s'activait en contrebas.

– Ici nous venons tous d'ailleurs. Bienvenue.

Il dégringola la pente caillouteuse et rejoignit ses compagnons. Il les aida à débarrasser les camions des planches et des matériaux qu'ils contenaient. Certains alignaient déjà des panneaux tandis que d'autres les fixaient à des barres métalliques enfoncées dans la terre.

– Que font-ils ? demanda Boro.

– Ils construisent une enceinte, répondit Azhar. Le terrain a été acheté il y a quatre ans aux Arabes que tu as vus en arrivant.

– En quoi ces travaux annoncent-ils la guerre ?

– Ils ne l'annoncent pas. Ils la prévoient.

Azhar montra une équipe qui s'affairait autour de troncs d'arbre déposés sur le sol.

– Quand ils auront fini leur construction, tu comprendras.

Boro descendit sur le terrain et s'approcha des troncs. Ils avaient été taillés et usinés. Les pionniers les emboîtaient les uns dans les autres, les clouaient, les vissaient, les renforçaient par l'adjonction de barres transversales. Ailleurs, des groupes de jeunes gens élevaient des cloisons, nivelaient le sol, ajustaient les panneaux les uns aux autres.

Lorsqu'ils furent vides, les camions repartirent. D'autres les remplacèrent presque aussitôt. Blèmia Borowicz aida à les décharger. Pendant quelques instants, il fut l'objet de la curiosité générale – plus pour sa canne, maintenue à son poignet par le lacet de cuir, que pour sa présence –, puis il se fondit dans la masse générale, et on l'oublia.

Il travailla au rythme de tout un chacun. De temps en temps, il s'arrêtait, allait à la Jeep, prenait quelques photos. Azhar l'observait. Comme le reporter lui faisait remarquer que lui aussi pouvait aider, il secoua la tête et répliqua que son combat n'était pas celui-là.

– De quel combat parles-tu ?

Azhar montra les troncs couchés par terre. Ils avaient été renforcés et ressemblaient désormais à un derrick en bois.

– Tu ne saisis toujours pas ?

Boro retrouva les pionniers. Il aida à doubler les premières cloisons par d'autres maintenues à quelques centimètres grâce à des tasseaux. Il comprit la raison de ces vides lorsqu'ils furent remplis de caillasse. Les jeunes Juifs construisaient un mur d'enceinte fortifié, en bois, à l'épreuve des balles. Sur les hauteurs, les planches étaient percées de meurtrières accessibles par une coursive dont Dov testa la solidité lorsqu'elle fut construite. Il se fit apporter un fusil, épaula, posa le canon à la base de l'archère et dressa le pouce en signe de satisfaction.

Il sauta à terre. Boro le regardait. Il vint vers lui. Les deux hommes avaient chaud.

– Viens boire.

Ils montèrent vers les baraques. La première était vide. À travers les vitres, Boro vit des dessins punaisés aux murs, des peluches et des jouets traînant au sol.

– La Maison des Enfants, commenta sobrement Dov Biekel. Ceux de la Communauté y accueillent souvent ceux des autres colonies.

Il tendit le bras vers l'ouest, montrant quelques toitures qui apparaissaient dans le lointain, sur les hauteurs.

– Le bloc d'Etzion. Il a été créé par des religieux, détruit en 1936 quand les Arabes se sont révoltés, reconstruit depuis.

Ils entrèrent dans une baraque occupée par des cuisines et une salle de réfectoire. De longues tables occupaient tout l'espace. Elles étaient joliment décorées par des branches de laurier s'échappant de pots en terre cuite posés sur les plateaux.

Dov sauta par-dessus une plate-forme en zinc qui séparait les cuisines de la salle à manger du kibboutz de la Communauté. Il emplit un broc d'eau à un robinet et tendit un verre à Boro. Ils burent à larges goulées.

– Tu me rappelles quelqu'un, dit le reporter après avoir étanché sa soif. Quelqu'un de très proche.

– Je n'ai plus personne, objecta sèchement le Polonais.

Boro comprit que le terrain qu'il s'apprêtait à aborder était douloureux. Il garda sa question pour lui.

– Comment as-tu attrapé cela ?

Dov montrait la canne de Boro.

– En sautant comme tu viens de le faire, répondit le reporter.

Il ne mentait pas.

– Tu fuyais ?

– Oui.

Il ne mentait toujours pas.

Dov ferma à demi les paupières, scruta son interlocuteur et insista :

– Tu fuyais qui ?

– Les Allemands, eux-mêmes pourchassés par les Anglais.

Il mentait.

Dov comprit l'intention.

– Nous combattons les Anglais depuis la fin de la guerre. Avant, nous étions avec eux, traqués par les nazis.

Boro éleva le pommeau de son stick jusqu'à la tignasse blanche, et formula la même question que celle qui lui avait été posée :

– Comment as-tu attrapé cela ?

– Le jour où je me suis évadé du ghetto de Varsovie.

Le Polonais repoussa le stick du plat de la main.

– C'était le 10 mai 1943. J'ai filé avec quelques camarades par une bouche d'égout. Tous les insurgés s'étaient suicidés la veille.

Les boches m'ont canardé à la mitrailleuse lourde. Ils ne m'ont pas eu, mais quand je me suis regardé dans une glace, après, j'ai vu que mes cheveux avaient changé de couleur.

Il accusa une grimace fataliste et, sautant de nouveau pardessus le zinc, revint à côté du reporter.

– Avant la révolte du ghetto, il ne me restait plus grand monde. Après, je suis devenu la seule étoile de ma constellation.

Il s'éloigna, laissant Boro saisi.

Quelques minutes plus tard, le reporter quitta le réfectoire et remonta sur la route. Des odeurs d'oranges et de citrons le flattèrent agréablement. Au loin, il aperçut des vignes et quelques amandiers.

Azhar somnolait derrière le volant de la Jeep. Les bordures extérieures de la ferme se recoupaient plus bas en un rectangle ouvert sur un côté. Les pionniers arrimaient des cordes aux troncs assemblés. Ils avaient construit un plateau surmonté d'un toit qu'ils fixaient à l'extrémité de ce qui ressemblait de plus en plus à un derrick. Dans le jour déclinant, ils se rassemblèrent tout au long des montants et empoignèrent les cordes. Dov guidait la manœuvre. Il leva le bras. Trente paires de mains agrippèrent les cordes. Boro entendit un cri proféré en hébreu. La construction s'éleva d'un degré.

– Tu comprends, maintenant ?

Azhar regardait lui aussi la manœuvre.

– Oui, répondit Boro.

– D'habitude, les Juifs fortifient leurs kibboutz quand ils les construisent. Ici, ils ne l'ont pas fait. Ils croyaient la paix possible…

Boro avait réglé le Leica sur une profondeur de champ maximale et suivait l'élévation à travers le viseur télémétrique. La petite colonie était arc-boutée sur les cordes. Au commandement, chacun tirait, puis des supports de plus en plus hauts étaient placés sous la tour. En vingt minutes, elle s'était dressée selon un angle de quarante degrés.

– Descends les aider, suggéra Azhar.

Boro répondit par la négative : sa jambe blessée ne supporterait pas l'appui.

– Prends ma place.

– Non. Je ne veux pas qu'on puisse dire que j'ai participé à cela.

– *On ?* questionna Boro.

Azhar hésita sur les mots, puis dit :

– Les miens.

La tour était maintenant dressée à soixante degrés. Les supports avaient été remplacés par de longs tubes d'acier fichés dans le sol. Les pionniers tiraient par longues secousses.

Boro demanda :

– Où sont tes amis ?

– Ici, répondit Azhar en désignant la ferme d'un geste las.

Il replia son bras et ajouta :

– Mais ils sont aussi à Haïfa, dans les quartiers arabes.

– Pour le moment, tu n'as pas à choisir.

– Ce moment ne durera pas.

Une acclamation couvrit leurs propos. La tour tenait désormais sur ses pieds. Les jeunes gens applaudissaient. Ils entamèrent une hora, bras dessus bras dessous, tout en chantant la *Hatikva* en hébreu. Assis sur un talus, Dov regardait la tour. Elle s'élevait dans le ciel clair, haute et droite. Elle dominait les étendues désertes et rocailleuses d'où, un jour peut-être, viendrait le danger. Quelques nuits plus tard, lorsque la ferme serait achevée, une sentinelle grimperait les échelons disposés sur l'un des côtés de la tour de guet. Elle prendrait son tour de surveillance. Fusil en bandoulière, elle observerait les ombres et les mouvements, prête à donner l'alerte en cas de déplacement suspect. Alors, les colons enfermés dans l'enceinte gagneraient les palissades, poseraient le canon de leur arme sur le rebord de la meurtrière, ajusteraient et tireraient. Azhar avait raison : la construction du mirador annonçait la guerre.

Captain Robertson Hedges

La route du retour brûlait sous les feux orangés du soleil déclinant. Les pierres formaient des amoncellements disparates dans un paysage aride – des dômes ponctuant une étendue brouillée par les éclats du jour finissant.

Boro avait pris place à l'arrière de la Jeep, sa jambe fragile étendue sur la banquette. Azhar conduisait. Dov le pressait : on l'attendait près d'Ashod. Les deux hommes échangeaient des propos que le vent emportait avant qu'ils aient atteint l'oreille du reporter. Ils conversaient dans un mélange d'anglais, d'arabe et d'hébreu. À leurs gestes, Boro comprenait qu'ils essayaient de se persuader, chacun tentant de rallier l'autre à ses convictions. Il n'était pas difficile de comprendre autour de quelles frontières ils tournaient. Et pas plus compliqué de mesurer l'affection qu'ils se portaient, l'impatience, l'espoir, la déception qu'ils éprouvaient à constater que chacun de leurs arguments heurtait un mur qu'ils s'efforçaient de franchir sans y arriver : le béton armé de leur appartenance ethnique et culturelle. Leurs mains se tendaient pareillement, ils haussaient les épaules à des désespoirs communs, ils se regardaient avec la même force de persuasion dans le regard – pour finir par se recroqueviller chacun sur son siège, calfeutrés au creux de points de vue inconciliables.

Ainsi se déroulèrent les dix premières minutes du voyage. Épuisé par l'effort fourni tout au long de l'après-midi, Boro dodelinait de la tête, aspiré par un souffle doux. Il s'apprêtait à disparaître momentanément d'une scène désormais silencieuse, lorsqu'un choc lui replaça les pieds sur terre. Azhar venait de donner un brusque coup de volant. En une seconde, le reporter se remit d'aplomb.

Azhar jura en arabe, et Dov en hébreu. Boro découvrit la situation nouvelle qui, une fois ne semblait pas coutume, réunissait les deux hommes dans cette communauté de pensées ordurières. Au-delà du virage serré que la Jeep venait de suivre, un barrage bloquait la route. Une patrouille anglaise contrôlait les rares véhicules qui se présentaient. La Land Rover que Azhar avait obligée à mordre les bas-côtés quelques heures plus tôt stationnait perpendiculairement au passage. Un half-track blindé et bardé d'antennes était là en appui. Dov avait agrippé le pare-brise de la Jeep et s'était soulevé de son siège : il s'apprêtait à sauter. Azhar le retint d'un geste ferme.

– Ils te canarderont.

– S'ils me contrôlent, ils m'emprisonnent.

Boro se pencha. Deux véhicules précédaient la Jeep : une antique Oldsmobile défoncée à l'arrière, et un engin agricole sur lequel étaient juchés deux hommes et un enfant.

– Les Anglais me recherchent. Ils vont me prendre.

Dov regardait alentour, cherchant un chemin de fuite. Deux soldats patrouillaient sur les côtés, mitraillette à la hanche.

– Ils connaissent ton visage ?

– Oui. Et ma fausse identité.

– Passe derrière et prends ma place, ordonna Boro.

Il avait parlé sur un ton autoritaire parce que le temps manquait pour enfiler des gants. Dov lui jeta un regard hostile que le reporter interpréta comme une résistance à toute forme de commandement. « Dimitri », pensa-t-il en se remémorant fugitivement quelques images de son ami aux prises avec une hiérarchie pour lui insupportable.

Il fouilla ses poches et en sortit une paire de lunettes de soleil qu'il tendit au Polonais.

– Chausse-les… Je vais descendre pour attirer l'attention des soldats sur moi. À cet instant-là, tu t'assiéras à l'arrière.

Il sauta au bas de la Jeep et exécuta trois brefs moulinets avec son stick. Le regard des Anglais convergea vers lui. Boro consulta ostensiblement sa montre. Il marcha d'un pas rapide vers un officier à trois galons qui paraissait être le plus haut gradé des hommes présents.

– Commandez-vous cette section ?

– Yes, Sir. Captain Robertson Hedges.

Le captain claqua légèrement des talons. Il était sensiblement de la même taille que Blèmia Borowicz, plus âgé d'une bonne dizaine d'années. Il portait une casquette plate à visière tombant sur un regard bleu. Une petite cornemuse bariolée était cousue sur le col de sa veste d'uniforme.

Boro montra la patrouille à l'œuvre.

– Je voudrais passer.

– *After the checking.*

– Je suis pressé.

– Moi aussi, Sir...

Le soldat de Sa Majesté dévisageait avec perplexité ce long échalas qui s'adressait à lui sans crainte, et, pis, avec une certaine morgue.

– Je suis journaliste. Accrédité par un journal de chez vous : *The Times.*

– Et moi, par mon gouvernement, Sir.

Boro acquiesça en ricanant. L'exaspération le gagnait. Il présenta le sauf-conduit délivré par le journal londonien. L'officier l'examina attentivement, le replia et le rendit à son propriétaire.

– Votre voiture sera fouillée comme toutes les autres, Sir.

– Alors il sera peut-être trop tard.

– *Why?*

Boro répondit que son journal lui avait commandé l'interview d'un des activistes responsable de l'attentat du King David.

– Oh ?!

La stupeur s'exprime de la même manière dans toutes les langues. L'officier prononça l'interjection en accordant le cercle de ses yeux avec celui de sa bouche.

– *Are you sure?*

Il souleva sa casquette, se frictionna l'occiput puis recouvra les gestes et les manières d'un flic responsable du maintien de l'ordre en pays occupé.

Il demanda ses papiers au long échalas. Celui-ci les tendit à l'instant où l'engin agricole était invité à reprendre sa route. Le captain Robertson Hedges les consulta avec suspicion. Boro ajouta sa carte de presse. Les trois barres tricolores n'impressionnèrent pas l'Anglais. Il appela les deux sous-officiers qui gardaient les bordures de la piste et leur transmit les papiers du Français.

– *Wait here!*

Boro jeta un regard sur la Jeep. Dov s'était installé à l'arrière. Il observait la pierraille en se protégeant des derniers rayons du soleil couchant grâce à sa main élevée en visière. Ainsi son visage n'apparaissait-il pas. Les deux sous-officiers avaient rejoint le half-track.

– J'ai rendez-vous dans trente minutes ! s'impatienta Boro.

– Avec qui ? demanda l'officier.

– Un contact qui doit me mener à l'un des responsables de l'attentat.

Une idée lui était venue. L'Anglais attendait le résultat de la consultation radio effectuée par ses subalternes. Un lieutenant s'approchait de l'Oldsmobile. Celle-ci était pilotée par un homme âgé dont les traits ravinés apparaissaient sous le voilage d'un long keffieh blanc. Trois enfants étaient assis à l'arrière. Une poule caquetait à l'avant; son jabot écarlate trahissait une légitime impatience. Lorsque la voiture aurait été contrôlée, viendrait le tour de la Jeep. Il serait trop tard.

– Une jeune fille en chaussettes.

Entre deux cils exceptionnellement longs, l'œil de l'officier s'alluma.

– *A young lady?*

– En chaussettes, réitéra Boro.

L'Anglais introduisit deux doigts dans sa bouche et souffla. Il provoqua ainsi un mouvement d'air qui tourna entre le palais et sa langue repliée pour ressortir sous forme d'un long sifflement auquel toute la troupe présente répondit en accourant séance tenante, sans plus se soucier des véhicules contrôlés. Une Bentley aux longues ailes crème avait pris son tour derrière la Jeep.

– Il doit rencontrer la fille en chaussettes ! s'exclama le Britannique en désignant Boro.

Lequel devint aussitôt l'objet de la curiosité générale.

– En effet. Je dois la retrouver – il consulta une nouvelle fois son bracelet-montre – dans quarante-cinq minutes maintenant.

Le captain Robertson Hedges donna un ordre à l'un des deux sous-officiers qui s'éloigna vers le half-track et revint quelques instants plus tard porteur d'un cahier revêtu d'une couverture en papier d'emballage. Il l'ouvrit. L'officier le prit et le tendit au reporter. Il reconnut aussitôt la photo de la jeune fille qui l'avait accosté devant l'hôtel King David. Un nom était marqué en gras, souligné de deux traits rouges : Lika Kis. Née le 1er septembre 1921 à Nyiregyhaza, Hongrie.

Seul son visage apparaissait.

– Je ne la connais pas, mentit Boro. Je ne l'ai jamais rencontrée.

Il rendit le cahier.

– De plus, on ne sait pas si elle porte des chaussettes.

L'officier tourna la page. Au recto de la première photo, la jeune fille apparut en pied. Le cliché avait été pris à distance, sur une plage. Boro reconnut la personne, le vélo et les chaussettes.

– C'est peut-être elle, admit-il.

– *Go !* fit l'officier.

D'un geste, il ordonna à sa section de plier bagage.

– Où avez-vous rendez-vous ?

– À Kyriat Malakhi, répondit Boro, hasardant le premier nom qui lui venait à l'esprit.

Le captain tendit un index souple vers la Jeep.

– Avec qui voyagez-vous ?

– Un chauffeur et un interprète.

– Ils vous accompagnent jusqu'à Kyriat Malakhi ?

Boro confirma.

– Vous passez devant et nous vous suivons. J'en réfère au commandement britannique. Lorsque j'aurai reçu mes ordres, je klaxonnerai et vous vous arrêterez. Je monterai avec vous et nous aviserons.

– Parfait ! apprécia le reporter.

Il salua joyeusement la compagnie d'un gracieux moulinet de sa canne, puis s'en fut vers la Jeep.

Il monta.

– Alors ? s'enquit Azhar.

Il craignait que la patrouille eût reconnu la Jeep qui avait obligé la Land Rover à manger les bas-côtés de la route.

– Notre salut repose entre tes mains, répondit Boro.

Il adressa un petit salut à l'officier britannique qui se hissait à l'avant du half-track. Le reste de la section s'engouffra dans la Land Rover. L'Oldsmobile s'ébranla doucement. Azhar embraya.

– Double, commanda Boro. Ce sera une première étape.

Lorsqu'ils passèrent devant, le coq souriait de toutes ses gencives. Le convoi militaire se positionna derrière la Jeep.

– J'espère que tu as un plan ! vociféra Dov, assis à l'arrière.

– Tu devrais être satisfait, répliqua Boro : rouler, escorté par tes amis les Anglais !

Azhar accéléra. Boro posa une main tempérée sur le bras du pilote.

– Pour le moment, ils doivent rester dans nos roues.

La Jeep baissa du nez.

Sur la route de Kyriat Malakhi

Ils roulèrent dix longues minutes sans parler. Boro avait orienté le rétroviseur dans sa direction. Il surveillait le convoi britannique. D'abord, venait le half-track. Ses chenilles mordaient la pierre de la route, produisant un bruit de ferraille qui se mêlait aux borborygmes des moteurs. Les antennes surmontaient le pare-brise, bas, long et étroit, derrière lequel le reporter apercevait les épaules de l'officier anglais. Il avait un téléphone de campagne vissé à l'oreille.

Derrière, venait la Land Rover. Boro ignorait combien de soldats l'occupaient. Le danger viendrait de là.

Il remit le rétroviseur en place.

Azhar conduisait à petite allure.

– Bientôt, dit Boro, le half-track klaxonnera. Il faudra s'arrêter. L'officier anglais descendra pour monter avec nous.

Il se tourna vers Dov. Le Polonais aux cheveux blancs se tenait au milieu du siège arrière, les coudes posés sur les genoux. Il avait chaussé la paire de lunettes de soleil que lui avait donnée Boro. Elle lui mangeait la moitié du visage.

– Il ne faut évidemment pas qu'il nous rejoigne.

– Je ne te le fais pas dire, grogna Dov.

Il ôta ses verres et planta son regard dans celui du reporter.

– Tu mesures les risques que tu nous fais courir ?

– Pas moi, riposta Boro.

Il pointa un index en direction du passager.

– Sans toi, nous aurions franchi le barrage et nous serions déjà loin.

– Pourquoi as-tu dit que notre sort dépendait de moi ? questionna Azhar.

– Lorsque le half-track klaxonnera, nous nous arrêterons. L'Anglais descendra de son engin et viendra vers nous. Il faudra que tu démarres avant qu'il nous ait rejoints. Tu fonceras alors, et adviendra ce qui adviendra.

– Ils feront feu.

– Certainement pas, objecta Boro : les Anglais ne tirent pas comme ça, sans sommation, sur une voiture occupée par un Français !

Cette réflexion les mit en joie. Ils partirent tous deux d'un petit rire sec, comme s'ils doutaient de la capacité de raisonnement de leur compagnon. Pour une fois, ils étaient d'accord.

– Ils tireront, évidemment ! contesta Dov.

– On devrait accélérer maintenant et les semer, suggéra Azhar.

Mais la route s'étendait devant eux, à peine sinueuse, sans relief. Ils allaient presque roue dans roue. En une brève accélération, le museau du half-track mordrait l'arrière de la Jeep.

– On attendra le coup de klaxon…

– Qui viendra quand ?

– Lorsque l'officier aura reçu les ordres de son QG.

– Que lui as-tu raconté ?

– Que j'avais rendez-vous avec l'un des responsables de l'attentat du King David.

– La fille en chaussettes ! s'esclaffa Azhar.

Il claqua gentiment la cuisse de son passager.

– Tu leur as fait croire que tu étais journaliste ?

– Je *suis* journaliste, répliqua fermement Boro.

Il détestait la situation dans laquelle il se trouvait : surveillé par l'arrière, contesté par-devant.

Il repoussa la main d'Azhar.

– Où leur as-tu dit que nous allions ? demanda Dov.

– Kyriat Malakhi.

– Nous y sommes passés ce matin, dit Azhar.

Il pivota vers Boro.

– Rappelle-toi : mon village natal.

– Je sais, répliqua le reporter. Je n'ai pas donné ce nom au hasard.

Le chauffeur précisa qu'il bifurquerait un peu avant Kyriat Malakhi.

– Après, la route serpente. On pourra les semer.

– L'intérêt d'attendre le coup de klaxon, c'est qu'il nous fait gagner vingt secondes.

– Comment ? demanda Dov.

Boro s'expliqua :

– Le half-track s'arrête et l'Anglais descend. Au moment où il s'apprête à monter avec nous, on redémarre. Et on fonce. Le temps que l'officier regagne le half-track, on est loin.

– On peut semer le half-track sans difficulté, objecta Azhar, et même les camions. Mais pas la Land Rover.

Boro le savait. Son inquiétude venait de là.

– On fera comme on peut, décréta-t-il avec fatalité. Je me suis déjà sorti de situations bien pires.

Azhar ricana et montra la canne que le reporter avait allongée à côté de lui.

– Avec ça ?

– Avec ça je peux te botter le cul, et tu aurais très mal.

– À voir !

– Tout vu ! objecta le reporter. À Kyriat Malakhi, je te ferai une petite démonstration.

– Je te répondrai avec ça.

S'étant penché, Azhar montra le canon d'un fusil qui pointait à ses pieds.

– Il appartient à mon père. Toujours chargé, toujours planqué au-dessus des pédales de la Jeep.

Boro se tourna à demi. Le soleil couchant se reflétait dans le pare-brise du half-track, l'empêchant de discerner l'officier anglais. Était-il toujours en communication avec sa hiérarchie ?

– Ton plan paraît bien naïf, commenta Dov.

Il s'approcha des dossiers avant, comme s'il craignait d'être entendu.

– On fera comme tu proposes, à un détail près.

– Je suis ouvert à toutes les suggestions.

– Tu ne sais pas encore celle que je vais te proposer.

À cet instant, une corne claire jaillit derrière eux. Un mugissement si puissant qu'ils crurent pendant un court instant que le half-track était sur eux.

Azhar ne ralentit pas aussitôt.

– Tu as compris la suggestion ? demanda Dov en appuyant la main sur l'épaule du conducteur.

– Bien sûr, répondit le jeune Arabe.

– Arrête-toi, commanda Boro.

Il pressentait un piège. Le temps manquait pour en discuter. La Jeep obliqua sur la droite, puis stoppa. Boro se retourna sur son siège. La portière blindée du half-track s'ouvrit sur l'officier qui en descendit.

– Démarre, ordonna le reporter en serrant le coude d'Azhar.

Celui-ci ne bougea pas.

– Démarre ! Il nous fait gagner trente secondes ! Vas-y !

Dov assena un coup léger du tranchant de la main sur l'épaule du reporter.

– Maintenant, tu nous laisses faire, Français.

– Hongrois, répliqua froidement Boro.

– C'est notre pays. Pas le tien.

L'officier britannique s'était arrêté à hauteur de la Land Rover. Il donnait un ordre au chauffeur.

– On attendra la bifurcation, dit Dov.

Il s'adressait exclusivement à Azhar. Celui-ci l'approuva d'un hochement de tête. Il suivait les mouvements de l'Anglais dans le rétroviseur de la Jeep.

– Après, on file sur Ashod.

– Garde tes lunettes sur le nez, conseilla Boro. Tu seras moins reconnaissable.

– Aucune importance, objecta le Polonais.

Le captain Robertson Hedges venait vers eux. Il contourna la voiture et se planta devant Boro.

– Descendez, Sir.

La Land Rover déboîtait.

Boro fixait l'officier sans bouger.

– La hiérarchie m'impose de m'asseoir à votre place.

Comme le reporter ne bougeait toujours pas, il ajouta :

– Dans l'armée britannique, nous sommes très attachés au respect des formes.

– Je ne suis pas militaire de carrière. Vos règles ne me concernent pas.

– Si vous ne les respectez pas, je me verrai dans l'obligation de demander à mes hommes de veiller à leur application.

La Land Rover remontait lentement le petit convoi, deux roues sur la piste, les autres creusant la caillasse du bas-côté.

– Je n'ai pas l'habitude qu'on me parle ainsi. Et si vos hommes me molestent, je ne vous conduirai nulle part.

– Fais ce qu'il te dit, conseilla Dov.

Azhar opina du chef.

La Land Rover retrouva la route un peu plus loin, puis s'arrêta. La Jeep était coincée entre elle et le half-track.

Boro prit son temps pour se déplier, poser l'embout de sa canne sur la pointe du soulier britannique, peser de tout son poids, s'excuser de sa maladresse avec un franc sourire, descendre et céder sa place. Dov s'était rencogné sur la banquette côté droit. Boro monta derrière Azhar. L'Anglais s'installa à l'avant. Il leva le bras, très sûr de lui : c'était le signal du départ. La Land Rover s'ébranla doucement. Le half-track suivit dans un dérapage de chenilles qui projeta un nuage de pierres blanches autour de sa robe métallique.

– Kyriat Malakhi, commanda l'officier.

Il consulta sa montre.

– Nous serons à l'heure.

Frères ennemis

– Je ne vous accompagnerai évidemment pas moi-même à votre rendez-vous.

Le captain Robertson Hedges parlait à Boro sans le regarder. Il fixait la route devant lui.

– Mais vous serez suivi de très près. Connaissez-vous le nom de votre intermédiaire ?

Boro ne répondit pas.

– Je vous ai posé une question.

Azhar conduisait en silence. Dov ne bougeait pas. Hiératique, ses lunettes noires plantées sur le nez, il écoutait. Il attendait.

– M'entendez-vous ?

– Je souffre d'une incapacité totale à entrer en communication avec une personne qui s'adresse à moi en regardant ailleurs, repartit le reporter.

Et, comme l'Anglais se tournait vers lui, l'œil vert convenablement dirigé, il ajouta :

– À Londres, pendant la guerre, vos collègues officiers étaient mieux élevés que vous.

L'autre en avala un caquet mal dégluti. Azhar lança un cillement de félicitation dans le rétroviseur. Dov inclina la tête en signe de satisfaction. En une dizaine d'années pour le premier, cinq de moins pour le deuxième, et quelques secondes seulement pour le troisième, l'Anglais avait fait l'unanimité contre lui.

– L'intermédiaire ne m'a pas laissé sa carte. Il est de taille moyenne, entre brun et blond, deux pieds, deux mains, deux oreilles...

– Vous vous moquez de moi ?

– Je vous laisse apprécier, répondit Boro.

La Land Rover filait devant eux dans un sillage de poussière rouge qui couchait les reliefs. Azhar avait insensiblement accéléré. Le half-track traînait un peu la jambe. Dans le rétroviseur, Dov et le chauffeur communiquaient grâce à quelques battements de paupières, des assentiments esquissés, des interrogations silencieuses. Boro concevait que leur plan avait pris le pas sur le sien, et il en ressentait une sourde inquiétude. Il avait compris que le représentant de sa Très Gracieuse et Très Féroce Majesté ne resterait pas longtemps le maître des opérations qu'il croyait être. Sa présence à l'avant de la Jeep ne changerait rien à son statut futur. Lorsque la route bifurquerait avant Kyriat Malakhi, et pour peu qu'Azhar prenne alors les risques nécessaires, l'officier britannique serait bel et bien devenu otage.

Boro lui demanda qui était donc la jeune fille en chaussettes, et pourquoi sa capture intéressait tant les autorités. À quoi le gentleman si peu élevé répondit par un rictus de mauvais augure doublé d'une joyeuse pichenette :

– Une crotte de l'Irgoun. Une terroriste.

Il souleva sa plate casquette, découvrant une tonsure bordée d'une couronne de cheveux roux. Il s'épongea le haut du crâne d'un coup de mouchoir, puis remit son couvre-chef à sa place.

– Nous les abattrons tous les uns après les autres.

– Ils vous jetteront hors de cette terre longtemps avant que vous les ayez mis à genoux.

Dov avait parlé sur un ton d'une neutralité tout à fait malveillante. L'officier se tourna vers lui. Le Polonais se déporta de quelques centimètres sur la droite, sortant ainsi de l'angle de vision du Britannique.

– Qui est cet homme ?

– Interprète, répondit sobrement Boro.

Dans le seul but de changer de paysage, il désigna Azhar :

– Notre chauffeur.

Mais son voisin replaça son globe oculaire sur le panorama qu'il avait choisi.

– L'attentat contre le King David est inacceptable. Pas moins, cependant, que la politique que vous menez dans ce pays.

– Vous parlez remarquablement la langue de la Couronne, admira l'Anglais tout en s'efforçant de pivoter sur son siège.

Un cahot eut raison de ses gesticulations.

– Le King David est une réponse à l'opération Agatha.

– C'est-à-dire ? questionna le reporter.

– Rafles massives, irruption illégale dans les locaux de l'Agence juive, vol d'archives, deux mille cinq cents arrestations...

– Vous maltraitez autant les Arabes que les Juifs, commenta Azhar à son tour.

– Vous voudriez que nous partions ?

– Oui, firent en chœur les deux hommes.

Dov s'adressa à Boro. Il parlait fort pour couvrir le bruit du vent.

– Depuis la déclaration Balfour, ils nous ont promis un État.

– Ce qui revenait à nous voler le nôtre, rétorqua Azhar.

– Qui n'existait pas. Peu de terres cultivées, pas de machines-outils, du sable, de la pierre... Nous avons acheté du terrain. Nous avons semé, cultivé et enrichi ce pays.

– *Nous* ? interrogea l'Anglais.

D'une main, il agrippa le pare-brise, posa l'autre sur le rebord de son siège et tenta de se retourner. Dov appuya sur ses épaules pour le maintenir en place.

– Nous, les Juifs.

L'officier se contorsionna pour se dégager de la pesée du passager arrière. Mais Dov assurait sa prise.

– Arrêtez-vous !

Azhar maintint l'allure. Il se rapprochait insensiblement de la Land Rover. Le half-track perdait du terrain.

– Lâchez-moi ! glapit l'Anglais.

Il voulut prendre Boro à témoin de sa déconfiture. Mais le reporter regardait au loin.

– La Société des Nations vous a confié un mandat sur la Palestine il y a trente ans. Vous avez tour à tour ouvert, puis fermé les frontières aux Juifs.

– Ils avaient pour mission de nous protéger, risqua Azhar.

– Contre qui ? demanda Dov, élevant dangereusement le ton.

– Contre vous !

– Regarde la route ! intervint Boro en appuyant à son tour sur les épaules d'Azhar.

– Je vous ordonne de vous arrêter ! cria l'officier.

Il tentait d'échapper à la prise de Dov qui, peu à peu, avait resserré son étreinte. Le Hongrois admirait la ruse : la poussière faisait écran à une saillie invisible depuis les deux véhicules qui encadraient la Jeep.

Azhar jura que la discussion reprendrait au plus tôt. Ce n'était pas l'Anglais qui le mettait en rage, mais Dov. Sans la présence du soldat, ils se fussent écharpés. Comme leurs pères et leurs grands-pères longtemps avant eux. À leur contact, Boro comprenait quel rôle jouait l'armée britannique sur ce petit territoire sans ordre où toutes les religions du monde avaient poussé : elle tentait de maintenir un équilibre entre une population qui venait là ne sachant où aller, et une autre qui y restait parce qu'elle s'y trouvait depuis longtemps. Un équilibre précaire qui penchait dans le sens des intérêts économiques et stratégiques d'une puissance soucieuse de préserver ses avantages. Azhar était né sur cette terre. Le ghetto de Varsovie y avait précipité Dov.

L'Anglais commençait à se débattre dangereusement. Peut-être avait-il compris qu'il n'atteindrait jamais Kyriat Malakhi avec son escorte. La poigne d'un interlocuteur emporté était devenue celle d'un agresseur. Il luttait contre, essayant de se dégager. Dov lui entourait le cou de son bras replié. Il serrait. Sa main droite descendit jusqu'à la ceinture de l'officier. Il défit habilement le baudrier et dégagea l'arme. Il l'assura et posa le canon dans le cou de l'Anglais.

– Bouge encore, et tu es mort.

Boro observait la scène avec la froideur que confère au témoin la connaissance de l'issue. Il ne doutait pas un seul instant que l'officier descendrait de la Jeep sur ses deux jambes. D'ailleurs, les ardeurs défensives de ce dernier décrurent à l'instant où le museau du revolver lui caressa l'épiderme. Ce qui permit aux trois occupants de se préoccuper de la suite des événements.

Ils approchaient du décor où la suite devait se jouer. Boro reconnut le croisement des deux routes qu'Azhar avait retrouvé après être passé par son village natal.

Une prise d'otage

Filant à quelques dizaines de mètres devant eux, la Land Rover prit gracieusement la courbe de la route qui menait à Kyriat Malakhi. Elle s'éloigna dans l'ocre du soir, tanguant sur la pierraille. Azhar jeta un regard froid dans le rétroviseur, et dit en arabe :

– Tenez-vous.

Puis, en anglais :

– Ça va danser.

Il tendit ses bras sur le volant comme Boro l'avait vu faire le matin. Il se redressa imperceptiblement sur le siège défoncé de la Jeep, surveilla dans le rétroviseur la distance qui le séparait du half-track, et accéléra lorsque l'intersection des deux routes fut en vue. La Land Rover grossit devant eux. Le nuage de poussière qu'elle dégageait empêchait toujours de voir les soldats assis à son bord. Afin d'aveugler le véhicule suiveur, Azhar se mit à cisailler la route, donnant de brèves secousses sur le volant, tantôt d'un côté, tantôt de l'autre. Un épais voile de particules s'éleva autour d'eux. L'officier toussa. Azhar passa de troisième en seconde, puis, parvenu à l'intersection des deux pistes, il braqua à gauche, accéléra brutalement et s'enfonça sur un chemin caillouteux qui grimpait entre deux collines. Il enclencha les crabots, activant la motricité des quatre roues. La Jeep parut heurter un mur invisible. Il y eut une brusque secousse, après quoi elle repartit dans un miaulement du moteur. On redescendit une pente, on passa le lit d'un oued asséché, on faillit verser sur une pierre en relief surgie brusquement sous les roues, puis le chemin devint plus droit et il fut possible de s'entendre. Azhar riait. Dov avait gardé l'arme de l'officier à la main, mais il ne le menaçait plus. En dépit des circonstances, le captain Robertson Hedges avait conservé un brin de sa raideur. Sa casquette s'était perdue dans les cahots. Les lèvres crispées, il reniflait sans cesse, exprimant un ruminement de colère doublé d'un sanglot de rage inextinguible. Quant à notre reporter, il s'était haussé du col pour surveiller par-dessus la tête des autres si l'ombre d'un half-track apparaissait au loin. Mais rien ni personne. On ne voyait pas la route qu'ils venaient de quitter. Quelques bosquets moussus égayaient l'aridité de la piste qui serpentait désormais entre deux ravines. La sécheresse avait crevassé la terre. Le plan d'Azhar avait parfaitement fonctionné.

À deux miles de distance, les véhicules de l'armée britannique s'étaient arrêtés. La Land Rover avait roulé en marche arrière jusqu'au blindé. Les sous-officiers s'étaient concertés avant de décider d'emprunter la seule voie logique qui s'ouvrait devant eux : Tel-Aviv. Ils étaient passés devant la piste étroite empruntée par la Jeep sans même la remarquer, ignorant la ligne adjacente tracée entre les deux routes principales.

Azhar allait désormais à petite vitesse dans un paysage qui s'apprivoisait peu à peu. Quelques touffes d'herbe apparaissaient dans les replis du sol. Au loin, l'horizon se parait d'une texture nouvelle. Il témoignait d'un changement indéfinissable, comme le ciel varie à l'approche de la mer.

– Nous nous arrêtons là, annonça le jeune Arabe.

Il stoppa près d'une roche rougeâtre. Tous restèrent un court instant immobiles, en quasi-apesanteur dans le calme retrouvé. L'absence soudaine de chocs et de cahots les plongeait dans un monde surnaturel dont ils goûtèrent la bienfaisance pendant cinq secondes. Dov reprit la main le premier.

Il ordonna à l'officier de descendre. Celui-ci s'exécuta avec une lenteur qui voulait exprimer une forme d'insolence. Demeurant dans un cadre strictement militaire, ce témoignage d'insoumission ne franchit pas les bornes d'un langage acceptable. Dov ne s'en offusqua point.

– Déshabillez-vous.

L'autre ne bougea pas. Pour la première fois, il voyait le prétendu interprète de face. Il l'observa avec un grand intérêt, pénétré d'une interrogation que Boro décrypta aisément. Il fit un pas en avant, désireux de ne rien perdre de l'échange entre les deux hommes.

– Déshabillez-vous, répéta Dov.

L'officier secoua la tête.

– *No way !*

Dov leva le canon de l'arme. Ce geste ne parut pas intimider l'officier.

– Je vous donne la veste. Le reste, il faudra venir le chercher.

Dov tendit la main.

– Avec la ceinture et le baudrier.

L'Anglais défit les boutons de sa tunique militaire sans quitter le faux interprète du regard.

– Je n'ai pas peur de vous. Vous n'êtes pas comme ces chiens de l'Irgoun. Vous ne m'abattrez pas.

– Vous le mériteriez.

– Mais vous ne le ferez pas.

– En interdisant l'entrée des miens dans ce pays, vous les tuez une deuxième fois.

– Nous reprendrons cette discussion une autre fois, M. Dov Bielek…

Boro avait bien entendu. Il fut à peine surpris. Ce qui ne l'empêcha pas d'observer le jeune homme aux cheveux blancs avec plus d'attention encore que l'officier britannique quelques minutes auparavant. Il cherchait des ressemblances.

– … car nous nous reverrons, soyez-en sûr.

L'Anglais tendit la veste et le ceinturon.

– À Haïfa, Jérusalem, ou ailleurs.

Il s'adressa à Azhar. Le chauffeur avait posé une fesse sur l'aile de la Jeep.

– Vous aussi, Monsieur… Monsieur ?

En guise d'identité, le jeune Arabe offrit à l'officier un sourire éclatant, doublé d'un bras d'honneur.

– Quant à vous, Monsieur le journaliste français, je n'ai pas oublié…

– Blèmia pour le prénom, Borowicz pour le nom, Boro pour la signature, compléta le reporter. Je serai enchanté de vous offrir un verre dans un lieu que vous choisirez.

– Une cellule à Saint-Jean-d'Acre.

Boro bouda le plaisir qui lui était promis :

– Je n'apprécie que très moyennement la froideur des forteresses. Je compte sur vous pour trouver plus confortable.

Il pirouetta sur une jambe et revint vers la Jeep. Dov le rejoignit. Il lança le vêtement de l'officier à l'arrière et s'installa à côté du chauffeur. Boro retrouva sa place. Azhar mit le moteur en route.

– Pourquoi l'as-tu laissé là ?

– Mon village natal se trouve à cinq miles. Je ne voulais pas qu'il le repère.

Boro se retourna. L'Anglais s'éloignait d'un bon pas.

– Ce village, reprit Azhar en jetant un regard farouche en direction de son passager, ce village, vous ne l'achèterez jamais. Et vous ne nous le prendrez pas !

– Loin de nous cette intention, objecta Dov.

– Nous sommes là depuis beaucoup plus longtemps que vous. Et nous y resterons.

– Avec nous. Comme si nous étions frères.

– Mais nous ne le sommes pas ! s'écria le jeune Arabe. As-tu déjà vu deux frères se faire la guerre ?

– Oui, repartit Boro : dans la Bible.

Cette réflexion tomba comme un caillou crevant une feuille de papier crépon. Elle provoqua un silence qui s'éternisa le temps que mit l'officier britannique à disparaître de leur champ de vision.

Après quoi, Dov rebattit les cartes :

– Nous sommes sur cette terre depuis trois mille ans.

– Nous l'avons conquise au VIIe siècle.

– Nous avons combattu ensemble les Croisés…

Ainsi, jusqu'à leur arrivée dans le village d'Azhar, le Juif et l'Arabe refirent-ils encore et encore l'histoire du monde.

Où Blèmia Borowicz quadrupède

Ils quittèrent le village arabe montés sur des ânes, dissimulés sous des capes grossières. Azhar les protégea ainsi de la curiosité britannique. Il sélectionna lui-même leur tenue, et assista à la séance d'essayage avec un plaisir manifeste. Une douzaine d'enfants réjouis regardaient en battant des mains les deux étrangers revêtir le costume traditionnel de leurs parents et grands-parents.

Ni Boro ni Dov ne protestèrent. Peu leur importait, après tout, l'habit qu'ils revêtaient pour devenir les moines que les Anglais laisseraient passer. Ils quittèrent le village natal de leur ami chauffeur juchés sur des bestiaux indolents. Azhar leur avait indiqué un chemin qui croiserait la route menant d'Ashod à Ashquelon, descendrait jusqu'au littoral où ils pourraient rejoindre l'endroit où Dov Biekel était attendu. Il leur avait laissé le téléphone de sa cousine, à Haïfa : depuis qu'il avait quitté le domicile familial, Azhar dormait chez elle.

– Téléphonez-moi si vous avez un problème. J'essaierai de vous aider.

Tout en allant sur sa monture, les jambes battant sur ses flancs tièdes, Boro se laissait caresser par l'image émouvante de Julia Crimson. Il se demandait comment la jeune Anglaise recevrait sa proposition si, d'aventure, après le ballon dirigeable[1], le sous-marin[2], *l'Aston Martin vert bouteille*[3], il lui proposait un solipède.

1. Voir *La Dame de Berlin.*
2. Voir *Les Noces de Guernica.*
3. Voir *Boro s'en va-t-en guerre.*

S'enfonçant dans des paysages de plus en plus obscurs, il s'employait à combattre le ressac produit par le mouvement de l'âne sur ses reins endoloris grâce à de douces images hélas sans effet salvateur.

Le rythme de l'animal permit au reporter de glisser une pellicule neuve dans son Leica. Cependant, la luminosité se révélant insuffisante et le mouvement empêchant des temps de pause prolongés, il ne put photographier Dov Biekel.

Le Polonais allait devant. Contrairement à Boro, il semblait avoir une certaine pratique de l'équidé. Il se balançait au rythme des oscillations du baudet quand le Hongrois encaissait douloureusement les glissements de sabots dus aux ressauts que l'animal se révélait incapable d'anticiper.

Ils cheminèrent jusqu'à la nuit tombée sans croiser l'ombre d'un Anglais. À vingt-deux heures, ils atteignirent la plage. Dov arrêta sa monture à distance des vagues. Boro le rejoignit. Le Polonais scrutait la mer. La lune jouait à travers un tissu nuageux. L'eau était noire.

– Tu es descendu à Jérusalem ?

– Oui, confirma Boro.

– Tu ne peux pas rentrer à ton hôtel. Les Anglais y sont déjà.

Boro cherchait des intonations qu'il ne reconnut pas. Mais il y avait dans le propos une fermeté qui lui parut familière. Il se doutait bien que les Anglais avaient découvert son hôtel et fouillé sa chambre : même s'il n'avait pas retenu son nom, le captain se souviendrait de son signalement – quoi de plus facile que d'identifier un journaliste venu de Paris, doté d'une canne, missionné par un journal anglais ?

– Comment es-tu venu en Palestine ?

– L'avion jusqu'au Caire, le train ensuite.

Dov descendit de sa monture. Il se déchaussa et posa le pied sur le sable. Boro l'imita. Ils attendirent la vague.

– Les frontières te sont interdites.

Boro l'admit. Cela ne le préoccupait pas.

– Les journalistes disposent de certaines ressources qui leur permettent de se sortir de situations de ce genre, dit-il.

– Pour quel journal travailles-tu ?

Il énuméra la moitié des titres de la presse anglo-saxonne. Dov défit la capuche de sa cape, se tourna vers lui et dit :

– Un seul de ces journaux nous suffirait.

– D'accord, concéda Boro.

Il avait compris quel marché l'autre allait lui proposer.

– Il faut partir quand ? Et où ?

– As-tu de la pellicule ?

– Six rouleaux dans mes poches.

– Cela ne suffira pas.

– J'en trouverai.

Dov parut réfléchir.

– Te manque-t-il des objets absolument nécessaires qui seraient restés dans ta chambre d'hôtel ?

– Aucun, répondit Boro.

Il n'avait jamais considéré que l'absence de vêtements de rechange pût contrarier un départ en reportage. L'aurait-il fait que Dov l'eût rassuré :

– Nous te procurerons le minimum dont tu auras besoin.

– Pour combien de temps ?

– Nous ne pourrons rien acheter, et pas même nous ravitailler pendant sept jours.

– Bien, fit Boro en hochant la tête.

L'excitation le gagnait. Il appréciait ces instants où il s'apprêtait à changer de monde. C'était exactement comme s'il entrait dans un bain tiède avant de plonger la tête sous une eau qui le recouvrirait bientôt, l'obligeant à s'oublier lui-même. Il n'aimait rien tant qu'enfourner son matériel dans le sac de cuir qui contenait habituellement son équipement, puis, une fois sur place, choisir l'appareil qu'il emporterait en reportage, vérifier une dernière fois l'objectif, prendre le lot de pellicules nécessaires et partir à la recherche de l'image. Dans la chambre de son hôtel, les Anglais découvriraient son bagage. Boro ne s'en souciait pas : il savait comment le récupérer.

– Marchons, dit Dov Biekel.

Il consulta sa montre.

– Nous devons être aux abords d'Ashod peu avant minuit.

Ils attachèrent les ânes à un esquif échoué, loin de la mer. Il était convenu qu'Azhar ou ses cousins les retrouveraient là. Ils se débarrassèrent de leurs capes. Par-dessus sa chemisette, Dov avait enfilé la veste d'uniforme du captain Robertson Hedges.

– Tu devrais la jeter à la mer, conseilla Boro.

– Nous en aurons besoin. C'est un vêtement précieux.

Il était beaucoup trop grand pour le Polonais.

– Ton appareil photo, c'est le petit objet que tu trimballes à l'épaule ?

Boro défit la lanière du Leica et le tendit à son compagnon.

– C'est le meilleur et le plus petit du monde. Un Leica, format 24 X 36.

Dov le prit, le retourna entre ses mains et découvrit l'inscription gravée au dos : *Boro-Maryk.*

– Maryk est une femme ?

– Ma cousine... Elle m'a offert cet appareil, et la première photo que j'ai prise avec m'a porté chance.

Il sourit intérieurement à l'évocation de ce souvenir qui datait d'une quinzaine d'années.

– Nous étions chez Hoffmann, à Munich.

– Hoffmann ? l'interrompit le Polonais. Le photographe de Hitler ?

– Il n'avait pas encore gravi les échelons qui l'ont conduit jusqu'à son triste sort. Il n'était que commerçant.

– Et ta première photo ?

– Hitler lui-même. Il courtisait une vendeuse de chez Hoffmann, et il est entré dans la boutique avec un bouquet de fleurs qu'il lui a offert. Je l'ai photographié alors qu'il promenait ses mains sur les fesses de la jeune Eva. Eva Braun : c'était son nom[1].

Il raconta à Dov Bielek les menaces dont il avait été l'objet de la part des nazis qui avaient tout tenté pour récupérer la pellicule prise chez Hoffmann.

– Ils sont allés jusqu'à fouiller la chambre que j'habitais alors sous les toits de Paris ! Ils ont pris ma cousine en otage ! Et pendant toute la guerre, ils n'ont cessé de me rechercher !

Dov examina le Leica avec une moue dubitative. Il ne croyait pas qu'on pût emprisonner l'histoire du monde grâce à un objet aussi minuscule.

Boro dressa le curriculum vitae de son Leica : il avait été à Berlin dans les années trente, à Barcelone et à Madrid pendant la guerre d'Espagne, aux États-Unis, en Inde, à Londres sur le *Graf Zeppelin*... Il avait débusqué les cagoulards français, quelques traîtres officiant sur la ligne Maginot, imprimé le dernier modèle

1. Voir *La Dame de Berlin.*

du char Tigre lorsqu'il n'était encore qu'à l'état de prototype, la machine Enigma quand elle était arrivée en France en 1940…

– Enigma ?!

Dov l'avait coupé net.

– Oui, Enigma. C'était une petite machine qui permettait aux Allemands de coder les messages… Les Anglais l'ont récupérée au début de la guerre.

– Enigma ! répéta Dov Biekel. Enigma !

Il murmurait ce mot comme pour se convaincre qu'il avait été réellement prononcé.

– Enigma !

Il reprit sa marche. Boro l'accompagna, aussi curieux que l'autre paraissait ébranlé : comment le Polonais connaissait-il l'existence de cette mystérieuse machine que le reporter avait volée en 1939 à la comtesse Romana Covasna avant de se la faire dérober à son tour ? Cette machine que les services secrets britanniques avaient utilisée tout au long de la guerre, développant des systèmes vertigineux pour parvenir à déchiffrer en temps réel les messages que l'état-major allemand envoyait à ses corps d'armée ?

– Enigma ! murmurait encore Dov Biekel, mal remis de sa surprise. C'est nous, les Polonais, qui l'avons confiée aux services français et britanniques.

– Comment le sais-tu ? questionna Boro.

– J'étais présent à la réunion où elle fut offerte. C'était dans une base secrète de la forêt de Pyry.

Le Polonais avait ralenti le pas. Le mouvement des vagues les obligeait parfois à remonter vers le littoral. Ils allaient désormais comme deux promeneurs anodins se satisfaisant d'une balade nocturne en bordure de mer.

– Le BS4 polonais, c'est-à-dire la section de cryptage de l'état-major, avait réussi, avant la guerre, à reconstituer la machine Enigma. En 1940, les chefs du pays avaient compris que les Allemands attaqueraient et que nous plierions rapidement devant eux. Ils ont convoqué deux espions, l'un français, l'autre polonais, à charge pour eux de récupérer la machine.

– Pourquoi étais-tu présent à cette réunion ? demanda Boro, passablement intrigué.

– Parce que je connaissais quatre langues : le polonais, le français, l'anglais…

– Et ?... poursuivit le reporter, encourageant Dov Biekel qui s'était interrompu.

– ... et le langage des sourds-muets.

Il se tut un instant. Boro comprit que ses pensées dérivaient vers les tristes paysages d'avant-guerre. Il respecta le silence de son compagnon.

– À cette réunion, reprit Dov peu après, il y avait un mathématicien de génie. C'est lui qui avait su reconstituer Enigma. Il était sourd et muet... Je connaissais cet idiome à cause de ma mère : elle souffrait de la même infirmité. C'est pourquoi le Biuro Szyfrow m'avait recruté.

Un ressac fortuit les obligea à se déporter brusquement vers la droite.

– Je me souviens parfaitement bien du Français qui était présent, reprit Dov. Le commandant Bertrand... Il est resté là – il se cogna le front avec son pouce replié. Mais pas pour ses traits ou sa silhouette. Pour ce qu'il a dit.

Il empoigna le bras de Boro et le serra vigoureusement.

– Le major polonais, celui qui avait provoqué la réunion, a reconnu que la Pologne n'aurait jamais dû participer à la curée sur la Tchécoslovaquie. Ensuite, il a demandé au Français combien la France avait de divisions en 1938...

– Cent, hasarda Boro.

– Soixante ! Et combien l'Allemagne pouvait-elle en aligner sur le front occidental ?

Les doigts de l'autre lui enfermèrent le coude. La rage s'était emparée de Dov Biekel.

– Une demi-douzaine ! siffla-t-il. Pas plus ! Cela signifie que si la France et l'Angleterre n'avaient pas cédé à Munich, Londres et Paris auraient bouffé Hitler en six semaines !

Boro savait cela. Il n'avait jamais accepté la capitulation de Munich. Il le dit. À quoi Dov Biekel répliqua que si les grandes puissances ne s'étaient pas montrées si lâches à Munich, tous deux ne marcheraient pas, à ce moment-là, en pleine nuit, en direction d'une plage éloignée pour tenter de sauver une poignée de rescapés échappés de l'enfer.

Ce qu'il ne dit pas, c'est que, lorsqu'il avait quitté la base secrète de Pyry pour rejoindre Varsovie, il était monté dans la voiture du major Langer, chef du Biuro Szyfrow. Il était assis sur un strapontin, face au commandant Bertrand et à son homologue britannique, Sir Denniston. Les trois hommes avaient parlé d'un inconnu. Cet inconnu était français. Il avait été photographié à Bombay alors qu'il poursuivait lui aussi la machine Enigma. Il s'appelait Blèmia Borowicz[1].

Dov Biekel ne le dit pas : il ne se souvenait pas de ce détail-là.

---

1. Voir *Mademoiselle Chat.*

Le ghetto de Varsovie

Il ne s'en souvenait pas car les Allemands étaient entrés dans Varsovie quelques semaines après la rencontre en forêt de Pyry. Ils avaient élevé des murs et des barbelés autour de la « zone d'épidémie » où vivaient les Juifs. Ils y avaient enfermé ceux de Varsovie, puis d'autres, venus d'ailleurs en Pologne, d'Allemagne et d'Autriche.

– On avait faim, et le typhus faisait des ravages parmi nous. Tous les médecins avaient été réquisitionnés.

Dov Biekel parlait bas. Il marchait en regardant ses pieds. L'ombre dissimulait son visage. Ses paroles parvenaient à Boro mêlées au bruit du vent.

– Au fil des semaines, nous avons réussi à nous reconstruire une petite vie. Je m'occupais de ma mère et des habitants de mon immeuble. J'avais vingt ans. J'écrivais dans le journal clandestin du Bund. Cette période a duré quelques mois. On ne savait encore rien sur le massacre des nôtres. Les premières nouvelles sont arrivées au début de l'année 1942. Personne n'a voulu croire que c'était possible.

Dov leva la tête et inspira profondément. Il regarda en direction de la mer.

– De toute façon, qu'aurions-nous pu faire ? La rumeur s'est répandue dans tout le ghetto qu'ils avaient déporté nos frères de Lublin. On en parlait. On ne parlait même que de cela. Beaucoup cherchaient des confirmations, des preuves. Ils n'obtenaient rien… En avril, ils ont fait irruption dans le ghetto. Ils avaient des listes, des adresses. Ils ont arrêté des politiques et les ont fusillés en pleine rue. Alors, on a compris que Lublin ne serait pas la seule ville frappée. Et on a commencé à s'organiser.

Une lumière clignota au loin dans les vagues. Dov la vit. Il consulta sa montre. Il montra le point lumineux à Boro et dit :

– C'est là que nous allons.

Ils poursuivirent leur marche sur la plage en regardant du côté de la mer. On ne distinguait plus rien à l'horizon : la lumière avait disparu.

– En juillet 42, ils sont revenus. Ils n'ont même pas exécuté le sale boulot eux-mêmes. Ils ont fait garder les entrées par les Ukrainiens et les Lettons. Ils sont allés voir les chefs du *Judenrat*, qui organisaient la vie du ghetto. Ils en ont pris quelques-uns en otages, ils ont menacé les autres, ils ont ordonné au *Judenrat* de rassembler six mille Juifs le premier jour, autant le lendemain, le surlendemain et les jours suivants, jusqu'à ce que tous les Juifs de Varsovie aient été réinstallés ailleurs. C'est exactement les deux mots qu'ils employèrent : *réinstallés ailleurs*. On a su peu après ce qu'ils signifiaient. On l'a su partout en Europe : nous, ceux de Lublin, chez vous, à Paris…

Boro l'avait su, lui aussi. Il se trouvait alors à Lyon, mais avait fait transmettre l'information à Olga Polianovna : le 16 juillet, ordre avait été donné aux préfets par le secrétaire général de la police de Vichy, René Bousquet, d'arrêter les trente mille Juifs étrangers fichés dans les préfectures. Cette décision concernait tous les territoires occupés. Elle avait été prise le 20 janvier 1942 lors de la conférence de Wannsee organisée par le chef de la police de sécurité et du SD, l'*Obergruppenführer* SS Reinhardt Heydrich, et quelques membres haut placés des ministères nazis. Le but de l'opération était simple : liquider les Juifs d'Europe.

– Le chef du *Judenrat* s'est suicidé. Le premier jour, six mille Juifs ont été emmenés à la gare par les SS. De là, ils ont été conduits à Treblinka. Pareil le deuxième jour, le troisième, le quatrième… Trois cent mille de nos frères sont partis. On ne savait pas, alors, ce qu'était Treblinka. On l'a appris plus tard, au cours de l'été. Nous nous sommes regroupés pour nous défendre. J'étais le bras droit de notre chef, Mordekhai Anielewicz. Il avait quatre ans de plus que moi. Nous savions tous deux que nous n'avions aucune chance.

Sur la mer, il y eut à nouveau une brève illumination. Dov s'arrêta et consulta sa montre. La lampe clignota six fois. Une autre répondit, loin devant, sur la droite.

– Ils seront là dans soixante minutes, commenta sobrement le Polonais. Nous ne sommes pas en retard.

Boro commençait à comprendre la nature du rendez-vous dont avait parlé Dov Biekel. Il ne posa aucune question. Il marchait tout en écoutant.

– Nous avons réussi à convaincre les trente mille Juifs qui restaient dans le ghetto de ne pas se livrer aux Allemands. Nous avons construit des faux plafonds, des portes secrètes, des caches dans les sous-sols. En janvier, quand ils sont revenus, nous étions capables de les recevoir. On avait trouvé dix armes de petit calibre : pistolets, revolvers... Ils sont entrés le 18 à sept heures trente. Ma mère venait de se réveiller. Je lui faisais boire de l'eau chaude. J'ai rejoint les autres sur le chemin où étaient regroupés ceux qu'on conduisait à la gare. Nous les avons attaqués par les côtés. C'était la première fois qu'ils voyaient les Juifs leur résister. Ils ne s'y attendaient pas. Nous nous sommes battus pendant quatre jours. On a eu beaucoup de morts, mais eux aussi. On a récupéré quelques armes : une cinquantaine. On a fabriqué des bombes artisanales et des cocktails Molotov. Et puis on les a attendus. On a installé des guetteurs partout dans le ghetto. On savait bien qu'ils reviendraient.

La lampe clignota cinq fois sur la mer. Il n'y eut pas de réponse du côté du littoral. Dov obliqua vers le sable sec. Il dit qu'ils approchaient d'Ashod et qu'il ne fallait prendre aucun risque : leurs silhouettes se fondraient mieux dans les herbages qu'au ras de la côte. Ils obliquèrent donc du côté des terres, marchant au pied d'une ligne de dunes plantée d'arbustes secs.

– Ils sont revenus le 19 avril. Ils se sont regroupés dans la nuit autour des murs du ghetto. La population a eu le temps de descendre dans les caves et les sous-sols. Quand ils sont entrés, à six heures du matin, nous les attendions. Ils sont passés dans les rues vides, regroupés en deux colonnes. On a lutté contre eux pendant huit heures. Avec nos pauvres armes et nos bouteilles d'essence, on les a tenus en échec. Ils sont ressortis du ghetto. Le lendemain matin, ils sont entrés de nouveau. Nous étions sur les toits. On les a canardés jusqu'au moment où ils ont demandé un cessez-le-feu pour évacuer leurs blessés.

Dov Biekel ricana doucement. Boro imaginait la fierté gravée sur son visage.

– Tu te rends compte, Français ? Avec leurs chars, leurs lance-flammes, leurs mitrailleuses lourdes, contre nous, une poignée, mais une poignée dont ils sollicitent un cessez-le-feu ! Qu'ils supplient avec des drapeaux blancs ! Nous ! Les derniers Juifs d'Europe ! Ceux qu'ils n'ont pas encore assassinés !

Le Polonais ferma les poings, joie et rage mêlées. Il buta contre une racine et se rétablit en s'accrochant au bras du reporter.

– On s'est battu contre eux pendant quinze jours. On les aurait attaqués avec les dents s'il ne nous était resté que les dents. Ils ont donné l'assaut final le 8 mai. Ils ont chargé au bazooka et à l'arme lourde. Ils avaient incendié toutes les maisons. Je me trouvais rue Mila, dans la cave que nous avions transformée en bunker. C'était le QG de l'Organisation juive de combat. On a voté. On a choisi de mourir comme ceux de Massada. Mais, avant, je voulais voir ma mère. Je suis sorti, j'ai rampé dans les égouts, j'ai retrouvé les cendres de notre maison. C'est tout. Rien d'autre. La seule chose que je peux dire, c'est que ma mère est morte sans un cri. C'est peut-être plus terrible qu'une larme.

Il y eut deux scintillements du côté de la mer.

– Lorsque je suis revenu rue Mila, ils mitraillaient dans les sous-sols. Ils n'ont pas eu Mordekhaï : il s'est tué lui-même. J'ai filé par les caves et les soupiraux. Je suis sorti hors du ghetto par une bouche d'égout. C'est ce matin-là que mes cheveux sont devenus blancs.

Il se tut. Leur marche était freinée par le sable et par les bouquets de fougères qu'ils devaient contourner. Ils arrivaient dans une anse ouverte sur l'eau. Ils se trouvaient légèrement en surplomb et dominaient la mer et la plage.

– Nous sommes un peu en avance, dit Dov.

Il s'agenouilla sur le sable. Boro s'assit auprès de lui. Le Polonais chercha son regard. Il dit :

– Je suis d'accord avec tout ce que raconte Azhar. Ils ont une terre, ils la défendent, c'est normal.

– Oui, approuva le reporter.

– Mais nous, nous n'avons plus rien, et cette terre est aussi la nôtre.

– Partagez-la.

– Je ne suis pas certain que les souffrances que nous avons subies nous accordent la magnanimité nécessaire.

– Et eux ?

– Je ne sais. Il faudrait qu'on se parle.

Dans la nue, Boro distingua une forme qui approchait. Elle venait de la mer, et c'était un bateau. Dov ne manifesta aucune surprise en l'apercevant à son tour. Étrangement, il se tourna vers le littoral. Des silhouettes s'avançaient. Une vingtaine d'hommes silencieux.

La Terre promise

– Ils vont chercher les réfugiés.

Dov Biekel montra la barcasse dont la proue se soulevait au large, balancée par les flots. Boro ne distinguait aucune forme humaine sur l'embarcation qui approchait de la côte.

– Ils ont reçu l'ordre de rester couchés jusqu'au débarquement, poursuivit Dov, devançant la question du reporter. Les Anglais doivent croire qu'il s'agit d'un bateau de pêche.

Il se débarrassa de la veste du captain.

– Je te la confie. Ne la perds pas : nous en aurons besoin.

Les hommes sortis des taillis descendaient silencieusement vers la plage. Ils étaient pieds et torse nus. Les premiers avaient atteint le rivage. Ils entrèrent dans l'eau et nagèrent sans bruit à la rencontre de l'embarcation.

– Je vais les chercher, reprit le Polonais. Lorsqu'ils seront tous à terre, rejoins-moi : nous embarquerons à leur place.

– Pour où ?

– L'Italie. Il y a des camps, là-bas, et ils ont besoin de nous.

Dov se redressa et descendit en courant vers la mer. Boro enfila la veste d'uniforme de l'officier anglais. Il répartit ses pellicules dans les poches de la vareuse et se laissa glisser à son tour vers la plage. Tout en marchant, il chargeait le Leica avec le film le plus sensible qu'il avait emporté. Il poussa les Asa au maximum. Cent mètres devant lui, les camarades de Dov étaient désormais tous entrés dans l'eau. Ils nageaient vigoureusement vers le bateau dont le mât émergeait comme une longue branche nue. La voile avait été repliée. Des rameurs dirigeaient l'embarcation vers la côte.

Boro repéra un petit monticule pierreux hors de l'eau. Il y posa son appareil, le cala avec deux cailloux et s'allongea, l'œil dans le viseur. Il cadra en amont de l'embarcation : il déclencherait au moment où les réfugiés approcheraient de la grève. Il était essentiel de ne pas bouger afin de prolonger le temps de pause. Il estima celui-ci à trois secondes.

Il régla le Leica, vérifia qu'il ne bougerait pas sur la pierre, puis leva le regard. Les nageurs avaient atteint la barcasse et la poussaient vers la plage. Quelques silhouettes se dressèrent à bord du bateau. Celui-ci voguait maintenant à vive allure vers la plage. Il s'échoua dans un feulement doux sur le sable mouillé. Boro modifia légèrement l'axe du Leica, régla le télémètre et déclencha.

Soutenus par Dov et ses compagnons, une trentaine de clandestins mirent pied à terre dans un désordre silencieux : des femmes, beaucoup d'enfants, quelques hommes. Ils sautaient sur le sable, regardaient autour d'eux dans un désarroi qui se transformait peu à peu en une sorte d'espoir que Boro s'employa à graver sur la pellicule. Ces gens-là étaient des rescapés. Ils sortaient des camps nazis. Ils avaient été parqués dans des cantonnements gardés par les Alliés, attendant qu'on voulût bien les recevoir quelque part. Mais les frontières étaient fermées. Les pays d'accueil avaient instauré des quotas d'immigration. Ceux qui avaient tenté de rentrer chez eux n'avaient rien retrouvé de leurs biens, de leurs maisons, de leurs familles. Souvent, ils avaient été chassés de nouveau. Les pogroms avaient repris. Ils n'avaient nulle part où aller, sinon sur cette terre où ils débarquaient de nuit, après huit jours de voyage, des mois de cauchemars, espérant un peu de paix, ou du moins de sommeil.

Quelques-uns se penchèrent et embrassèrent le sable. Les hommes d'équipage balancèrent des sacs et des valises qui atterrirent sur la grève et furent empoignés par les garçons que Dov avait rejoints. Les réfugiés formèrent une file. On leur demanda de ne pas parler, de ne pas tousser ni éternuer, d'avancer sans bruit jusqu'à la route où des camions étaient dissimulés. Les consignes furent formulées en yiddish, en polonais, en allemand et en anglais. Dov avait pris la tête de la colonne qui s'ébranla bientôt vers les hauteurs. Boro le rejoignit. Il figea quelques visages épuisés sur la pellicule. Les femmes étaient en noir. Les hommes portaient des pantalons trop larges maintenus à la taille par des ficelles. Les enfants avaient la mine grave. Tous marchaient en silence, beaucoup se tenant par la main. Dix ans auparavant, ces voyageurs avaient été des citoyens ordinaires venus des pays d'Europe les plus riches, les plus civilisés. Aujourd'hui, ils étaient des clandestins.

À la lueur de la lune, Boro photographiait. Il savait qu'aucun hasard ne provoquerait le miracle espéré, mais cela ne l'empêchait pas de nourrir l'espoir fou de croiser dans son viseur l'œil si doux de Noémie. Il ne rencontrait que des regards lourds, fatigués, surpris d'être devenus des objets de curiosité.

Lorsqu'il eut achevé une première bobine, Boro rejoignit Dov. Le Polonais donnait des instructions à un garçon plus jeune au torse encore mouillé par l'eau de la mer. Il parlait en yiddish. Il adressa un bref sourire au reporter, montra cinq doigts, lui indiquant qu'ils redescendraient vers le bateau cinq minutes plus tard.

La petite colonne était parvenue à un rideau d'arbres secs derrière lequel un chemin poudreux s'éloignait vers l'intérieur. On le franchit. Des camions aux ridelles abaissées attendaient les voyageurs. On y jeta les sacs. Puis, alors que les femmes s'apprêtaient à monter avec les enfants, il y eut soudain comme un brusque embrasement, et toute la scène se trouva éclairée comme en plein jour.

Les Anglais étaient là.

Les Anglais, en majesté

Ils attendaient, béret sur la tête, mitraillette à la hanche. Ils portaient des chemisettes beiges à manches courtes, des shorts et de grosses chaussures militaires. Ils étaient commandés par un sergent qui toisait Dov et ses compagnons avec un méchant sourire. Les réfugiés s'étaient arrêtés au commandement. Ils restaient figés. Les enfants n'avaient même pas fait un pas vers leurs mères : ils avaient traversé tant d'épreuves que ces soldats de pacotille, bras nus et sans casque, ne les effrayaient pas. Seule la lumière aveuglante des trois projecteurs braqués sur la colonne paraissait les émouvoir.

En dix secondes, Boro avait apprécié la situation. Il ne pourrait pas empêcher les soldats d'accomplir leur mission. Il ne pourrait pas non plus sauver l'équipe de Dov Biekel. Mais il devait protéger ce dernier. Il fallait créer une diversion.

Il défit la lanière de son Leica, glissa l'appareil dans la main du Polonais après lui avoir murmuré trois mots :

– Garde-le moi.

Il fit un pas en avant, sortant de la file des réfugiés. Il bomba le torse et dit dans un anglais parfait :

– Je suis le captain Robertson Hedges.

Le sergent commença par se raidir imperceptiblement, en une ébauche de garde-à-vous qui perdit de son assurance après qu'il eut remarqué la tenue de son supérieur hiérarchique : pas de couvre-chef réglementaire, ni arme ni ceinturon, pantalon sans pli d'un bleu cendré assez rare dans l'armée de Sa Très Gracieuse Majesté.

– Quelle arme ? questionna le sous-officier.

– Seizième groupe de Chasseurs mécanisés.

– Ah ?

Le sergent se concerta avec un caporal qui lui tenait lieu de second. Ils hochèrent tous deux la tête.

– Cette unité n'existe pas.

– Si, rétorqua Blèmia Borowicz : mais en France.

La colonne des réfugiés suivait l'échange sans en comprendre le sens. Les biffins de l'armée britannique les avaient encerclés et les poussaient doucement vers les camions. Boro s'éloigna de quelques mètres afin d'accroître la distance qui le séparait de Dov Biekel. Le sergent fit un signe à trois de ses hommes ; ils s'approchèrent du Hongrois.

– J'ai enlevé le captain Robertson Hedges, déclara froidement Boro.

Il montra la poche poitrine de la vareuse sur laquelle était cousue une languette portant le nom de l'officier britannique.

– Cette veste est la sienne.

Le reporter fut aussitôt entouré et immédiatement menotté. Un très léger mouvement se produisit à la place qu'il venait de quitter : Dov Biekel s'était coulé entre les arbustes. Personne n'avait rien remarqué, semblait-il. Il s'agissait désormais de gagner du temps afin de permettre au Polonais de s'échapper.

– Renseignez-vous auprès de votre état-major, poursuivit Boro : le captain Robertson Hedges a été enlevé sur la route de Kyriat Malakhi.

Le sergent fit venir à lui un soldat qui portait une radio émettrice sur le dos. Il tourna une manivelle et porta le combiné à son oreille. Boro entendit clairement les propos antisémites qui furent prononcés. Le sergent admirait sans doute le général Evelyn Barker, commandant de l'armée anglaise en Palestine au moment de l'attentat de l'hôtel King David, rappelé à Londres en raison de la haine viscérale qu'il vouait aux Juifs. Le général Barker illustrait brillamment la note de Winston Churchill, qui avait écrit que la majorité des officiers britanniques stationnés en Palestine étaient partisans des Arabes. Le sergent corroborait sans équivoque l'opinion de l'ancien Premier ministre.

Boro s'obligea au plus grand calme. Il tourna le dos au sous-officier.

Les réfugiés étaient montés dans les camions. Une fois encore, ils seraient conduits dans un camp où ils moisiraient le temps qu'une puissance quelconque voulût bien les accepter quelque part. Ils ne se préoccupaient même plus des événements qui se déroulaient autour d'eux. Ils s'étaient regroupés et chuchotaient à voix basse, gardés par des soldats qu'ils ne regardaient pas.

La situation était sensiblement la même pour les jeunes gens qui avaient accompagné le bateau jusqu'au rivage. Ils avaient été regroupés sur le bord du chemin, à petite distance des véhicules. Quatre soldats les gardaient. Contrairement au groupe des réfugiés, ils avaient droit à toute la sollicitude des biffins : les canons des mitraillettes Sten étaient braqués sur eux, et les leviers d'armement avaient été tirés.

Le sergent raccrocha le téléphone de campagne et s'approcha de Boro. Il le considéra avec suspicion, hochant vigoureusement la tête.

– Vous aviez raison, dit-il. Mais le captain Robertson Hedges a été retrouvé.

– Alors, vous allez me libérer ? s'enquit le reporter en tendant ses poignets entravés.

Le lacet de sa canne étant pris dans la boucle de la menotte, il ne pouvait agiter son stick comme il l'eût fait dans des circonstances normales.

– Non, répliqua le sous-officier : nous allons mettre le captain en liaison avec vous.

– Par voie téléphonique ?

– Non. De visu.

– Dommage ! se plaignit le reporter. J'aurais bien continué ma course.

– On vous emmène, dit le sergent.

D'un geste, il montra le groupe des réfugiés et celui des jeunes gens.

– Ceux-là aussi.

Il donna un ordre. Boro fut conduit dans une Jeep et installé à l'arrière. Les camarades de Dov Bielek montèrent dans deux camions bâchés de l'armée britannique. Deux soldats se hissèrent derrière eux. Les ridelles furent refermées.

– Où m'emmenez-vous ? demanda Boro après que le sergent se fut assis à l'avant de la Jeep.

– Saint-Jean-d'Acre.

– C'est un centre équestre ?

– Une prison.

Le reporter afficha une moue attristée.

– Cela, parce que j'ai fait l'aveu d'un enlèvement à peine caractérisé ?

– C'est une des raisons. L'autre est plus grave.

Le sergent pointa le pouce en direction des deux camions qui emportaient les réfugiés.

– Vous avez aidé un groupe de clandestins à pénétrer en Palestine. Les lois vous l'interdisent.

– Quelles lois ? protesta Boro.

– Les lois anglaises. Nous sommes chargés par les Nations unies d'administrer ce pays.

La Jeep s'ébranla. Les autres véhicules suivirent. Deux motos fermaient la route. À l'évidence, les autorités britanniques avaient été prévenues du débarquement des clandestins. Elles avaient dépêché une section sur place.

Boro tendit ses mains vers le sous-officier.

– Auriez-vous l'obligeance de m'enlever ces machins ? Ils me gênent dans mon expression.

– Que feriez-vous si vous aviez les mains libres ? questionna le sergent. De quelle manière vous exprimeriez-vous ?

– Avec mes poings, repartit Boro.

Il les serra, les exhibant à la face du sous-officier.

– Je vous casserais la gueule.

– Alors c'est une bonne chose qu'elles vous encombrent !

– Vous aussi, quand vous croisez des Juifs dans la rue, à Londres ou ici, vous leur lancez un *Heil Hitler !* amical ? Vous les traitez de *Bloody Jew* ?

D'autres les menaçaient d'achever le travail commencé par Hitler. L'Agence juive recevait quotidiennement des plaintes de personnes agressées verbalement par des soldats anglais dans les rues de Jérusalem ou de Tel-Aviv.

– Vous feriez mieux de ficher le camp de ce pays, grogna le reporter.

Une colère froide le gagnait. Elle était due aux camions. Il haïssait ceux qui les dirigeaient vers des camps d'enfermement. Ce sergent et toute sa troupe. L'Angleterre et son armée. Il maudissait Julia Crimson, Artur Finnvack et tous les serviteurs de la Couronne. Comment osaient-ils, eux qui avaient ouvert les camps, vu ce que lui-même avait vu, pleuré comme tous ceux qui avaient découvert l'abjection, comment osaient-ils traquer les rescapés au bord des plages, les faire monter dans des convois pour les conduire derrière d'autres barbelés ? Comment osaient-ils agir de la sorte, eux qui n'avaient pas bougé lorsque les services secrets polonais, les rares évadés des camps, les émissaires des mouvements juifs, les dizaines d'informateurs venant de toute l'Europe occupée, leur avaient annoncé que les Juifs d'Europe étaient emmenés, fusillés, gazés, brûlés ? Pourquoi Churchill avait-il demandé à ses services de ne plus l'importuner avec ces notes qui ne relevaient pas de la conduite de la guerre ? Pourquoi Roosevelt et lui s'étaient-ils tus ? Pourquoi les gouvernements en exil n'avaient-ils pas ordonné à leurs troupes résistantes de faire sauter les voies de chemin de fer conduisant à Auschwitz, Maidanek ou Treblinka ? Pourquoi n'avait-on pas répondu à l'appel muet, terrifiant, des esclaves abandonnés aux expériences des médecins nazis, des forçats crevant de détresse et d'épuisement, des six millions poussés dans les chambres à gaz, femmes et enfants séparés, qui, tous les jours avant de mourir, appelaient de leurs vœux des appareils venus du ciel qui eussent bombardé les crématoires et mis fin, au moins temporairement, au calvaire de ceux qui se trouvaient là, et des autres qui arrivaient ?

Pourquoi ? Pourquoi personne n'avait-il rien tenté pour épargner au monde cette flétrissure infamante qui marquerait à jamais l'humanité ? De quel droit un sergent de l'armée britannique se permettait-il d'emmener derrière des chevaux de frise des réfugiés qui venaient à peine de quitter l'enfer et qui y retournaient, poussés par ceux qui auraient dû les en sortir ?

Boro cracha dans la nuit claire. Il posa ses coudes sur ses genoux et enferma ses deux yeux dans ses poings crispés.

Il enrageait.

En attendant George Orwell

Il n'avait pas connu la prison depuis la guerre d'Espagne. À l'époque, il était enfermé dans le quartier des condamnés à mort. Arthur Koestler était son voisin. Boro avait épousé Solana Alcantara. Friedrich von Riegenburg croyait l'avoir enfin à sa merci[1]. Les camps, alors, étaient solidement dessinés, et Boro avait choisi le sien. Il avait sauvé sa cousine Maryika des pattes des nazis accédant au pouvoir en Allemagne, il avait démasqué un réseau de trafic d'armes organisé par la Cagoule au profit des franquistes espagnols, il s'était rangé du côté de la République attaquée, la Résistance l'avait absorbé pendant les cinq années de l'Occupation. Depuis ses premiers pas de photographe, quand il n'était que grouillot chez Alphonse Tourpe, il choisissait ses combats. Il avait parcouru le monde, Leica en bandoulière, plaçant son talent du côté des battus, des plus faibles. À elles seules ses photos avaient valeur d'engagement. Le 6 juin 1944, en Normandie, il avait débarqué quelques heures après Robert Capa. Il avait sauté d'une de ces péniches à fond plat mises à l'eau au large des plages, et s'était retrouvé quelques jours plus tard dans un campement établi par l'armée américaine sur le sol français. Capa venait d'en partir. Boro ne l'avait jamais rencontré. Mais il connaissait son travail. Ils appartenaient à la même famille. Immigrés tous deux, fiers d'être métèques, portant des noms imprononçables – Endre Friedman, Blèmia Borowicz –, ayant fait plusieurs fois le tour

1. Voir *Les Noces de Guernica.*

du monde à trente ans, travaillant au Leica, publiant dans les mêmes journaux... Plus encore que toutes ces similitudes, ils partageaient une commune vision du monde. Celle-ci, d'ailleurs, transparaissait dans tous leurs reportages. Privé de son appareil, empêché de se mouvoir librement, son horizon limité par les hauts murs de la prison de Saint-Jean-d'Acre, Boro se demandait souvent quel reportage ferait Robert Capa s'il venait dans ce pays déchiré.

Car les lignes sur lesquelles les deux reporters s'étaient déplacés depuis les années trente s'étaient brouillées depuis la fin de la guerre. La fracture la plus profonde avait été formulée par Winston Churchill, le 5 mars 1946, dans le Missouri : «De Stettin sur la Baltique à Trieste sur l'Adriatique, un rideau de fer s'est abattu sur le continent», avait déclaré l'ancien Premier ministre britannique.

Pour Boro, il s'agissait autant d'un rideau de fer que d'une usurpation de titre qu'il avait découverte à Barcelone en 1937. Il avait assisté au règlement de comptes entre trotskistes, anarcho-syndicalistes et communistes. Ces derniers avaient massacré les premiers, liquidé les révolutionnaires, volé l'or de la République espagnole. La cassure entre le monde libre et le glacis soviétique, Boro l'avait anticipée. En revanche, il n'avait pas mesuré la complexité du problème que son voyage en Palestine venait de lui faire découvrir. Deux peuples pour une même terre, et un troisième allant au gré des circonstances. Pourquoi les Anglais se conduisaient-ils de cette manière? Comment pouvaient-ils espérer se concilier tout à la fois les bonnes grâces des régimes arabes et la sympathie des démocraties?

Ils ne le pouvaient pas, précisément. Ce grand écart étant impossible, ils naviguaient à vue. Ils assuraient qu'ils accomplissaient impartialement le mandat que la défunte Société des Nations leur avait confié. Mais il suffisait de voir pour comprendre qu'il n'en était rien. Ils établissaient des *numerus clausus* détestables. Ils arraisonnaient les navires transportant les clandestins. Ils emprisonnaient ceux qui débarquaient. Enfermé dans une cellule anglaise, surveillé par des gardes-chiourmes anglais, attendant d'être jugé par un tribunal anglais, Blèmia Borowicz se surprenait à haïr la contradiction dans laquelle s'était empêtrée la Couronne : elle avait souffert puis triomphé du nazisme pour se comporter, deux ans plus tard, comme une puissance coloniale réprimant deux légitimités, celle des Arabes et celle des Juifs. L'illégitimité, c'était elle.

– Vous pouvez considérer la question sous cet angle, lui répondit le captain Robertson Hedges lors de leur première confrontation, à condition d'admettre aussi que si nous n'étions pas là, ce pays serait en guerre civile.

Il s'était déplacé en personne pour chercher sa veste dans la cellule de Boro. Il se tenait près de la porte, toisant le prisonnier sans violence particulière. Notre reporter avait le sentiment que l'Anglais était venu par curiosité : pour voir de plus près à quoi ressemblait l'homme qui l'avait humilié sur la route de Kyriat Malakhi. Lui-même n'avait évidemment qu'un désir : sortir de Saint-Jean-d'Acre.

Il demanda à l'officier de quelle autorité dépendait sa libération, et quel chef d'accusation pouvait être retenu contre lui.

– Vous serez accusé d'avoir contribué à l'immigration illégale que nous sommes chargés de réprimer, répondit l'officier. La sentence sera prononcée par un tribunal militaire.

Boro était assis sur une paillasse, dans l'angle d'une pièce percée d'une ouverture unique donnant sur un ciel mauve. Il se leva. Il récupéra son stick et joua avec le lacet de cuir.

– Vous n'ignorez évidemment pas qu'aucun tribunal militaire ne me jugera, et que je serai libéré dans quelques jours.

Le captain Robertson Hedges croisa les bras, qu'il avait velus, et jeta un coup d'œil discret sur sa montre Patek Philippe. Il s'était présenté à seize heures passées de dix minutes dans la cellule. Il était seize heures dix-sept. Rien ne le pressait. Il s'adossa donc au mur gris, releva la semelle de son soulier droit contre le ciment et posa une question dont il connaissait la réponse :

– *Why?*

– Vous savez de quelle manière George Orwell a été libéré des prisons franquistes durant la guerre d'Espagne ?

– Je ne sais pas qui est George Orwell.

– Un de vos compatriotes, repartit Boro. Il faisait un reportage pour le *News Chronicle* quand il a été arrêté. Le journal a organisé une campagne mondiale pour le sauver.

– Et ? questionna le Britannique avec une placidité un peu suave.

– Il est sorti.

– Ce qui vous arrivera aussi, mon cher ! Et sans doute sans jugement ! Dès que la presse internationale se sera emparée de votre cas.

Il souriait. Un sourire de mauvais augure.

– Le problème, pour vous, c'est qu'à l'heure où nous nous parlons, soit (le captain Robertson Hedges tourna le poignet pour consulter à nouveau sa montre) dix-sept heures vingt et une, personne ne sait où vous vous trouvez.

Il reposa le pied par terre et répéta :

– Personne. Nous avons pris soin de ne pas ébruiter cette information d'un caractère exceptionnel : le reporter Blèmia Borowicz retenu dans la prison de Saint-Jean-d'Acre ! Vous pensez bien que dès que cette nouvelle franchira les murs de la forteresse, nous ne pourrons plus vous garder !

Boro le savait aussi.

– La presse se déchaînera ! Les gouvernements eux-mêmes interviendront !

L'officier plissa le front comme s'il voulait marquer une certaine complicité avec le prisonnier.

– Je ne suis pas moins malin que vous, monsieur le reporter ! Lorsque nous nous sommes rencontrés sur la route, je ne savais pas qui vous étiez. Mais, depuis, je me suis renseigné ! Nous aussi avons nos petites fiches !

– Alors, faites-moi libérer sur-le-champ. Nous gagnerons du temps.

Le Britannique secoua la tête.

– On n'insulte pas impunément un officier de Sa Majesté. On ne lui vole pas son arme et son uniforme ! On ne l'abandonne pas au bord d'un oued !

– Pourtant, nous l'avons fait, objecta Boro avec morgue.

– C'est pourquoi nous vous gardons.

– Je vous le ferai payer cher, lorsque je sortirai. Je publierai les photos de ces réfugiés que vous arrêtez pour les conduire dans des camps ! Le monde entier saura !

– Sauf que vous n'avez pas ces photos ! Aucune ! Même pas d'appareil !

Boro ricana.

– Si vous me connaissez de réputation, vous savez que je ne me déplace jamais sans au moins un Leica.

– Je l'avais cru. Mais nous n'avons rien trouvé sur vous, et moins encore dans votre chambre d'hôtel.

– Laissez tomber cette affaire, bifurqua soudain le reporter. Libérez-moi. Expulsez-moi si vous voulez. Je ne resterai pas ici.

Il se dirigea à grands pas vers la porte, frappa deux coups contre le battant. Une sentinelle coula un œil par le judas. Robertson Hedges proféra un ordre en anglais, et le jour revint dans l'œilleton : le planton s'était éloigné.

– Vous resterez ici le temps que Dov Biekel réapparaisse.

L'Anglais fit une pause, marquant ainsi la solennité du propos.

– Biekel diffusera la nouvelle de votre arrestation : il vous doit bien cela, puisque, en quelque sorte, vous êtes ici à sa place. Ainsi il vous libérera. Nous attendons ce moment-là. Alors, nous le capturerons.

Le captain frappa des mains, comme s'il enfermait un moustique entre ses paumes. Son regard se rétrécit. Il devint fixe et froid.

– Dov Biekel se joue de nous depuis trop d'années. Nous le voulons.

Il s'approcha de la porte et héla la sentinelle en anglais.

– C'est lui contre vous.

Boro leva son stick et l'appuya sur l'épaule de l'Anglais.

– Je ne connais pas très bien Dov Biekel. Il m'a paru être un type d'une grande droiture.

– Il l'est. C'est pourquoi il ne vous laissera pas tomber.

– Il y a une contradiction dans votre propos, Monsieur l'officier. Lorsque Biekel lancera l'information me concernant, vous serez obligé de céder aux pressions en me libérant. Mais lui sera déjà loin.

La porte s'ouvrit sur un soldat coiffé d'un béret à pompon. Il tenait une mitraillette à la main. Il la braqua à l'intérieur de la cellule.

– Au moment où il saisira les agences de presse, nous serons sur lui. Elles sont toutes sur écoutes. Nos services sont prévenus. Ils attendent.

Le captain Robertson Hedges leva deux doigts en guise de salut, puis sortit dans le couloir de la prison. Le battant de bois renforcé aux gonds et aux serrures se referma sur lui. Boro retrouva sa paillasse. Il rejeta du pied la gamelle qui lui avait été apportée le matin et à laquelle il n'avait pas touché. Il se tourna ostensiblement vers le mur. Il s'accordait un délai de huit jours. Au-delà de cette limite, il entamerait une grève de la faim.

Parmi les hommes

Les conditions carcérales à Saint-Jean-d'Acre n'étaient pas les mêmes que celles que Boro avait connues en Espagne. Ici, il était traité comme un prisonnier de marque. Il n'était pas surveillé jour et nuit par des gardiens menaçants. Il partageait l'heure de promenade avec d'autres détenus. Surtout, rien ni personne ne le menaçait vraiment. Il sortirait. Cet horizon dont il ne doutait pas lui conférait une force qu'il essayait de faire partager aux autres reclus qu'il croisait dans la cour de promenade. Tous, cependant, n'étaient pas logés à la même enseigne. Boro rencontrait des activistes considérés comme *terroristes* par les autorités anglaises, voués à de lourdes condamnations – y compris la peine de mort. Les Britanniques ne pratiquaient pas les mêmes méthodes répressives que celles de Franco, ce qui ne les empêchait pas de se montrer impitoyables avec les militants sionistes auxquels ils rendaient coup pour coup. Les contrôles étaient légion, les rafles pleuvaient, on tabassait dans les cellules.

La plupart des nationalistes enfermés à Saint-Jean-d'Acre étaient des pionniers qui avaient acheté leur terre à des paysans arabes et s'étaient bientôt retrouvés dans l'obligation de défendre leur propriété nouvelle par les armes. Ils côtoyaient des militants de Poale Sion venus de Pologne, d'Allemagne ou de Russie longtemps avant la guerre afin de développer en Palestine des colonies rurales socialistes. Tous rêvaient d'un monde meilleur. Tous avaient tenté de le construire et de le partager. Aucun n'avait prévu qu'après les ravages causés par le nazisme, ils auraient à combattre la puissance mandataire dépêchée par les nations après la Première Guerre mondiale. Boro découvrait cette réalité dans les couloirs et les cours de promenade. Il écoutait. Il enregistrait pour plus tard. Il rongeait son frein.

Le troisième jour, alors qu'il appuyait l'embout caoutchouté de sa canne sur les pierres disjointes de l'espace grillagé où il marchait avec ses codétenus, il aperçut une silhouette assise dans l'angle formé par deux murs surmontés de tessons de bouteille. Il reconnut aussitôt la jeune fille de l'hôtel King David. Elle était la seule femme à se trouver dans la partie réservée aux hommes. Ses compagnes étaient cantonnées dans le coin ouest de la cour, au-delà d'un muret percé d'ouvertures grillagées.

Elle se tenait recroquevillée sur elle-même, les jambes remontées sous le menton, les mains nouées autour des genoux. Personne ne lui parlait, personne ne s'approchait d'elle. Son visage était fermé comme une casemate. Ses pupilles dansaient sous la ligne des sourcils. On ne voyait ni sa bouche, ni le bas de son visage. Elle portait des sandales et de grosses chaussettes de laine. Ses cheveux d'un brun presque rouge étaient aussi courts que ceux d'un garçon.

Boro s'approcha d'elle. Elle le regarda venir sans bouger d'un pouce. Il y avait en elle quelque chose de sauvage qu'il n'avait pas remarqué la première fois. Lorsqu'il s'assit à son côté, elle ne le salua pas. Il posa son stick entre eux deux et dit :

– Bonjour Lika.

Elle ne broncha pas.

– Lika Kis...

– Vous prononcez mal, dit-elle.

– Je ne suis jamais allé à Nyiregyhaza, et je ne connais pas l'Alföld, s'excusa-t-il. Mais je suis hongrois, comme vous.

Elle ne répondit pas, ne le regarda pas, mais ses mains se détendirent autour de ses genoux.

– J'ai quitté mon pays il y a très longtemps, et je n'y suis jamais revenu.

Elle l'interrompit :

– Vous ne devriez pas rester à côté de moi. Je suis une chèvre. Les gardiens m'observent de loin.

D'un mouvement rapide de la tête, elle montra les hauteurs de la prison. Boro aperçut deux militaires qui les observaient à la jumelle.

– Le mal est fait, dit-il.

– Mon sort est réglé, ce qui n'est pas votre cas. Ils vous interrogeront pour savoir comment vous me connaissez.

– Ils ne l'ignorent pas, et de toute façon je m'en fiche.

Même s'il ne l'avait jamais rencontrée, il serait venu vers elle : il n'aimait pas les mises à l'écart, fussent-elles justifiées par d'élémentaires protections. De plus, contrairement aux hommes qui tournaient dans la cour, il n'avait rien à perdre à venir la voir.

– Comment savez-vous mon nom ?

– J'ai vu une fiche de police vous concernant.

– Ils se sont trompés : je ne suis pas née à Nyiregyhaza, mais à Tokaj, dans les montagnes.

– Pourquoi êtes-vous là ?

– Ils m'ont arrêtée hier. Ils vont me coller l'attentat du King David sur le dos.

– Je témoignerai pour vous.

– Ils ne vous écouteront pas.

Elle posa son front entre ses genoux repliés et murmura :

– Ils n'ont pas voulu évacuer l'hôtel !

Elle le redit encore, et Boro comprit que la vision du bâtiment s'effondrant lui était un cauchemar.

– Je suis partie après l'explosion parce que je croyais qu'il y avait une deuxième charge de l'autre côté. Je voulais prévenir pour qu'ils sortent tous.

Elle redressa la tête.

– Mais je m'étais trompée. Nous n'avions placé qu'une seule charge.

Elle chercha son regard.

– Je vous promets que nous avons prévenu… John Shaw, le secrétaire général de l'Administration britannique, a refusé de prendre au sérieux la demande d'évacuation formulée par l'Irgoun.

– Était-elle claire ? demanda Boro.

Lika Kis l'énonça en anglais :

– *Nous vous parlons au nom de la lutte clandestine juive. Nous avons placé un engin explosif dans l'hôtel. Évacuez-le immédiatement.* Voilà exactement ce que nous avons dit au standard de l'hôtel. Et voici exactement ce que John Shaw a répondu : *Je ne suis pas ici pour recevoir des ordres des Juifs ! Les ordres, c'est moi qui les leur donne !*

– Certains sont antisémites, concéda le reporter.

– Pas *certains*. Beaucoup.

La jeune fille releva le visage et planta un regard clair dans celui de Boro.

– Pourquoi êtes-vous là ?

– Ils m'ont surpris sur une plage, près d'Ashod. Un bateau venait de déposer des immigrants.

– Lundi ?

– Oui. Dans la nuit.

Elle approuva. Elle avait certainement été informée de l'opération.

– Les voyageurs ont pu passer ?

– Non. Les Anglais les ont pris.

Cela, elle l'ignorait. Elle inspira, soupira en fermant les yeux, et son menton retrouva le creux de ses genoux.

Un muezzin chanta au loin. Dans la cour, les prisonniers cessèrent de marcher pour écouter le chant rauque de l'appel à la prière, puis la promenade reprit. Boro demanda à Lika quand elle avait quitté la Hongrie. Elle dit :

– Pendant la guerre. À la fin. Quand tous les Juifs hongrois furent déportés.

Il ne posa plus de questions. Il attendit le coup de sifflet qui annoncerait le retour des prisonniers dans leurs cellules. Alors il l'aida à se relever. Elle ne mesurait pas plus d'un mètre soixante-cinq. Elle marchait avec difficulté. Il la soutint jusqu'à la porte cadenassée qui séparait le bloc des hommes de celui des filles.

– Je ne crois pas que je vous reverrai demain, dit-elle. Ils en savent assez sur mes relations. Ils me laisseront sans doute avec les femmes.

– Approchez-vous des barbelés, dit-il en montrant une ouverture. Je vous attendrai là.

Un garde-chiourme d'apparence assez patibulaire vint vers eux, déverrouilla la porte et saisit Lika Kis à l'épaule.

– Doucement, gronda Boro.

Il attrapa l'avant-bras du soldat et l'obligea à lâcher prise.

– *Fuck you !* menaça l'Anglais.

Il portait les deux signes qui, dans toutes les armées du monde, signalent les caporaux. Il avait la suffisance des roquets, la rougeur des sous-officiers adeptes du gin, le nez épaté des boxeurs, et, par-dessus tout, il puait l'humide. Boro maintint son avant-bras enfermé dans sa poigne puis, lorsque Lika Kis eut regagné l'autre côté, il libéra le soldat.

– *Goodbye!* lança-t-il joyeusement en faisant trois pas en arrière.

Dans la cour voisine, ses amies ou camarades entouraient la jeune Hongroise. Boro fut satisfait de la savoir moins seule. Il la salua d'un mouvement de canne puis revint vers ses compagnons de détention. Il n'était plus persuadé de vouloir quitter Saint-Jean-d'Acre au plus vite.

Une punition made in England

Il la revit le lendemain. Cette fois, un grillage les séparait. Elle était trop petite pour que l'ovale de son visage s'encadrât exactement dans l'ouverture. Il ne voyait d'elle que son front et ses yeux.

– Je ne peux pas rester longtemps debout, s'excusa-t-elle comme il l'avait saluée en hongrois.

Ils poursuivirent leur échange dans cette langue. Toutes les cinq minutes, Lika était obligée de s'asseoir.

– Mes pieds ont gelé dans le camp. Je ne marche pas bien et je suis obligée de porter des chaussettes.

Elle avait été libérée par les Russes. Elle avait franchi la frontière slovaque avec des milliers d'autres réfugiés. Ils avaient rejoint Bratislava en train, puis avaient traversé l'Autriche. De Vienne, des trains militaires les avaient conduits dans les zones d'occupation alliées en Allemagne. L'Agence des Nations unies pour les réfugiés les avait parqués sous des tentes où les agents du Mossad étaient venus les chercher. La jeune fille avait traversé le sud de l'Europe dans un camion affrété par la Haganah, et avait retrouvé un sympathisant de l'Irgoun en Italie. Elle avait pris la mer sur le *Gabriela*, un bateau clandestin qui les avait déposés, elle et quarante autres voyageurs, sur une plage proche de Césarée. Sitôt arrivée, elle avait voulu prendre les armes. Le commandement de l'Irgoun avait refusé : ses pieds ne la portaient pas.

– Je suis devenue agent de liaison. À vélo, je me débrouille aussi bien que d'autres.

Boro sourit.

– Vous ne me croyez pas ?

En raison des barbelés, elle ne pouvait même pas s'aider en appuyant ses mains au mur.

– Comment faites-vous en cellule ?

– Les filles m'aident.

– Croyez-vous vraiment que vous serez jugée pour l'attentat du King David ?

– Jugée et condamnée.

– Ils n'ont aucune preuve contre vous !

– Ils n'en ont pas besoin. Je serai condamnée à mort.

Elle se baissa pour reprendre des forces.

– Vous ne craignez rien ! cria le reporter. On ne condamne pas sans preuves !

Le caporal, qui les observait depuis un moment, quitta sa guérite de surveillance et s'approcha du reporter. Celui-ci ne le vit pas venir. Il guettait le visage de Lika Kis.

– Je vais bientôt sortir ! cria Blèmia. J'intercéderai pour vous !

– *What are you doing here ?*

Oubliant où il se trouvait, Boro repoussa le caporal d'un coup d'épaule. L'instant d'après, il réalisa combien ce geste était déplacé en pareil lieu. Il s'apprêtait à prononcer une parole aigrement aimable quand l'autre fonça sur lui, matraque levée. Boro trébucha. Il eut le temps d'apercevoir la pupille noire et arrondie par l'étonnement de la jeune Hongroise, d'entendre un coup de sifflet jaillissant derrière lui, de comprendre que les détenus en promenade faisaient cercle autour du caporal anglais, et de recevoir l'extrémité arrondie d'un gourdin en bois au-dessus de l'arcade sourcilière – avant de tomber les quatre fers en l'air sur le sol de terre battue de la prison de Saint-Jean-d'Acre.

Instinctivement, il assura sa canne dans sa main droite puis, brusquement, la fit mouliner, la rattrapa par le pied et tendit brusquement le bras. Il y eut un froissement, une zébrure dans l'air. Le jonc alla cingler la joue du soldat anglais, qui en perdit sa matraque. Celle-ci fut ramassée par un prisonnier qui la jeta au loin, préférant régler son compte au sous-officier à mains nues. Un maton qui avait appelé à l'aide en s'époumonant dans son sifflet revint avec du renfort. Une section de fusiliers britanniques s'introduisit dans la cour, aussitôt accueillie par des vociférations, des crocs-en-jambe, des coups de poing qui donnèrent le signal du départ à une bataille généralisée de grande envergure. De l'autre côté, les femmes s'étaient rassemblées. Elles applaudissaient à chaque uppercut. Les Juives, les Arabes, les Druzes encourageaient leurs hommes avec force cris et lazzis. Boro ne distinguait pas Lika parmi elles. Il y allait lui aussi de ses taloches, de ses coups de canne, giflant la soldatesque avec un plaisir partagé par tous.

Il se fit ce jour-là une solide bande d'amis.

La bagarre dura quinze longues minutes. Elle se fût prolongée jusqu'à extinction complète des feux belliqueux, c'est-à-dire par l'abdication de l'un ou l'autre camp, si un colonel précédé d'une véritable meute musicale n'avait fait irruption dans la cour.

Cet homme archigalonné marchait au pas derrière une cordée de tambours. Lesquels encadraient quatre grosses machines qui furent mises en batterie au centre de la cour, puis pointées vers les côtés du quadrilatère. Les derniers récalcitrants cédèrent devant l'impact possible des mitrailleuses. Dès que les bandes furent engagées dans les machines, le silence tomba d'un coup sur le champ de bataille. On n'entendit bientôt plus que le souffle désordonné des rebelles tentant de recouvrer un rythme cardiaque plus mesuré.

– *Who did cause this uproar?* clama l'officier supérieur après que les tambours eurent cessé de rouler.

Les détenus s'étaient repliés sur quatre rangées près de l'enceinte nord de la prison. De l'autre côté, les femmes regardaient à travers les ouvertures. La troupe qui avait participé au pugilat se tenait perpendiculairement aux prisonniers. Sise au garde-à-vous, elle gâchait le paysage par un manque d'unité fort préjudiciable à la réputation britannique en matière d'élégance vestimentaire : il manquait une épaulette ici, une casquette ailleurs, une manche déchirée chutait, un col rebiquait.

– Qui est responsable ? questionna de nouveau le colonel, dont la voix était montée d'une octave.

Son regard fit un tour réglementaire par-dessus les têtes. Il s'éloigna vers le minaret de la mosquée El Jazzar, survola l'eau tiède de la baie d'Acre, puis s'en retourna entre les murs épais de la citadelle.

– Vous serez tous consignés aux arrêts de rigueur à tour de rôle pour une durée de huit jours !

Son timbre portait loin. Il n'y avait pas un souffle d'air.

– De plus, vous recevrez tous le châtiment que seul mérite celui qui a porté le coup le premier !

– Par ici ! fit une voix.

Le colonel observa l'homme qui venait de lever la main. Il était grand, brun, très bronzé. Un œuf de pigeon noircissait son front au-dessus de l'arcade sourcilière. Un filet de sang lui irriguait le menton.

– Lui ! dit l'homme.

Il brandissait l'extrémité d'une canne en direction d'un caporal au nez écrasé.

– Sortez des rangs ! hurla l'officier.

Boro fit un pas en avant. En un clin d'œil il fut saisi aux épaules par deux baraqués anglais uniformisés en kaki.

– Hé ! fit-il ! Doucement !

Sa canne tomba. Il tenta de la rattraper, mais, tiré par les deux malabars qui le maintenaient penché en avant, il poursuivit dans la direction imposée sans parvenir à la récupérer. Une pensée fugitive le traversa : il avait perdu son stick et son Leica. Beaucoup, pour un seul homme ! Trop pour lui-même.

Il fut amené jusqu'à un piquet fiché dans la terre, et ses poignets y furent liés en hauteur. Quand on le relâcha, il se tenait face au piquet, les mains élevées au-dessus de lui. Tournant la tête, il aperçut les prisonniers sur sa droite, le colonel sur sa gauche, le quartier des condamnés à mort devant, les femmes agglutinées de l'autre côté du mur. Parmi elles, il reconnut le visage de Lika Kis. Celui-ci s'encadrait dans l'ouverture, derrière les barbelés. Boro comprit qu'on la portait. Elle dardait vers lui un regard étincelant, bouleversé, et il sut alors quel sort l'attendait.

On lui arracha sa chemise. Il exerça une traction herculéenne sur le piquet, parvenant à le faire ployer latéralement. Mais il ne put le déterrer.

– Pour l'exemple, et pour vous obliger à respecter l'autorité de Sa Très Gracieuse Majesté, vous serez frappé trente fois.

Boro maudit le colonel dans toutes les langues qu'il connaissait. Il inclina le visage dans sa direction et l'insulta en anglais. Chacun l'entendit.

– Quarante fois, rectifia le colonel.

– Vous êtes un barbare ! hurla le reporter. Je vous ferai dégrader !

– Cinquante fois !

Un sifflement vrilla les oreilles de Boro. Il s'arc-bouta sur le piquet. Celui-ci avait résisté aux tractions exercées par cent hommes avant le Hongrois. Il résista cette fois encore.

Le fouet s'abattit sur les épaules de Blèmia Borowicz. Il poussa un cri qu'il mangea aussitôt, tout comme il eut l'impression d'avaler sa langue, son palais, ses dents, pour que l'Anglais ne l'entendît point. Les dix premiers coups lui lacérèrent la peau du dos et des épaules. Il fixait le regard incandescent de la jeune Lika qui fermait les yeux en même temps que lui lorsque, fouaillant ses chairs, la lanière lui arrachait un sanglot, et les rouvrait au même instant comme si elle souffrait pour lui, comme si elle voulait l'obliger à tenir, à résister, à dominer le bourreau qui le blessait par l'arrière. Autour de lui, les détenus chantaient un hymne qu'il ne connaissait pas, un air bas et lourd qui tonnait comme le canon et l'accompagnait dans cette résistance silencieuse à laquelle Lika l'arrimait elle aussi.

Il perdit connaissance au trente-sixième coup. Il s'était obligé à tenir jusque-là : une morsure par année d'existence. Avant de souffler ses bougies, il se fit le serment que Lika Kis ne sortirait pas de Saint-Jean-d'Acre un seul jour après lui.

Doigts de fées et perles blanches

Il s'éveilla sur le ventre, étendu sur un linge blanc qu'il identifia aussitôt : un drap. Son dos le cuisait. Alentour, il percevait les murmures de tissus frottés qui lui rappelaient quelque chose, sans qu'il sût quoi exactement. Il lui fallut dix bonnes minutes pour réaliser que ces frous-frous étaient ceux de blouses légères portées par des femmes zigzaguant entre des lits, et qu'il se trouvait dans une infirmerie.

Il resta un long moment immobile, les yeux clos. Il avait subi une terrible humiliation qu'il ne laisserait pas impunie. Il n'avait jamais accepté d'être fessé ni giflé, et c'était très exactement ce qui lui était arrivé : les Anglais l'avaient fouetté comme ils faisaient encore dans leurs collèges, à Londres et ailleurs. Il avait été puni. Salement, douloureusement. Le fouet est une torture. Les Anglais fouettaient les Juifs et les Arabes qu'ils capturaient. Ces mêmes hommes que le reporter avait amicalement fréquentés avant et pendant la guerre. Les héros d'El Alamein et de la Royal Air Force se comportaient ici avec une brutalité inouïe. Leur comportement était intolérable. Boro ne le tolérerait pas.

Il se souleva sur les avant-bras et s'assit. Les lits voisins étaient vides. Les fenêtres étaient obscurcies par des voilages opaques. Des flacons traînaient sur des chariots à roulettes. Dans une pièce vitrée, deux jeunes femmes s'activaient. Elles portaient une coiffe blanche ornée d'une petite croix rouge. Leurs blouses à manches courtes laissaient entrevoir des formes charmantes qui réjouirent le reporter. Elles préparaient des seringues et des pansements. Lorsqu'elles constatèrent que le blessé s'était réveillé, elles abandonnèrent leurs occupations et s'approchèrent à la hâte.

– Hello ! fit aimablement Boro en agitant la main.

– Hello ! répondirent-elles en chœur.

– Vous êtes réveillé depuis longtemps ?

– À l'instant.

L'une était blonde, l'autre brune. Elles n'avaient pas plus du demi-siècle à elles deux. Leurs ongles étaient parfaitement manucurés. Elles les faisaient danser devant elles comme des promesses de sortilèges. Boro était conquis.

– Allongez-vous sur le ventre, dit la blonde.

– Nous allons refaire vos pansements, enchaîna la brune.

L'une était Mina, l'autre Dorothy. Elles avaient fait leurs études en Angleterre et avaient suivi les troupes alliées jusqu'à Berlin. Tout en faisant virevolter leurs ongles frais sur les balafres de son dos, elles racontèrent au blessé les destructions et la misère des villes allemandes que Boro avait découvertes lui aussi, un an auparavant. Elles soulevaient les gazes aussi délicatement que possible en décrivant des horreurs, puis elles laissaient courir leurs doigts sur la peau, contournant les blessures, et ces effleurements étaient un baume pour le reporter. Serrant les dents pour ne pas hurler lorsqu'elles appliquèrent du désinfectant sur les plaies, il n'entendit plus leurs paroles. Puis elles le pansèrent, et ce fut comme le paradis retrouvé. Ils parlèrent ensuite de sujets plus intimes. Mina avait des peines de cœur que Dorothy narra par le détail à cet homme séduisant qui savait si bien écouter et qui ne prodigua qu'un conseil :

– Ravissante comme vous êtes, s'il ne vient pas, changez !

– Il a raison, appuya Dorothy.

– Mais je l'aime ! pleurnicha Mina.

– Il ne veut pas de toi !

La jeune infirmière s'était éprise d'un étudiant arabe qui butait sur sa culture occidentale. Ils se promenaient main dans la main dans les sombres ruelles de la vieille ville de Jérusalem, ils buvaient du thé à la menthe dans les échoppes, ils regardaient le soir tomber sur les créneaux de la porte d'Hérode, mais, le soir venu, il la raccompagnait devant l'internat où elle habitait, sans jamais lui prendre les lèvres.

– Il ne me promet rien, même pas de m'épouser ! Et il ne veut pas me suivre à Londres !

– Changez ! insista Boro.

Mina lui lança un regard consterné. Puis courroucé.

– S'il ne souhaite rien prendre, donnez ailleurs !

Il souriait avec tant d'aplomb que les yeux gris de la jeune fille s'agrandirent en une expression attentive.

– Vous êtes jeune, belle, désirable ; s'il ne veut pas saisir sa chance, offrez-la à un autre !

– Mais si elle l'aime, je comprends qu'elle ne veuille pas changer ! objecta Dorothy avec plus de persuasion qu'auparavant.

Boro songea que s'il avait eu à glisser les deux jeunes filles dans un chapeau magique, peu lui eût importé le numéro qui fût sorti : il eût volontiers renouvelé l'épreuve chaque jour, chaque nuit, jusqu'à son départ de Palestine.

Tous trois marivaudèrent aimablement pendant un bon quart d'heure. Boro était allongé sur le ventre. Elles tournaient autour de lui, délicieuses comme des perles blanches. Puis la porte s'ouvrit, et tout fut fini dans l'instant. Le captain Robertson Hedges fit irruption dans la salle. Il portait un cartable en cuir qu'il déposa au pied du lit. Boro s'assit. Une serviette-éponge était posée sur le matelas voisin. Il la saisit et l'enroula autour de son torse. Il se leva.

– Hello ! fit le captain sur un ton qu'il eût souhaité aussi enjoué que celui avec lequel les deux infirmières avaient accueilli Boro à son réveil.

Il tendit la main au reporter. Celui-ci la laissa dans le vide. Mina et Dorothy s'étaient repliées dans leur cagibi transparent. Elles ne perdaient rien du spectacle.

– Il vous est arrivé une petite mésaventure, m'a-t-on dit ?

Boro était en caleçon. Son pantalon était accroché à un montant du lit. Il l'enfila et boucla sa ceinture.

– Ce n'était pas une mésaventure. C'était un acte de guerre.

– Les grands mots !

– Lorsque vous faites fouetter vos prisonniers, vous leur déclarez la guerre. Désormais, je suis solidaire d'eux, et, à mon tour, je vous déclare la guerre.

Il dénoua sa serviette et la lança au visage de l'officier.

– Considérez cette serviette comme un gant, et admettez que je vous ai souffleté. Vous choisirez l'arme et le champ de bataille qui vous conviendront.

Le captain Robertson Hedges prit son temps pour replier la serviette. Il s'était départi de la jovialité feinte qui n'avait pas donné, de son point de vue, le résultat escompté. Il déposa le linge sur le bord du lit, coinça l'ongle d'un pouce entre ses dents, et dit, contrit et déconfit :

– Veuillez accepter les excuses de Sa Gracieuse Majesté. Il s'agit d'un triste malentendu...

– Rendez-moi ma canne, coupa le reporter.

– Vous l'aurez.

– Je sors aujourd'hui même.

– Vous sortez aujourd'hui même.

Boro comprit que s'il avait emporté la décision sitôt après l'avoir lui-même formulée, c'était parce qu'elle avait été prise plus haut et plus tôt.

– Je vous prie de me procurer une chemise propre.

– Nous avons pensé à tout.

Le captain Robertson Hedges ouvrit sa serviette et déposa du linge de corps et une chemise.

– Ce sont des effets personnels, grimaça-t-il avec une onction mal jouée.

Il leva la main en signe de générosité.

– Ils sont à vous.

L'officier héla les deux infirmières. Dorothy approcha. Elle cachait difficilement un air réjoui provoqué par le grotesque de la situation.

– Veuillez préparer un bain pour Sir Blèmia Borowicz.

– Vous vous souvenez de mon nom ? s'étonna le reporter.

Il se tourna vers Dorothy et lui adressa un signe négatif de la main auquel elle répondit par un haussement désappointé des épaules :

– Outre que je ne vois pas comment mon dos supporterait un bain, je tiens essentiellement à quitter cet endroit au plus vite.

L'officier approuva, compatissant.

Boro renouvela sa question :

– Comment mon nom vous est-il revenu ?

– Les journaux se sont chargés de nous le rappeler !

Il ouvrit son cartable et le déchargea d'une quantité impressionnante de coupures de presse. Un seul journal n'avait pas été découpé : *The Times*. Sur trois colonnes à la une, le quotidien annonçait le reportage photographique de son envoyé spécial en

Palestine. Boro découvrit ses photos en pages trois et quatre : la route avec Azhar, le kibboutz où il avait rencontré Dov Biekel, l'Oldsmobile attendant au contrôle, les réfugiés débarquant sur la plage.

Les autres journaux annonçaient sa disparition. En lisant *France-Soir*, Boro découvrit comment ses pellicules étaient parvenues à Londres. Pierre Lazareff avait pris la plume pour réclamer la libération de Blèmia Borowicz s'il était détenu par l'une ou l'autre des parties en conflit. Il précisait que les dernières nouvelles reçues du reporter avaient été postées de La Spezia, en Italie : les clichés reçus par *The Times*.

– Je comprends pourquoi vous me libérez, commenta Boro tout en parcourant la presse internationale.

Partout, on se faisait l'écho de sa disparition. Partout, on s'inquiétait.

– Lorsque les journaux découvriront quel camp m'a enlevé, les gros titres vous accableront.

Mina et Dorothy aidèrent le reporter à enfiler sa nouvelle chemise.

– Je vous prie de demander au colonel qui a ordonné cette infamie – Boro montra son dos – de se présenter immédiatement.

– *Well, Sir.*

Le captain Robertson Hedges se raidit comme s'il avait reçu un ordre de son supérieur, puis tourna les talons et s'en fut sans demander son reste.

Cinq minutes passèrent avant que le colonel commandant la prison de Saint-Jean-d'Acre fasse son apparition. Il tenait à la main la canne du reporter. Sa fierté avait glissé dans le talon de ses chaussettes. Il se présenta devant Blèmia tête basse et conserva jusqu'à la fin de leur entretien la posture soumise d'un officier subalterne grondé par son chef de corps. Il offrit au reporter les excuses de son administration, de son gouvernement, et même du roi George VI. Il promit de laver la faute et l'offense en acceptant toutes les requêtes qui lui seraient présentées dans la mesure où elles dépendraient de son autorité. Il garantissait d'ores et déjà un mea culpa public devant tous les prisonniers rassemblés dans la cour principale de la prison, hommes et femmes, Arabes et Juifs. Son regard dériva vers les deux infirmières qui écoutaient l'autoflagellation, et il ajouta :

– Si ces demoiselles veulent venir, elles seront les bienvenues.

Il consulta sa montre.

– Nous pouvons organiser cela dès à présent.

Boro secoua la tête.

– Je suppose que si vous me proposez votre tête sur le billot, c'est en échange d'une promesse ?

– *Yes, Sir.*

– Cette promesse, je suppose qu'il s'agit de ma discrétion ?

L'officier baissa plus encore sa tête galonnée vers la pointe de ses godasses.

– *Yes, Sir.* Si c'est possible…

– C'est possible, admit Boro.

Pour la première fois le colonel reprit quelques couleurs. L'Union Jack remontait le long de sa hampe.

– Je veux un retour pour Paris le plus rapidement possible.

– Le vol de ce soir en partance du Caire.

– Comment vais-je rallier Le Caire ?

– Nous mettrons une escorte à votre disposition.

– Quand ?

– Dans l'heure.

– Pour deux personnes.

– Pour deux personnes, échota le militaire.

Une lueur suspicieuse apparut dans son regard.

– Qui est l'autre ?

– Une jeune femme que vous détenez ici sans raison, répondit Boro.

Une rougeur s'étala sur le flambeau nasal du colonel. Elle se répandit sur le front et gagna bientôt les oreilles.

– Lika Kis.

– *No !*

Le reporter alla vers les infirmières. Il leur baisa la main à l'une puis à l'autre, promettant qu'il les reverrait si d'aventure il revenait en Palestine. Il passa devant le colonel, poussa son stick dans ses reins pour dégager la route, et marcha vers la porte. À peine avait-il abaissé la clenche qu'une voix sans timbre proféra presque à voix basse :

– Lika Kis ?

– Dans cinq minutes, répondit Boro. Après, je serai parti.

Son dos le brûlait horriblement.

Un si léger fardeau

Lika Kis pénétra dans le parloir où Boro l'attendait. Elle s'appuyait sur deux gardiennes qui la déposèrent sur la chaise face au reporter. La jeune fille avait endossé une veste kaki par-dessus une chemise de tissu écossais. Elle posa ses coudes sur la table, puis son visage entre ses deux mains ouvertes en corolle. Elle fixait le reporter et sa figure était grave.

– Comment avez-vous fait ?

– Je vous expliquerai.

Ils avaient parlé en hongrois.

– Êtes-vous prête ?

Elle fit oui de la tête.

– Je vous emmène à Paris.

– Pourquoi Paris ?

– Pour vous soigner.

Un léger sourire passa sur le visage de la jeune fille, comme une ombre luminescente.

– Merci, dit-elle.

Il se leva.

– Nous sommes un peu éclopés, tous les deux.

– Comment allons-nous faire ?

– Vous ne toucherez pas mon dos.

Il s'approcha de sa chaise.

– Entourez-moi le cou.

Il se baissa. Elle l'enlaça. Il glissa un bras sous ses jambes et l'autre dans le creux de ses reins. Il la souleva. Elle pesait le poids d'une perle.

– Vous me supporterez ?

– Jusqu'au bout du monde.

Il appela le garde-chiourme.

II

L'AGENCE DE LA PAIX

Le retour du Choucas

L'été brûlait Paris. Après quatre années de sombre, le vert-de-gris avait disparu derrière un arc-en-ciel tricolore. Jamais le soleil n'avait paru si éclatant. Il avait les joues du bonheur. Il incendiait les visages, s'infiltrait au creux des regards, donnait à Paris un air de renaissance. La Concorde et la tour Eiffel s'élançaient vers le ciel clair tandis que le Louvre et l'Arc de triomphe avaient recouvré leur fierté coutumière : aucune croix gammée n'était plus attachée à leur boutonnière.

L'Assemblée nationale avait démocratiquement rouvert ses portes aux députés élus. Les communistes formaient le groupe le plus nombreux devant les représentants du nouveau Mouvement républicain populaire (MRP) et les socialistes de la SFIO. En janvier 1946, le général de Gaulle avait abandonné le pouvoir, considérant que les partis avaient repris le jeu qui les avait condamnés à la veille de la guerre. Félix Gouin lui avait succédé avant de céder la place à Georges Bidault : la IVe République avait commencé sa danse instable qui la conduirait jusqu'à la Ve, en 1958.

Depuis l'explosion des bombes atomiques sur Hiroshima et Nagasaki, le monde avait lui aussi claqué la porte de la Seconde Guerre mondiale. À Londres, le travailliste Clement Attlee avait succédé à Winston Churchill. Les Alliés occupaient Berlin. Les paysans de Mao Tsé-toung progressaient dans le nord de la Chine. À Nuremberg, les criminels nazis comparaissaient devant un tribunal international.

Béla Prakash revenait précisément d'Allemagne. Il avait vu Goering, Hess, Ribbentrop, Keitel et les dix-huit autres accusés de

Nuremberg. Il avait entendu le témoignage implacable de Marie-Claude Vaillant-Couturier et vu les images des camps projetées devant la Cour. Il lui avait fallu trois cuites pour se rincer la cervelle de toutes les ignominies que Blèmia, pourtant, lui avait décrites. Il n'y avait d'abord pas cru. Pas totalement. L'indicible est peu perceptible. Le Choucas de Budapest était revenu d'Allemagne totalement anéanti. Il s'était caché dans les bistrots de la rive droite fréquentés par les Hongrois de Paris et s'était plongé tête la première dans un océan d'aquavit. Il en avait émergé chez lui, un soir très tard, éveillé par la sonnerie du téléphone. L'appel venait du Caire. Un préposé quelconque œuvrant dans un service indéfinissable lui avait transmis un message qui était resté vague et brouillé jusqu'au moment où le Hongrois avait entendu le sésame qui avait brusquement réveillé ses sens : Blèmia Borowicz.

– Blèmia ? Où es-tu, corbeau de malheur ? s'était écrié Béla. Je rentre de Nuremberg. Je n'y retournerai que pour les voir pendus !

Il s'était abîmé dans un soliloque auquel son interlocuteur avait mis fin en précisant en anglais qu'il n'était pas Blèmia Borowicz, ce qui ne l'empêchait pas de téléphoner de la part de l'illustre reporter.

– Où est-il ? avait grondé le Choucas de Budapest. S'il lui est arrivé quelque chose, vous en répondrez personnellement et je me chargerai moi-même de la punition !

Il n'était pas question de cela. Prakash avait fini par comprendre que son compatriote avait chargé l'intermédiaire d'informer son frère et camarade qu'il avait besoin d'une voiture pour le réceptionner le lendemain à 13 h 10 à l'aéroport du Bourget. Il convenait de se trouver au bas de la passerelle du Constellation qui assurait la ligne régulière Paris-Le Caire.

– Dites-lui que j'y serai ! avait hurlé le Choucas.

Six douches glacées jointes au tumulte inquiet que la demande avait provoqué eurent raison de la gueule de béton armé qui s'était abattue sur la nuque du reporter. Si Blèmia demandait qu'on vînt le chercher, c'était parce qu'il se trouvait dans l'incapacité de se mouvoir sur sa canne et ses deux pattes. Jamais, autrement, il n'eût réclamé de l'aide. Prakash, qui le connaissait depuis leur première jeunesse, savait qu'il n'était pas dans les habitudes de Boro de réclamer une aide aussi simple que celle-ci : aller le chercher au retour d'un reportage.

Quel reportage ?

Il l'ignorait.

Pourquoi Le Caire ?

Il l'ignorait tout autant.

Il attendit le petit matin pour téléphoner à l'agence photo qu'ils avaient fondée en septembre 1944, quelques semaines seulement après que les Allemands eurent fui Paris. La standardiste fut incapable de lui fournir le renseignement. Ni Pàzmany, pour l'excellente raison qu'il se trouvait ailleurs, occupé à photographier une nouvelle voiture, un nouveau dessous, une plante verte, la façade d'un grand magasin... un objet ou un événement quelconque promis à une réclame nationale.

La bonne Germaine Fiffre, promue éminence grise en raison d'une fidélité indéfectible aux trois Hongrois, apporta au Choucas l'information qui lui manquait : Boro était en Palestine.

– Depuis quand ?

– Je dirais une bonne grosse semaine.

L'ancienne employée modèle de l'agence Iris – « Un œil sur le monde » – surveillait l'achèvement d'une mise en plis maison tout en postillonnant dans le combiné téléphonique.

– Je me suis fait du mouron tout comme vous, monsieur Béla, mais la parution d'un reportage de notre Kirghiz dans un journal d'Angleterre m'a remise en selle.

Elle coinça le téléphone entre l'oreille et l'épaule, fit rouler un bigoudi entre deux doigts experts et ajouta :

– La seule différence entre nous, c'est que je le croyais à La Spezia.

– Pourquoi La Spezia ?

– Parce que ses rouleaux de pellicule ont été expédiés de là-bas.

– Il est en Égypte, décréta Prakash.

– C'est presque du pareil au même. Il y a la mer au bord, et c'est du bleu partout.

– Où est l'Aston Martin ? questionna le reporter qui ne souhaitait pas entamer avec la conseillère de l'ex-agence Alpha-Press, rebaptisée Agence de la Paix, une dispute à caractère géographique.

– Où vous l'avez garée. Personne ne l'a utilisée après vous.

– Et les clés ?

– Dans l'entrée, comme d'habitude, si vous les avez remises à leur place.

– À tout à l'heure, conclut Prakash. Je vous apporterai le Kirghiz en morceaux.

– Quoi ? meugla la septuagénaire.

Le Choucas de Budapest avait déjà raccroché.

Il revêtit une chemise légère et un costume crème, des souliers bicolores et un panama à large bord. Il descendit, héla un G7 et se fit conduire passage de l'Enfer où habitait Blèmia. Le numéro 21 ne se distinguait en rien des autres constructions basses qui se faisaient face de part et d'autre d'une ruelle pavée au cordeau.

Béla poussa la porte, grimpa les étages quatre à quatre et pénétra chez Boro. Il possédait une clé depuis le premier jour. Il connaissait les lieux comme s'il était chez lui. Tâtonnant à peine, il trouva le trousseau de clés sur la console de l'entrée. Il s'éclipsa sans même avoir allumé. Il dégringola les escaliers, hésita entre le boulevard Raspail et la rue Campagne-Première, puis se souvint qu'il avait garé la voiture devant l'hôtel Istria, bouge amélioré où Marcel Duchamp avait naguère sa chambre et Man Ray ses habitudes.

Elle était là, en effet. Aplatie sur ses roues à fils, somptueuse dans sa robe vert bouteille, son long museau prêt à boire la route, la belle anglaise attendait son chevalier. Béla Prakash s'installa sur les sièges en cuir, tourna la clé de contact et soupira d'aise en entendant mugir les cylindres. Il avait passé l'épreuve du permis un an auparavant.

Sur la piste

Le Constellation avait une heure de retard. Par faveur spéciale obtenue grâce à un billet de mille glissé dans sa carte de presse, Béla Prakash arrêta l'Aston Martin près des pistes. Il attendit, appuyé sur l'aile. Lorsque l'avion se présenta, il souleva son panama et le glissa dans l'habitacle pour que le vent ne s'en fît pas une ombrelle. Il regarda la lourde carlingue se poser dans un nuage de poussière, les roues frémir sur leur gomme. Il se boucha les oreilles au passage du tyrannosaure métallisé, le vit tourner lourdement non loin des bâtiments d'accueil et, enfin, s'arrêter dans un rugissement de moteurs allant décroissant. Cinq longues minutes s'écoulèrent sans que rien ne se passât. Prakash avança vers l'avant de l'appareil. Des hommes en gris approchaient, poussant devant eux de lourdes passerelles. Très haut, dans un autre monde, des visages scrutateurs apparurent par les hublots. Prakash, qui avait voyagé sous toutes les latitudes, connaissait cet instant éphémère où deux univers se bousculent : celui qu'on a quitté à l'orée du voyage, celui qu'on retrouve à son terme. Revenant de Nuremberg, le Hongrois s'était abandonné à une vague léthargie durant le voyage, puis les images l'avaient de nouveau assailli à l'approche du Bourget lorsque, renouant avec un fil interrompu, il s'était demandé à quel journal il confierait les photos des dignitaires nazis qu'il avait réussi à voler lors des audiences. Pour l'heure, il n'avait pris aucune décision : il comptait en parler avec son frère camarade.

Il s'inquiétait : dans quel état allait-il retrouver Blèmia ? Pourquoi celui-ci avait-il demandé une voiture à l'arrivée ? Allait-il le découvrir sur une civière ? Blessé en quel endroit ? Béla Prakash battait impatiemment la semelle. La nervosité le gagnait. Lorsque les passerelles furent ajustées à la carlingue et que les portes s'ouvrirent, l'une à l'arrière, l'autre à l'avant, il se campa entre les deux, son œil se promenant de droite et de gauche, aussi vif que la pupille d'une mouche.

Le spectacle qui s'offrit à lui après une longue station à baigner dans l'adrénaline le stupéfia, avant de provoquer une éruption qui le conduisit à la limite du rouge, dans cette zone où la colère finit par l'emporter sur le soulagement. Boro était là. Bien là. En tous points semblable à lui-même. Impeccable dans son costume de j'menfoutiste aux charmes indéfiniment multipliés.

Ce n'était pas tant le spectacle des hôtesses de l'air lui ouvrant la voie vers la passerelle, veillant à ce que nul ne l'importune par l'arrière, formant une haie protectrice et ravie autour de lui, pas tant le commandant de bord le saluant du haut des marches, moins encore les autres voyageurs agitant aimablement la main dans sa direction, qui exaspérèrent le Choucas, que Boro lui-même dans toute sa splendeur, descendant victorieusement les degrés, protégeant des secousses le fardeau qu'il portait dans ses bras. Quelque chose en treillis marronnasse chaussé de grossières sandales dans lesquelles tire-bouchonnaient des chaussettes, les deux bras noués autour du cou du reporter. Une fille ! Une très jeune fille ! Dont Prakash ne sut, lorsqu'il la vit d'un peu près, si son visage était noirci par le soleil ou par la crasse.

Il restait coi devant cette double apparition. Blèmia avait posé sa canne sur le sol et progressait lentement, retenant son fardeau d'une main, l'autre maniant le stick. Il s'approcha, tout sourire.

– Choucas !

Il ne paraissait pas en meilleur état que son colis.

– Mon meilleur camarade ! fit-il en s'adressant à la jeune fille. Il reviendrait du bout du monde pour me secourir.

– De Paris rive gauche, gronda Béla. N'exagérons rien.

Lâchant son protecteur, d'une main très longue, très gracieuse, aux attaches exceptionnellement déliées, la jeune personne tendit trois doigts au Choucas. Il les prit avec un petit bonheur : il appréciait les jolies filles – une fois débarrassée de sa tenue, de ses chaussettes et de la crasse qui ombrait sa peau, celle-ci se révélerait certainement de toute beauté.

– Il t'a bien jugée, apprécia Boro en mesurant le changement de mine de son ami.

Il se tourna et leva sa canne, saluant les voyageurs qui s'éloignaient maintenant vers les bâtiments de réception.

– Il présente tous les caractères du mâle insupportable : pour un peu, il ne parlerait qu'aux belles plantes !

– C'est une question de nature, reconnut Prakash.

– Je ne vous félicite pas, dit la jeune fille.

Le Choucas afficha une grimace mensongère :

– Je me le reproche assez !

– Alors, changez !

À cet instant, il réalisa que tous trois avaient parlé sa langue natale, qui était aussi celle de Blèmia. Il regarda la demoiselle avec plus d'attention.

– Choucas, je te présente Lika Kis. Elle vient de notre *terra incognita.* Tokaj.

Béla s'inclina cérémonieusement :

– Il faudra me raconter où et dans quelles circonstances vous avez rencontré cet olibrius !

– Devant l'hôtel King David, quatre minutes avant son explosion, répondit Boro.

Il regarda alentour et aperçut le museau de l'Aston Martin.

– Rejoignons notre taxi, proposa-t-il. Je fatigue.

– Vos bagages ?

– Pas de bagages.

Le Choucas scruta Boro sur toutes les coutures, cherchant l'appendice indispensable qui manquait à son ami reporter. Mais il ne vit pas le Leica.

Il n'eut pas même le loisir de poser la question.

– Je le retrouverai quelque part en Italie. Il n'est pas perdu. Je l'ai confié à un ami.

– Cela aussi, il faudra me l'expliquer, grogna le Choucas.

Ils marchèrent vers l'Aston Martin. Prakash avait mis toute son intelligence en action afin de comprendre comment et pourquoi Boro descendait d'un avion de ligne sans bagage, hormis cette jeune fille hongroise qu'il portait comme un paquet, lui, sale et pas rasé, elle, en chaussettes, lui, en écru douteux, ravi cependant, le bonheur affleurant même de tous ses pores quand il vit la voiture anglaise à proximité.

Il posa Lika sur le capot, fit cinq pas en arrière afin d'admirer la fuite des ailes se coulant sous l'habitacle pour remonter gracieusement au-dessus des roues à fils. Il se déporta de quelques mètres, observant cette fois la calandre et les deux énormes phares qui la bordaient de part et d'autre comme deux vigies attentives. Il avait acheté cette voiture quinze ans auparavant à la marquise d'Abrantès. Quelques autres avaient suivi. Mais l'Aston Martin restait sa préférée. Le Choucas avait brillamment remporté l'examen du permis de conduire à la demande pressante de son camarade que sa jambe empêchait de s'asseoir derrière un volant : « Seul un autre moi-même peut prendre le guidon de cette merveille. Apprends à piloter ! »

À la fin de la guerre, grâce à des bons de réquisition d'essence obligeamment fournis par les journaux auxquels ils avaient proposé leurs reportages, les deux Hongrois avaient sillonné la France libérée. Leica en bandoulière, ils avaient suivi la route de la défaite allemande, photographiant les traces laissées par les nazis en déroute, ainsi que la joie des populations libérées. Jusques et y compris les spectacles honteux qu'ils n'approuvaient pas, à commencer par la tonte des femmes et les vengeances obscènes. Deux mois après leur départ, l'Aston Martin avait retrouvé sa place près du passage de l'Enfer.

Boro désigna la capote d'un coup de canne bien dirigé.

– Replions-la !

L'instant d'après, l'automobile exhibait ses boiseries et ses cuirs au soleil.

– Installons-nous ! suggéra Blèmia.

Il ouvrit la portière et s'effaça devant Lika.

– Je monte à l'arrière.

Il sauta par-dessus le garde-boue et se laissa choir sur la banquette. Il étouffa un cri : il avait oublié ses blessures. Prakash le considéra avec inquiétude :

– Ta jambe ?

– Mon dos… J'ai été fouetté.

Béla éclata de rire. Il s'installa derrière le volant.

– Ce n'est pas très drôle, bougonna le reporter en lorgnant son ami dans le miroir du rétroviseur.

– J'accepte de te revoir sans bagage, sinon avec le plus charmant de tous…

Béla se pencha aimablement vers sa passagère, qui lui décocha un regard de feu :

– Je ne suis pas un bagage !

– Il est lui-même un sac un peu lourd, commenta Boro de l'arrière.

– J'accepte de ne rien comprendre, poursuivit Prakash, mais pas de croire n'importe quoi.

– J'ai été fouetté, insista Blèmia.

– Une fessée ? ricana Béla.

– Donnée par des Anglais.

– Ce sont des spécialistes, paraît-il.

– Ils m'avaient attaché à un piquet, je ne pouvais rien faire. Après, ils m'ont jeté en prison.

Le Choucas se retourna. Boro ne plaisantait pas du tout.

– Démarre. Nous allons à l'agence.

Prakash le dévisagea avec une sorte de réticence offusquée dans le regard.

– Vous ne vous lavez pas avant ?

– À l'agence, répéta Boro.

Il consulta sa montre. Il restait moins de vingt minutes avant la réunion hebdomadaire de tout le personnel de l'Agence de la Paix.

L'Agence de la Paix

Ils n'avaient pas repris les locaux de feu l'agence Alpha-Press, réquisitionnée par les Allemands pendant la guerre. Le personnel de l'époque s'était dispersé. Les trois Hongrois avaient créé l'Agence de la Paix.

Ils avaient changé de quartier. Aux bonnes sœurs de Saint-Sulpice, ils avaient préféré les bohèmes et les artisans du XIVe. L'Agence de la Paix avait élu domicile au numéro 14 de la rue Daguerre, au fond d'une cour où officiaient un imprimeur et un fleuriste. L'endroit sentait l'encre et le muguet : les meilleurs parfums de Paris.

Les bureaux étaient plus exigus que ceux de la rue du Four. Ils abritaient moins de monde. Les Hongrois avaient choisi de recommencer seuls, sans autres photographes qu'eux-mêmes. Boro et Prakash couvraient l'actualité et les cultures du monde entier. Pàzmany se chargeait de la réclame et des sports. Germaine Fiffre était la chef comptable et la cheville ouvrière de la maison : on faisait appel à elle pour régler les problèmes matériels et les questions budgétaires. Trois autres personnes avaient été engagées. Marinette Merlu était au standard et Olga Polianovna à la réception. À vrai dire, on n'avait guère besoin de l'ancienne danseuse de chez Balanchine, mais elle se remettait mal d'une immense peine de cœur qui valait bien un soutien moral. L'amour de sa vie, Scipion, l'Africain aux nombreux enfants, l'avait quittée au lendemain de la Libération pour s'enfuir avec une locataire de l'ancien bordel du boulevard de Clichy[1].

1. Voir *Cher Boro.*

La Louve de Sibérie avait aussitôt fermé son lupanar pour se destiner à une carrière plus estimable que celle de mère maquerelle. Elle s'était faite poivrote. Blèmia l'avait découverte un soir, affalée dans un rade de la rue Huyghens où elle menait apparemment grand train une nuit sur deux. Car la marcheuse du Topol n'avait pas tout à fait renoncé à sa vocation. Elle avait seulement changé de boulevard, cherchant le client du côté d'Alésia plutôt que dans les banlieues du Châtelet.

Elle s'était liée d'amitié avec le fleuriste qui partageait la cour de l'Agence avec l'imprimeur, en sorte qu'elle servait la clientèle tantôt en bas tantôt en haut. Deux mi-temps équilibraient ses chagrins d'amour.

Marinette Merlu était la fille de la concierge de la rue des Jardiniers où Blèmia avait habité lorsqu'il était grouillot de laboratoire chez Alphonse Tourpe. Seize ans à l'époque, Marinou Marinon, et beaucoup d'allant[1]. Elle avait succédé à sa bignole de mère avant de laisser la place aux démolisseurs lorsque l'immeuble qui avait abrité ses amours avec le futur reporter avait été détruit pour cause d'insalubrité.

Ted Bitruche, un ancien de la maison Simon-Marie, avait été engagé comme responsable du labo de développement. Une vanité incommensurable l'avait conduit à s'arroger ce titre qui ne correspondait à aucune réalité : il régnait seul et sans partage sur les bains et les agrandisseurs qui, dès lors, lui obéissaient au doigt et à l'œil. L'entreprise Simon-Marie, 24, rue Mouton-Duvernet, spécialisée dans l'épreuve de droit public à caractère philosophique, s'était prestement débarrassée de ce collaborateur dont l'excès de zèle constituait le meilleur du pire.

L'Agence de la Paix ne l'avait découvert que trop tard.

Telles étaient donc les personnes que Blèmia s'apprêtait à retrouver à son retour de Palestine. La logique eût voulu qu'il fît d'abord étape passage de l'Enfer afin d'y déposer Lika et de s'y changer, mais l'impatience le consumait : il n'avait pas assisté à un comité de rédaction depuis des temps immémoriaux. Il avait hâte de retrouver ses bases.

Prakash arrêta l'Aston Marin dans la cour de l'agence. Il avait eu beau discipliner les cylindres pour se faire le plus discret

1. Voir *la Dame de Berlin.*

possible, tous attendaient Borowicz, et tous se précipitèrent aux fenêtres.

Blèmia déplia sa longue carcasse, sauta par-dessus le garde-boue et s'inclina cérémonieusement devant les visages apparus dans les hauteurs. On lui répondit par des saluts interrogateurs. Olga Polianovna jaillit de l'arrière-boutique du fleuriste. Elle portait des fanfreluches et des rubans par-dessus une robe de velours grenat ornée d'une collerette crème. Sa tenue indiquait qu'elle ne comptait pas arpenter ce matin-là. Elle se planta devant Boro, mit les poings sur ses hanches et admira :

– Notre petit czar a enfilé sa tenue de bombance !

Elle agrandit le regard en signe de respect devant la liquette salie et froissée, le visage tuméfié.

– On va répéter, je suppose ? Un rôle sur mesure !

Elle avisa la jeune personne assise dans l'Aston Martin.

– La dame donne la réplique ? Vous jouez tous les deux dans une pièce à caractère burlesque ?

– On sort du presque tragique, répondit Boro en posant une main douce sur l'épaule de l'ancienne danseuse. C'était compliqué parce que le public n'était guère aimable.

– C'est lui qui t'a écharpé, ma Rougeole ?

– Directement sur scène.

– T'avais qu'à pas y monter, mon Oiseau ! Une foule, ça se sent ! Ça se renifle ! Où t'avais ton nez, ce jour-là ?

– On monte, coupa Boro.

– Y a réunion ?

– Comme tous les mardis à quatorze heures.

La Louve de Sibérie abaissa ses faux cils et adopta une mine professionnelle.

– Je prends un crayon et je me lance.

– J'espère que l'élan te poussera loin, dit Boro.

– Comment refuserais-je ma présence parfumée à celui qui m'a sortie du ruisseau ? Qui m'a fait passer des caniveaux de la rive droite à ceux de la rive gauche ? !

– Tu n'avais pas le choix, ma Louve, fit Boro. Sinon, tu restais dans les fleurs.

Il avait imposé comme loi fondamentale au bon fonctionnement de l'agence la présence obligatoire de tous ses membres aux séances d'actualité. Que l'on fût journaliste ou dévouée au secrétariat, on se devait de participer au jeu des échanges.

Olga Polianovna se pencha vers Lika Kis. Elle lui offrit une main qui en avait pris beaucoup d'autres. La jeune Hongroise restait paralysée : elle considérait avec effroi le masque blanchâtre, artificiellement coloré aux joues, de cette dame fanée qui la dévorait du regard.

– On ne la touche pas, s'interposa Boro. Lika vient d'un autre monde.

– Des bas-fonds, je vois, commenta l'ancienne maquerelle. On a du tartre jusque sur les tifs !

– La poussière du désert, commenta Prakash qui avait assisté sans mot dire aux retrouvailles.

Boro se pencha et aida Lika à se soulever. Puis il la prit dans ses bras. Elle s'agrippa à son cou.

– C'est une position de principe, ou vous l'avez essayée ? interrogea la pierreuse avec une curiosité toute professionnelle.

Elle avisa les chaussettes :

– Y a du mou dans la cheville ! Pas très recommandé, pour l'arpentage !

Boro passa devant elle et entama une lente progression dans les escaliers. Olga donna du menton en direction de Prakash.

– C'est qui, la muette ?

– Une nouvelle protégée.

– Il la porte pour des raisons décentes ?

– Je n'en sais rien, reconnut Béla, qui n'avait pas été totalement mis dans la confidence.

– Grouillons-nous, Saumon. Je veux voir comment ça respire là-haut.

La Louve ramassa ses frusques et ses dentelles, et entreprit à son tour de gravir les escaliers.

Boro était arrivé à l'étage. Marinette et Germaine Fiffre campaient derrière la porte.

– Seigneur ! glapit la plus vieille, recouvrant le ton revêche qui constituait sa tessiture naturelle quand elle travaillait chez Alphonse Tourpe. Où avez-vous trouvé *ça* ?

– *Ça*, répondit sèchement Boro, s'appelle Lika Kis, est une jeune fille beaucoup plus jeune et plus aimable que vous.

Il passa son chemin, ignorant le sourire figé de Marinette Merlu.

– Tous chez moi dans cinq minutes ! clama-t-il en enfilant le couloir d'un bon pas. Et personne avant, merci !

Il poussa la porte de son bureau. C'était une pièce haute de plafond, aux murs recouverts de milliers de photos épinglées sans ordre. Charlie Chaplin souriait au général Eisenhower qui allait à la rencontre de Winston Churchill, lequel regardait Fred Astaire qui exécutait un numéro de claquettes pour le plus grand bonheur d'Adolf Hitler. Le général de Gaulle descendait l'avenue des Champs-Élysées au côté de Pablo Picasso posant devant *Guernica*, et Philippe Hériat recevait le prix Goncourt 1939 tandis que Marcel Cerdan, à Wagram, gagnait son titre de Bombardier marocain. À côté de ceux-là, des paysans souriaient à l'objectif, des ouvriers dressaient le poing devant les usines Citroën en grève, une mariée posait sur le parvis de l'église de Saint-Germain-des-Prés, des danseurs fox-trottaient sur les bords de la Marne… Les archives de feu l'Agence Alpha-Press étaient exposées là, piquées sur des plaques de liège. Sitôt qu'ils entraient dans la pièce, les visiteurs étaient naturellement aspirés par ce tableau de leur époque. Boro promit à Lika de lui faire un compte rendu circonstancié de chacun des clichés, mais plus tard, lorsqu'elle serait rétablie sur ses pieds.

Il la déposa sur sa propre chaise, derrière un bureau fait d'une planche cerclée de cuivre posée sur deux tréteaux. Une pile d'enveloppes attendaient d'être ouvertes. Des journaux traînaient partout. Cinq ou six appareils apparemment semblables étaient posés sur une étagère.

– Le centre nerveux de l'Agence de la Paix se trouve ici, dit Boro non sans un soupçon de fierté.

Il gagna le fond de la pièce et ouvrit une porte. Elle donnait sur le bureau de Prakash.

– Et voici l'autre hémisphère.

Il passa le nez dans la pièce. Elle était vide. L'ordre qui y régnait était inversement proportionnel au désordre du premier bureau.

Blèmia referma la porte. Il jeta un coup d'œil au courrier tout en parlant à Lika. Il lui rappela les termes de la proposition qu'il lui avait faite dans l'avion :

– Je m'occupe de vous trouver le meilleur chirurgien qui vous rétablira dans une posture normale.

– D'accord, répondit Lika.

Elle ajouta, soucieuse :

– S'il y parvient.

– Sinon, il ne serait pas le meilleur.

Boro jeta un monceau d'enveloppes non ouvertes dans la poubelle et poursuivit :

– Je vous procure un logement décent.

– D'accord. Mais je vous repose la question : comment je le paie ?

– Avec ce que vous gagnerez.

– En travaillant ?

– Bien sûr.

Lika montra ses jambes.

– Personne ne m'acceptera, pour l'excellente raison que je ne peux rien faire.

– À voir, repartit Boro.

Il alla vers la porte à laquelle on venait de frapper. Avant d'ouvrir, il se tourna vers la jeune fille :

– Vous souvenez-vous de ce que vous m'avez promis en échange ?

La jeune Hongroise s'exclama :

– Mais… rien !

Boro ouvrit la porte et pria l'assistance de patienter une minute encore. Il revint vers Lika Kis.

– Toutes ces petites choses en échange de quoi ?

– Je ne vous ai rien promis !

– Je ne veux qu'une chose : votre accord.

Lorsqu'elle souriait, son regard pétillait comme celui d'une enfant. Elle était d'un charme irrésistible. Cette pensée-là troubla notre reporter. Il la chassa comme une émanation malséante.

Il se tourna vers la porte :

– Si vous voulez bien vous donner la peine d'entrer…

Les fesses posées sur le bord de son bureau, bras croisés, sale et barbu, il sourit, heureux, en accueillant le petit et le grand personnel de cette agence qui était sa seule famille.

La dame de Jérusalem

Olga Polianovna entra la première. Elle alla se carrer à la droite du bureau, sous la fenêtre ouverte qui donnait sur la cour. Germaine Fiffre l'y rejoignit. Par cette proximité, elle marquait un renversement d'alliances considérable : la vieille fille aux mains blanchies par les lessives et les morales rigides s'accordait avec la crotte de trottoir qu'en temps ordinaire elle esquivait avec dégoût.

Ce changement de cap fut relevé par la Louve dans son langage habituel :

– Fiffre, c'est mon cul bariolé qui soudain vous enchante ?

La bonne Germaine fit un pas de côté, tombant directement dans l'escarcelle de Béla Prakash qui hennit aussitôt :

– On fait sécession, madame la comptable ? On ne supporte pas le dégingandé ni l'à-peu-près ?

D'un doigt accusateur, il montra Boro et sa protégée :

– À moins que ce ne soit une présence étrangère ? Un costume inconnu ?

– C'est le sale, grimaça la vieille fille.

Elle fit mine de se boucher le nez. Boro ne bronchait pas. Il laissait à son ami hongrois le soin de mener l'assaut à sa place. Il savait que le Choucas parlerait aussi bien que lui.

– Le sale ? s'écria Prakash.

Il se campa au milieu de la pièce. Marinette Merlu s'était réfugiée dans l'encoignure de la porte. Ted Bitruche, l'autoproclamé responsable du labo, s'amusait déjà : il pressentait que la séance marquerait les annales de cette agence où il était entré par la petite porte, six mois auparavant.

– Le sale ? répéta le Choucas. Mais, ma chère Germaine, vous ne travaillez pas chez un dentiste ! Ni chez un banquier ! Un tailleur de costumes ! Vous êtes dans la presse ! La presse, parfois, ça pue ! Il faut bien aller la chercher, l'information qui vous fait vivre ! Il faut mettre les mains dans le cambouis ! Les pieds dans la gadoue !

Il s'approcha de la Fiffre, roulant les yeux et les épaules.

– Quand vous êtes là à contrôler que tout va bien, le cul sur une chaise, vous pouvez le faire parce que les Kirghiz sont au boulot ! Ils triment ! Ils sont ailleurs !

La Conscience Pure s'en alla buter contre la Louve qui la reçut dans son ample poitrine. Germaine poussa un cri et déroula un pas de côté.

– Il ne faut pas rester parmi nous, ma bonne Germaine, si vous n'acceptez pas le bizarre et l'incongru !

Olga gloussa. Prakash l'ajusta à son tour :

– C'est vrai que, comme bizarre et incongrue, vous vous posez un peu là, vous, la fleuriste des trottoirs !

La péripatéticienne diplômée hoqueta qu'elle ne permettait pas, que sa réputation n'était pas à refaire, à quoi Prakash répondit par un claquement de mains qui précéda un vaste éclat de rire.

C'était Boro.

Ted Bitruche s'accorda à l'hilarité du patron, ce qui ne plut guère à ce dernier qui appréciait modérément qu'on fût toujours et partout de son côté. Au mimétisme du jeune homme, il préférait le silence gêné de Marinette, et même la mine pincée de sa plus fidèle collaboratrice.

Il s'approcha de Lika et posa une main chaleureuse sur son épaule.

– Je vous présente Lika Kis.

– Un instant ! l'interrompit Béla Prakash. Je voudrais achever mon petit sermon. Finalement, ce n'est pas tous les jours que nous avons l'occasion de resserrer les boulons !

Boro opina de la tête :

– Vas-y, mon camarade, parle. Nous t'écoutons !

Depuis la création de l'agence Alpha-Press, fondée par eux-mêmes dans les années 30, Boro ne s'était jamais accordé de droits outrepassant ceux dont jouissait le Choucas. Ils étaient les mêmes, ils étaient frères. Jusqu'à cette ressemblance qui troublait

Lika car, fermant l'œil à demi, elle pouvait imaginer à quoi ressemblerait l'un s'il était habillé comme l'autre, et l'autre s'il avait boité comme l'un.

– Nous sommes des reporters photographes, reprit Prakash, le plus sérieusement du monde.

Ted Bitruche se tordit la bouche comme font ceux qui raillent les évidences.

Olga Polianovna tripotait la tige d'un hortensia qui frappait au carreau.

Marinette Merlu comparait ses chances à celles de la fille en chaussettes dans le seul combat qui l'intéressât : la reconquête de celui qu'elle avait accueilli dans sa chambre du septième quand il n'était encore qu'un malappris chassé par sa bignole de mère.

– Les reporters ne sont pas des maîtres de cérémonies ! Nous ne travaillons pas en queue-de-pie et gants blancs. L'information ne nous apparaît pas comme une révélation : nous ne sommes pas les Bernadette Soubirou de la photo !

Olga pouffa derrière son Rimmel.

– On a le droit de revenir sale d'un reportage.

– Sale, mais pas sali ! intervint Boro.

Béla le montra du doigt.

– Vous ne savez pas ce que vivent les journalistes et les reporters pour rapporter chaque jour la moisson dont les lecteurs de la presse sont friands !

Le ton montait.

– Ne les jugez pas sur leur apparence ! Faites-leur crédit et accordez-leur votre confiance ! Je ne veux plus entendre ici de vociférations liées à l'apparence ou au faciès des gens ! ...

La colère avait empourpré les joues du Choucas. Le feu avait pris.

– ... Au faciès, à la couleur de peau, à l'odeur des muscles !

Il s'approcha de Germaine et lui releva le menton.

– Ce n'est pas parce que vous sentez bon que vous êtes propre !

– Oh ! s'offusqua l'ancienne comptable.

– Parfaitement, jeune fille !

Prakash bifurqua vers Marinette.

– De même pour vous, môme Merlu !

Il fit un tête-à-queue en direction de la Louve de Sibérie :

– Quant à toi, fleur de saison, boucle-la, question honorabilité. On connaît le parcours !

Olga plia la tige de l'hortensia qu'elle avait longuement caressée. Son teint vira à l'ivoire. Prévoyant une rupture de durite, Boro lança sa canne en l'air. Tous se tournèrent vers lui.

– Mademoiselle s'appelle Lika Kis, dit-il en offrant sa main à la jeune Hongroise. Je l'ai ramenée de Palestine où nous étions tous deux emprisonnés.

Il y eut un oh ! de surprise indignée. Blèmia tourna le dos à l'assistance et souleva le bas de sa chemise. Tous aperçurent le bandage sur les reins.

– Nous avons subi quelques sévices.

Il pivota de nouveau.

– Moi, c'est le dos. Lika, ce sont les pieds.

– Pauvre enfant, murmura Germaine.

– Il fallait y penser avant ! gronda Boro.

Il se planta derrière le fauteuil sur lequel Lika était assise et posa ses deux mains sur les épaules de la jeune fille.

– Elle travaillera avec nous.

Les clavicules bougèrent sous ses paumes. Il pesa de quelques grammes.

– Ted Bitruche, vous lui enseignerez le développement photographique.

– Avec plaisir, mon cher ami, susurra l'homme du labo.

– Elle travaillera assise devant les bains. Quand elle aura appris les rudiments du travail en laboratoire, je lui donnerai quelques leçons de prise de vue.

Cette fois, les épaules se soulevèrent nettement. Boro pesa davantage. L'idée venait de naître. Il la jugeait excellente.

Abandonnant son poste d'observation, il rejoignit les autres au centre de la pièce.

– Avant que nous ne partions nous laver, puis nous soigner, revenons à l'actualité.

Cette proposition détendit aussitôt l'atmosphère. L'agence reprenait ses marques.

– Je suivrai moi-même tous les événements de Palestine, reprit Boro.

– Je rentre de Nuremberg, enchaîna Prakash. Je ne veux pas perdre le fil.

Germaine Fiffre chaussa ses lunettes et ouvrit un petit cahier recouvert de pattes de mouche à l'encre violette.

– Le jugement est prévu pour le mois d'octobre.

– En attendant ? questionna Boro.

Marinette gonfla les joues et dit :

– Le pain a augmenté.

– Ça ne vaut pas le déplacement, déclara sèchement Ted Bitruche.

– Pardon ! s'excusa la petite Merlu.

Boro vola à son secours :

– Je propose un sujet sur le rétablissement des cartes d'alimentation pour le pain.

– Nous l'avons fait ! sifflota Olga.

Elle quitta sa plante verte et s'approcha de la table derrière laquelle Lika Kis était assise. Ainsi la voyait-elle de profil.

– Moi-même, très personnellement, durant ton absence.

Boro ricana gentiment.

– Parfaitement, Monsieur le Reporter ! J'ai fait mes classes, moi aussi.

– C'est vrai, confirma la Fiffre.

Elle pinça les lèvres, signe chez elle d'un mépris gradué.

– Elle a volé un de vos appareils et elle a fait du paysage ! Boulangeries, épiceries, grands magasins…

– Publiées ?

– Non, se félicita Ted Bitruche. Et c'est heureux.

– Je dois reconnaître, confirma la pierreuse, que je suis meilleure dans le grand format.

Ses mains s'égarèrent sur sa plantureuse poitrine. Ce faisant, elle adressa un clin d'œil égrillard à la jeune Hongroise qui n'y répondit pas. Olga rejoignit prestement l'hortensia. Sa conviction était faite : la nouvelle ne serait pas experte au tapin.

– Quoi d'autre ? fit Boro.

– Le mois est en creux, commenta Marinette. C'est août, les rues sont vides, le standard sonne à peine. On avait mieux l'année dernière !

Il y avait eu les législatives, le général de Gaulle avait formé un gouvernement comprenant des socialistes et des communistes…

– On devrait partir en vacances, suggéra Olga. La Grèce, ça me dit bien.

– Il y a l'Inde ! s'écria soudain Germaine. J'avais oublié l'Inde !

– Trois mille morts, confirma le Choucas. Affrontements entre Hindous et Musulmans.

– C'est pas des vacances ! contesta Olga Polianovna.

– Les Anglais vont nommer un nouveau chef de gouvernement.

– Les Anglais sont partout...

Il y eut un brusque silence.

– Oui, reprit Lika Kis avec une gêne dans la voix : les Anglais sont partout.

Tous la dévisageaient avec une curiosité non dissimulée : la nouvelle avait parlé ! Et en français ! Elle avait dit quatre mots ! Elle les avait même répétés !

– Excusez-moi, fit la Polianovna en grimaçant un sourire de maquerelle attendrie. Puis-je vous demander d'où vous venez ? Cet accent que vous avez ne m'est pas tout à fait inconnu.

– Il vous est même familier, répliqua Boro.

Il réalisa soudain que Pierre Pàzmany n'était pas présent.

– Où est Pàz ?

– À Cannes, répondit Germaine Fiffre. Il est parti avant-hier pour faire une affiche sur un festival international du film.

Boro pivota vers Lika.

– Pàz, dit-il, est le troisième Hongrois de la bande.

Il souleva sa canne et posa le pommeau sur la main de la jeune fille.

– Dont vous êtes désormais le quatrième pilier.

Olga Polianovna sourit dans le décolleté de sa denture. Elle venait de découvrir le nom qu'elle donnerait à la nouvelle si d'aventure elle acceptait de troquer les pierres de Palestine contre le trottoir du Sébasto : elle serait la Dame de Jérusalem.

La salle d'attente du docteur Romano

Il l'installa chez elle, passage de l'Enfer. Il lui donna la chambre contiguë au labo photo où il n'entrait plus guère.

Pendant une semaine, une infirmière soigna leurs blessures. Chaque matin, elle appliquait de la teinture d'iode sur les plaies de Boro et renouvelait les pansements de Lika. La route avait mordu les pieds de la jeune fille. Elle avait quitté le camp avec un millier d'autres femmes poussées par les nazis qui fuyaient devant les troupes soviétiques. Ils les avaient obligées à avancer. Celles qui tombaient étaient abattues. Le long cordon sanguinolent se réduisait chaque jour un peu plus, jusqu'au moment où les prisonnières s'étaient retrouvées seules : pris en étau entre les armées russes et anglo-américaines, les Allemands s'étaient débarrassés de leurs uniformes avant de disparaître dans la nature.

Elles s'étaient arrêtées.

Lika avait ôté les galoches de bois qui lui enserraient les pieds. Ses orteils étaient atrocement rongés, comme si les pierres des chemins les avaient poncés. Ensanglantés et réduits.

– La Croix-Rouge m'a soignée, expliqua-t-elle à Boro. Mais pas assez. Pas assez longtemps. Après, je suis partie. Je ne pouvais pas rester dans un autre camp.

Elle avait quitté les tentes des réfugiés implantées par les Alliés dans les territoires libérés. Comme la plupart de ses semblables, la guerre finie, elle ne savait où aller. Elle n'avait plus de pays. Plus de famille. Ses amis avaient disparu. Elle avait rencontré un de ces envoyés de l'Agence juive qui, après la libération de l'Europe, entraient dans les camps pour persuader les anciens prisonniers de rejoindre la Palestine.

– Cela me donnait un but. Une raison de faire quelque chose. On m'aurait proposé l'Amérique, j'y serais allée aussi bien.

Mais l'Amérique n'avait rien proposé. Ni l'Angleterre. Ni la France. Certains pays acceptaient d'ouvrir leurs frontières, mais trop parcimonieusement.

– Alors, je suis partie pour la Palestine. En camion, puis en bateau. J'ai profité d'une sorte de trêve. Il y a eu un moment où les Anglais ont fermé les yeux sur les nouveaux immigrants. Cela n'a pas duré très longtemps, mais j'en ai profité. Ce fut ma première chance depuis 1939.

La seconde se produisit quatre jours après son arrivée en France. Boro obtint un rendez-vous auprès d'un spécialiste des membres inférieurs.

– J'irai, dit-elle, mais seulement si vous m'accompagnez.

Elle parlait avec réticence de ce qu'elle appelait *sa vie d'avant*, et la présence du reporter la rassurait parce qu'il ne lui posait jamais aucune question sur cette période, fruit de ses cauchemars et aussi de ses hontes. Il était comme un garant, un protecteur. À tort ou à raison, elle pensait que sa présence à ses côtés émousserait les curiosités douloureuses. Ce qu'elle avait vécu était indicible. La nuit, le jour, des images anciennes l'assaillaient, comme la pierre sur ses plaies au cours de la marche. Si elle parlait, tout revenait : les douleurs, les morts, les survivants. Si elle ne parlait pas, au moins cet indicible ne s'adressait qu'à elle-même. Lika Kis n'avait jamais pleuré devant autrui.

Le docteur Romano les reçut dans une clinique du XVIe arrondissement, près de la place Victor-Hugo. Ils attendirent dans une vaste pièce encombrée comme une cour des miracles. Derrière un desk ovale planté au milieu de la salle, une jeune femme en blanc appelait les patients et les dirigeait ensuite vers des couloirs qui s'évanouissaient dans les profondeurs du bâtiment. Autour d'elle, sur des sièges placés en arc de cercle, des béquilles, des bandages, des plâtres attendaient leur tour.

– Des éclopés de la guerre, grinça Lika.

Boro tapota sa jambe blessée :

– Je ne vaux guère mieux, et cela ne vient pas de la guerre.

– Comment un si jeune homme peut-il s'être abîmé de la sorte ?

– Je m'apprêtais à sauver l'orpheline quand la veuve m'est tombée dessus...

Elle le considéra avec une gravité douloureuse qui le mit mal à l'aise. Elle demanda :

– Vous non plus, vous ne voulez pas dire ?

– Ce n'est pas du tout comme vous. Moi, j'ai honte.

– Mais moi aussi ! s'écria-t-elle.

Un homme chenu lança un pied bandé dans leur direction comme pour leur intimer le silence. Lika s'excusa d'un vague sourire. La jeune femme installée derrière le bureau central appela une nouvelle personne qui quitta son siège, vint à elle puis s'en fut d'un pas inégal vers un des couloirs qui prolongeaient la salle d'accueil.

L'homme assis à côté de Boro se leva à son tour. Contrairement à ceux qui patientaient, il ne semblait souffrir d'aucune blessure. De taille moyenne, il avait le regard noir, perçant. Lorsqu'il s'adressa à la jeune femme assise derrière le desk, le reporter observa un curieux mélange des genres : l'homme arborait tantôt un sourire des plus expressifs, tantôt une dureté fugitive et glaçante. Il passait d'un registre à l'autre avec un naturel dont on ne savait s'il était inné ou acquis, l'expression lui valant de toute façon ce qu'à l'évidence il recherchait : l'attention de son interlocutrice.

Boro effleura le coude de Lika.

– Regardez ces deux-là. À mon avis, ce soir, ils partent ensemble.

– Je parie pour avant, souffla la jeune fille.

Elle avait remarqué le manège.

– Si elle fait une pause pour le déjeuner, d'après moi, elle n'ira pas à la cantine !

– Parce qu'il va la manger ! se réjouit Boro.

La femme du desk était brune, élancée. Les boucles de sa chevelure encadraient un visage rieur, une bouche gourmande, un appétit apparemment immodéré pour son interlocuteur. Boro, qui reconnaissait et appréciait toutes les expressions du désir, la trouva belle.

– C'est à vous, dit-il.

Un infirmier en blouse blanche venait d'apparaître à l'angle d'un couloir. Il avait prononcé le nom de Lika tout en regardant autour de lui. C'était un homme d'apparence très juvénile. Il ne portait pas de cravate et était chaussé de souliers vernis rouges à bouts pointus.

Boro se leva le premier. Lika s'appuya à son bras et ils marchèrent en direction de l'infirmier. Celui-ci se tourna vers l'homme courbé sur le desk et interpella joyeusement la jolie sentinelle :

– Valérie !

Tout regard déployé vers le déjeuner escompté, Valérie abandonna le plat principal pour se préoccuper de l'en-cas à souliers vernis.

– Stéphane ?

– N'oubliez pas les malades !

L'infirmier embrassa la salle d'un mouvement du bras qui provoqua le repli du visiteur. Il revint sur sa chaise, un peu penaud, le regard brillant.

– Venez avec moi, dit l'infirmier.

Il observa la canne de Boro, puis Boro lui-même.

– Vous consultez aussi ?

– Non. C'est pour Mademoiselle.

L'infirmier s'approcha d'un fauteuil à roulettes qui attendait la clientèle. Il le prit par les poignées et l'avança vers Lika.

– Nous n'en avons pas besoin, dit Boro.

– Alors, ce n'est pas si grave ! sourit aimablement l'infirmier.

Avant d'enfiler le couloir, Blèmia se retourna : l'homme au regard perçant avait retrouvé sa place auprès de sa brune.

– Qu'il fera bon dormir ! chuchota le reporter.

– Il vient tous les jours depuis une semaine, dit l'infirmier sans se retourner. La première fois, il accompagnait une malade. La deuxième fois, il est parti avec une autre. À partir de la troisième, il est revenu pour notre Valérie… Il s'appelle Olivier.

Il poussa une porte et s'écarta afin de les laisser passer.

– Quant à Valérie, elle est là depuis quatre semaines. La première, elle est partie avec un malade, la deuxième, avec un autre, et depuis, elle est très sage : elle attend le troisième.

– Ce sera le bon, conjectura Lika.

Ils entrèrent. Ils se trouvaient dans un cabinet médical d'un genre particulier : des tableaux et des lettres autographes étaient accrochés aux murs. Un casque de motard traînait dans un coin. Des livres étaient posés sur un guéridon : Desnos, Breton, Aragon. Le paysage médical paraissait ici du genre surréaliste.

– Nous sommes venus voir le docteur Romano, dit Lika Kis.

L'infirmier aux souliers vernis s'assit face à eux, derrière une table carrée.

– Je vous écoute.

Ils le dévisageaient, muets.

– Je ne fais pas mon âge, reprit le docteur Romano en affichant un sourire plus juvénile encore que son apparence vestimentaire. Cela n'interdit pas les compétences.

Il se pencha vers Lika. Il avait croisé les mains, et ses pouces frappaient l'un contre l'autre.

– Alors ?

– Ce sont les pieds.

– J'ai bien vu ! ... Que leur est-il arrivé ?

Lika appela Boro du regard. Il la sauva :

– Ils ont fait la guerre.

– C'est, hélas, un cas de figure trop répandu de nos jours, fit le jeune médecin.

Il ne posa aucune autre question. Il se leva, contourna le bureau et observa les chaussettes de Lika Kis. C'était une paire très épaisse qui appartenait à Boro.

– Enlevez-les, s'il vous plaît.

Blèmia abandonna son siège. Les lettres autographes accrochées aux murs portaient les mêmes signatures que celles des livres posés sur le guéridon. Le docteur Romano était un amateur d'œuvres d'art, doublé d'un collectionneur.

Tandis que le praticien s'agenouillait devant la jeune Hongroise, Boro sortit discrètement du cabinet. Il attendit trente minutes. Quand Lika le rejoignit, elle était radieuse.

– Je marcherai dans six mois ! Après, je serai comme vous : je boiterai un tout petit peu.

– Pas plus, observa le docteur Romano.

Il se tenait appuyé au chambranle. Il paraissait comme soulagé.

– Il lui faut une paire de béquilles, ajouta-t-il, et des pansements tous les jours. Je l'opérerai dans cinq semaines. Je lui ai donné un traitement.

Boro remercia. Il glissa sa main dans la poche intérieure de sa veste. Romano l'arrêta d'un geste :

– Je ne prends rien.

Comme le reporter insistait, sortant quelques billets, il ajouta :

– En temps de guerre, les soldats ne paient pas. Le contraire serait indécent.

Ce fut la seule allusion qu'il fit jamais à l'histoire de Lika.

Il les planta au seuil de sa porte.

– Que faisons-nous ? demanda la jeune Hongroise.

– Serez-vous capable de vous débrouiller un peu seule ?

– Bien entendu !

– Alors je ne vais pas tarder à vous abandonner.

– Oh ! fit-elle, déçue.

Elle glissa son bras sous le sien et ils marchèrent lentement vers la salle d'attente.

– Je dois aller à La Spezia. Mon Leica m'y attend.

– Oh ! répéta-t-elle.

Le desk était vide. Valérie avait décampé. L'homme au regard perçant s'était absenté lui aussi. Il était midi. L'heure du déjeuner.

Dans l'imbroglio italien

Boro partit le lendemain. Il prit le train jusqu'à Gênes, puis un tortillard pour La Spezia. Il fut bloqué à mi-chemin. Il parcourut les cinquante derniers kilomètres juché sur les ridelles d'un camion militaire américain chargé jusqu'à la gueule de containers destinés à un village lombard. Il ne sut jamais quels produits enfermaient la cargaison ni pourquoi ils se trouvaient dans un GMC arborant le fanion d'une unité américaine, bien qu'il fût piloté par un Napolitain en civil accompagné d'un Noir originaire d'Éthiopie.

Il ne comprit pas non plus l'imbroglio dans lequel se trouvait l'Italie, partiellement libérée par les siens mais reconquise par les Allemands qui avaient finalement capitulé devant les armées alliées, lesquelles étaient présentes sans occuper, les contingents britanniques et américains frayant avec des unités italiennes reconstituées. Les routes étaient encombrées de convois disparates, de motocyclettes pétaradantes, de voitures civiles et d'engins à chenilles qui allaient comme on va dans une fourmilière : à droite, à gauche, tantôt ici, tantôt ailleurs, sans qu'apparût aucune logique directionnelle.

Boro photographiait. Il avait emporté un bagage léger contenant le nécessaire et l'indispensable, notamment un Leica à monture vissée, trois objectifs et cent rouleaux de pellicule. Il avait prévu de rentrer en France lorsque le vent des événements l'y pousserait. Il lui plaisait de se laisser guider par les seules circonstances. La guerre avait créé un ordre terriblement contraint ; l'après-guerre ballottait les pays au gré de souffles désordonnés qui poussaient Blèmia Borowicz. Pendant cinq longues années, il était resté à l'intérieur de frontières barbelées. Il voulait désormais redevenir le pèlerin du monde qu'il avait toujours été.

À La Spezia, il choisit un hôtel donnant sur le port. Il ignorait comment il retrouverait son Leica fétiche et celui à qui il l'avait confié. Une réflexion assez sommaire l'avait persuadé que l'homme se promènerait dans le parage des eaux, et qu'il le trouverait là, en partance pour – ou de retour de – la Palestine.

Il erra donc sur le port. Et quand il n'y était pas, il observait depuis la fenêtre de sa chambre. Maintes fois il lui arriva de dévaler quatre à quatre les escaliers, de se précipiter sur un quai où une silhouette lui avait paru familière, d'approcher un quidam inconnu puis de remonter bredouille.

Il acheta une paire de jumelles. Il appela l'agence, tomba sur la petite Marinette qui, hélas, n'avait reçu aucun message pour lui. Il téléphona à Lika qui lui répéta ce qu'elle lui avait déjà dit : elle ne connaissait aucun Dov, aucun Biekel, encore moins Dov Biekel.

Le quatrième jour, la curiosité du reporter le mena vers un quai éloigné où il décida de tenter sa chance. Non pas celle du malheureux possesseur d'un Leica égaré, mais celle du photographe en chasse. Boro était coutumier de ce genre d'appel irraisonné, né d'une particularité le plus souvent invisible à autrui, un signe, un détail qui le conduisait parfois sur la piste du reportage. Il ne négligeait jamais ce petit tressaillement qui lui coulait le long de l'échine lorsqu'une bizarrerie l'interpellait.

Il avait repéré une Jeep. Seulement cela. Ni plus ni moins crottée qu'une autre, en tous points semblable à celle dans laquelle Azhar l'avait promené. Une Jeep comme il en existait des dizaines de milliers dans toute l'Europe, maintenant que les Américains avaient débarqué. Celle-là était d'un vert kaki, équipée d'une pelle et d'une pioche sanglées sur le côté, d'une roue de secours formant arceau à l'arrière, d'un pare-brise rabattable. Comme toutes les autres. Ce qui avait intrigué Boro ne tenait pas au véhicule lui-même, plutôt à la constance et à la régularité avec laquelle, plusieurs fois par jour, elle débouchait de l'entrée du port, se faufilait parmi les caisses et les remorques, filait d'un quai à l'autre pour stopper finalement devant un cargo apparemment très mal en point qui répondait au doux vocable de

Morgana. Celui-ci était gravé à la peinture blanche sur la coque. Laquelle, vue à travers les jumelles, se révéla être parcourue de filets de rouille formant comme une toile d'araignée à la descendance nombreuse. Le plat-bord et les cheminées ne paraissaient pas en meilleur état, non plus que la cabine de bord qui pointait son nez au-dessus du pont comme une excroissance enrhumée, voire morveuse.

Boro descendit. Non pas le premier jour, mais le troisième. Il voulait comprendre pourquoi, en soixante-douze heures, la Jeep s'était arrêtée à quinze reprises près du bateau. Pourquoi deux hommes, qui n'étaient pas toujours les mêmes, étaient montés à bord. Pourquoi ils y étaient restés chaque fois une longue demi-heure. Quel mystère recelait ce vieux rafiot pour être si soigneusement ausculté par des officiers et des sous-officiers qui, tous, arboraient l'uniforme de l'armée britannique.

Blèmia Borowicz était un homme extraordinairement curieux. Il s'intéressait à chaque détail de la vie. Le plus infime pouvait mener à une situation particulière dissimulant un événement de premier ordre. Comme tout un chacun, notre Hongrois était incapable, lorsqu'il tirait un premier fil, de savoir quelle pelote il déviderait, ni même s'il y aurait une pelote. Mais il essayait toujours. Ce soir-là, alors qu'il se dirigeait vers le quai numéro 14, emplacement 26, il ignorait quel visage il allait démasquer. Il était venu là pour trouver un Leica. *Boro-Maryk*.

Pas davantage.

Croyait-il.

Morgana, *petit bateau*

Il se planta à quelques encablures du *Morgana* et attendit la nuit, dissimulé derrière un lot de caisses en bois cerclées de bandes métalliques. L'activité du port déclina peu à peu. Lorsqu'il fut minuit, hormis le doux clapot de l'eau frappant les quais ou les coques des bateaux amarrés, on n'entendait plus aucun bruit. Les grues s'étaient endormies sur leur socle. Aucun véhicule ne circulait. Plus loin, les docks s'élevaient en lourds quadrilatères zébrés par un quart de lune sans éclat.

Boro attendit une heure, puis fit un pas en avant, encore un autre, et il longea le garde-corps du *Morgana*. Une odeur de mazout le saisit. Il porta la main à la bouche pour étouffer un accès de toux. Le bateau bougeait mollement. Des pneus amarrés aux quais amortissaient les secousses. Notre reporter appuya sa canne sur l'un d'eux et, s'agrippant à un cordage qui descendait le long de la coque, se hissa jusqu'à une échelle métallique qui le conduisit sur le pont. Là, il s'agenouilla. Il observa autour de lui. L'obscurité était totale. Il tendit l'oreille, mais n'entendit aucun son. Il se releva et marcha vers la cabine. Il se tenait penché. Il avait glissé la lanière du Leica sous sa veste. Le boîtier lui battait agréablement la hanche au rythme d'une respiration habituelle, réconfortante.

La cabine était fermée. Dans l'ombre, la roue dessinait un arc de cercle. Les cuivres étaient ternes. Une casquette était posée sur le tabouret sans doute réservé au pilote. Un escalier dont seuls les premiers degrés étaient visibles s'enfonçait dans les profondeurs de la coque. On ne voyait rien. Boro pesa sur le cadenas qui protégeait l'accès au bateau. Un pied de biche eût suffi à le faire sauter. Mais le reporter n'avait pas d'outils sous la main, et l'effraction n'était pas son fort.

Il revint sur ses pas. S'étant penché, il distingua une large estafilade dans le bois pourrissant du navire. Il la creusa à l'aide d'une clé. L'odeur du mazout monta vers lui comme une invisible volute.

Il redescendit.

Il fit le tour des docks, puis quitta le port. Quelques pâles lumières brillaient à la façade de cloaques fréquentés par la soldatesque en garnison. Une ou deux femmes arpentaient le trottoir. Elles l'interpellèrent, mais n'obtinrent aucune réponse.

Boro rentra à son hôtel, se coucha et s'endormit.

Trois hommes sur un bateau

Le lendemain à la première heure, il était sur place. Il avait décidé d'agir au grand jour. Ses jumelles dans une poche, il se campa devant le *Morgana* et attendit. Vinrent deux marins et un homme mis comme un armateur. Ils montèrent sur le bateau et y restèrent moins de trente minutes. À leurs interrogations formulées en italien, Boro comprit qu'ils attendaient quelqu'un.

Le quelqu'un ne vint pas.

Les deux marins et l'armateur quittèrent le bord.

À l'heure du déjeuner, la Jeep n'avait pas reparu. C'était la première fois depuis trois jours. Boro réfléchit un court instant, puis s'éloigna. Il bifurqua derrière un hangar fait d'une tôle ondulée grise, grimpa sur un nœud de cordage qui lui permit d'atteindre sans difficulté le toit d'un camion à l'arrêt. Il sauta sur un môle, suivit un nouveau quai et revint sur ses pas. Il se trouvait de l'autre côté du *Morgana*. Après avoir dépassé le bateau, il s'éloigna du bassin, s'assit sur un tas de sable et porta les jumelles à son front. La Jeep apparut. Trois hommes l'occupaient : l'armateur et deux soldats. Boro orienta les jumelles, précédant la voiture jusqu'au pied du cargo. Elle s'y arrêta. L'un des soldats observa les alentours tandis que l'autre montait à bord, une mallette à la main. Le reporter glissa les jumelles dans sa poche et refit en sens inverse le chemin qu'il venait de parcourir.

Il déboucha sur le quai à cent mètres du *Morgana* et de la Jeep. Il marchait avec nonchalance. Le soldat qui gardait la voiture était un sous-officier de l'armée anglaise. Lorsqu'il aperçut Boro, son premier réflexe fut d'appeler les deux hommes qui avaient disparu dans les entrailles du bateau : il siffla dans leur direction.

N'ayant obtenu aucune réponse, il se carra devant la voiture, prêt à affronter le boiteux qui venait vers lui.

Boro brandit son Leica.

– Reporter, fit-il en anglais. Je suis là pour mon journal.

Une nuance de soulagement apparut dans le regard bleu-vert du sous-officier britannique. Trois angles aigus cousus sur sa manche indiquaient son grade. Un panonceau métallique vissé sur le pare-chocs de la Jeep précisait le régiment.

– J'aimerais vous poser quelques questions, dit encore Boro.

Le sergent le dévisageait le plus sérieusement du monde. Il sembla au Hongrois qu'aucun d'entre eux n'était dupe, mais que ni l'un ni l'autre ne savait précisément de quoi.

– Quelles sont vos questions ? demanda le sous-officier.

Et, avant que Boro ait eu le temps de poser la première, il ajouta :

– Vous voulez connaître l'heure ? La date ? Le nombre de places ?

– Votre accent ? fit le reporter.

Il fronça les sourcils, affichant une moue dubitative.

– Il n'est pas de chez nous...

– Le vôtre non plus, rétorqua aussitôt le sergent.

– Certes, admit Boro. Je suis d'origine hongroise.

Il attendait une proposition parallèle, qui ne vint pas.

– Vous vous intéressez à ce bateau ?

– Oui, dit-il. Un peu.

– Pour quelle raison ?

– Et vous ?

– Sans doute la même que la vôtre, répondit le sergent. Mais d'un point de vue exactement inverse.

– Vous m'aviez repéré ?

– Oui. Depuis trois jours. Mais nous n'étions sûrs de rien... Nous avons remarqué les jumelles.

Il leva le doigt en direction de l'hôtel où Boro était descendu.

– OK, admit le reporter. Et maintenant ?

Le sergent desserra la jugulaire de son casque et l'ôta.

– Nous pensons que le *Morgana* a été réquisitionné par l'Agence juive.

– Ou quelque chose comme ça, admit le reporter.

– Ce bateau ne partira pas.

– Pour quelle raison ?

– Le gouvernement de Sa Majesté a publié un Livre blanc qui doit être respecté.

– C'est pour cela que vous le fouillez depuis trois jours ? Vous cherchez des réfugiés ?

– Je ne suis pas obligé de répondre à cette question, répliqua sèchement le sous-officier. Il me semble qu'elle dépasse le cadre du reportage que vous a commandé votre journal.

– Vous n'en savez rien.

Le sergent acquiesça. Il recoiffa son casque et écarta légèrement les jambes. Il se tenait solidement en appui, les mains à hauteur des hanches. L'étui de son revolver battait à sa ceinture.

– Il va falloir que vous nous suiviez, dit-il.

Son collègue venait de sauter à bas du bateau. Il avait abandonné sa mallette entre les mains de l'armateur. Celui-ci observait la scène, appuyé au garde-corps.

– Je faisais un reportage, commença Boro à l'adresse du nouveau venu, quand votre sergent…

Ce dernier l'interrompit d'un mouvement horizontal des deux mains.

– Nous l'emmenons, dit-il.

Il posa la paume sur la crosse de son arme. Boro secoua la tête.

– Inutile, précisa-t-il. Je vous suis avec la meilleure volonté du monde.

Le second Anglais portait deux barrettes cousues sur ses épaulettes.

– Si je comprends bien, mon reportage ne fait que commencer…

Boro sauta à l'arrière de la Jeep et déposa son stick à ses pieds. Le lieutenant grimpa à l'avant.

– Allons-y, fit le sergent.

Il tourna la clé de contact, fit rugir le moteur et enclencha la première vitesse. Plusieurs questions vinrent à l'esprit du reporter. Il n'en posa qu'une seule. Lorsque la Jeep eut quitté le port, il demanda au sous-officier pourquoi, dans l'armée anglaise, un sergent paraissait commander à un lieutenant.

Il n'obtint pas de réponse.

Étrange hiérarchie

La Jeep se coula facilement dans la circulation qui gangrenait la ville. Le sergent se frayait un passage au klaxon, doublait rapidement, se rabattait au tout dernier instant. Boro suivait attentivement chacun de ses gestes, se demandant s'il pourrait lui aussi rétrograder en moins d'une seconde, donner ce petit coup d'accélérateur au passage du point mort, passer la vitesse inférieure sans la moindre secousse. Songeant à Azhar, il se fit la remarque que les moniteurs de cours de conduite devaient être meilleurs à Londres qu'à Jérusalem.

Ils quittèrent La Spezia et longèrent la mer jusqu'à Gênes. Le vent s'engouffrant dans la Jeep gênait la conversation. Boro posa quelques questions auxquelles, de toute façon, personne ne répondit. Le sergent conduisait à vive allure, laissant au lieutenant le soin de surveiller le passager. Celui-ci n'était ni un convive avec qui échanger quelques banalités bien élevées, ni un prisonnier dont on redoutait l'évasion. Boro aurait pu inviter les deux soldats à s'arrêter dans un café sur la route, ou bien sauter hors de la voiture après avoir aimablement salué, que le cours des choses n'en eût pas été modifié. Il se trouvait là, ce qui ne posait de problème à personne. On l'avait emmené sans menace, il s'était laissé prendre avec un soupçon de gratitude, on le conduisait en un lieu où les enjeux des deux parties seraient certainement exprimés puis comparés.

C'était cela qu'eux tous attendaient.

On contourna Gênes, puis on remonta vers le nord. Après trois heures de route, la Jeep entra dans Milan. Boro eut à peine le temps de photographier la façade de la Scala et la basilique

Saint-Ambroise que le sergent arrêtait la Jeep devant le double portail protégeant le casernement de la 412e Compagnie de Transport.

Deux plantons en uniforme montaient la garde. Le chauffeur n'eut pas besoin de montrer patte blanche pour se faire ouvrir les battants. Ils pénétrèrent dans une cour pavée où une trentaine de GMC bâchés stationnaient sans ordre. Certains étaient juchés sur des cales, d'autres, capot ouvert et moteur à terre, à demi éventrés. Il y avait aussi des motos, des Jeep, quelques véhicules civils, des half-tracks... Le sens de la discipline anglais, dont Boro avait mesuré toute la rigidité en Palestine, semblait avoir fondu sous le ciel italien. Pour un officier supérieur de Sa Très Gracieuse Majesté attaché aux règles militaires, le spectacle avait quelque chose de foisonnant, d'impensable et de clairement et définitivement répréhensible. Aux yeux de la hiérarchie militaire héritée des traditions du Commonwealth, la 412e Compagnie de Transport méritait à tous égards les arrêts de rigueur.

Le sergent sauta hors de la Jeep. Boro l'imita. Il ramassa sa canne et prit le chemin des hangars. Ses compagnons de voyage marchaient à ses côtés, débonnaires mais vigilants. Il n'était pas difficile de comprendre que la promenade n'était pas aussi dégagée qu'elle paraissait. Apparemment libre de ses mouvements, Boro n'en était pas moins encadré et contraint. Bien que tranchant singulièrement avec la rigidité de la troupe menée par le captain Robertson Hedges, celle qui se préoccupait de notre reporter se montrait tout aussi attentive et restait sur ses gardes.

Dans le hangar, quelques mécaniciens vérifiaient d'autres camions. Les moteurs tournaient au ralenti. Des individus en civil côtoyaient les militaires. On parlait bas. Les hommes de troupe ne saluaient pas les officiers. Ces derniers portaient parfois des moitiés d'uniformes : tantôt la veste, tantôt le pantalon, rarement les deux. Nul ne marchait au pas. Beaucoup fumaient avec nonchalance. On croisa un colonel que le sergent, s'étant brusquement arrêté, embrassa fraternellement quatre fois sur les joues. Des retrouvailles heureuses.

Boro n'y comprenait rien.

Il fut conduit dans un minuscule bureau où il se crut abandonné à lui-même. Sauf que, lorsqu'il fit mine de pousser la porte pour refaire éventuellement en sens inverse le chemin parcouru, deux mécanos en bleu de travail surgirent de sous un GMC et lui barrèrent la route. Ils ne lui demandèrent pas de revenir sur ses pas : sans prononcer un seul mot, ils lui firent comprendre qu'il n'irait pas plus loin.

Le reporter battit en retraite. Plus loin, le sergent discutait avec le colonel. Celui-ci écoutait attentivement. Au geste qu'il fit, désignant le coin du hangar où Boro se trouvait, ce dernier comprit qu'on parlait de lui.

Il réintégra le bureau. Trois minutes plus tard, le colonel l'y rejoignit. C'était un homme d'une cinquantaine d'années, alerte, le cheveu gris coiffé en brosse, le regard d'un vert exceptionnellement clair. Il portait un treillis de camouflage dont il avait retroussé les manches. Pas d'arme. Pas de nom inscrit au revers de la poche de poitrine. Une expression de grand sérieux tempérée par une impatience liée à l'écoulement du temps : l'homme consultait sans cesse sa montre.

– *Your name?* questionna-t-il après s'être assis sur la chaise qui faisait face à celle où Blèmia se tenait.

– Je ne comprends pas l'anglais, repartit le reporter en français.

– Votre nom ? demanda l'officier dans la même langue.

Boro poussa un long soupir, étendit ses jambes devant lui et répondit qu'il ne répondrait pas. Une flamme amusée passa dans le regard du militaire.

– Pourquoi ? *Why?*

– Si je vous demande le vôtre, me le donnerez-vous ?

– John Bradly.

– Blèmia Borowicz.

– Chef de corps de la 412e Compagnie de Transport.

– Reporter photographe.

– Parfait, commenta le colonel Bradly. Que photographiez-vous ?

– Des bateaux.

– Nous l'avons remarqué.

– Comment ?

– Nous surveillons le *Morgana* qu'apparemment vous surveillez aussi.

– Vous voudriez savoir pourquoi, s'amusa Boro.

– Très exactement : oui.

– Je ne vois pas en quoi cela vous regarde.

John Bradly posa ses mains l'une sur l'autre. Il portait une alliance à l'index. Il n'avait plus d'annulaire.

– Notre rôle consiste à repérer les embarcations susceptibles de partir pour la Palestine. Nous préférons les empêcher d'embarquer plutôt que les empêcher de débarquer.

Il gonfla les joues.

– Il y a vingt-huit ans, la Grande-Bretagne a reçu un mandat sur la Palestine. Nous devons le faire respecter.

– Vous craignez de vous mettre à dos la population arabe ?

Le colonel Bradly partit d'un grand éclat de rire.

– La population arabe ?

Il rit derechef.

– Si vous saviez comme Londres se fout de la population arabe ! Ce qui l'intéresse, ce sont les gouvernements arabes ! Son influence en Égypte, en Transjordanie, dans toute cette partie du monde !

Bradly cessa brusquement de rire.

– Pourquoi vous passionnez-vous pour le *Morgana* ? Nous savons que vous le surveilliez depuis votre hôtel et que vous êtes même monté à son bord.

Boro tenta un coup de bluff. Il dit qu'il voulait acheter ce bateau. Le colonel décroisa les mains. Il arrondit le dos et demanda :

– Pour quelle raison ?

– Convenance personnelle.

– Ce rafiot est totalement pourri. Je ne vois pas ce que vous pourriez en faire.

– Aller en Palestine ? hasarda le reporter.

– Non, répondit énergiquement le colonel. Nous le saurions.

Il se leva et, sur le point de passer la porte, ajouta :

– Sur cette question, nos services sont très bien renseignés.

Il sortit.

Lorsqu'il revint, cinq minutes plus tard, une bande indiquant son nom était agrafée à sa poitrine. Une fois dans la pièce, il laissa la porte ouverte.

– Vous êtes libre, dit-il simplement.

Boro ricana :

– Je ne l'étais donc plus ?

– En suspens.

– À qui avez-vous demandé des renseignements sur mon compte ?

– À une autorité supérieure, répondit le colonel.

– À Londres ?

– Peu importe… Vos compétences de reporter photographe sont partout reconnues. D'ailleurs, on m'a proposé de vous faire une offre.

– « On » ? questionna Boro.

– Une offre à caractère professionnel, enchaîna John Bradly.

– Vous voulez que je poursuive mon enquête sur le *Morgana* ?

– En quelque sorte.

– Ah ? fit Boro.

Le colonel croisa les bras et fixa son interlocuteur d'un regard froid, vert et immobile.

– Accompagnez-nous. Vous verrez ensuite.

Boro secoua la tête.

– Je ne me lance pas comme cela dans la gueule du loup. S'agit-il d'assister à l'interception du *Morgana* lorsqu'il sera dans les eaux territoriales contrôlées par les Britanniques ?

– Pas tout à fait.

Blèmia posa l'embout de sa canne sur son soulier droit, son menton dans sa main gauche, parut réfléchir et demanda :

– Vous voulez que je suive cette affaire de *votre* côté ?

– Oui. C'est la proposition que je suis chargé de vous faire.

– De la part de qui ?

– Vous le saurez en temps utile.

Boro pensait à Julia Crimson. De sa taille magnifique, de son regard irrésistiblement bleu, de ses mains aussi expertes que charmantes, il dériva tout naturellement vers l'ombre tutélaire qui planait toujours sur leurs rencontres : Artur Finnvack.

– D'accord, dit-il.

Il espérait rencontrer, ici ou ailleurs, cet homme dont il ne savait rien, sinon qu'il avait longtemps secondé le patron des services secrets britanniques.

– Il y a une condition, précisa le colonel.

Comme Boro faisait un pas vers la porte, l'autre tendit le bras, lui barrant la route.

– Pas de photo. Aucune.

– Ah ! s'exclama Boro.

– Vous me remettez votre appareil. Je vous le rendrai plus tard.

Le reporter hésita le temps d'une inspiration. Il ôta sa veste, fit glisser la lanière de son Leica et remit le boîtier à l'officier britannique.

Il était venu en Italie chercher un premier appareil. Un second venait de lui échapper des mains.

La 412e Compagnie de Transport

– Vous allez me suivre, dit le colonel John Bradly. Vous ne poserez aucune question jusqu'à notre point d'arrivée.

– C'est-à-dire ?

– Aucune question, répéta sobrement l'officier.

Il conduisit Boro dans un coin du hangar où des vestes et des pantalons d'uniformes étaient accrochés à des cintres eux-mêmes suspendus à une tringle.

– Habillez-vous.

Des galons étaient cousus sur les manches et les épaulettes des tenues militaires anglaises.

– Choisissez en fonction de la taille, pas du grade.

C'est ainsi que Blèmia Borowicz, reporter photographe, se retrouva costumé en major de l'illustre armée britannique. On lui remit des brodequins de marche, un ceinturon dépourvu d'étui à revolver, un béret. On lui confisqua ses papiers. Il aida à la préparation des camions : il vissa de nouvelles plaques minéralogiques sur les anciennes, chargea des jerrycans d'essence, surveilla les niveaux et fit l'appoint. Les hommes de la 412e Compagnie de Transport s'activaient en silence, sans prononcer une parole. Chacun savait ce qu'il avait à faire et accomplissait sa tâche sans consigne. Les officiers supérieurs œuvraient comme les autres, au coude à coude avec les deuxièmes classes. Boro avait été adopté ; c'est-à-dire que sa tenue ne le distinguant pas de la vingtaine de militaires présents, il accomplissait ni plus ni moins que la tâche commune.

Il s'activa jusqu'à la tombée de la nuit. Conformément aux instructions, il ne posa aucune question. De toute façon, en moins de vingt minutes il avait obtenu la réponse à la plus essentielle de toutes. Son œil de photographe, son oreille à l'affût des langues et des accents, un sens de la déduction qui jusqu'alors ne l'avait jamais trompé lui avaient permis d'ordonner inconnues et singularités jusqu'à leur donner un sens.

À la nuit tombée, les chauffeurs et les chefs de bord montèrent dans les camions. Boro grimpa dans le premier, qui était celui du colonel Bradly. L'officier avait changé de tenue. Il n'était plus colonel, mais seulement commandant. Il ne s'appelait plus Bradly, mais Rower. Il tendit un carton à Boro en lui demandant d'apprendre par cœur les informations qu'il contenait. Blèmia ouvrit la carte de ravitaillement et accepta de se prénommer désormais Philipp, patronyme Crumble, né le 17 juillet 1912 à Cardiff, Grande-Bretagne. Il fit remarquer à John Bradly que le document ne pouvait faire office de sauf-conduit, étant notamment dépourvu de photo d'identité. Le colonel haussa les épaules face à cette vétille et demanda à son passager de ne plus l'appeler ni colonel, ni John, ni Bradly.

– Bien, mon colonel, repartit Blèmia.

– En tout cas, pas en certaines circonstances.

– J'avais compris, mon colonel.

L'officier se tourna vers le reporter, posa une lourde main sur son épaule et ajouta :

– J'avais compris que vous aviez compris.

Il était vingt-deux heures lorsque le convoi s'ébranla. Une Jeep surmontée de deux gyrophares bleus précédait le camion de tête. Elle obliqua à gauche vers le centre-ville, puis vira une nouvelle fois avant de gravir un raidillon qui serpentait à travers les contreforts d'une montagne dépeuplée. Les trente camions suivaient. Roulant à vide, ils n'eurent aucune difficulté à grimper jusqu'à un plateau rocailleux d'où ils s'élancèrent sur une route plate et droite, suivant le clignotement bleu de la Jeep qui ponctuait l'ombre comme un fanal.

Lorsque le convoi eut parcouru une dizaine de kilomètres, Boro s'appuya à la portière du camion, observa le profil du chauffeur puis celui du colonel Bradly, et dit, parlant fort pour dominer le bruit du moteur :

– Puisque vous avez compris que j'avais compris, pourriez-vous m'expliquer ce que je n'ai pas compris ?

– Vous avez droit à une question, concéda John Bradly après avoir reçu l'approbation du chauffeur.

– Comment avez-vous fait ?

Le colonel émit un petit grognement de satisfaction qui fut repris par le chauffeur. Le colonel se tourna vers ce dernier, quêtant une autorisation qui lui fut accordée d'un bref clignement des paupières.

– Comme vous le savez désormais, la 412e Compagnie de Transport n'existe pas. Du moins pas officiellement. Elle ne figure sur aucun document militaire de l'état-major des forces britanniques. Ni en Italie, ni en Europe. Nulle part. C'est nous qui l'avons créée.

Il se tourna vers Boro, découvrant de très blanches et très souriantes incisives.

– Nous avons récupéré les uniformes, les camions, les Jeep et tout ce que vous avez vu dans le garage auprès des unités anglaises démobilisées ou déplacées. Celles de la Brigade juive, mais aussi d'autres que nous avons soulagées de leur matériel en panne.

Le chauffeur riait silencieusement. Il tapait le volant de ses deux paumes ouvertes, très satisfait de la bonne blague qu'ils avaient faite aux troupes britanniques stationnées en Italie. Il prononça quelques mots en hébreu, lesquels furent repris, après traduction, par le faux colonel John Bradly.

– Le matériel était en panne parce que nous l'avions cassé ! Vous enlevez deux bougies à un GMC et vous prétendez qu'il faut changer le moteur. Vous le faites remorquer jusqu'à un garage militaire de Milan, vous remettez les deux bougies, et le moteur tourne comme une horloge !

Ils rirent encore longuement comme deux enfants heureux de raconter une bonne farce à un interlocuteur qu'ils imaginent sidéré. Et Boro était sidéré.

– Nous avons récupéré les uniformes chez des fourriers sympathisants, une veste ici, un pantalon ailleurs. Les armes viennent des soldats de la Brigade juive démobilisés. Les papiers, ordres de mission et cartes de ravitaillement ont été fabriqués dans un atelier de faussaires de Milan, d'après des tampons modèles qui nous ont permis de produire les nôtres. La 412e Compagnie de Transport possède donc tout ce qu'ont les autres unités, sauf qu'elle n'existe pas.

Si Boro les avait photographiés à cet instant, il eût impressionné sur la pellicule deux profils de gallinacés hilares. La joie régnant dans l'habitacle contrastait étrangement avec le panorama qu'il eût embrassé de l'extérieur s'il s'était trouvé sur le passage de ce convoi fantôme grimpant dans les montagnes jusqu'à un point de rendez-vous où le rire ne serait plus de saison.

– Et les soldats ? demanda-t-il. Où les avez-vous trouvés ?

Les deux hommes s'apaisèrent. Le chauffeur prit la parole. Il s'exprimait en anglais.

– Je viens de Jaffa. Je suis monté sur un bateau qui avait débarqué trente réfugiés sur la plage. Ils avaient un billet aller, et moi un billet retour.

– Je me suis engagé en 1942 dans l'armée britannique, répondit à son tour le faux colonel John Bradly. J'ai servi à Tobrouk, Benghazi, El Alamein… Sur tous les champs de bataille où les Anglais ont affronté l'Afrika Korps de Rommel. Il y a quelques mois, Churchill a enfin accepté de créer une Brigade juive. Mais, pour ne pas froisser les Arabes, il a transbordé nos unités en Europe. Je me suis retrouvé en Italie. Avec d'autres, j'ai créé la 412e Compagnie de Transport.

– Avant la guerre nous étions tous les deux membres de la Haganah, reprit le chauffeur. Maintenant, nous dépendons du Mossad Aliya Beth : réseau de l'immigration B. Notre boulot, c'est d'aider les réfugiés à retrouver une terre.

Ils avouèrent à Boro que lorsqu'ils l'avaient intercepté sur le port de Milan, après l'avoir observé comme lui-même avait fait, ils pensaient avoir affaire à un agent du MI6. Un Anglais.

– Un véritable Anglais chargé de dépister les organisateurs des trafics clandestins en direction de la Palestine…

– … Nous ! conclut l'agent du Mossad qui tenait le volant.

Il pointa l'index dans leur direction, après quoi Boro posa une dernière question. Il demanda en vertu de quel privilège toutes ces confidences ultrasecrètes lui avaient été faites. Le faux colonel agent du Mossad consulta sa montre, observa la route qui s'ouvrait devant eux, et dit :

– Normalement, vous saurez cela dans un peu plus de trois heures.

Retrouvailles en montagne

Un peu moins de trois heures plus tard, les trente camions de la 412e Compagnie de Transport atteignirent une clairière surplombant une vallée déserte. La nuit était noire, sans lune. Un vent sauvage fouettait les arbres d'une forêt qui s'enfonçait vers le nord et débouchait là, à la lisière d'un plateau obscur. Les camions se rangèrent dans un ordre parfait, les capots en bordure d'un petit précipice, le cul dirigé vers la forêt. Les chauffeurs descendirent des cabines et déverrouillèrent les ridelles. Tout cela sans bruit, selon un ordre silencieux qui tranchait avec les manières de Milan.

Boro sauta à terre. La première chose qu'il remarqua fut la présence d'autres camions, civils ceux-là, stationnant plus loin ; et d'une grande tente dont les piquets maintenaient ouvert un auvent de toile. Dans la lueur bleue clignotante des gyrophares de la Jeep, il vit ensuite celui qu'il ne pouvait se résoudre à appeler autrement que John Bradly chercher quelqu'un dans l'ombre, retrouver le sergent qui avait arraisonné Boro sur le port de Milan, le prendre par l'épaule et s'éloigner avec lui en direction de la tente. Ils y entrèrent. Une lampe à pétrole brûlait à l'intérieur. Blèmia s'approcha. Il distingua de nombreuses silhouettes s'activant, hommes et femmes. Une table avait été dressée au milieu de la tente. Une liasse de papiers et un stylo étaient posés sur le plateau. Rien d'autre. Une chaîne se formait entre les camions civils et la tente. On apportait des timbales, d'énormes gamelles en fer-blanc, des couvertures qui furent emportées par d'autres mains et déposées à l'arrière des camions militaires.

John Bradly et le sergent conversaient avec un troisième homme qui portait lui aussi un uniforme de l'armée anglaise, et qui se retourna à l'instant où Blèmia l'observait. C'était Dov Biekel. Il fit un pas vers l'extérieur. Boro le rejoignit à l'entrée de la tente, sous l'auvent. Ils s'étreignirent aussitôt comme s'ils se connaissaient depuis toujours, comme s'ils s'étaient beaucoup manqué l'un à l'autre.

– Tu es là, souffla Dov, et ce fut tout.

Ils se séparèrent pour mieux se dévisager, s'embrassèrent à nouveau, et Boro sut pourquoi, depuis le premier jour, il croyait connaître cet homme.

Il ne souffla mot, car l'instant n'était pas aux questionnements. Dov, de toute façon, n'avait pas le temps. Il dit :

– Viens avec moi.

Il entraîna Boro sous la tente, puis l'abandonna parce qu'on l'appelait pour une communication radio. Un lourd émetteur-récepteur était posé sur le sol de terre battue. Dov coiffa un écouteur, prononça quelques mots en hébreu, puis actionna une manivelle, changea de longueur d'onde et interpella un interlocuteur invisible qui se trouvait à Milan. Cette fois, il s'exprima en anglais.

Lorsqu'il reposa le casque à côté de l'appareil, tous le regardaient. Il déplia une carte d'état-major, évalua l'échelle, et dit :

– Ils seront là dans une heure.

Il était tendu. Son entourage aussi. La phrase qu'il venait de prononcer avait fait monter la fièvre générale.

– Il faut préparer les couvertures.

– C'est fait, répondit quelqu'un.

– Les médecins ?

– Nous sommes trois, dit une jeune femme.

Elle s'approcha de la table. Elle était allemande et portait un long manteau beige mité. Elle présenta ses deux amies, dont l'une était anglaise et l'autre slovaque. Toutes trois s'étaient portées volontaires auprès de la Haganah pour accueillir et soigner les réfugiés.

– Avez-vous du matériel ? questionna le sergent que connaissait Boro.

– Peu. Des pansements, des sulfamides.

– Morphine ?

– Non.

– Nous ferons avec.

Dov vint vers Boro :

– Tu as un appareil ?

– Je te l'ai confié.

– Celui-là, je te le restituerai à Milan. Mais un autre ?

– Ton colonel me l'a confisqué.

– Sur mon ordre.

Dov sourit en guise d'excuse.

– Je ne voulais pas qu'on te le prenne, en cas de contrôle.

– C'est toi qui m'as fait venir ?

– Ari m'a donné ton nom.

– Ari ?

Dov leva le pouce en direction de John Bradly.

– Ari Finkstein. Il n'est pas plus officier que moi, et nous détestons pareillement les Anglais. Il t'a pris pour l'un d'eux. Ton nom t'a sauvé. Si je ne t'avais pas reconnu, il t'aurait fait descendre.

– Tu plaisantes ? fit Boro.

– Pas le moins du monde, répliqua Dov en lui donnant une bourrade amicale sur l'épaule.

Trois secondes plus tard, Boro avait récupéré son Leica.

Les réfugiés

Ils arrivèrent un peu plus tard que prévu, en ordre dispersé. Des femmes, des enfants, quelques vieillards soutenus par les hommes les plus alertes. Jamais Boro n'avait constaté semblable épuisement. Jamais pareille détermination tragique dans le regard. Rarement tant de détresse maîtrisée.

Ils surgissaient de l'enfer, mais ils étaient sauvés. Eux, comme des millions de personnes déplacées à travers l'Europe. Des Allemands, des Autrichiens, des Hongrois, des Roumains… Cent mille Juifs rescapés des camps, qu'aucun pays ne voulait recevoir (ils seraient près de cinq cent mille à la fin de 1947). Les Anglais n'étaient pas les seuls. L'Amérique, elle aussi, avait fermé ses frontières. Ceux qui avaient retrouvé les décombres d'une vie en Pologne, les ruines d'une maison, les corps ensevelis d'un parent abattu, s'étaient fait chasser de nouveau par les pogroms. Cela recommençait. Cela recommencerait toujours. Mort aux Juifs. Le million qui n'avait pas péri dans les camps avait dû fuir une fois encore. Ils détestaient les Allemands qui les avaient massacrés, les Russes, les Hongrois, les Roumains… Il n'y avait pas de salut pour eux sur ces terres dévastées par la guerre, qui les rejetaient encore. On les avait volés, brûlés, anéantis. À peine le grondement des canons s'était-il tu qu'on recommençait déjà.

Alors ils partaient. Ils descendaient du nord de l'Europe, de camp en camp, poussés par les volontaires envoyés par l'Agence juive pour les persuader de rejoindre la Terre promise. Beaucoup n'y allaient pas sans réticence. Mais comme ils n'avaient plus aucune attache ailleurs, ils se laissaient convaincre. Ils s'habitueraient au climat. Ils fonderaient de nouvelles familles. Ils travailleraient. Ils seraient ensemble. Tous les responsables de l'Agence juive savaient que l'État ne se construirait pas sans eux, qu'il aurait besoin de main-d'œuvre, de bras armés. En 1940, David Ben Gourion avait déclaré que la Première Guerre mondiale avait donné la déclaration Balfour, et que de la Seconde devait naître l'État juif. Il savait quel paradoxe monstrueux présiderait à la création de cet État : sans Hitler, aucune chance. Sans la culpabilité du monde occidental, aucune chance. Sans ces réfugiés désormais apatrides, aucune chance.

Ils portaient des chapkas, des vestes militaires, des brodequins dépareillés, des couvertures de l'armée américaine. Certains traînaient des valises de carton. Les enfants ne pleuraient pas. Nul ne se plaignait.

Ils arrivèrent dans un silence terrible, sans que rien les eût annoncés, surgissant dans la clairière aussi discrètement que des skieurs ayant quitté une piste enneigée. L'instant d'avant, il n'y avait personne ; la minute suivante, le monde avait changé. Ceux qui les encadraient, qui avaient suivi les armées alliées jusqu'aux camps avant de redescendre, les dirigèrent sans un mot vers la tente dont l'auvent était resté ouvert. Une queue se forma, toujours silencieuse, presque résignée. Dov notait les noms et les nationalités. De faux soldats anglais distribuaient un quart de soupe puisée dans les gamelles de fer-blanc, un quignon de pain. Les trois femmes médecins posaient des questions, donnaient parfois un cachet, et les réfugiés allaient s'asseoir auprès des camions.

Boro cherchait Noémie, tous ceux qui avaient disparu de ses paysages. Il pensait à Dimitri, qu'il n'avait pas revu depuis le début de la guerre, à Maryika dont il n'était pas certain, finalement, qu'elle fût restée en Amérique. À Sean. À David. Debout devant ces personnes déplacées qui, en train, en camion ou à pied, avaient traversé l'Europe pour atterrir là, il mesurait le chamboulement du monde et se demandait si tous ceux qu'il avait crus à l'abri l'étaient réellement. Une pensée semblable lui était venue lorsqu'il avait photographié les décombres et les ravages résultant de la terreur, les ruines et les camps que filmaient aussi les cameramen de la Naval Field Photographic Unit de John Ford. Il n'était sûr de rien. Il connaissait ses survivants. Mais les autres ?

Il se reprocha fugitivement de ne pas s'être inquiété de Maryika, de Dimitri, de quelques autres : toute absence lui paraissait soudain lourde des risques de la guerre et de l'après-guerre.

Cette nuit-là, ils étaient près de trois cents. Beaucoup étaient descendus de Roumanie. Ils avaient marché sur les traces de l'Armée rouge. Certains arboraient une expression très dure. Même les enfants. Leurs regards n'exprimaient plus cette frayeur, cette terreur même que Boro avait impressionnée sur des centaines de pellicules entre le printemps et l'hiver 1945. Tous avaient survécu, puis vécu. Ils avaient redécouvert des comportements oubliés. Ils avaient échangé les barbelés et les miradors nazis contre les barrières des camps alliés. Les hommes et les femmes s'étaient retrouvés. Beaucoup de jeunes filles étaient enceintes. Il n'y avait pas souvent d'amour, cependant. On ne se prenait pas la main. Les mères étaient avec les enfants ; les pères, parmi la masse des hommes, restaient indiscernables.

L'aube pointait à peine quand Dov se planta au milieu du cercle formé par tous. John Bradly le rejoignit, puis les trois femmes médecins. Les visages se tournèrent vers eux. Il faisait froid.

– Nous allons en Palestine, commença Dov.

Il avait parlé en anglais. Il le redit en yiddish. Les trois femmes traduisirent en allemand, en slovaque, en russe. L'assistance restait muette.

– Les camions vont vous conduire jusqu'à la mer. Nous avons trois bateaux. L'un d'eux est à quai à La Spezia. Les autres se trouvent dans des criques, le long de la côte.

Une fois encore, il traduisit en yiddish. Il se tut, laissant la parole aux trois médecins. Puis il reprit :

– Le danger, désormais, ce sont les Anglais. Si nous sommes contrôlés, sur la route ou plus tard, ne dites rien. Laissez-nous agir. Une fois à bord des bateaux, nous serons en sécurité durant le temps de la traversée. Nous vous donnerons de nouvelles consignes quand les côtes de la Palestine seront en vue.

Il montra les camions dont les ridelles étaient baissées. Des couvertures étaient empilées à l'intérieur.

– Laissez vos vieilles couvertures et prenez les nouvelles : elles ne sont pas neuves, mais propres. Répartissez-vous dans les camions comme vous le voudrez : ceux qui souhaitent voyager sur le même bateau doivent se regrouper. Après, on ne pourra plus changer.

Il sortit du cercle. Le faux colonel Bradly organisa les regroupements dans les camions. D'autres rassemblèrent les couvertures. La tente fut démontée et pliée, les gamelles et les quarts enfermés dans des caisses, le tout remporté dans les camions civils.

Ils partirent les premiers. Ceux de la 412e Compagnie de Transport suivirent. À l'invitation de Dov, Boro monta dans la Jeep de commandement. Le Polonais démarra.

– Te rends-tu compte, dit-il, que la dernière fois que nous étions ensemble dans une Jeep, il y avait un Anglais avec nous ?

– Il y en a toujours un, repartit Boro en riant.

– Deux, rectifia Dov.

– Alors nous ferons peut-être le poids !

Quand ils eurent quitté le plateau, il ne restait aucune trace de l'opération organisée par le Mossad.

Après la guerre

– D'où viennent-ils ? demanda Boro.

– Une partie descend d'Autriche et du sud de l'Allemagne. Les autres viennent de Pologne.

Ils avaient doublé les trente camions et menaient désormais le convoi.

– En juillet, il y a eu un pogrom à Kielce. Deux cents survivants des camps étaient rentrés chez eux. Les Polonais en ont assassiné trente-cinq. Le prétexte est souvent le même : les chrétiens accusent les Juifs de tuer leurs enfants. Le résultat, c'est que les Juifs survivants qui avaient retrouvé leur patrie ont fui. Trente-cinq mille ont franchi la frontière. Ils ont rejoint les autres qui passaient par la Tchécoslovaquie et l'Autriche.

Du pouce, Dov désigna les camions qui suivaient.

– On arrive à en faire sortir quelques-uns, mais ce n'est pas une solution… On a acheté des bateaux dans tous les ports italiens, on les a lancés sur l'eau, il y en avait même qui venaient de France. La Ciotat, tu connais ?

Boro acquiesça.

– Bientôt, nous n'aurons plus assez d'argent pour financer l'achat des bateaux.

L'immigration clandestine coûtait très cher. Une partie des sommes avait été donnée par des amis de la diaspora. L'autre provenait de la fausse monnaie fabriquée pendant la guerre dans le camp de concentration de Sachsenhausen : les nazis avaient créé un atelier de contrefaçon au sein duquel ils avaient regroupé des Juifs capables de reproduire de faux dollars et de fausses livres sterling.

– On peut donc dire, pouffa Dov, que les nazis participent à leur manière à notre entreprise !

Il négocia un virage trop rapidement. La Jeep partit en tête-à-queue. Il la rattrapa habilement de deux brusques coups de volant. Boro poussa un petit sifflement admiratif.

– Au début, poursuivit Dov, on passait plus facilement. Maintenant, la Royal Navy parvient à intercepter neuf embarcations sur dix.

– Truman acceptera le partage.

– Sans doute, parce qu'il n'y a aucune autre solution pour vider les centres d'accueil européens. Mais, après ça, nous aurons la guerre avec les Arabes.

– Les Anglais ? questionna Boro.

– Quelques semaines après la libération des camps et la capitulation de l'Allemagne, on leur a demandé cent mille visas d'entrée. Ils nous en ont accordé mille cinq cents par mois.

Ils roulaient dans le jour naissant. Un vent frais s'engouffrait dans l'habitacle ouvert de la Jeep. Boro avait froid. Il demanda si tous les réfugiés allaient embarquer sur le *Morgana*.

– Non, répondit Dov. Une partie seulement.

Les autres monteraient à bord d'embarcations plus modestes qui attendaient le long du littoral, non loin de La Spezia. Pour tromper la surveillance des autorités maritimes, on avait prévu des barques. Elles rejoindraient les navires de plus gros tonnage qui attendaient au large. Après, tous partiraient pour la Palestine.

– Les Anglais ? répéta Boro.

Dov ébaucha un geste fataliste :

– Peut-être qu'un de nos bateaux réussira. Les autres seront détournés vers Chypre.

– Atlit, rectifia Boro.

– Ils ont changé. Maintenant c'est Chypre. Là-bas, ils ont organisé un camp… Un de plus.

Il jeta un regard dans le rétroviseur, ralentit pour maintenir l'espace réglementaire entre le premier camion et la Jeep, puis ajouta :

– Ils seront mieux à Chypre qu'entre des rangées de barbelés en Allemagne. Et ils aideront les autres.

– Les autres, c'est vous, fit remarquer Boro.

– C'est le futur État, répliqua Dov.

Il fourbit ses arguments et les délivra comme ils abordaient les derniers contreforts de la montagne. Il dit que l'État sauverait *tous* les Juifs de la diaspora. Que, pour faire plier les Anglais puis les grandes puissances, il fallait en effet utiliser les réfugiés. Non seulement pour qu'ils peuplent le pays, mais aussi, avant cela, pour que le monde entier les laisse entrer en Palestine.

– Et dans ce combat-là, rien ne vaut l'arraisonnement des bateaux. Comment la France, l'Amérique, et même la population anglaise ne pourraient-elles pas s'émouvoir devant le terrible spectacle montrant la marine britannique abordant ou coulant des rafiots sur lesquels risquent de mourir les survivants des camps ?

Il n'y avait aucun cynisme dans les propos de Dov. Boro reconnaissait là ceux que Ben Gourion lui-même proférait dans les cercles privés. Il n'y avait pas de cynisme, car il y avait un objectif supérieur : la création d'un État juif. À n'importe quel prix.

– Es-tu d'accord ? demanda Dov.

– Pour la création d'un État juif ?

– Oui. Pour cela. Pour ce but qui est le mien et celui des trois cents hommes que nous avons envoyés dans les camps pour convaincre les survivants de venir.

– Je suis d'accord, dit Boro.

Il comprenait la volonté politique qui animait les dirigeants du Yishouv. Il détestait l'attitude des Anglais, leur inhumanité face aux survivants, leur lâcheté vis-à-vis des États du Moyen-Orient dont ils voulaient conserver l'amitié pour préserver leur présence de grande puissance dans cette région du monde. Mais la suite l'effrayait. Elle s'inscrivait devant lui dans un paysage où la paix n'aurait pas sa place.

– Il y a les Arabes, dit-il.

– Ils nous feront la guerre.

– Qui la gagnera ?

– Je ne sais pas, répondit Dov.

– S'ils vous rejettent à la mer, ce sera une honte, dit Boro. Une honte dont ils ne se relèveront pas.

– Mais si c'est nous ?

– Ce sera une honte dont nous ne nous relèverons pas non plus.

Dov ricana joyeusement et tapota la jambe de Boro avec amitié.

– Tu as dit *nous*. Tu as dit *une honte dont nous ne nous relèverons pas non plus*.

– Et alors ?

– Tu n'avais jamais aussi bien dit que tu étais juif.

Les armes sur la peau

Ils furent contrôlés à dix kilomètres de Milan. Lorsque Dov aperçut le barrage, il ne ralentit pas d'un pouce et dit à Boro :

– Je n'ai plus le temps de descendre ni de permuter avec toi. Ils ne croiront jamais qu'un chef de convoi pilote lui-même sa Jeep.

– Merci du cadeau, fit Boro.

– Major, commenta Dov en observant les barrettes cousues sur les épaulettes de son passager. Ça les impressionnera peut-être…

– Si j'y arrive, il sera dit que je t'aurai sauvé deux fois la vie.

– N'exagère pas, répliqua Dov.

Le convoi stoppa à vingt mètres du barrage. Trois MP américains, quatre soldats italiens d'une arme inconnue de Boro, une barrière, une chicane, deux motos, un fourgon. De toute façon, trente camions ne pouvaient pas forcer le passage et disparaître ensuite dans la nature.

Le reporter lança son stick en avant et s'extirpa de la Jeep. Deux officiers italiens vinrent à lui ; les deux autres n'étaient qu'hommes de troupe, et les MP stationnaient là en renfort.

Le problème de la langue fut réglé d'emblée : on s'exprimerait en anglais. L'identification militaire fut ensuite évacuée : les plaques de la 412e Compagnie de Transport ne souffraient d'aucun défaut. Dès lors, le problème des papiers ne se posait plus : aucun Italien tant soit peu sérieux n'aurait mis en doute l'identité du major Philipp Crumble, chef du convoi, puisque assis à la droite de son chauffeur.

Boro remporta aisément la première manche de la confrontation. La situation prit un tour plus inquiétant lorsque le lieutenant italien qui menait l'interrogatoire demanda quelles marchandises étaient enfermées dans les camions bâchés qui descendaient vers Milan.

– Fournitures militaires, répondit le major Crumble.

– On peut voir ? demanda le lieutenant.

– Non, répondit le major Crumble.

Il y eut un court instant de flottement.

– Êtes-vous patriote ? questionna le major.

L'autre ne répondit même pas.

– J'ai combattu contre l'Afrika Korps du maréchal Rommel et j'ai été blessé à la jambe alors que je débarquais à la pointe de votre botte pour vous sauver de la dictature.

– Nous nous sommes sauvés nous-mêmes, rétorqua non sans arrogance le second officier.

– Pas tout à fait, objecta le major.

– Quel est le rapport avec votre chargement ?

– J'aimerais que vous m'expliquiez de quel droit deux soldats italiens s'aviseraient de contrôler les armes secrètes de leurs vainqueurs ?

– Vous n'êtes pas plus nos vainqueurs que nous ne sommes des vaincus.

– C'est une bonne raison pour nous foutre la paix et nous laisser passer sans contrôle ! argumenta le major Crumble.

Et, comme les deux Italiens cherchaient à comprendre le pourquoi du comment et la légitimité de tout cela, il ajouta :

– Puisque nous sommes du même bord.

Crispé derrière son volant, Dov observait la scène. Tendu derrière la portière du premier camion, le colonel Bradly faisait de même. Sur le ring, Boro essayait de se débrouiller. Il comprit qu'il allait perdre le round lorsque le lieutenant leva le bras, appelant à la rescousse les cinq hommes restés en retrait. Alors le reporter joua sa dernière carte.

– Laissez vos renforts où ils se trouvent, et venez avec moi.

Le lieutenant fit un pas en avant. Son second l'imita.

– Seul, fit le major Crumble.

Il posa une main amicale sur l'épaule de l'officier et dit :

– Je vous montre nos armes. Mais à vous seulement.

Le lieutenant hésita deux longues secondes, puis fit signe à son subordonné de rester en arrière. Il suivit le major anglais jusqu'à la ridelle du premier camion.

– C'est une question de conscience. Dans ces affaires-là, il vaut mieux n'avoir à rendre compte qu'à soi-même.

Boro glissa le lacet de son stick autour de son poignet et, à deux mains, entreprit de dénouer les cordes qui arrimaient la bâche du premier camion à la carrosserie. Il l'écarta. Dans l'ombre, un visage apparut. C'était celui d'une très jeune fille qui tenait un enfant dans ses bras.

– Une sœur et son frère, commenta le major Crumble.

Il pointa l'extrémité de sa canne en direction d'un homme âgé assis à côté d'une vieille femme.

– Un mari et sa femme après Auschwitz. Ils ont votre âge.

Il se tourna vers le lieutenant.

– Trente-neuf ans. Mais ils en paraissent vingt de plus.

Il tendit la main vers la jeune fille :

– Votre bras, *please*.

Il prit le poignet, découvrit la chemise et montra le chiffre tatoué sur la peau.

– Voici nos armes. Nous n'en avons pas d'autres.

Le lieutenant rabattit lui-même la bâche.

– Où allez-vous ?

– À notre casernement. Nous avons enlevé ces réfugiés des camps où ils se trouvaient.

Les deux hommes revinrent vers la tête du convoi. Au silence de l'Italien, Boro comprit que le match était pour lui. Il lui attrapa le coude, l'obligea à se tourner vers lui et lui serra la main.

– Merci pour eux, dit-il.

La barrière fut levée, la chicane dispersée. Les trente camions grondèrent derrière la Jeep.

– Très fort, admira Dov.

– Très dégueulasse, corrigea Boro. Mais je n'avais pas d'autre ressource… Où allons-nous ?

– La Spezia.

– Et après ?

– Trois camions iront sur le port et attendront la nuit pour débarquer les passagers sur le *Morgana*. Trois autres iront à Bari où un bateau appareillera dans deux jours. Les quatre derniers me suivront le long de la côte. Les passagers descendront dans des criques désertes où des embarcations attendent. Ils rejoindront les bâtiments ancrés au large.

– Parfait, commenta Boro. Où est mon Leica ?

– À Milan. Tu l'auras lorsque les passagers auront embarqué. Je te ramènerai avec moi.

Le reporter secoua la tête. Il n'avait pas pris le temps de réfléchir, mais son intuition le poussait à refuser.

– Je ne viendrai pas avec toi.

– Explique-moi comment tu rentreras à Paris.

– Train ou avion.

– Alors c'est Rome. Milan te ferait faire un détour.

– Je ne vais pas non plus à Rome.

Dov se tourna vers lui, l'œil interrogateur.

– Tu ne comprends donc pas ? demanda Boro.

Un sourire fendit les traits de l'homme de la Haganah.

– Bien sûr que si.

Il tendit le poing vers le Hongrois, qui le frappa du sien en signe de complicité.

– Il te suffira d'envoyer mon Leica là-bas.

– Au kibboutz de la Communauté ?

– Par exemple, répondit Boro. À la Communauté.

Petit Reich, Grand Reich et Vaterland

Dimitri gara la camionnette en face du numéro 17 de la *Ulmstrasse*. Il sortit une feuille de sa poche, la déplia et lut le dernier nom de la liste : Wolfgang Dieterlich. Les neuf autres étaient barrés d'un trait rouge.

Il la tendit aux deux hommes qui se tenaient à l'arrière. Ils lurent le nom, acquiescèrent d'un hochement de tête. Le plus grand proposa d'attendre la nuit. Il s'appelait Gerhard Spruntzig et était l'un des rares survivants du groupe Schultze-Boysen. Harro Schultze-Boysen, pendu par les nazis en 1942, était un officier supérieur de l'*Abwehr* qui transmettait des informations militaires ultrasecrètes aux Soviétiques. Il éditait des revues subversives que ses amis et lui distribuaient dans les quartiers ouvriers de Berlin[1]. Après la chute du groupe, Gerhard Spruntzig s'était employé à constituer des listes. Il connaissait Dimitri depuis que le jeune Polonais s'était installé en Allemagne, et ne l'avait pas revu après son départ, en 1934. Ils avaient milité ensemble contre les nazis avant même l'incendie du Reichstag.

Le troisième homme était un officier de la Brigade juive, démobilisé. Il s'appelait Benny. Gerhard l'avait rencontré six mois plus tôt à la frontière austro-allemande. C'était lui qui avait fourni la camionnette.

Ils étaient partis de Hambourg le matin même, après avoir rendu visite au neuvième homme de la liste. L'Allemagne était détruite. Ils avaient traversé des villes bombardées, longé des usines éventrées, roulé le long de routes encombrées par

1. Voir *Cher Boro*.

des milliers de réfugiés. Cent fois ils avaient été arrêtés à des barrages contrôlés tantôt par des Anglais, tantôt par des Américains, tantôt par des Français. Chaque fois, ils étaient passés sans encombre : les sauf-conduits délivrés par la Brigade juive étaient imparables.

Ils se trouvaient dans la banlieue de Reutlingen, miraculeusement épargnée par les bombardements qui avaient ravagé le pays. La guerre, ici, semblait ne pas avoir existé. Les maisons bordant la *Ulmstrasse* étaient intactes, intacts également leurs petits jardinets en façade.

Le numéro 17 abritait une charmante bâtisse de style campagnard. Un couple de nains de céramique conviait les visiteurs à pousser une grille en bois, à faire quelques pas jusqu'à la porte où un autre gnome, aussi aimable que ses deux compères, tenait lieu de sonnette. Il suffisait de presser sur son petit abdomen.

À bord de la camionnette, les trois hommes se passaient une paire de jumelles à travers lesquelles ils découvraient la gentille maisonnée. Des dentelles rouges et blanches garnissaient les fenêtres de la cuisine. À l'étage, les volets ouverts laissaient apercevoir un grand miroir dans une pièce, une bibliothèque dans l'autre. Des plantes égayaient les balustres : chez les Dieterlich, on avait la main verte.

Une silhouette se profila au balcon du premier étage. Benny, qui avait les jumelles en mains, fit claquer sa langue contre son palais.

– Une femme, dit-il. Blonde. La cinquantaine. Assez grosse.

– *Frau* Dieterlich, précisa Gerhard qui connaissait bien ses fiches.

Il s'empara des jumelles, régla la mollette de précision et confirma :

– Elle correspond au signalement.

– Et lui ?

– Je ne le vois pas.

– Attendons la nuit, proposa Gerhard.

Il préférait agir dans la lumière des phares. Cela attisait la peur des victimes. Pour certains, la nuit, le bruit du moteur, l'odeur des gaz avaient certainement quelque chose de familier : ces délicats paysages leur rappelaient les temps heureux, quand les nazis tenaient encore le monde en joue, eux plus personnellement, une dizaine, parfois une centaine, plus souvent un millier de suppliciés à exterminer d'une manière ou d'une autre, avec des gaz d'échappement, du Zyklon B ou quelques balles bien placées.

Wolfgang Dieterlich avait fourbi ses premières armes en Russie dans les Einsatzgruppen qui assassinaient les Juifs, les tziganes et les handicapés. L'individu avait une solide compétence en la matière : Gehrard savait tout, et Benny avait obtenu confirmation de la plupart des faits que les trois hommes, au nom de millions d'autres, avaient à lui reprocher. C'est pour cela qu'ils se trouvaient devant chez lui à contempler des petits nains de jardin aimables et accueillants : ils avaient traversé la moitié de l'Allemagne pour demander des comptes à l'ancien nazi.

– On reviendra dans deux heures.

Dimitri démarra. Ils firent trois fois le tour de la ville, cherchant l'endroit idoine où accomplir leur tâche. Lorsqu'ils l'eurent trouvé, ils s'arrêtèrent et sommeillèrent. Ils s'éveillèrent à la nuit tombée.

– Attendons encore un peu, dit Benny.

Dimitri se demanda si le troisième membre du trio ne souhaitait pas différer encore l'instant de leur séparation. Ils s'étaient fait le serment de se quitter lorsque le compte du dixième homme serait réglé, et de ne plus jamais chercher à se revoir après. Dimitri irait à Paris, Gerhard Spruntzig resterait en Allemagne, et Benny s'envolerait ailleurs, pour quelque autre mission.

Benny avait été l'un des chefs du soulèvement du ghetto de Lublin. Avec quelques camarades, il avait fondé une organisation dont le seul objet était la vengeance, par l'assassinat d'un maximum d'Allemands. Après la guerre, il s'était fait engager comme employé à la Compagnie des eaux de Nuremberg. Tandis que le chef du groupe, Abba Kovner, était parti en Palestine chercher du poison, ses complices et lui-même avaient repéré le cheminement des canalisations d'eau et les raccords par lesquels le poison serait introduit. Celui-ci, hélas, n'était jamais arrivé. En désespoir de cause, Benny et ses hommes avaient ourdi un autre plan : tuer les prisonniers de guerre allemands détenus dans un camp de Nuremberg. Ils avaient volé l'équivalent d'une ration quotidienne de pain pour chacun des nazis, avaient répandu de la poudre d'arsenic sur la mie, provoquant une sérieuse intoxication alimentaire chez les prisonniers. Mais rien de plus.

Après avoir rencontré Gerhard, Benny l'avait convaincu de partager le contenu de ses fiches. C'est ainsi que, Dimitri ayant été coopté, la camionnette avait déjà parcouru toute l'Allemagne, s'arrêtant en neuf endroits différents.

Reutlingen serait le dernier.

À vingt-deux heures quinze, les trois hommes retrouvèrent leur poste d'observation devant le numéro 17 de la *Ulmstrasse*. Ils y restèrent à peine cinq minutes : le temps de repérer à l'étage un homme qui, selon Gerhard, correspondait au signalement. Alors Dimitri éloigna la camionnette d'une centaine de mètres.

Benny et Gerhard en descendirent.

Ils marchèrent jusqu'à la maison de Wolfgang Dieterlich. Benny resta quelques mètres en arrière, dissimulé dans l'angle d'un porche. Gerhard poursuivit jusqu'aux nains. Il accepta la proposition muette qui lui était faite par les deux premiers, poussa le portillon et, non sans une certaine émotion, posa l'index sur l'abdomen du troisième gnome.

Frau Dieterlich lui ouvrit. Devant son air revêche, le visiteur s'excusa de venir si tardivement forcer sa porte : il avait une communication urgente à transmettre à *Herr* Dieterlich, s'il se trouvait là et s'il acceptait de s'entretenir quelques minutes seulement avec l'importun.

Après la capture de Harro Schultze-Boysen, lorsque les limiers de l'*Abwehr* et les tortionnaires SS cherchaient parmi le personnel de la *Luftwaffe* les complices de l'officier félon, ils avaient interrogé Gerhard Spruntzig. Celui-ci était passé à travers les mailles du filet, car aucun gestapiste sérieux n'aurait pu mettre sur le dos du suspect un quelconque acte d'espionnage ou d'opposition au régime : non seulement Gerhard avait toujours fait beaucoup plus jeune que son âge, mais il savait afficher sur son faciès d'adolescent attardé la mine clownesque d'un naïf versant un tantinet dans l'idiotie. Cette particularité émut *Frau* Dieterlich. Elle aurait presque cru voir en son visiteur du soir un compagnon de Petit Reich, Grand Reich et Vaterland : les trois nains de jardin.

Elle proposa au demi-demeuré d'entrer, le temps que son mari descende. Dans un allemand plus châtré que châtié, Gerhard repoussa l'aimable proposition et dit qu'il attendrait là, sagement.

Trois minutes plus tard, le *SS-Hauptsturmführer* Wolfgang Dieterlich faisait son apparition sur le pas de la porte. C'était un homme de cinquante-cinq ans arborant moustache, un peu de ventre, une calvitie très prononcée. À mille lieues, Gerhard l'aurait reconnu. Tout comme les neuf autres. Et, de même que les neuf fois précédentes, le vengeur allemand fut saisi d'un long frisson qui lui électrisa la nuque et les épaules. Il dit :

– Je suis envoyé par Wilhelm Kopf.

Ce nom agit comme un sésame sur *Herr* Dieterlich. Il se pencha et à voix basse, questionna :

– *Warum ?*

– *Nicht da*, reprit Gerhard. *Komm mit mir.*

Wolfgang Dieterlich observa le ciel, rentra le temps de prendre un manteau, puis revint. Wilhelm Kopf était *SS-Brigadeführer* dans l'*Ordnungspolizei* de Vitebsk où Dieterlich avait servi. Il ne pouvait savoir que son supérieur, qu'il croyait certainement en fuite, avait été abattu la veille : ç'avait été leur cible de Hambourg.

Le nain retrouva sa place au fronton de la porte close et les deux Allemands, l'un résistant, l'autre tortionnaire, s'en furent à pas lents dans la *Ulmstrasse*. La camionnette stationnait à cent mètres.

– Où est Wilhelm ? s'enquit Wolfgang Dieterlich.

– En cavale, répondit Gerhard.

– Loin ?

Gerhard montra la camionnette.

– Là.

Le nazi marqua une brève hésitation. Mais, pour lui, il était déjà trop tard : Benny était sorti de l'encoignure du porche. Aux yeux de n'importe quel passant, il était l'un des leurs. Cependant, il eût suffi que le futur prisonnier manifestât le moindre signe laissant présager une fuite pour que le survivant de Vilna lui emboîtât son Luger dans les reins. Mais Dieterlich n'avait rien remarqué : il avançait dans la direction de la camionnette. Gerhard tourna la poignée du vantail arrière. En une poussée de l'épaule, il précipita sa proie à l'intérieur et sauta derrière lui. Benny l'avait rejoint. Il referma la portière.

Dans la maison aux dentelles rouges et blanches, *Frau* Dieterlich poussait la flamme sous la soupe du soir.

Peine capitale

L'Allemand fut menotté, mains derrière le dos, et projeté sur le sol. Dimitri démarra aussitôt. Le nazi se tortillait pour essayer de recouvrer une position assise. Benny l'aida de la pointe du pied. Il lui demanda :

– Êtes-vous le *SS-Hauptsturmführer* Wolfgang Dieterlich ?

– *Nein.*

– Fouille-le.

Témoignant d'une force impressionnante chez un gabarit si étroit, Gerhard se pencha sur le nazi et lui fit les poches. Il découvrit une carte d'identité au nom de Wolfgang Dieterlich. Le prisonnier ne portait aucun papier militaire.

Benny reposa sa question :

– Êtes-vous le *SS-Hauptsturmführer* Wolfgang Dieterlich ?

L'autre ne répondit pas. Il essayait de regarder à travers le pare-brise pour comprendre quelle direction on suivait.

– Cela ne vous servira plus à rien, gronda Gerhard.

Il était habitué : tous ceux qui étaient passés par l'arrière de la camionnette avaient esquissé les mêmes mouvements. Le premier consistait à tenter de se repérer dans la ville afin de vérifier si la voiture empruntait le chemin de la prison. Lorsqu'on avait réalisé qu'on n'allait pas dans cette direction-là, on avait en général compris de quoi il retournait. Après quoi, les comportements variaient selon les individus. Le *SS-Hauptsturmführer* Wolfgang Dieterlich se recroquevilla contre la portière et ne bougea plus.

Dimitri quitta Reytlingen et remonta vers le nord. Il longea la forêt qu'ils avaient repérée quelques heures plus tôt, puis s'aventura dans un chemin creux. Il parcourut trois kilomètres. La camionnette tressautait au gré des ornières. Le pinceau des phares éclairait un paysage de troncs noirs et de feuilles déchiquetées. Dieterlich regardait en tremblant légèrement. Sa lèvre inférieure se tendait avant de se replier comme si l'homme oscillait entre la haine et la peur. Benny l'observait froidement. Cette fois encore, comme les neuf autres, il se posait la même question : se pouvait-il qu'un individu apparemment aussi démuni, aussi perdu, aussi effrayé, eût pu commettre, si peu de temps avant, tout *cela* ?

Gerhard, lui, suppliait le sort de lui épargner le spectacle d'une mort courageuse qui pèserait, après coup, beaucoup plus lourdement dans sa mémoire que l'exécution d'un lâche.

Dimitri, lui, ne regardait pas leur victime dans le rétroviseur. Elle ne l'intéressait pas. Quatre ans de guerre caché dans des catacombes à fabriquer des faux papiers, ne sortant que pour jeter des cocktails inflammables entre les jambes des sections allant au pas de l'oie, lui avaient ôté toute forme d'apitoiement sur les salopards qui l'avaient pourchassé treize ans durant et qu'il avait combattus en Allemagne, en Espagne puis en France. Cette froideur face à celui qui allait mourir l'avait fait désigner par ses deux camarades comme procureur du groupe. Il lisait l'acte d'accusation. Benny tirait le premier, Gerhard Spruntzig donnait le coup de grâce.

Dimitri arrêta la camionnette à cinq mètres de deux arbres dont les branches se touchaient. Il laissa le moteur tourner. Il ouvrit la portière et sauta sur la terre humide. Ses deux complices le rejoignirent, poussant leur prisonnier en avant. Celui-ci se courba puis esquissa un pas de côté, comme s'il cherchait encore à fuir. Un croc-en-jambe le fit tomber. Il refusa de se relever. Gerhard s'en chargea. Puis, aidé par Benny, il défit les menottes, poussa l'Allemand contre un des deux troncs d'arbres avant de l'immobiliser, bras en arrière, de nouveau crochetés par les bracelets.

Ils s'éloignèrent de cinq pas. Dimitri s'approcha. Il déroula la liasse de papiers que Gerhard avait soigneusement préparée. Il enfla la voix pour être bien entendu. Les phares du camion éclairaient le visage du nazi auquel Dimitri n'accordait aucun regard.

– Êtes-vous le *SS-Hauptsturmführer* Wolfgang Dieterlich ?

– *Ja.*

Le timbre était précis, presque fier. Dimitri eut envie de demander si le *Hauptsturmführer* croyait livrer là sa dernière bataille contre les Juifs, mais il s'en abstint.

– Vous apparteniez aux Einsatzgruppen constitués en 1941 par Reinhard Heydrich. Vrai ?

– *Ja.*

– Vous avez obéi à cet ordre communiqué en août 1939 par Hitler à ses généraux : *Mes unités à tête de mort ont reçu l'ordre de mettre à mort sans merci et sans pitié un certain nombre d'hommes, de femmes et d'enfants d'ascendance et de langue polonaises.*

Le SS ne répondit pas. Dimitri poursuivit :

– Vous avez commencé vos activités d'assassin en Pologne, où vous avez organisé le massacre de civils, la plupart juifs. Après le déclenchement de l'opération Barbarossa, vous êtes entré en Russie. Vrai ?

– *Ja.*

– Vous avez été nommé à la tête du 45e bataillon de police de réserve pour l'Ukraine occidentale. À la fin du mois de juillet 1941, avec votre kommando, vous êtes entré dans la ville de Chepetovka, près de Kiev. Là, vous avez massacré les femmes, les hommes et les enfants. Vrai ?

Le SS garda le silence. Dimitri le laissa se prolonger quelques instants. La nuit sans lune, le bruit du moteur, le pinceau des phares braqués sur le bourreau en posture d'accusé composaient un tableau saisissant.

– À Vitebsk puis à Minsk, avec le *SS-Brigadeführer* Wilhelm Kopf, vous avez poursuivi votre travail. C'est à vous que l'on doit les nouvelles méthodes qui ont été développées alors dans le but de ménager vos pelotons d'exécution dont le moral commençait à flancher. Trois soldats devaient désormais tirer simultanément sur une même victime, ceci permettant à deux d'entre eux de croire qu'ils n'avaient pas tué.

Pour la première fois, Dimitri leva son regard sur le SS enchaîné.

– Cette humanité vous honore.

Benny crut que le Polonais allait cracher au visage du nazi, mais il reprit imperturbablement :

– Mais trois balles pour une personne, ce n'était pas rentable. C'est donc à la mitrailleuse que vous avez abattu les vingt-trois mille Juifs de Kamenets-Podolski, les 27 et 28 août 1941. Vrai ?

Dimitri n'attendit même pas que le SS eût répondu.

– Dans le petit village de Senkivishvka, vous vous êtes surpassé. Vous avez fait creuser une fosse et un escalier. Vous avez ordonné aux Juifs que vous aviez raflés de se déshabiller, puis de descendre dans la fosse et de s'y allonger sur le ventre. Vrai ?... Vous les y avez rejoints et les avez abattus un à un, d'une balle dans la nuque. Vous êtes remonté. Vous avez bu un petit verre de schnaps. Vous avez ordonné à une deuxième vague de prisonniers de se déshabiller à leur tour et de descendre dans la fosse. Les femmes et les enfants d'abord, puis les hommes. Ils se sont allongés sur les cadavres de ceux que vous aviez assassinés, puis vous êtes redescendu. Vous leur avez à leur tour tiré une balle dans la tête. Vrai ?

– *Ja !*

Le nazi souriait avec cruauté à l'évocation de ce fait d'arme. Benny ne sut se contenir. Il s'avança dans le pinceau des phares et gifla l'homme à toute volée. Une fois, deux fois, trois fois. Puis il arrêta de crainte que le *SS-Hauptsturmführer* ne perdît connaissance.

– Vos méthodes étaient peut-être héroïques, mais, outre qu'elles atteignaient le moral de vos troupes, elles manquaient d'efficacité. C'est donc avec une sorte de soulagement que vous avez reçu les nouvelles consignes. Il ne fallait plus liquider les Juifs, les tziganes, les homosexuels et les handicapés par balle, mais par le gaz. Avant le Zyklon B, qui fut expérimenté la première fois dans le camp d'Auschwitz-Birkenau, vous avez donc utilisé le monoxyde de carbone.

Dimitri désigna la fourgonnette derrière lui, et ajouta :

– Écoutez ce bruit. Il devrait vous rappeler certains souvenirs.

Il se tut. Le nazi le fixait avec rage et dégoût. Lui, allait être exécuté par un Juif. Deux Juifs. Trois Juifs !

– Les gaz d'échappement des camions.

Dimitri roula la feuille de papier entre ses mains, la jeta au visage du *SS-Hauptsturmführer* Wolfgang Dieterlich et conclut :

– Vos actes d'héroïsme ne s'arrêtent pas là, mais ceux dont nous avons pris connaissance ce soir suffisent.

– Suffisent à quoi ? hurla le nazi.

– À vous exécuter.

– Sans jugement ? Vous devez me juger !

– C'est fait.

– Pas vous ! Une cour ! Un tribunal !

– Comme ceux devant lesquels vous avez fait comparaître vos victimes ? demanda Benny avec calme.

– Nous n'avons pas à nous expliquer, renchérit Gerhard. Allons-y, maintenant.

Il s'écarta du pinceau des phares. Dimitri tourna les talons. Benny ajusta son Luger et le pointa à cinq mètres sur la poitrine du nazi. Celui-ci se démenait pour tenter de se libérer.

– Le mieux serait de ne plus bouger, conseilla Benny. Si je vous rate, ce sera plus long, et vous souffrirez beaucoup.

Il tira.

Lika Kis revient à la vie

Lika Kis boitait, mais elle marchait avec moins de difficulté : les pansements quotidiens apaisaient ses douleurs. Elle attendait que le docteur Romano l'opère et rentrerait à Jérusalem aussitôt après. Pour l'heure, elle découvrait Paris dans la voiture de Pàzmany. Celui-ci l'emmenait dans tous ses déplacements professionnels. Il la faisait passer pour son assistante. Ses béquilles impressionnaient les chefs de publicité qui soumettaient leurs projets de réclame au Hongrois. Celui-ci les acceptait ou les refusait au gré de critères prétendument éthiques auxquels Lika ne comprenait pas grand-chose. Il avait beau lui expliquer que le noir Dupertuis n'avait rien à voir avec le noir Esselinck, que même si ces deux marques de peinture ne fabriquaient QUE du noir, le premier était d'essence plutôt féminine, alors que le second, appliqué sur un mur ou une surface non poreuse, suggérait une virilité peu commune, quasi architecturale, comme si la teinte Dupertuis correspondait à la silhouette d'une jeune femme très brune, d'une nature assez frêle, alors que la nuance Esselinck laissait imaginer un balèze au crâne chauve portant bagouzes au pouce et à l'index, roulant à moto et campant sur une péniche.

De son point de vue.

Pàzmany prêtait à la réclame des vertus que Lika ne discernait pas. Pour elle, le papier à cigarette Job, les bas Arista ou le noir Esselinck *vs* le noir Dupertuis ne constituaient pas des sujets de première importance. En tout cas, ils ne valaient pas débat. Le Hongrois l'amusait par les circonlocutions dont il entourait ses travaux, comme s'il tenait par-dessus tout à les magnifier, à les parer d'une honorabilité très contestée au sein de l'Agence de la Paix.

Après dix jours de promenade en sa compagnie, Lika Kis commençait à se lasser. Elle fit peu à peu comme avaient fait Béla Prakash et Blèmia Borowicz : elle le tint à l'écart. Ainsi Pierre Pàzmany trouva-t-il auprès de la jeune fille une place similaire à celle qu'il occupait auprès de ses deux amis hongrois : là et pas là ; un pied dedans, un pied dehors.

Olga Polianovna l'amusait sans la choquer. En vérité, elle la distrayait. Lika ne comprenait pas vraiment quel était son rôle au sein de l'agence, si elle était plutôt vendeuse de fleurs, consultante à temps partiel, ou toupie volante entre les bras des hommes. L'ancienne danseuse de chez Balanchine se lançait souvent dans des explications confuses qui berçaient son interlocutrice, car elle n'entendait rien à la langue argotique, ce que l'autre semblait avoir définitivement oublié. Elle se laissait donc porter par une gouaille dont elle percevait l'originalité sans en saisir tout à fait le sens.

Il en allait de même avec Germaine Fiffre, cette vieille demoiselle qu'elle n'aimait pas, car elle n'en était pas aimée.

Après les épreuves qu'elle avait subies pendant les années de guerre, Lika Kis avait un immense besoin de tendresse et d'amour. Les semaines et les mois passant, il lui semblait que quelque chose se dégelait en elle, comme une pierre s'effritant, un bloc de glace fondant sous l'effet d'une tiédeur nouvelle. Celle-ci n'était ni plus ni moins que la vie. Un sang neuf l'irriguait peu à peu. Il s'enrichissait de toutes les choses qu'elle voyait ou redécouvrait – les magasins, la rue, les gens. Au fil du temps, son regard se faisait moins dur, ses sens lui paraissaient plus perméables, elle s'éloignait des barbelés qui lui meurtrissaient le cœur. Pour autant, ils restaient encore là, à border son histoire. À distance mais sans absence. Elle y pensait toujours, les cauchemars la réveillaient sans relâche. Mais, mieux et plus vite que pour les réfugiés et les personnes déplacées qui migraient d'un camp à un autre, la vie, après la survie, lui avait souri. Elle avait combattu en Palestine. La France lui redonnait des couleurs. Elle s'était définitivement éloignée de ses sœurs, de ses frères qui dormaient dehors, volaient pour manger, se battaient pour une pièce, couchaient par désespoir, ne savaient plus aimer.

Dans son malheur, Lika reconnaissait que le temps l'avait sauvée. Jusqu'à l'occupation de la Hongrie par les Allemands en mars 1944, les Juifs de son pays avaient moins souffert que les autres. Persécutés, pas déportés. Le régent Horthy n'était pas le Führer. Après mars, Adolf Eichmann avait fait le sale travail. Il avait pris Lika comme il en avait pris cinq cent mille autres. Quatre mois à Auschwitz. Mais un espoir fou, car les canons de l'Armée rouge tonnaient à moins de deux cents kilomètres. Au début de l'hiver, les nazis avaient dynamité les crématoires encore en fonctionnement, fait recouvrir les fosses, détruit les traces, assassiné les témoins, emmené les autres. Les pieds de la jeune fille portaient encore la trace de ces marches de la mort qui avaient décimé les survivants. Mais elle gardait l'espoir d'un rire clair, un jour, plus tard.

Elle ignorait pourquoi Germaine Fiffre ne l'aimait pas, et peu lui importait. Elle ne partageait pas non plus grand-chose avec la jeune personne du standard, Marinette Merlu, bien qu'il y eût désir de mieux faire de part et d'autre. Elles se regardaient et se souriaient sans se comprendre. La langue dressait entre elles une barrière infranchissable.

Celui avec lequel elle s'entendait le mieux était celui qui ressemblait tant à Blèmia : Béla Prakash. Le Choucas était rentré de Nuremberg au mois d'octobre, sitôt le verdict rendu. Il avouait sans honte que les peines de mort prononcées contre les accusés l'avaient réjoui. Il regrettait que Goering, commandant de la *Luftwaffe*, ministre de l'Intérieur de Prusse et numéro 2 du Reich, eût échappé à la pendaison en choisissant de se suicider dans sa cellule. Il avait témoigné d'une telle morgue durant le procès, ne regrettant rien, sinon de ne pas mourir fusillé comme le grand soldat qu'il croyait être, que cette fuite soudaine devant le sort qui lui était promis avait révolté la cour.

Prakash rapportait quelques photos. Il les confia à Ted Bitruche, le fayot du labo, auprès de qui Lika apprenait mollement la technique du développement.

Le jour où le Choucas repartit pour Berlin fut un jour noir pour la jeune fille. Le reporter prévoyait des tensions entre les Alliés qui s'étaient partagé les zones d'occupation de l'ex-capitale du Reich. Ces tensions lui étaient apparues au cours même du procès de Nuremberg, dans les divergences qui avaient opposé les procureurs soviétiques aux autres.

Prakash s'envola et elle se replia dans la maison de Boro, passage de l'Enfer. Elle avait commencé à chercher, à travers Paris, les contacts que l'Irgoun avait noués avec plusieurs responsables politiques français.

Le grand sommeil

Quelques jours après le départ de Béla Prakash, Lika Kis fut réveillée par un coup de sonnette.

Elle sauta du lit : Boro !

Elle quitta la chambre du fond en boitillant, fit étape dans la salle de bains pour prendre le peignoir du reporter, l'enfila et se hâta, sans béquilles, jusqu'à l'entrée.

Elle ouvrit.

En face d'elle se trouvait un homme apparemment aussi surpris qu'elle. Pas très grand, trapu, le cheveu noir, l'œil sombre, assez juvénile, cependant. Il portait une casquette sur le chef et un bagage à la main droite. Il demanda si Blèmia Borowicz était là. Elle répondit que non. Il parut ennuyé.

– Je peux entrer et l'attendre ?

Elle s'effaça.

Il posa son sac dans le vestibule, poussa la porte du salon, s'assit et patienta. Lika resta dans l'entrée.

– Il ne reviendra pas tout de suite, dit-elle.

L'homme répondit qu'il avait le temps. Puis, sans crier gare, il s'endormit. La jeune fille n'avait jamais vu cela. Elle s'approcha et resta un long moment à le regarder, fascinée par ce brusque changement d'état que rien n'avait annoncé. L'homme avait trente ans au plus. Des mèches bouclées frisaient sous sa casquette. L'épuisement se lisait sur ses traits. Un cerne noirâtre cerclait ses yeux. Ses lèvres étaient gercées. Il portait un blouson de cuir râpé, un pantalon de grosse toile, des bottes courtes. Il respirait régulièrement, sans bruit.

Lika s'éloigna, prit une douche, s'habilla et revint. L'inconnu n'avait pas bougé. Elle ramassa une couverture dans la chambre de Boro, s'approcha doucement de l'homme endormi. À l'instant où le pan du tissu frôlait son bras, il s'éveilla et fut debout tout contre elle. Elle poussa un hurlement terrorisé. Il l'avait empoignée par les deux bras. Il la relâcha aussitôt. Elle sanglotait en le dévisageant avec un indicible effroi. Il étendit ses mains devant lui comme pour la rassurer. Il n'y parvint pas. Elle était la proie d'images que l'agression avait fait remonter à la surface et qui la brûlaient. Et lui, victime de quatre années de clandestinité faites de méfiance et d'attention permanentes, il la dévisageait avec une sorte de désespoir muet, étant incapable de la calmer, de la rassurer, de découvrir un geste salvateur, une parole de réconfort.

Elle recula jusqu'au couloir, le fixant toujours, et elle partit en courant dans la chambre du fond où elle s'abattit sur le lit, pleurant toujours. Elle y resta longtemps. Peut-être s'endormit-elle à son tour. Quand elle se retourna, il était assis contre le mur, près de la porte, et ne la quittait pas des yeux. La terreur était passée. Elle se souleva sur un coude et murmura :

– Excusez-moi.

Il secoua la tête.

– Je dois venir d'un autre monde. Je ne sais plus me conduire.

– Vous devriez dormir, dit-elle.

Il secoua la tête.

– Je ne pourrai plus.

– Boro n'est pas là. On ne sait pas où il se trouve. Il devait aller à La Spezia pour récupérer un de ses appareils photo, et personne n'a plus de nouvelles depuis quelques jours.

– C'est dans ses habitudes : souvent, il s'échappe.

– Vous le connaissez depuis longtemps ?

– Depuis le jour de la passation de serment entre Hitler et Hindenburg.

– On ne peut pas dire que ce fut un bon jour, fit-elle remarquer.

Il approuva.

– Comment vous appelez-vous ?

– Lika Kis. Je viens de Hongrie.

– Vous avez connu Boro là-bas ?

– Non, dit-elle.

Elle réalisa soudain que tout cela serait bien long à raconter. Il montra la paire de cannes anglaises appuyées au mur et demanda si elles appartenaient à Boro. Il craignait que l'état de sa jambe eût empiré. Elle le rassura :

– Ce sont les miennes.

Il regarda ses jambes :

– Une fracture ?

– Pas tout à fait.

Elle réalisa que cela aussi serait très long à raconter.

– Je vais partir, dit-il. Je ne veux pas vous déranger.

– Où habitez-vous ?

– Depuis la fin de la guerre, nulle part.

– Qu'avez-vous fait, pendant ?

Il réalisa de son côté que cela serait trop long à raconter.

– Vous pouvez rester ici. Nous attendrons Boro ensemble.

Il sembla hésiter.

– D'où venez-vous ?

– J'étais en Allemagne. À Reutlingen.

– Voulez-vous que je vous prépare un café ?

– S'il vous plaît.

Elle sourit. C'était la première fois depuis qu'il était entré dans la maison du passage de l'Enfer.

– Mais oui, s'écria-t-elle, il me plaît !

Sur le Willard

Le *Willard* était un caboteur de cinquante tonnes. Trente-cinq personnes avaient pris place à son bord. C'était le plus petit des navires affrétés par le Mossad Aliya Beth à partir des côtes italiennes. Contrairement aux autres bâtiments, que les réfugiés avaient atteints grâce à des barques dissimulées dans les criques bordant La Spezia, les passagers du *Willard* avaient embarqué directement.

Le bateau avait longé la côte italienne puis la pointe orientale de la Sicile avant de piquer vers la Libye. Suivant les consignes nouvelles communiquées par la Haganah, les navires devaient éviter la Grèce et naviguer au large de la Libye puis de l'Égypte, afin d'arriver sur les plages de Palestine par l'ouest.

Le capitaine du *Willard* était un Hollandais volontaire. Il s'appelait Ludi. Le médecin du bord était la jeune Slovaque que Boro avait remarquée sous la tente au côté de Dov. Elle s'appelait Sasha.

Les réfugiés parlaient le hongrois, l'allemand et le roumain. Les consignes leur étaient données dans chacune de ces langues. Elles étaient simples : lorsqu'un moteur d'avion se faisait entendre, il fallait descendre dans les cales du caboteur ou se dissimuler sous les bâches déployées sur le pont. De même si un bâtiment anglais était signalé. L'Intelligence Service avait dépêché des agents dans tous les ports italiens pour repérer les embarcations susceptibles d'abriter des passagers clandestins à destination de la Palestine. La flotte de la Navy s'était accrue de deux croiseurs et de plusieurs bâtiments équipés de radars. La Méditerranée était truffée de navires chargés d'intercepter les cotres, les goélettes, les brise-glace, les cargos affrétés par le Mossad Aliya Beth.

Telle était la consigne principale. Pour le reste, les passagers devaient respecter quelques règles simples liées à la vie en commun. L'eau et les vivres étaient rationnés, mais les quantités suffiraient pour le temps du voyage. Les malades devaient se déclarer au médecin de bord. Ceux qui souffraient du mal de mer – ils étaient nombreux – étaient priés de stationner non loin des garde-corps. L'hygiène de tous dépendait des efforts de chacun.

Le voyage dura six jours. N'ayant pu faire le plein de pellicules, Boro s'obligea au contingentement. Cela lui fut d'autant plus facile qu'à partir du deuxième jour il ne quitta plus guère Sasha, médecin slovaque.

Il avait été attiré par elle quand il l'avait entendue traduire les consignes énoncées par le capitaine du caboteur. Elle avait déjà parlé, la veille, dans les montagnes. Mais il n'avait pas bien écouté sa voix. Elle était rauque et basse comme un récif au ras de la mer. Un timbre profond, une tessiture qui lui était inconnue. Alors il l'avait examinée. Elle se tenait à côté de Ludi, près du poste de pilotage, face aux passagers. Elle portait une robe sombre, très peu échancrée. Une chevelure indisciplinée lui tombait presque jusqu'aux reins, noire aux reflets flamboyants. Le teint légèrement mat, son visage était très pur.

Il lui parla la nuit suivante, au large de la Sicile. La plupart des passagers dormaient, enroulés dans des couvertures, sur le pont. Le ciel était clair, étoilé. Un enfant pleurait à l'arrière du bateau. Il l'avait réveillée. Elle s'était levée pour s'occuper de lui. Boro était appuyé au bastingage. Il avait échangé quelques mots avec Ludi. Le capitaine était confiant pour les quatre jours à venir. Il venait d'établir une liaison radio avec son correspondant de la Haganah à Tel-Aviv. En sus du *Morgana* et du *Willard*, quatre bâtiments étaient partis d'Italie. Notamment un cargo chargé de trois cent cinquante réfugiés. Les Anglais en repéreraient certainement un ou deux. Peut-être même tous. Mais ils ne tenteraient rien avant les eaux territoriales palestiniennes. Quatre jours encore. Après, nul ne savait.

Sasha les rejoignit. L'enfant s'était rendormi. Elle expliqua que, souvent, la peur d'être séparés de leurs parents tenait les plus petits éveillés. Même s'il s'agissait pour eux de parents de substitution. Dans les montagnes, après les camps, au retour puis au départ de villages inhabités, des familles s'étaient formées. Elles avaient la légitimité qu'on voulait bien leur accorder. Mais, pour les enfants, après seulement quelques mois de vie commune, elles avaient une insigne valeur de protection. Ils redoutaient qu'une fois encore elle leur fût confisquée. Ils porteraient les stigmates de ces douleurs-là, de deuil et d'abandon, durant leur vie entière.

– Comme tous ici, conclut la jeune femme en embrassant les formes endormies d'un mouvement de la main.

Puis, sans que Blèmia posât une seule question, elle dit qu'elle venait de Bratislava, qu'elle avait moins souffert de la guerre que beaucoup d'autres, mais que, si elle avait pu, elle aurait abattu un Allemand. Un nazi. Il s'appelait Adolf Eichmann.

Elle ne l'avait jamais rencontré. Seulement un émissaire, à trois reprises, en Slovaquie où elle vivait. Elle avait aidé un rabbin de Bratislava à monter un leurre pour tenter de sauver les trente mille Juifs de son pays.

– Il s'appelait Breweissmandel, et sa nièce était ma meilleure amie. Nous avions fait ensemble nos études de médecine.

Boro écoutait, charmé par sa voix qui dansait comme une étoile filante. Seule brillait dans la nuit la lanterne de la cabine de pilotage dans laquelle Ludi, le capitaine, veillait sur son monde assoupi.

– Breweissmandel avait inventé une association qui n'existait pas : Les Rabbins du monde. Au nom de cette association, il avait pris contact avec les nazis auxquels le régime de mon pays était totalement inféodé. Il leur avait proposé la vie des Juifs de Slovaquie contre une somme d'argent à déterminer d'un commun accord. Pour prouver que la proposition avait quelques bases solides, il leur versait des acomptes réguliers.

Sasha toussa dans l'ombre. Elle se laissa glisser le long du bastingage, et Boro l'imita, en sorte qu'ils se retrouvèrent assis sur des cordes déroulées. Elles leur meurtrissaient les fesses. Ils ne s'en plaignirent pas.

– Je l'ai aidé à faire une collecte de billets. On avait raconté à l'envoyé d'Eichmann que ces billets venaient de Suisse où Les Rabbins du monde avait leur siège. Parce que, bien évidemment, pour les nazis, toutes les banques juives avaient leur siège en Suisse. Les Rabbins du monde possédaient donc une banque, dont le siège était à Genève. Nous, on avait une machine à écrire suisse sur laquelle nous tapions le courrier que Les Rabbins du monde adressaient officiellement à Eichmann. Les billets que nous lui remettions à titre d'acompte sur un futur accord étaient ceux de la collecte. Je les repassais pour qu'ils aient l'air à peu près neufs, que les nazis les croient sortis des coffres d'une banque suisse.

– Et ils le crurent ? questionna Boro.

– Suffisamment pour présenter au rabbin une proposition visée et acceptée par Himmler : deux cent mille dollars d'avance pour le contingent des trente mille Juifs. Nous avions vingt jours pour réunir la somme.

Sasha se tut, poussa un petit soupir et ajouta :

– La demande a fait le tour du monde. Elle est passée par Genève, New York, Londres, Tel-Aviv... Quelqu'un a apporté cent cinquante mille dollars à Bratislava. Mais trop tard : les vingt jours étaient écoulés. Eichmann a fait arrêter mon ami le rabbin. Il a été déporté avec les trente mille Juifs slovaques.

Comme elle se taisait, Boro posa maladroitement sa main sur la sienne. Il la sentit tressaillir sous sa paume. Elle s'écarta de deux centimètres à droite, puis revint et ne bougea plus. Elle acceptait ce réconfort.

– Ce n'est pas le seul troc que les nazis ont tenté pendant la guerre, dit-il.

Il en connaissait au moins deux autres. En 1942, un envoyé du gouvernement roumain s'était présenté au représentant de l'Agence juive, à Istanbul. Avec l'aval du Reich, il proposait de sauver les Juifs de Transnitrie à raison de deux cents dollars l'unité. Plus tard, un marché semblable avait été proposé pour les Juifs de Hongrie. Cette fois, les nazis ne demandaient pas d'argent, mais des camions : un pour cent Juifs. Les Alliés avaient refusé.

– Ils ont toujours tout refusé, dit Sasha de sa belle voix grave. D'ouvrir leurs frontières, de bombarder les camps, de nous laisser entrer en Palestine. Et ce n'est pas tout !

Elle avait eu connaissance d'une déclaration commune faite par les Alliés, le 17 décembre 1942, assurant que les nazis ne se contentaient pas de priver les Juifs vivant dans les territoires sous leur contrôle des droits élémentaires de la personne humaine, mais qu'ils mettaient à exécution « la menace maintes fois répétée de détruire la race juive en Europe ». Elle savait aussi que dès le mois d'octobre 1942, le bureau de l'Agence juive à Genève avait recueilli des informations faisant état d'un processus d'extermination par gazage. Elle savait encore qu'en mars 1943, en Palestine, le journal *Haaretz* avait publié un éditorial encadré de noir en signe de deuil, annonçant l'assassinat de trois millions de Juifs en Europe. Elle savait enfin ce que tous les dirigeants du monde savaient, y compris ceux de Vichy en France, l'Agence juive à Jérusalem, les gouvernements arabes, les Alliés. Certains n'y avaient pas cru. Ou pas vraiment. Nul n'avait bougé. Tout comme son compagnon de voyage, cette évidence la mettait en rage.

Sasha regardait vers la proue du caboteur. Boro leva la main. Très loin vers l'orient, au-delà d'une bande fuligineuse qui semblait barrer la mer, il crut apercevoir une lumière clignotante.

– Il y a un bateau là-bas, dit doucement Sasha.

Était-ce le *Morgana* ?

Ludi venait à eux, enjambant précautionneusement les corps endormis. Boro se redressa. Sasha l'imita.

– Vous avez vu ? demanda-t-il en pointant le doigt vers l'est.

Il ajouta, la mine soucieuse :

– Les Anglais sont là. On a été repérés.

Croiseurs et destroyers

Ils apparurent dès l'aube. Deux croiseurs gris qui se confondaient avec le ciel. Leur étrave fendait la mer parallèlement au *Willard*, à trois miles de distance. Un à bâbord, l'autre à tribord. Sonnant l'alerte, le capitaine avait fait descendre les réfugiés dans les cales du caboteur. Quelques-uns avaient choisi de rester, dissimulés sous les bâches. Boro et Sasha observaient les deux navires par une ouverture pratiquée dans la toile. Boro avait vissé un objectif de 100 mm sur la monture de son Leica. Couché sur le ventre, les coudes en appui, il prit trois photos de l'un des deux croiseurs. Il était trop loin pour distinguer les silhouettes des marins, mais il voyait parfaitement bien le canon de proue, les casseroles des radars, les multiples antennes hérissant les deux cheminées.

Réglant le télémètre, il put discerner le nom du navire : l'*Ajax*. Quelques années plus tôt, celui-ci avait participé à l'attaque du cuirassier allemand *Graf Spee* dans la zone du Rio de Plata. Il le précisa à Sasha. Il dit aussi que la Navy devait éprouver une certaine gêne à envoyer l'un de ses fleurons contre un caboteur perdu en Méditerranée. La jeune femme répliqua que les Anglais n'avaient peur de rien, pas même du ridicule.

– On dirait que vous ne les connaissez pas encore.

Il se retourna. Elle se tenait dans la même position que celle qu'il venait de quitter. Son visage reposait dans le creux de ses paumes. La toile à voile qui les recouvrait, sur laquelle jouait un soleil pâle, égayait ses joues. Une minuscule tache bleue pointait à l'angle des commissures. Il se dit que s'il l'embrassait un jour, ce serait là, au coin des lèvres.

Troublé, il revint à sa position première.

– On dirait qu'ils s'éloignent.

L'*Ajax* ralentissait, en effet.

– Nous ne les intéressons pas. Nous sommes trop petits pour eux.

– Détrompez-vous. Ils ne nous lâcheront plus.

Il eût accepté sans contrainte de poursuivre le voyage ainsi, recouvert d'une toile semblable à un drap rêche, allongé au côté d'une jeune femme qui ne pouvait se retirer, délicieusement prisonniers tous deux, voyant sans être vus.

Il n'en alla pas ainsi. L'*Ajax* laissa le *Willard* prendre de l'avance puis changeant de cap, les deux bâtiments anglais s'éloignèrent vers la haute mer.

Sasha rabattit la toile. Ils se levèrent. Les trois ou quatre réfugiés qui n'avaient pas gagné les cales firent de même. C'étaient des religieux. L'un d'eux sortit un livre de prières de sa poche, les autres firent cercle autour de lui, et ils s'absorbèrent dans la lecture du Livre sacré.

Sasha et Boro rejoignirent le capitaine dans la cabine de pilotage. Un jeune radio tapait en morse sur un contacteur. Ludi décryptait un message qu'il venait de noter. Il inscrivait des lettres en regard des traits et des points griffonnés sur une feuille. Lorsqu'il en eut fini, il se gratta la tête et dit :

– Nous sommes en contact avec la Haganah de Tel-Aviv. Ils disent que pour le moment, les British se contentent de se promener. Ils repèrent. Nous, les autres... Après seulement ils nous attaqueront.

Il s'empara de la note que lui tendait le jeune opérateur. Il la lut, se gratta de plus belle l'occiput et ajouta :

– Il y a au moins quatre bateaux de guerre sur la zone : le *Chieftain*, le *Childers*, le *Charity* et le *Chequers*.

– Plus l'*Ajax*.

– L'*Ajax* est un croiseur. Les autres sont des destroyers. Mais, s'ils nous piègent, ils renverront en effet l'*Ajax*. C'est le plus lent, et nous sommes les moins dangereux. Ils s'occuperont d'abord des plus importants.

Ludi s'empara du porte-voix de bord et appela les passagers à remonter sur le pont. Tous reparurent. Certains étaient livides : le mal de mer. Les enfants ne couraient plus sur le pont comme au premier jour.

Lorsqu'ils furent tous assemblés, Ludi expliqua que l'alerte avait été donnée et que la présence de la flotte anglaise était une des coordonnées prévisibles du voyage.

– Le danger est potentiel, pas encore réel. Vous pouvez déjeuner.

Son intervention fut traduite en trois langues. Après quoi, les volontaires revinrent des entrailles du bateau porteurs des pots de lait chaud et des boîtes de biscuits qui composaient l'ordinaire des repas du matin.

La journée passa sans que l'on revît les navires de guerre anglais. Boro dormit dans l'après-midi, puis il se lava à l'eau de mer, aida à la répartition des vivres du soir et acheva la journée sur une partie d'échecs qu'il remporta contre un Ukrainien qui l'avait battu la veille.

Le lendemain, il y eut une nouvelle alerte. Cette fois, c'était un avion. Ludi fut informé de son passage quelques minutes avant qu'on l'entendît, grâce à quoi les passagers eurent le temps de descendre. Boro rejoignit Sasha sous la bâche, à l'endroit où ils s'étaient retrouvés la veille. Ni l'un ni l'autre ne crurent au hasard. Il la prit dans ses bras, et elle s'y laissa aller tandis qu'au-dessus d'eux le monomoteur passait puis repassait, volant à très basse attitude.

– Ils prennent certainement des photos, chuchota-t-elle.

– Ils ne nous verront pas.

Elle se blottit contre lui et ils restèrent ainsi, abrités d'un invisible danger dont Boro ne doutait pas qu'il bousculerait bientôt l'ordre des choses.

Le cinquième jour, Ludi informa tous les passagers qu'ils devraient désormais rester à fond de cale : la radio du bord l'avait prévenu du retour sur zone des trois destroyers et des deux croiseurs. D'après leurs trajectoires, la Haganah prévoyait un arraisonnement de quelques-uns des navires partis d'Italie : tous avaient été repérés. Les plus gros étaient les plus menacés. La consigne était de se défendre, de refuser d'obéir aux ordres des officiers de la Navy, de tenter d'aborder coûte que coûte. Des embarcations légères attendraient sur les plages. Les femmes enceintes devraient prendre place sur les canots de sauvetage. Les bons nageurs sauteraient lorsque la côte serait en vue.

Boro et Sasha furent autorisés à rester sur le pont : Sasha comme médecin, Boro parce que le capitaine comptait utiliser plus tard ses photos à des fins de propagande. En outre, parmi les quatre couples qui s'étaient formés depuis le départ de La Spezia, c'était celui-là que préférait Ludi : ils s'étaient portés volontaires pour aider les autres.

– Regardez cette carte, leur dit-il au matin du sixième jour.

Il les avait appelés dans la cabine de pilotage. Le jeune radio tenait la barre. Alentour, la mer était d'huile. Le ciel était bouché. On n'y voyait pas à dix nœuds.

– Nous sommes à vingt-cinq miles des côtes. Les Anglais sont derrière. La radio me les a signalés.

Il compta sur ses doigts :

– L'*Ajax*, le *Mermaid*, le *Childers*, le *Charity*, le *Chequers.*

– Tout cela pour nous ! admira le reporter.

– Plus les corvettes de police et la flottille des garde-côtes...

Sasha était soucieuse. Un pli horizontal lui barrait le front. Elle frissonna légèrement. Boro s'autorisa le geste le plus intime de tous ceux qu'il s'était permis jusqu'alors : il passa un bras autour de ses épaules. Elle inclina son visage vers le sien et sa lourde chevelure lui caressa agréablement la joue.

– Je ne sais pas encore si nous aborderons près de Césarée ou à Bat Yam, au sud de Tel-Aviv. Le principe est le suivant : nous longerons la côte et, au tout dernier moment, nous obliquerons vers les plages. Les destroyers ne nous y suivront pas.

Sasha lança un regard à la ronde. Ludi devança sa question :

– Dans une heure, vous les verrez. Lorsque nous serons sortis de la purée de poix et, surtout, quand nous approcherons des eaux territoriales. Ils ne tenteront rien avant.

– Dans combien de temps ? demanda Boro.

Le capitaine consulta sa montre :

– Moins d'une heure.

L'assaut

Le ciel s'éclaircit brusquement à cinq miles de l'entrée dans les eaux territoriales palestiniennes. Et on les vit : quatre destroyers, deux croiseurs, trois autres bâtiments trop éloignés pour qu'on pût bien les identifier. Dans le flou mouvant des jumelles, Ludi aperçut aussi les cheminées du *Morgana* et, plus à l'ouest, celles du cargo qui avait embarqué sept cents passagers.

Il montra les deux bâtiments à Boro.

– Si on s'en sort, on leur devra notre chance. Les Anglais vont tenter d'attraper les plus gros poissons. Pour l'heure, ils réfléchissent à la façon dont ils vont s'y prendre.

En bas, Sasha rassurait les passagers. Beaucoup souffraient du mal de mer. Le petit garçon qui avait pleuré la première nuit se plaignait de douleurs abdominales. Sasha craignait une appendicite.

– Et si on ne s'en sort pas ?

– Vous découvrirez les nouveaux camps de Chypre !

À dix heures, le ciel vira brusquement au bleu. Les eaux territoriales se trouvaient à moins de trois miles quand, se détachant du reste de la flotte anglaise, l'*Ajax* se rapprocha du *Willard*.

– Cette fois, nous y sommes, commenta sobrement le capitaine.

Il emprunta le porte-voix, se planta au haut de l'escalier conduisant aux soutes, et, s'exprimant cette fois en anglais, ordonna aux passagers de ne pas bouger, de ne pas monter, de ne plus faire aucun bruit.

Il réintégra son poste.

– Reste auprès de moi, dit-il à Boro, et prends des photos : on leur fera faire le tour du monde.

L'*Ajax* approchait. On distinguait les soldats britanniques sur le pont. Ils étaient coiffés d'un casque blanc et équipés de matraques et de boucliers.

– Ce sont des fusiliers marins... Je les ai déjà eus sur le dos. Ils lancent des gaz lacrymogènes et des fusées traçantes.

À tribord, la côte apparaissait de plus en plus nette.

– Ils tirent, puis y vont au couteau.

– Fonce ! suggéra Boro.

– Après. On va d'abord essayer de les attirer pour soulager le *Morgana*.

Ludi ralentit encore. Le croiseur amorçait une courbe pour venir se placer parallèlement au caboteur. Son étrave fendait l'eau en gerbes hautes.

– Il ne faut pas qu'ils nous éperonnent... On doit garder assez de distance pour qu'ils ne nous fracassent pas la coque.

Ce fut une masse beaucoup plus haute, plus longue et plus large qui vint se ranger à quelques mètres du caboteur. Réfugié dans le poste de pilotage, protégé par la distance, usant de son 100 mm, Boro photographiait. Il cadra un officier protégé par un gilet pare-balles, tenant à la main un porte-voix. Lorsque les deux bâtiments furent presque bord contre bord, il le hissa jusqu'à sa bouche et clama en anglais :

– Vous êtes dans les eaux territoriales de Palestine. Nous allons monter.

Ludi empoigna son propre porte-voix.

– Vous avez trois miles d'avance. Si vous montez à bord, je vous fracasse le crâne.

La perplexité se peignit sur le visage de l'Anglais.

– Vous n'avez pas à me marcher sur les pieds avant que nous soyons chez moi.

– Chez nous ! répliqua l'Anglais.

– J'ai dit : chez moi ! et je le répète : chez moi ! Inversez les moteurs de vos machines et reculez

– Vous transportez des immigrants illégaux.

– Montrez-les moi !

Ludi avait laissé assez d'espace entre les deux bâtiments pour que les fusiliers marins ne puissent pas sauter sur le pont.

Jouant habilement de la barre, il maintenait cette distance tout en crachant dans son porte-voix :

– Nous ne sommes que trois sur ce bateau. Nous ne transportons aucun immigrant !

– Mes hommes vont monter vous contrôler.

Derrière la tourelle principale, Boro vit les soldats se préparer. Ils ajustèrent des masques à gaz et commencèrent à dérouler des grappins. D'autres se rassemblaient près des canots pneumatiques. Le reporter en avisa Ludi.

– Inutile de venir avec vos commandos d'abordage pour les trois que nous sommes ! cria celui-ci à l'adresse de l'officier anglais.

– Ne tentez pas de vous échapper : nous allons vous suivre.

Ludi tourna la barre et poussa les moteurs. Le diesel de l'*Ajax* gronda puis décrut peu à peu.

– Tu vas descendre et prévenir tout le monde : on est à vingt miles des côtes. L'*Ajax* croit qu'on file seize nœuds au grand maximum... C'est une feinte.

Ludi sourit méchamment.

– Ils utilisent toujours la même méthode : ils t'accompagnent un bout de chemin pour mesurer ta vitesse. Après, ils envoient un bateau qui court plus vite... On a eu droit aux destroyers pour la première étape. C'est pour cela qu'ils nous ont réservé l'*Ajax*. Mais j'ai traîné exprès. Le *Willard* atteint facilement ses vingt-cinq nœuds. On va donc foncer vers la côte, semer leur croiseur et s'échouer là-bas. Je préviens pour qu'on soit attendus. Dis au radio de monter.

Boro s'aventura sur le pont. Le bateau de guerre restait dans le sillage du caboteur, mais déjà se laissait distancer. Ludi faisait cracher ses moteurs. Au loin, on apercevait les cheminées de plusieurs navires. Boro ne parvenait pas à distinguer les bateaux anglais de ceux affrétés par le Mossad Aliya Beth. Où était le *Morgana* ? Et le cargo ?

Avant de descendre l'échelle menant dans les profondeurs du *Willard*, il jeta un coup d'œil à la ronde. La côte se rapprochait. Le croiseur perdait du terrain. Le ciel était d'un bleu limpide.

– Dis-leur de monter ! cria Ludi. Dis-leur qu'on est en Palestine !

Boro le leur dit. Et tous réémergèrent, criant et chantant. Ils avaient traversé l'Europe entière pour se retrouver là, ils y étaient enfin. Aucun ne regardait le croiseur qui vibrait de toutes ses machines, mais trop loin. Ils étaient tournés vers les plages. Beaucoup priaient.

– Nous allons nous jeter à l'eau, dit Boro à Sasha quand il la retrouva.

Elle avait laissé le petit garçon auprès de ses parents : il allait mieux.

– La dernière fois que je me suis retrouvé au bord d'une plage, j'étais de l'autre côté. J'attendais un bateau de réfugiés qui venait d'Italie. Aujourd'hui, c'est nous qui allons débarquer.

– Il n'y a qu'un problème, dit-elle.

Elle se tourna vers lui, la mine un peu confuse.

– Je ne sais pas nager.

– Il y aura des barques.

Il les lui montra : elles avaient pris l'eau et venaient au-devant du *Willard.*

– Je ne veux pas occuper la place de quelqu'un d'autre. Nous avons des malades et des femmes enceintes.

– La dernière fois que j'ai quitté ce pays, dit-il en souriant, je portais déjà une femme dans mes bras.

Elle inclina joliment la tête. Ses cheveux se répandirent en cascade autour de ses épaules. Elle sourit et dit :

– Alors vous saurez faire !

Une porte, deux peuples

Le *Morgana* et tous les bâtiments affrétées par le Mossad furent interceptés par les destroyers de la Royal Navy. Les bateaux furent éperonnés et abordés. Les fusiliers marins attaquèrent les passagers à la lance à eau, à la grenade lacrymogène, à la baïonnette et à balles réelles. Les réfugiés ripostèrent par des jets de boîtes de conserve. Il y eut des morts et des blessés. Les prisonniers furent conduits à Haïfa et, de là, transbordés sur des bateaux-prisons britanniques qui les acheminèrent vers les camps nouvellement ouverts sur l'île de Chypre. On leur rendit leurs bagages qui avaient été confisqués puis fouillés. On les parqua sous des tentes, derrière des barbelés. Ils se découvrirent un voisinage improbable qui éveilla en eux d'inextinguibles bouffées de violence. De l'autre côté des frises, les Anglais avaient en effet parqué d'autres prisonniers : les Allemands de l'Afrika Korps qui attendaient d'être renvoyés dans leur mère patrie.

Sasha et Boro débarquèrent à Bat Yam, au sud de Tel-Aviv. Aucun des passagers du *Willard* ne resta en arrière, pas même Ludi, son capitaine, qui, après avoir échoué le bâtiment sur la plage, organisa son renflouement. Le surlendemain, il reprenait la mer pour Bari ou de nouveaux immigrants clandestins attendaient.

Azhar lui-même répondit au téléphone : il était chez sa sœur, à Haïfa. Il accueillit le reporter de mauvaise grâce. Et comme Blèmia lui en faisait le reproche, il répondit :
– Ami, tu me voles mon pays !

Une heure plus tard, il les retrouvait. Il accepta de les emmener, Sasha et lui, jusqu'au kibboutz de la Communauté où le Hongrois espérait retrouver son premier Leica, celui auquel il était le plus attaché.

Durant la première moitié de la route, le jeune Arabe ne souffla mot. Comme ils arrivaient à l'embranchement où, quelques mois auparavant, ils avaient fait descendre le captain Robertson Hedges de la Jeep, Azhar vida son cœur.

– Avant, dit-il, nous voulions tous le départ des Anglais. Maintenant, nous souhaitons le départ et des uns et des autres.

– C'était déjà le cas lorsque nous nous sommes connus, repartit Boro.

– Non. Pas pour moi. Moi, je voulais bien partager ma terre avec les Juifs.

– Plus maintenant ?

– Plus maintenant.

Ils roulèrent en silence sur la route menant à Jérusalem. Sasha regardait les paysages de ce pays qu'elle ne connaissait pas encore.

– Il y aura la guerre, et vous l'aurez voulu.

– Je n'habite pas ici, objecta Boro, et je ne veux pas la guerre.

– Tu la mènes quand même. J'ai vu tes photos. Elles défendent un point de vue d'où germera la guerre.

– Si elles portent un jugement, ce n'est pas contre ton peuple. C'est contre les Anglais.

– Tu leur reproches de ne pas ouvrir la porte au peuple juif. Mais s'ils l'ouvrent, c'est pour nous la fermer au nez.

La Jeep heurta une pierre qui ricocha plus loin avant de tomber dans le lit asséché d'un oued.

– Nous sommes inconciliables, déclara Azhar.

– C'est un terrible constat, hasarda Sasha.

Elle était montée à l'avant et fixait la route sans rien perdre des propos échangés entre les deux hommes. Azhar se tourna vers elle.

– Tu viens aussi habiter chez nous ?

– Non.

– Tu penses comme eux que le fait d'avoir acheté nos terres et de les avoir enrichies les autorise à faire un pays sur le nôtre ?

– Je ne crois pas que c'est ce qu'ils veulent.

– Nous vivons ici depuis sept siècles.

– D'autres diraient qu'ils y sont depuis la Bible.

– Écourtons ce débat, suggéra Boro.

Il était trop agnostique pour admettre l'intrusion de cette dimension religieuse dans le débat politique. Il n'avait pas accompagné les réfugiés d'Europe pour les faire revenir au pays de Moïse. Il les avait escortés en Palestine parce qu'ils n'avaient nulle part où aller, et qu'aucune nation ne voulait leur ouvrir ses frontières. Il combattait les Anglais. Pas les Arabes.

Il le dit à Azhar. L'étudiant montra les paysages de pierrailles et d'arbres secs qui bordaient la route conduisant au kibboutz de la Communauté. Il dit :

– Quand les Anglais seront partis, nos deux peuples seront face à face. Les Juifs ici (il montra les hauts murs de la Communauté qui apparaissaient au loin), les Arabes de l'autre côté (il montra les villages à droite de la route). Toi là, et moi ici.

Il arrêta la Jeep au bas du chemin conduisant à la ferme. Il refusa de monter. Il embrassa Boro, puis Sasha. Lorsque le reporter leva le bras une dernière fois dans sa direction, il avait le cœur gros.

– Je ne le reverrai sans doute jamais plus, dit-il à Sasha.

Elle le regarda.

– Où allons-nous ?

– Chercher l'objet auquel je tiens le plus au monde.

– Et après ?

– Nous doucher, déjeuner.

– Puis ?

– Dormir, risqua-t-il.

– Ensuite ?

Ensuite, il ne savait pas. Elle non plus.

– Nous verrons, suggéra-t-il.

Ensuite ?

La Communauté s'était enrichie d'un théâtre en plein air et d'une bibliothèque. Le chemin conduisant aux étables et à la bergerie avait été empierré. Les enfants couraient en bandes d'un bâtiment à l'autre. Mais ils ne franchissaient plus le mur d'enceinte édifié quelques mois plus tôt. Sur le terrain rocailleux menant à l'entrée du kibboutz, on avait creusé des tranchées et des abris. Des barres de fer avaient été fichées dans le sol ; elles s'apprêtaient à recevoir des rouleaux de barbelés.

Sasha et Boro furent accueillis comme les héros qu'ils étaient peut-être. Toute la Communauté connaissait les photos prises par Blèmia.

On les fêta. On lui remit le paquet qu'un homme de la Haganah avait fait déposer pour lui. Blèmia retrouva avec un bonheur indicible son premier Leica, celui que sa cousine lui avait offert chez Hoffmann en 1933. Lorsque son pouce se promena sur l'inscription *Boro-Maryk*, il eut l'impression d'être revenu chez lui. Il prit la main de Sasha et la fit glisser sur le dos de l'appareil.

– Je te raconterai cette histoire, dit-il.

Ils se douchèrent.
Ils déjeunèrent.
Ils dormirent.

– Ensuite ? demanda-t-elle.

Un nouveau jour s'était levé. Ils se trouvaient dans une chambre du kibboutz. Par la fenêtre, on apercevait la route montant vers Jérusalem. Un groupe d'Arabes vêtus de djellabas blanches fumaient paisiblement.

– Je viens d'un pays qui n'existe sans doute plus, murmura Sasha ; je me trouve dans un autre qui n'existe pas encore, à côté d'un homme dont je ne sais rien.

Son doigt montait et descendait le long de l'épaule de Boro. Il l'avait embrassée sur sa petite tache bleue, et c'est ainsi que tout avait commencé.

– Je viens d'un pays qui se relève péniblement de cinq années honteuses, reprit Boro en écho, je me trouve dans un autre qui n'existe pas encore, à côté d'une femme que je viens de découvrir et que je ne veux pas quitter.

– Déjà ! fit-elle.

– Je suis un grand sentimental.

– Pas moi, dit-elle. Prends garde !

Elle dissimula son visage derrière ses longs cheveux flammés, gronda comme une sorcière et lui mordit l'avant-bras. Il la souleva, la fit venir sur lui, s'abandonna à la caresse des mèches sombres qui lui picotaient le visage. Il la tenait aux hanches. Il ne voyait pas son regard orienté vers le plafond. Elle avait le ventre plat et dur, des seins lourds aux aréoles presque noires. Une gitane, avait-il pensé quand il s'était trouvé nu à côté d'elle, oui, une gitane pensait-il encore tandis qu'elle lui griffait la poitrine de ses ongles abîmés par le voyage.

Elle resta plantée sur lui, droite, la tête rejetée en arrière, puis elle se dégagea et se coucha en chien de fusil, les fesses collées contre lui. Il la fit attendre. Quand elle l'eut repoussé au bord du lit, sans la saisir, il vint en elle.

– Ensuite ? demanda-t-elle.

– Nous sommes au pays des oranges. Allons en cueillir.

Elle secoua la tête.

– Je ne bouge pas d'ici. Profitons.

– Un instant, suggéra-t-il.

– Court.

Il y eut un grondement de moteurs sur la route. Boro compta six camions : c'était le convoi qui ravitaillait Jérusalem.

Sasha se tourna vers lui et vint poser la tête sur son oreiller.

– Parle-moi, dit-il. J'aime ta voix.

– C'est ce que me disent toujours les hommes.

Elle sourit dans le soleil du matin et ajouta :

– Mais j'aime aussi la tienne. À cause de l'accent. Je suis sûr que tu es hongrois.

– Gagné.

– Budapest ?

– Les quartiers pauvres.

– Photographe, c'est ton métier ?

En quelques phrases, il lui dit l'essentiel. Elle ne connaissait rien de son travail. Ni Paris où elle n'était jamais allée. Ni aucun des pays dans lesquels il s'était promené. Elle n'avait jamais voyagé. Elle avait suivi des études de médecine à Bratislava, puis la guerre était venue, elle s'était occupée de sa survie et de celle des Juifs de Slovaquie. Elle avait vingt-sept ans. Elle n'avait aucune raison de revenir en Europe, et pas plus d'en rester éloignée. Pour se diriger, il faut une boussole et un point cardinal. N'ayant plus aucun point de repère, la boussole lui était inutile.

– Donc je suis libre, constata-t-elle. Rien ne me retient nulle part.

Elle planta un doigt sur le nez du reporter :

– Et personne ne m'attire assez pour que je me découvre une direction.

– Cela viendra, crâna Boro.

Il l'étendit sur le dos et vint sur elle. Puis à la fourche des jambes. Puis presque tête-bêche, et autrement, ailleurs, ainsi qu'elle voulait, ou lui, selon. Ils se vengeaient de la guerre. Ils découvraient la paix. Les paisibles corps à corps de l'amour. Elle n'avait peut-être pas voyagé, mais elle connaissait les paysages de la chair et s'y promenait avec une joyeuse allégresse qui hâtait toutes les réconciliations.

– Ensuite ? demanda-t-elle.

– Accompagne-moi à Paris.

– Pourquoi ?

– Pourquoi pas ?

Elle se leva d'un mouvement souple. Elle était grande et maigre. Passant une serviette autour de son corps, elle répondit à la réflexion muette qu'il s'était faite :

– Chez nous, on mangeait mal.

Elle rabattit le rideau qui séparait la douche de la chambre, et sa voix se perdit sous l'eau ruisselante.

Boro la rejoignit.

– Allons à Jérusalem, proposa-t-il.

– Oui, mais après ?

– Après, je rentre à Paris.

Quand ils furent rhabillés, elle lui demanda s'il avait des femmes à voir à Paris, et il répondit que oui.

– *Une* femme ou *des* femmes ?

– Des femmes.

Elle lui demanda s'il était marié. Il dit que non. S'il avait déjà été marié. Il dit que oui.

– Elle s'appelait Solana Alcantará. Je l'ai épousée dans une prison d'Espagne.

Deux dormeurs

Ils restèrent huit jours avec les pionniers de la Communauté. La guerre, une autre guerre approchait son mufle des kibboutzim et des villages arabes. Les Anglais évacuaient leurs femmes et leurs enfants. Ils s'apprêtaient à remettre le dossier de la Palestine sur les bureaux diplomatiques de l'ONU. Ils pendaient des «terroristes» juifs qui, à titre de représailles, assassinaient des sous-officiers anglais. Les bateaux-cages renvoyaient les immigrants de l'*Exodus* en Allemagne, tandis que d'autres clandestins étaient embarqués de force sur l'île de Chypre. Lord Moyne, ministre des Colonies de Sa Gracieuse Majesté, fut assassiné au Caire, et les tueurs venus d'Israël pendus après un procès expéditif. Le chef de l'Agence juive, David Ben Gourion, envoya les forces de la Haganah contre celles de l'Irgoun et du groupe Stern, avant de pactiser de nouveau avec elles pour rompre ensuite leur front commun. Itzhak Shamir, chef du Lehi, fut arrêté tandis que Menahem Begin, chef de l'Irgoun, dut se cacher. Le mufti de Jérusalem, rentré d'Allemagne, avait été emprisonné quelque temps en France d'où il avait gagné l'Égypte. Il appelait à la guerre sainte. Les armées arabes se regroupaient. L'Agence juive collectait des fonds aux États-Unis. Ben Gourion, quant à lui, s'envolait pour l'Europe et les États-Unis où il s'apprêtait à poser les premières pierres d'une construction qu'il avait voulue et orchestrée : l'État d'Israël.

Boro voyagea avec lui à bord du Constellation qui le ramenait en France. Les autorités du Yishouv venaient d'accepter le partage de la Palestine en deux pays : l'un juif, l'autre arabe. Les Arabes, eux, l'avaient rejeté.

DEUX DORMEURS

Sasha s'était fait engager comme médecin à l'hôpital Hadassah, sur le mont Scopus de Jérusalem. Jusqu'au dernier moment, Boro avait espéré que la jeune femme orienterait sa boussole dans sa direction. Il n'en fut rien.

Il rentra donc seul à Paris, le cœur gros. Au Bourget, il prit un taxi qui le déposa dans la nuit à Montparnasse. Ainsi qu'il faisait souvent quand il revenait d'un long voyage, il arpenta le pavé du boulevard Raspail, poussa jusqu'à Denfert, revint sur ses pas et pénétra enfin dans le passage de l'Enfer. Machinalement, il promena son regard vers les hauteurs. Aucune lumière ne brillait à son étage.

Il grimpa les escaliers, glissa sa clé dans la serrure. Il referma doucement le battant pour ne pas éveiller Lika Kis. Il passa dans le salon où traînaient deux assiettes et deux verres : on avait dîné là.

Dans la salle de bains, deux serviettes étaient accrochées au-dessus de la baignoire; et deux brosses à dents posées sur le lavabo. Blèmia sourit dans l'ombre : Lika se portait sans doute beaucoup mieux.

Il suivit le couloir jusqu'à sa chambre. Elle était vide. La deuxième porte était entrouverte. Boro alluma l'ampoule d'un placard et passa la tête.

Deux silhouettes enlacées dormaient dans le lit de la chambre d'amis. Elles étaient si bien emboîtées l'une dans l'autre que c'est à peine si, s'étant approché, notre reporter reconnut le visage apaisé de la jeune Hongroise.

Il tourna les talons. Son regard fut attiré par un objet qui traînait au sol. Il se baissa pour le ramasser. Il reconnut aussitôt la casquette. L'émotion le reconduisit vers le lit. Il ne l'avait pas vu depuis si longtemps! Son frère! Son ami camarade! Là, cette nuit, dans sa maison!

Il ne put résister. Il se baissa doucement, écarta les mèches du front et déposa un baiser léger sur le visage de Dimitri.

La guerre est finie

– La guerre est finie, dit Boro. Il faut que tu t'y fasses.

Dimitri acquiesça d'un lent mouvement de la tête. Il se tenait penché, les bras ballants entre ses jambes ouvertes, dans une chambre de la clinique du docteur Romano. Lika venait d'être opérée. Les deux hommes attendaient son retour.

– Les Allemands ont déposé les armes, les criminels nazis ont été jugés, personne ne te recherche plus.

Le jeune Polonais sourit amèrement et redressa le front.

– En tout cas, ils ne m'ont pas eu !

Il y avait de la fierté dans son regard. Une lueur bravache que le reporter ne pouvait condamner. Depuis presque quinze ans, Dimitri avait combattu les fascistes sans relâche. En Pologne, en Allemagne, en Espagne, en France. Il avait largement gagné *sa* guerre.

Boro quitta sa chaise, s'approcha de son ami et lui prit le visage à deux mains. Il l'obligea à le regarder.

– Tu as témoigné d'un courage incroyable. Je t'admire beaucoup pour cela. Mais, maintenant, il va falloir passer à autre chose.

– Te souviens-tu du jour où nous nous sommes rencontrés ? À Berlin…

– Et aussi de nos retrouvailles en Espagne ? Je n'ai rien oublié.

– J'ai été blessé là-bas. J'en ai gardé longtemps la trace. J'avais un tic. Tu te rappelles ?

Dimitri souffrait d'une sorte de crispation nerveuse qui provoquait chez lui un rire de gorge.

– C'est fini. C'est parti avec le premier nazi que j'ai descendu en Allemagne.

Il avait raconté au reporter ses hauts faits de vengeur. Boro l'avait vivement condamné. Depuis lors, il n'avait plus quitté son camarade d'une semelle : il devait à tout prix le ramener à la paix.

– Tu ne sais pas ce que c'est, reprit Dimitri. Depuis quinze ans, je marche dans la rue en surveillant mes arrières. Je vérifie dans les vitrines que personne ne me suit. J'arrive dix minutes en retard à mes rendez-vous. Partout, je contrôle qu'il n'y a rien de suspect, ni objet, ni personne… Je ne téléphone pas. Je change sans cesse de domicile. J'ai passé la durée de la guerre dans une soupente à fabriquer des faux papiers ou à ramper pour balancer des grenades dans les jambes des Allemands… Comment veux-tu que je m'en sorte ?

Il y avait de la détresse dans son regard.

– Je t'y aiderai.

– Je vais partir en Palestine.

C'était le grand débat entre eux. Dimitri voulait rejoindre l'Irgoun où militait Lika. Boro essayait de l'en dissuader.

– Ne confonds pas. Les Anglais ne sont pas les nazis.

– Heureusement !

– Les Arabes, encore moins.

– Lesquels ? Le mufti de Jérusalem a passé la guerre à Berlin. Il se vantait auprès des nazis d'avoir les mêmes ennemis qu'eux : les Juifs, les Anglais, les communistes. Il était l'ami de Himmler. Il voulait constituer une unité arabe dans les *Waffen-SS* !

– Les Arabes n'ont pas tous soutenu le mufti et Hitler.

– OK, concéda Dimitri.

Il exprima son désarroi par un profond soupir.

– Il doit me manquer quelques éléments de réflexion.

La porte de la chambre s'ouvrit. Aussitôt, Dimitri quitta son siège. Mais on s'était trompé : ce n'était pas la bonne chambre. Tandis que les infirmiers refluaient dans le couloir, le jeune homme se mit à marcher de long en large dans la petite pièce. Il était inquiet.

Boro le rassura :

– Tout se passera bien. Romano est confiant. Il a dit qu'elle marcherait un mois après l'opération.

– Tu l'as connue comment ?

– Je te l'ai déjà dit : devant l'hôtel King David, le jour de l'attentat.

Dimitri était désireux de tout savoir sur Lika. Elle lui avait raconté sa guerre, mais cela ne lui suffisait pas.

– Je suis très amoureux de cette jeune fille dont tu m'as fait cadeau.

– Vous vous l'êtes fait l'un à l'autre, rectifia Boro. Je n'y suis pas pour grand-chose.

Dès le lendemain de leurs retrouvailles, il avait compris quelle passion unissait ces deux enfants de la guerre. Ils ne se quittaient pas. Jamais il n'avait vu Dimitri témoigner tant d'attentions à une femme. Pas même à Maryika, dix ans auparavant.

– Elle m'a fait peur, le premier jour, chez toi, en voulant me tendre une couverture. Et je lui ai fait peur à mon tour parce que, croyant qu'on m'attaquait, je me suis défendu. J'allais l'étrangler. Elle a hurlé et on est restés l'un en face de l'autre, et tout est né de cet instant où on se regardait. Sans parler, nous nous sommes tout dit ainsi : une douleur, une détresse, une impossibilité de vivre. J'ai compris que cette fille aux pieds abîmés avait terriblement souffert, et je me suis dit qu'il fallait que je l'aide, que je la protège, que c'était cela le sens de ma vie, désormais.

Dimitri s'appuya au montant du lit et regarda Boro.

– Tu comprends ?

Le reporter acquiesça.

– Elle m'a fait devenir romantique !

Il ricana.

– Je venais de tuer dix criminels parmi les plus infects de la planète, j'arrivais chez toi parce que je n'avais nulle part où aller, j'étais épuisé, et je suis tombé sur…

Il chercha ses mots.

– … sur cet ange.

Il haussa les épaules.

– Comment expliques-tu cela ?

– Coup de foudre.

Dimitri secoua la tête.

– Pas moi. Il s'agit d'autre chose.

– Viens travailler à l'agence, suggéra soudain Boro. Il y a de la place pour toi. Nous avons besoin de photographes.

– Tu n'as pas compris.

Dimitri vint se camper devant le reporter.

– Je vais aller en Palestine avec Lika.
– Elle ne partira pas tout de suite.
– Je l'attendrai.
– Pourquoi en Palestine ? Seulement parce qu'elle y retourne ?
– Non, répliqua Dimitri.
Il alla se planter devant la fenêtre et dit :
– Parce que mon combat est là-bas, désormais.
Boro n'eut pas le temps de répondre. La porte s'ouvrit de nouveau, et cette fois fut la bonne. Deux infirmiers roulèrent un chariot sur lequel gisait Lika Kis. Ils la soulevèrent précautionneusement et l'installèrent sur le lit.
Dimitri s'approcha et lui prit le poignet. L'instant d'après, le docteur Romano poussait la porte à son tour. Il s'était défait de ses bottes à bout pointu et de sa tenue de chirurgien. Il portait un blouson de cuir.
– Ma journée est finie ! s'écria-t-il joyeusement.
Il prit le pouls de la jeune Hongroise puis reposa sa main sur le drap.
– ... Et bien finie ! Elle marchera d'ici à trois semaines.
– Sans boiter ? s'enquit Blèmia.
Le médecin le toisa du pied droit à la hanche droite, canne comprise :
– Vous aurez une émule ! ... Montrez-moi ça...
Boro fit cinq pas dans un sens, cinq dans l'autre.
– Elle ira plus vite que vous.
Il recula vers la porte, posa la main sur la poignée et, avant de quitter la chambre, lança :
– Sauf si je vous opère !

III

NAISSANCE D'UN ÉTAT

Le chemin des diplomates

Le 1er mars 1947, une vague d'attentats fait une vingtaine de victimes parmi les troupes britanniques stationnées en Palestine. Le lendemain, le couvre-feu et la loi martiale sont proclamés dans les agglomérations juives. L'Agence juive demande aux organisations dissidentes de mettre un terme à la vague de violences. Faute de résultats, la Haganah passe à l'action contre les militants de l'Irgoun. Quatre d'entre eux sont faits prisonniers par les Anglais et condamnés à mort. En avril, ils sont exécutés. Dans un communiqué, l'Irgoun déclare que les troupes britanniques seront désormais considérées comme illégales sur le territoire de la Palestine. Les attentats se multiplient.

Dès février, incapable de maintenir l'ordre en Palestine, la Grande-Bretagne avait officiellement décidé de remettre son mandat aux Nations unies. Le 13 mai, l'ONU crée une commission spéciale, l'UNSCOP (United Nations Special Committee on Palestine), chargée d'enquêter sur place et de proposer des solutions à la crise. Par souci de neutralité, il a été décidé qu'aucune grande puissance ne ferait partie de la commission. Celle-ci est composée de onze membres représentant l'Australie, le Canada, le Guatemala, l'Inde, l'Iran, les Pays-Bas, le Pérou, la Suède, la Tchécoslovaquie, l'Uruguay et la Yougoslavie.

Le 16 juin, la commission est à Jérusalem. Elle reçoit les représentants du Yichouv. Le Haut Comité arabe, dirigé par Amin al-Husseini, mufti de Jérusalem, ordonne le boycott. Le 20 juillet, à Beyrouth, la commission entend les représentants des États arabes. Puis elle rencontre le roi Abdallah à Amman. Après un séjour au Liban, elle enquête sur les camps de personnes déplacées, puis s'en revient en Europe.

Dans la nuit du 11 au 12 juillet 1947, le *Président Warfield* quitte le port de Sète avec quatre mille cinq cents réfugiés à son bord. Des navires de guerre britanniques l'escortent jusqu'aux eaux territoriales palestiniennes. C'est alors que, changeant de nom, le *Président Warfield* devient *Exodus 1947*. Le 18 juillet à l'aube, les Anglais arraisonnent et attaquent le bateau. Les combats sont violents : on compte trois morts et vingt-huit blessés parmi les réfugiés. À bout de forces, ceux-ci finissent par se rendre. Ils sont aussitôt conduits dans le port de Haïfa, puis transbordés sur des bateaux-prisons britanniques qui les ramènent en France.

Là, une petite minorité seulement accepte de débarquer. Les autres entament une grève de la faim : ils exigent d'être acheminés en Palestine. Le 7 septembre, ils sont débarqués de force à Hambourg, puis ramenés dans un camp. Le scandale international est énorme : l'opinion mondiale accuse les Britanniques d'avoir reconduit d'anciens déportés dans le pays où ils furent suppliciés. L'Agence juive a remporté une grande bataille : celle de la communication.

Après avoir enquêté sur les camps de personnes déplacées, l'UNSCOP rend son rapport. Il repose sur un double constat : le mandat britannique ne remplit plus son rôle; les revendications juives et arabes sont incompatibles. Tous les membres de la commission sont partisans de l'indépendance de la Palestine, et d'accord pour admettre que, les antagonismes étant ce qu'ils sont – et apparemment irréductibles –, la solution d'un État unique est invivable.

Dès lors, la commission propose deux solutions. La première, défendue par trois pays minoritaires, suggère la création d'un État fédéral où Juifs et Arabes cohabiteraient. La deuxième, adoptée par la majorité des membres, envisage l'établissement d'une union économique entre Juifs et Arabes, après partage du territoire, Jérusalem bénéficiant d'un statut international.

L'Agence juive accepte le plan proposé par la majorité. La Ligue des États arabes refuse les deux solutions. Elle déclare qu'elle combattra toute proposition qui ne reposera pas sur la création d'un État arabe en terre de Palestine. La Syrie organise des manœuvres militaires à ses frontières. Le mufti de Jérusalem quitte Le Caire pour se rapprocher du futur champ de bataille. Il s'installe au Liban.

Le 20 septembre, la Grande-Bretagne décide secrètement de partir, le 1er août 1948, d'un territoire dont elle a reçu le mandat vingt-huit ans auparavant. Cinq jours plus tard, l'ONU crée une nouvelle commission dans laquelle tous les États concernés sont représentés.

Le 1er octobre, les États-Unis annoncent officiellement qu'ils soutiennent le plan de partage proposé par la majorité de l'UNSCOP. La Pologne et la Tchécoslovaquie se rallient peu après. Le 13, l'URSS provoque la stupeur dans un camp et l'espérance dans l'autre en annonçant à son tour son ralliement. Dix jours plus tard, la commission de l'ONU se sépare en plusieurs sous-commissions afin d'étudier le plan et ses modes d'application possibles. À Jérusalem, Paris, Londres, New York et Genève, les membres de l'Agence juive sont inquiets : ils savent que de nombreux États s'abstiendront et que la majorité des deux tiers de l'Assemblée des Nations unies est loin d'être acquise.

Lorsque, le 19 novembre au matin, Blèmia Borowicz débarque à New York, aux yeux de beaucoup, les dés sont jetés.

New York, New York

Boro avait couvert la signature de la charte des Nations unies, signée à la fin de la guerre à San Francisco. Il était revenu par New York, espérant y voir sa cousine Maryika qui ne vivait plus à Los Angeles.

Mais elle tournait un film franco-canadien à Montréal, et il ne l'avait pas rencontrée.

Il était donc rentré bredouille à Paris.

Cette fois, il s'était assuré de sa présence. Mais sa première visite ne fut pas pour elle. Il se fit d'abord conduire à son hôtel, au soixante-troisième étage du Bellounis, sur Central Park. Puis il redescendit et se promena une bonne heure à pied. Chaque fois qu'il débarquait dans une ville étrangère, il éprouvait le besoin de la redécouvrir, de se laver des paysages antérieurs, ceux de ses reportages, de la vie parisienne, du pays qu'il venait de quitter. Il se reposait ainsi avant de repartir sur les chemins du monde. Leica en poche, il se laissait guider par ses pas, découvrant des quartiers inconnus qu'il revisitait parfois avant de rembarquer.

Lorsque le temps lui manquait, il choisissait ses destinations. Cette fois, il descendit Broadway jusqu'à Times Square, dont il aimait l'agitation fiévreuse et les affiches démesurées. Il obliqua dans la 42ᵉ Rue et remonta la Cinquième Avenue, s'arrêta devant le fronton de la cathédrale Saint-Patrick, se laissa porter par la foule, pressé, compressé par des groupes de quidams nerveux qui disparaissaient dans les fumerolles jaillies des bouches des trottoirs.

À New York, Boro aimait l'affluence, les bruits, la sensation de vertige qui s'emparait de lui lorsque son regard se portait vers les hauteurs où les gratte-ciel traçaient leurs géométries verticales répondant aux perpendiculaires des rues et des avenues. Blèmia avait visité cent villes et connaissait le cœur de chacune. Quand il venait à New York, c'était Manhattan qu'il préférait. Manhattan le plongeait d'emblée dans les turbulences d'une mégapole unique. Comparée à New York, Paris était un village. Traversant l'Atlantique, Boro changeait de monde en même temps que de continent. Ces ruptures lui étaient nécessaires. À la longue, les continuités le lassaient.

Il reprit le chemin de Central Park et obliqua dans la 66e Rue. À l'angle de Columbus Avenue, il repéra une cabine téléphonique. Il y entra, composa le numéro que Dov Biekel lui avait donné. Un premier interlocuteur lui répondit, puis un autre, et on lui demanda enfin de rappeler dix minutes plus tard.

À la deuxième tentative, il tomba sur Dov.

Qui lui dit :

– Reste exactement où tu es. Je te rejoins.

Il ne le reconnut pas aussitôt. Ils s'étaient toujours vus au printemps ou en été, dans des pays du Sud. Ici, Dov portait une lourde canadienne en cuir doublée de fourrure, des gants, une casquette en tweed, des pantalons de velours. Boro l'identifia à l'instant où il posait le pied sur le trottoir, à trois mètres, avant de le prendre dans ses bras pour une accolade chaleureuse. Il avait embrassé Dimitri de la même façon lorsqu'il l'avait retrouvé, passage de l'Enfer.

– *Hi !* dit-il.

– *Shalom*, répondit le reporter.

Ils ne s'étaient pas revus depuis l'Italie. Ils avaient mille choses à se raconter, et peu de temps devant eux. Le vote à l'Assemblée générale aurait lieu sept jours plus tard. Dov était arrivé à New York trois semaines auparavant. L'Agence juive l'avait chargé de coordonner toutes les actions entreprises par les sionistes et leurs alliés pour emporter la décision des Nations unies.

– Quelles actions ? demanda Boro.

Ils étaient entrés dans le premier bar venu. Il y faisait froid. Ils burent un café brûlant assis sur de hauts tabourets, devant le comptoir. Le bruit du percolateur ponctuait leurs échanges à raison d'une salve toutes les quarante secondes.

– Quelles actions ? répéta Boro.

Dov répondit par un geste évasif.

– Dis-moi plutôt : comment s'est passé le voyage sur le *Willard* ?

– On s'en est sortis, mais nous avons été les seuls. Les autres ont été embarqués pour Chypre.

– Tu es allé à la Communauté ? Tu as récupéré ton Leica ?

Le reporter le sortit de sa poche et le posa sur le bar. Il donna quelques nouvelles des amis de Dov qu'il avait rencontrés au kibboutz. Il omit de parler de Sasha. Une nouvelle fois, il posa sa question :

– De quelles actions voulais-tu parler ?

Dov sortit une cigarette de sa poche, l'alluma, inspira longuement, dessina quelques jolies volutes. Il réfléchissait. Boro savait quelle question se posait son ami. Il était comme ces personnes qui, après en avoir trop dit, hésitent à poursuivre ou se rétracter. Entre deux expirations, il fixait le reporter sans le voir, comme pesant le pour et le contre. Après un long silence, il posa à son tour une question que le percolateur emporta dans ses jets de vapeur.

– Je n'ai pas bien entendu, dit Boro.

Dov inspira à nouveau, réfléchit intensément et demanda :

– Tu nous aiderais ?

– C'est-à-dire ?

– Si nous te demandions de… de photographier quelqu'un dans une situation… particulière, le ferais-tu ?

– Cette question t'importe ?

– Assez, reconnut Dov.

– Parce que tu connais la réponse.

Dov approuva d'une crispation des joues.

– Nous avons fait la même demande à Robert Capa. Il a répondu comme toi.

– Nous sommes reporters photographes. Notre profession a ses règles. Elles supposent une certaine impartialité.

Plusieurs fois dans sa carrière, la proposition lui avait été faite de franchir la ligne d'un camp. Il avait presque toujours refusé. Il considérait que le choix de ses sujets et de ses champs de bataille traduisait déjà une forme d'engagement. Il ne voulait pas aller au-delà.

– J'ai fait des reportages dans l'Allemagne du IIIe Reich, et d'autres en Espagne pendant la guerre civile. Je n'étais pas du côté des nazis ni de celui des franquistes. C'était un choix, donc un engagement.

– Si les Républicains t'avaient demandé quelque chose, aurais-tu refusé ?

– Peut-être pas.

– Contre les nazis ?

– J'ai accompli certaines missions apparentées à de l'espionnage, concéda le reporter.

– Tu as fait des reportages en Palestine. Tu n'étais pas du côté des Arabes, ni de celui des Anglais…

Boro attendit que le percolateur eut retrouvé sa quiétude pour répondre.

– De toute façon, ni les Arabes ni les Anglais ne peuvent être comparés aux fascistes de Franco ou aux nazis de Hitler.

Dov en convint.

– De plus, poursuivit Boro avec une certaine froideur, si tu observes le contenu de mes reportages, tu remarqueras qu'ils se situent toujours du côté des vaincus. Quand les réfugiés descendent des montagnes ou que les Anglais pourchassent vos bateaux, je photographie les vaincus de cette histoire-là. C'est-à-dire les gens qui perdent. Ou ceux qui ont perdu. Comme Capa. Comme tous les grands reporters.

Il laissa passer les quintes du percolateur et ajouta, pointant l'index dans la direction de son ami :

– Or, je ne suis pas sûr que vous resterez les vaincus du drame qui se joue en ce moment.

– Ce qui signifie ?

– Les Arabes qui vivent aujourd'hui en Palestine seront peut-être les vaincus de demain. *Vos* vaincus.

Dov soupira. Il éteignit sa cigarette.

– C'est possible. Tout dépendra du vote.

Il commanda un deuxième café. Il y trempa un sucre, le fit fondre, but et reposa sa tasse. Jusqu'alors, Boro n'avait pas remarqué que le Polonais réfléchissait autant avant de parler. Il était l'exact opposé de son frère.

– Je vais te confier un secret, dit-il. Un secret très lourd.

– Est-ce vraiment nécessaire ? fit Boro.

– Si tu le divulgues, personne ne te croira. Écoute bien : le roi Abdallah, qui règne depuis deux ans sur la Jordanie indépendante, qui a acquis ses galons de souverain en aidant la Grande-Bretagne dans sa lutte contre l'Allemagne, le roi Abdallah a pris contact avec nous.

Il s'interrompit, le temps de mesurer l'effet que produirait sa confidence sur son interlocuteur.

– Abdallah est sans doute le seul chef d'État arabe à ne pas être antisémite. Nous l'avons vu à deux reprises. La première fois, nous avons envoyé un responsable de la Haganah. Il a rencontré le roi dans son Palais d'été, près de Jéricho. La deuxième fois, Ben Gourion a demandé à Golda Meir d'y aller. Golda a des responsabilités très élevées à l'Agence juive. Ce n'est pas un hasard si le Vieux l'a choisie ; cela conférait un caractère presque officiel à cette rencontre ultrasecrète… Elle s'est tenue le 17 novembre dernier, il n'y a même pas deux semaines. Le roi et nous avons conclu un accord. Un accord verbal, non signé. Nous avons décidé qu'au cas où le partage serait voté par les Nations unies, la Jordanie occuperait les territoires accordés aux Arabes, et nous, ceux que nous abandonnerait l'Assemblée générale. C'est-à-dire que s'il y a la guerre, ce n'est pas nous qui la déclencherons. Et pas la Jordanie non plus.

À son tour, Boro commanda un deuxième café. Dov en prit un troisième.

– Pourquoi la Jordanie ? Pourquoi ne pas créer un État arabe indépendant ?

– Parce qu'il serait dirigé par le mufti. Et cela, pour nous, pour les Anglais, pour la plupart des grandes puissances, ce serait inconcevable. Le mufti a soutenu Hitler. Il veut la destruction du peuple juif. Rien ne sera possible avec lui. Nous ne pourrons pas nous entendre. La solution jordanienne est la meilleure. Voire la seule possible. Le roi Abdallah voudrait régner sur une Grande Syrie qui engloberait la Palestine, le Liban, la Transjordanie et la Syrie.

– Tu es en train de m'expliquer que si les Nations unies votent le partage, la Jordanie va s'emparer du territoire qui sera attribué aux Arabes ?

– Oui.

– Et cela ne te pose aucun problème ?

– S'il y a problème, il concerne la Jordanie. Pas nous.

Ils vidèrent leurs tasses, puis Dov se leva.

– Viens avec moi. Je vais t'emmener en un lieu aussi secret que la confidence que je viens de te faire.

– OK, dit Boro. Mais je veux savoir s'il y a une contrepartie.

– Le silence le plus absolu.

– C'est tout ?

– C'est déjà beaucoup. Parce que ce que tu vas voir, ton plus grand désir de reporter sera de le relater. Et tu ne le feras pas.

– Pourquoi ?

– Tu serais discrédité dans la demi-heure.

– Ce n'est pas une bonne raison.

– Je te l'accorde, mais ce serait quand même le cas.

Boro s'arrêta sur le seuil du bar, prit Dov par la manche et l'obligea à le regarder.

– Explique-moi pourquoi tu m'emmènes dans un endroit secret alors que j'ai refusé de vous aider autrement que par mes photos.

– Parce que j'ai confiance en toi.

– Mais encore ?

– On me l'a demandé.

– Qui est *On* ?

– La clé de la serrure.

Dov refusa d'en dire davantage. Ils remontèrent la 66e Rue sans plus parler.

Coulisses

Ils entrèrent dans un building datant des années vingt. Une majestueuse porte à tambour ouvrait sur un vaste hall tout en marbre et boiseries. Des hommes y couraient de droite et de gauche, grimpant un escalier, se précipitant dans un ascenseur, s'interpellant bruyamment. Parmi cet aréopage strictement masculin, Boro n'aperçut pas une femme. Seulement des feutres, des costumes trois-pièces d'un gris uniforme, des timbres mâles, américains, énergiques.

Dov le précéda dans un couloir qui serpentait à travers des demi-étages, des corridors déserts, un sas vitré menant à un nouveau bâtiment apparemment en tous points semblable au précédent. Là, ils gravirent un escalier recouvert d'un épais tapis rouge. Ils empruntèrent un ascenseur qui grimpait à une allure vertigineuse et s'arrêtèrent au trente-neuvième étage. Quelques passagers quittèrent la nacelle. D'autres y montèrent. Au quarante-deuxième, il n'y avait plus personne. Dov appuya sur le bouton du soixante-septième. Lorsque la cabine s'arrêta, il montra la porte coulissante à Boro et dit :

– Ouvre-la.

Le reporter poussa. En vain.

– Secret de fabrication, commenta Dov en riant.

Il sortit une clé de sa poche, la glissa dans la serrure, et le battant coulissa.

Ils se retrouvèrent face à une brute mesurant dans les deux mètres. L'homme attendait, adossé au mur qui faisait face à l'ouverture. Il ne portait pas de costume gris, mais un blouson d'aviateur de la même famille que celui de Dov. Il afficha un rictus qui se voulait sans doute un salut auquel le Polonais répondit en élevant le poing. Le molosse désigna le reporter, qui faisait l'effet d'une blatte hongroise à côté de lui. Dov dit en anglais qu'il se portait garant, ce qui ne parut pas suffire à la brute. Elle fit signe à Boro qui fut contraint d'appuyer ses mains contre le mur et de subir une fouille en règle. Le nervis découvrit le Leica, l'examina sous tous les angles sans l'ouvrir. Il le rendit à son propriétaire, émit un grognement signifiant que son travail n'avait donné aucun résultat, et reprit sa place, bras croisés face à l'ascenseur.

Dov suivit le corridor jusqu'à une porte latérale – la seule apparente. Sitôt qu'il l'eut poussée, ils se retrouvèrent dans un autre monde. L'Amérique avait déserté l'endroit. Certes, on parlait l'anglais, mais aussi l'hébreu, l'arabe, le hongrois, l'allemand, d'autres langues encore que Boro fut incapable de reconnaître. Les tenues strictes et de bon ton avaient cédé la place à des formes molles, des chemisettes à manches courtes, des cols ouverts, des bottes… La plupart des personnes qui passaient d'une pièce à l'autre, pressées, presque nerveuses, étaient toutes jeunes. Il régnait là une tension semblable à celle que notre reporter retrouvait dans les salles de rédaction lorsqu'un scoop était attendu. Il était tombé dans une fourmilière.

– Viens, lui dit Dov.

Ils traversèrent une première pièce dans laquelle deux hommes et une jeune femme épluchaient des dépêches codées qu'ils déchiffraient aussitôt. Ils travaillaient collectivement. L'un des hommes énonçait une famille de lettres que l'autre notait sur une feuille, comparait à une grille avant de la transmettre à la jeune femme qui la consignait à la suite de mots déjà décryptés. Elle arrêta Dov et, lui tendant le papier sur lequel elle écrivait, dit en hébreu :

– Ils s'apprêtent à céder Akaba et le sud du Néguev.

Dov demanda de quelle ambassade venait l'information.

– Du Caire. Confirmée par Beyrouth et Bagdad.

Dov grimaça.

– Prévenez Moshé Sharett. Je suggère qu'on réveille Weizmann. Il est au Waldorf Astoria. Qu'il demande une entrevue à Truman. D'urgence. Soumettez l'idée à Sharett et tenez-moi au courant.

Il rendit le feuillet à la jeune fille et montra à Boro la table sur laquelle les dépêches s'empilaient.

– Nous interceptons toute la correspondance entre le département d'État américain et ses ambassades dans le monde arabe. Nous avons les codes de chiffrement. On sait ce qu'ils vont faire avant même qu'ils passent aux actes.

Naïvement, Boro croyait que l'Amérique était acquise à la cause sioniste.

– Truman, précisa Dov. Pas le département d'État. D'abord parce que Marshall, le secrétaire d'État, tient à garder de bonnes relations avec les pays arabes pour éviter qu'ils ne basculent du côté des Soviétiques. Et puis les pays pétroliers sont les rois de New York : leur lobby est très puissant à Washington.

Ils passèrent dans une autre pièce, vide, puis retrouvèrent le couloir. Un quadragénaire au teint mat, à la mise très élégante, se tenait face à un homme plus jeune qui l'écoutait avec attention. Dov posa la main sur l'épaule de ce dernier et lui dit qu'il était attendu dans la salle des dépêches.

– On se parle après. C'est urgent.

Lorsqu'ils se furent éloignés, il précisa à Boro que le quadragénaire était un délégué arabe retourné, et le plus jeune, Moshé Sharett, l'un des chefs de la délégation sioniste, ministre des Affaires étrangères de l'Agence juive.

– On récolte le maximum d'informations sur les intentions de vote. Après, on fait jouer les leviers pour visser les bons choix et… dévisser les autres !

Il adressa un clin d'œil à son compagnon. Revenant sur ses pas, il le conduisit jusqu'à une porte qu'il poussa doucement.

– Ça, c'est le plus fort !

Dans une pièce minuscule, trois opérateurs faisaient face à une installation que Boro confondit d'abord avec un standard téléphonique. Les techniciens portaient un casque sur la tête. Ils n'avaient pas de microphones.

– Station d'écoutes ! On a branché des micros à bord de quelques voitures et dans quelques chambres d'hôtel. C'est ainsi qu'on a appris avant l'heure que les Russes nous soutiendraient. Ils ont donné l'ordre à l'un de leurs émissaires de contacter l'Agence.

La nouvelle avait surpris Boro autant qu'elle avait consterné les capitales arabes. Moscou avait fondé sa décision sur une donnée géopolitique majeure : Staline estimait qu'en appuyant la création d'un État juif en Palestine, il contribuerait à réduire l'influence de l'impérialisme britannique au Moyen-Orient ; en outre, il tenait la Ligue arabe pour une institution réactionnaire.

– Un grand pas pour nous ! jugea Dov. Mais insuffisant.

Tandis qu'ils s'enfonçaient à nouveau dans le long couloir de l'appartement qui tenait lieu de QG à l'Agence juive, il expliqua à Boro pourquoi le vote sur le partage n'était pas acquis : pour emporter la décision des Nations unies, il fallait que les deux tiers des votants se prononcent pour. Or, les onze nations musulmanes représentaient le cinquième des membres de l'Assemblée. Pour les neutraliser, il fallait donc obtenir vingt-deux voix. Chaque *non* devait être compensé par deux *oui.*

– Et pour le moment, nous sommes loin du compte.

– Où m'emmènes-tu ? demanda Boro.

– Là, répondit Dov.

Il lui montra la dernière porte de l'appartement. Elle était fermée. À l'instant où il s'en approchait, la jeune fille chargée du déchiffrement des messages du département d'État sortit d'un bureau proche et l'appela : on avait l'adjoint de Haïm Weizmann au téléphone.

Dov hésita une seconde, puis entra dans le bureau et s'empara du combiné. Il confia à son interlocuteur l'information qu'il venait de recevoir : le département d'État s'apprêtait à céder Akaba et le sud du Néguev aux Arabes.

– Il faut que Weizmann aille voir le président Truman pour le convaincre de passer au-dessus de son secrétaire d'État ! Le Néguev doit rester où il est !

Hélas, l'ancien chef du mouvement sioniste, malade, se trouvait en consultation à l'hôpital. Il ne reviendrait au Waldorf Astoria que dans la soirée.

– Rappelez-moi quand vous l'aurez sous la main.

Dov raccrocha et rejoignit Boro.

– À toi, dit-il.

Il ouvrit la dernière porte de l'appartement et poussa son ami à l'intérieur de la pièce. Une jeune femme était assise dans un fauteuil. Elle fumait une cigarette à l'âcre senteur. Ses jambes étaient croisées l'une sur l'autre, gainées de bas de soie noire qui accentuaient le galbe parfait de la cheville.

– Je vous abandonne, dit Dov. On se retrouvera plus tard.

Il referma la porte derrière lui.

Céleste rencontre

Il reconnut ses jambes, sa silhouette, son parfum, mais pas sa coiffure : elle s'était coupé les cheveux très court. Il fut saisi par le contraste entre l'extrême féminité de son allure et ce visage qui lui semblait presque nouveau tant il ne lui ressemblait pas : celui d'un jeune éphèbe.

Il s'assit à côté d'elle, devant la fenêtre, et dit :

– Bonjour, Julia.

Elle posa sa main sur la sienne et la serra doucement.

– Je suis contente de vous revoir.

Boro laissait paraître une redoutable impassibilité alors que son esprit battait la campagne. Il comprenait que si Dov l'avait promené au cœur de ses activités new-yorkaises, c'était parce que Julia Crimson s'était portée garante de lui. À sa connaissance, cependant, la jeune femme travaillait pour les services britanniques. Elle était donc l'ennemie des sionistes. Que faisait-elle en ce lieu secret, protégé ?

– Vous allez m'expliquer ?

– Bien sûr.

Elle se leva et se campa devant lui.

– Mais d'abord je veux vous voir.

Il se leva à son tour. Elle lui prit les mains, s'écarta de quelques centimètres et dit :

– Vous êtes toujours aussi beau.

– Pourquoi cette coiffure ? demanda-t-il.

Elle fit aller sa tête de droite et de gauche, par trois fois.

– Vous n'aimez pas ?

– Cela vous donne un genre masculin. Je vous préférais en femme !

Elle fit la moue. Il promena un doigt sur sa joue. Le sourire de la jeune femme emporta finalement les réserves de Blèmia.

– Je vous retrouve ! s'écria-t-il. Vous êtes superbe !

Au fond, oui, il l'aimait ainsi. Le front lisse et dégagé, sans la frange qu'il avait connue, le regard clair, tout cela lui conférait un charme nouveau auquel il se laissait prendre.

– Depuis quand ne nous sommes-nous pas vus ?

– Au début de la guerre. Dans votre Aston Martin, à Paris.

– Sept ans ?

– Vous comptez remarquablement bien !

Elle était venue en France, dépêchée par Artur Finnvack, pour tenter de le rapatrier en Angleterre. Il avait refusé.

– Nous connaissons vos états de service dans la Résistance. Vous avez tout fait, même de l'espionnage en Allemagne !

– Vous savez cela ?

– Et le reste !

Elle fronça les sourcils. Il savait de quel *reste* elle parlait.

– Seriez-vous devenue jalouse ?

– Pas le moins du monde ! Je vous en veux seulement pour ce voyage en Allemagne où vous auriez pu laisser votre peau !

Il avait photographié le dernier modèle du char Tigre. Londres avait reçu ses clichés, et c'est sans doute ainsi qu'elle avait connu l'existence de ce voyage[1].

– Pendant cinq ans nous avons craint de ne plus jamais vous revoir. Nous n'aurions rien pu faire pour vous venir en aide.

Il savait qu'elle parlait autant en son nom qu'en celui de son mentor, Artur Finnvack, le mystérieux patron de l'Agence Associated Press Incorporated, qui avait organisé leur rencontre à la fin des années trente dans le *Graf Zeppelin*[2]. Il ne l'avait jamais rencontré. Cet homme était une énigme.

Il lâcha les mains de Julia et colla son front à la vitre. Le temps était gris. En bas, très bas, de minuscules voitures circulaient sans heurt et sans bruit, comme sur un circuit en modèle réduit.

– Qui a organisé notre rencontre ? demanda-t-il.

– Vous le saurez bientôt.

---

1. Voir *Cher Boro.*
2. Voir *La Dame de Berlin.*

– Et dans quel but ?

– Vous le saurez aussi.

– Devrons-nous rester longtemps enfermés dans cette pièce ?

Elle vint derrière lui et posa les mains sur ses épaules. Elle lui massa adroitement les cervicales. Il ferma les yeux et s'abandonna à cette poigne légère.

– Avez-vous pris une chambre d'hôtel ? demanda-t-il.

– Bien sûr.

Elle abaissa le col de sa chemise et lui embrassa délicatement le cou. Elle promena les lèvres sur sa peau, puis la langue. Il se retourna :

– Allons-y.

– Vous n'y pensez pas !

Elle s'était brusquement écartée.

– Pas une chambre ! Pas nous !

Elle compta sur ses doigts :

– Nous nous sommes très largement dépensés dans un ballon dirigeable, puis dans un sous-marin de poche, dans une voiture, au sommet d'une grande roue, et vous voudriez que nous allions dans un lit !

C'était leur jeu préféré : jamais au même endroit, toujours dans un engin en mouvement.

– Une patinoire ? proposa-t-il.

– Trop glissant.

– Une cabine de téléphérique ?

– Trop proche de la grande roue.

– Je sèche, déclara-t-il.

Elle suggéra une baignoire.

– Aussi banal qu'un lit, répliqua-t-il en prenant appui sur sa canne.

– Alors il ne reste que l'autobus.

– Pas question. Les contrôleurs nous surprendraient.

– Le métro ?

– Le métro…

Ils y réfléchirent. Boro consulta sa montre.

– Il est plus de midi.

– Parfait, apprécia Julia Crimson.

Elle attrapa son manteau et le posa sur ses épaules :

– Le métro aux heures de pointe !

Un sommeil troublé

Haïm Weizmann rentra au Waldorf Astoria dans la soirée et se coucha aussitôt. Son secrétaire le trouva au lit, endormi. Il appela Dov Biekel.

– Réveillez-le ! ordonna ce dernier.

Le secrétaire n'osa pas obéir. Dov attendit. À minuit, il téléphona à la réception de l'hôtel. On fit sonner dans la chambre de l'ancien président de l'Organisation sioniste mondiale. Il ne répondit pas. Dov insista. À quatre heures du matin, il tomba sur Weizmann.

– Il faut que vous joigniez le président Truman immédiatement.

Le futur premier président de l'État d'Israël observa les aiguilles phosphorescentes de son réveil et s'écria :

– Vous avez vu l'heure ?

– Le département d'État veut attribuer le sud du Néguev aux Arabes !

– Je l'appelle aussitôt.

Le lendemain à la première heure, bien que malade et peu assuré sur ses jambes, Weizmann rencontra le président Truman. Il flatta la corde sensible de l'ancien fermier du Missouri en lui expliquant que les Juifs nourriraient la terre du désert comme ils l'avaient fait de tous les sols arides achetés aux Arabes, et que bientôt, ici comme ailleurs, pousseraient des oliviers, des citronniers, l'herbe de la vie.

Lorsque Weizmann, épuisé, se retira de la Maison Blanche, le président Truman appela le département d'État et ordonna qu'on transmît son ordre à l'ambassadeur Johnson : pas question de céder Akaba ni un pouce du Néguev.

Weizmann téléphona à Dov. Rassuré, celui-ci gagna le lit qui lui était réservé dans la pièce où les messages du département d'État étaient déchiffrés.

Il n'eut pas le temps de s'endormir : Menahem Begin appelait de Jérusalem. Trois jours auparavant, Dov lui-même avait réclamé cet entretien. Il avait été chargé de cette mission délicate en raison des liens qui unissaient théoriquement les deux hommes : l'un comme l'autre étaient polonais. Dov avait exprimé de sérieux doutes sur la mission de conciliation qui lui avait été attribuée. Il n'avait réussi qu'une seule fois à convaincre le chef de l'Irgoun. C'était sitôt après la capitulation de l'Allemagne, lorsque l'Agence juive s'était heurtée une fois de plus à l'intransigeance britannique. Sur l'émetteur clandestin parisien de la Haganah, Ben Gourion avait lancé un appel à la lutte armée commune. Begin avait accepté, de même qu'il avait accepté, en 1940, de déposer les armes contre les Anglais pour viser les Allemands. À quelques mois de la fin de la guerre, constatant que la victoire était acquise, il avait de nouveau choisi de faire cavalier seul en rompant l'alliance pour reprendre le combat contre les Britanniques. À cette occasion, Dov l'avait rencontré à deux reprises. Chaque fois, tous deux étaient accompagnés de leurs gardes du corps. Dov n'avait rien obtenu.

Ce matin-là, il transmit au chef de l'Irgoun l'ordre formulé par David Ben Gourion au nom de l'Agence juive : il fallait interrompre la campagne d'attentats qui ensanglantaient la Palestine. Il expliqua que le cycle de la violence entraînant la répression puis la vengeance contrariait les plans sionistes : il était impératif de démontrer aux nations qui allaient se réunir pour se prononcer sur la question du partage que la Palestine pouvait vivre en paix. De plus, tous les diplomates s'accordaient à penser qu'il fallait éviter de se mettre davantage à dos les Britanniques, sinon le risque était grand de les faire basculer définitivement du côté des Arabes.

Begin écouta attentivement son compatriote. Puis, de sa voix lente et rocailleuse, il répondit à Dov qu'il ne contestait pas le rôle de David Ben Gourion au sein de l'Agence juive et du mouvement sioniste. Il était même prêt à le reconnaître officiellement. Il existait cependant une divergence de taille entre lui et les deux autres groupes qui combattaient pour la création d'un État juif : ni le Lehi ni l'Irgoun n'acceptaient l'idée d'un partage.

– Nous voulons la terre de nos ancêtres. La terre de la Bible. Fais passer le message !

– Nous le connaissons ! s'écria Dov.

Il raccrocha. Begin avait le don de le faire sortir de lui-même. Et les membres du Lehi également. Il se souvenait de la colère homérique qui s'était emparée de lui lorsque le fondateur du groupe, Mordechai Stern, avait soutenu, en 1939, que l'ennemi principal du peuple juif ne se trouvait pas à Berlin, mais à Londres ! Il prônait une alliance avec Mussolini qui avait proposé officieusement de créer un État fasciste juif en Palestine sous mandat italien ! Pis : en 1940, le groupe Stern avait demandé à un fonctionnaire vichyste de Beyrouth de s'entremettre auprès des autorités allemandes afin de proposer au Reich de transférer les Juifs d'Europe en Palestine.

Jusqu'à son assassinat par les Anglais en 1942, Stern et les siens n'avaient jamais cessé de déposer des bombes sous leurs pas. Ils s'étaient trompés de guerre.

Et aujourd'hui, l'Irgoun leur emboîtait le pas !

Dov dilua sa rage dans le sommeil.

Il dormit trois heures. Un nouvel appel téléphonique le réveilla. Cette fois, on ne lui téléphonait pas de la rue Dizengoff ni du Waldorf Astoria, mais d'un poste de police de la 36e Rue. Une voix mâle à l'accent yankee le priait de rappliquer aussitôt, si possible accompagné d'un avocat spécialisé dans les scandales sur la voie publique. À moins qu'il ne préférât se déplacer avec une somme conséquente en liquide si les juges accordaient la libération sous caution. Quoi qu'il en soit, il était réclamé avec force par deux fornicateurs qui s'étaient fait prendre, si l'on peut dire, la main dans le sac.

Dov demanda l'identité des coupables, ce qui lui fut refusé ; puis quelques précisions supplémentaires, qu'il n'obtint pas davantage. Il lui fut seulement indiqué que s'il n'était pas là dans l'heure, les deux coupables seraient déférés devant la justice idoine.

Dov Biekel râla tout son saoul, se leva, enfila son blouson de cuir et quitta l'appartement. Au moment où le cerbère de l'ascenseur s'apprêtait à lui ouvrir la porte de la cabine, il se ravisa et revint sur ses pas. Dans le premier bureau venu, il appela l'un de ses contacts au FBI, donna l'adresse du commissariat de la 36e Rue, et fila.

Coïtus interruptus

Julia n'en menait pas large. Blèmia Borowicz, lui, faisait face à six blousons noirs qui prétendaient l'étriper dans une cage de ce commissariat vers lequel Dov se hâtait. Les flics du poste s'étaient regroupés derrière les barreaux. Ils applaudissaient à chaque coup porté, et faisaient des paris sur l'un ou l'autre des combattants. Celui qu'ils avaient pincé dans le métro deux heures plus tôt tenait le haut des enjeux.

La rixe avait commencé lorsque l'un des voyous avait prétendu voler un baiser à la jeune femme aux cheveux courts que les flics avaient propulsée la première dans la cage. Normalement, elle aurait dû se trouver de l'autre côté du couloir, avec les péripatéticiennes ramassées dans les boîtes ou sur les trottoirs du Bronx. Mais la pêche ayant été bonne la nuit précédente, les places se faisaient chères. Ces dames étant en surnombre, Julia avait atterri dans le box des hommes.

Au même moment, hors des grilles, Boro essayait de convaincre le sergent qui les avait interceptés qu'il n'y avait pas péril en la demeure, puisque le coït pour lequel ils se trouvaient là n'avait pas été consommé. On les avait pincés dans une situation suggestive, certes, mais tout à fait acceptable au regard des mœurs et coutumes qui prévalaient dans le métro new-yorkais. Du moins d'après ce qu'il avait constaté.

Peut-être s'en serait-il sorti si Julia, après avoir été saisie à la taille par le premier des blousons noirs, n'avait poussé un cri qui avait saisi le reporter à la pointe de sa canne. Il s'était rué vers la cellule. Pressentant un jeu des plus divertissants, les gardiens présidant à l'enfermement avaient ouvert. Blèmia s'était jeté sur le voyou. Un coup de coude balancé dans la gorge avait eu raison du premier assaut. Le deuxième s'était conclu par la mise au tapis d'un nouvel agresseur. Regroupés de l'autre côté de la cage réservée aux hommes, les flics avaient accédé à la demande formulée avec moult glapissements par ces dames du trottoir : afin que toutes et tous profitent du spectacle, ils s'étaient écartés. En sorte que lorsque Blèmia assura sa canne dans la main droite, chacun le vit. Et tous virent le jonc mouliner brusquement, revenir dans la poigne du Hongrois, celui-ci tendre le bras, et on entendit alors un froissement, une zébrure. Le stick alla cingler la joue d'un des blousons noirs, puis heurta le couteau que l'un de ses collègues avait sorti d'une poche qui avait miraculeusement échappé à la fouille. Julia se tenait en retrait, un soulier à la main. Elle avait appris à s'en servir dans les leçons de *close-combat* que les agents des services spéciaux britanniques devaient obligatoirement suivre. Elle attendait le moment propice pour le lancer. Si elle visait bien, le talon atteindrait l'un des agresseurs à l'œil, et le crèverait. L'autre suivrait. Deux yeux sur douze : le score méritait qu'on attendît un peu.

Blèmia faisait donc face à six hommes dont l'un tenait une lame à la main. Il y eut débat de l'autre côté des grilles, au terme duquel il fut décidé de laisser le couteau à la place où il se trouvait, puisque le boiteux de son côté usait de sa canne comme d'une arme.

On applaudit de plus belle. Ces dames de la voltige avaient choisi leur camp : l'étranger. S'il recrutait, elles rejoindraient sans hésiter sa case départ. Car aucune de ces demoiselles n'avait vu un protecteur tendre ainsi le bras pour protéger une collègue prise en faute. Il prenait des coups pour elle ! Il allait jusqu'à risquer sa vie ! Il balançait son bâton entre les jambes des marlous sans même tenter de se carapater !

La lame lui effleura le bras. Il fit trois pas en arrière, se colla contre le mur, puis lança de nouveau son jonc. On entendit le froissement, la zébrure. Le surin tomba. Boro se rua dessus en même temps que les autres, mais ce fut l'un des voyous qui le ramassa pour le lancer aussitôt sur l'homme à terre. Le talon de la jeune femme fit éclater un nez. La lame lacéra le bras du boiteux. Les applaudissements redoublèrent. Un second talon creva un tympan. La fille était désormais pieds nus. Elle se battait elle aussi avec une vivacité qui forçait le respect. Ils allaient perdre, c'était manifeste. Mais, à l'applaudimètre, ils remportaient la palme du courage. Premiers sur le podium ! En avant, toutes !

Boro voyait venir le dernier round. Son bras gauche était en sang. Sa bouche ne se portait guère mieux. Il obligeait Julia à rester derrière lui, mais ses forces faiblissaient, et ils seraient bientôt au tapis.

Il lança sa canne une dernière fois, visant le nez du seul blouson noir qu'il n'avait pas encore touché. Comme il l'atteignait enfin, un coup de sifflet retentit à l'extérieur de la cage. En une seconde, les flics avaient retrouvé leur place, l'un derrière un bureau crasseux, le sergent au rapport, le porte-clés à l'entrée de la cellule.

Dov, les yeux écarquillés, considérait avec stupeur le spectacle désormais figé qui s'offrait à son regard : derrière la cage, Boro sanguinolent, Julia Crimson à demi estourbie, cinq ou six voyous à terre.

L'homme du FBI avait sifflé. Il se fit ouvrir la porte de la cellule. Blèmia sortit sous les hourrah frénétiques des filles de joie. Le sergent qui lui avait enfermé les poignets dans une solide paire de bracelets lui serra vigoureusement la main. Quand il comprit pour quelle cause majeure on l'avait dérangé, l'agent du FBI demanda à Dov Biekel si la rixe à laquelle ils avaient mis un terme avait un lien quelconque avec la cause qu'il défendait. Dov regarda Blèmia Borowicz avec un mépris à peine feint, et déclara :

– Certainement, Richards. Mais je ne sais pas encore lequel.

– Je vous le dirai plus tard, déclara Julia Crimson avec superbe.

Elle glissa son bras sous celui de Boro et dit :

– Maintenant, partons. Nous sommes attendus, et je crains que nous n'ayons quelques minutes de retard.

Une larme sur le trottoir

Ses années de service au MI-5 avaient appris à Julia Crimson à soigner les blessures légères. Ils achetèrent dans une pharmacie la teinture d'iode et autres produits de première nécessité exigés par leur état, puis se réfugièrent dans la chambre de Boro. Il avait une large estafilade au bras gauche, une écorchure à la bouche, une ecchymose à l'avenir prometteur sur une pommette.

Julia souffrait seulement d'une raideur dans le bras.

Lorsqu'ils furent pansés et partiellement rétablis, ils estimèrent que les épreuves subies les autorisaient à modifier quelque peu la règle à laquelle ils s'étaient conformés depuis leur première fois. Aussi achevèrent-ils à la pointe du matelas les exercices que le sergent avait interrompus dans le métro, exercices d'une nature assez statique en raison de la promiscuité et de la densité de la population métropolitaine à cette heure d'affluence.

– *Fuck !* s'exclama Boro en rappelant à la jeune Anglaise la manière dont une petite assemblée de wasp les avait dénoncés à la force publique.

– *Fuck !* approuva Julia en s'appuyant au dossier d'un siège figurant dans son esprit un montant du métropolitain.

– Reprenons, suggéra le reporter.

Il se plaça là où il se trouvait avant le *coïtus interruptus,* chuchota les mots qu'il avait prononcés à l'oreille de la voyageuse, puis d'autres lui vinrent, directement inspirés par le drame qu'ils venaient de vivre, et ils s'en furent sur la ligne jusqu'au terminus qu'ils n'avaient pu précédemment atteindre.

Satisfaits, ils prirent une douche salvatrice, quittèrent la chambre comme le jour déclinait, et se retrouvèrent non loin des grilles de Central Park.

– Où me conduisez-vous ?

Julia leva un doigt ganté en direction de la Cinquième Avenue. Les voitures filaient avec fluidité. Quelques coups de klaxon s'élevaient, étouffés par la densité du trafic.

– À l'hôtel Pierre.

– Vous y êtes descendue ?

– Pas moi. La personne qui vous attend.

– Peut-on savoir... ?

Elle le coupa avant même qu'il eût formulé sa question.

– Elle vous le dira elle-même.

– Une femme ? questionna Boro avec gourmandise.

– Une personne.

Il cherchait.

– Inutile de vous torturer les méninges : vous ne trouverez pas.

Il avait pensé à sa cousine, Maryika Vremler, sans retenir cette hypothèse : il n'avait besoin de personne pour la rencontrer. Qui donc ?

Julia glissa son bras sous le sien. Ils attendaient que le feu virât au rouge pour traverser. Une grappe de passants les entouraient.

– Vous n'êtes pas un garçon très fidèle. À peine venons-nous de descendre de notre métro personnel que vous songez déjà à une autre femme.

– Je vous aime plus que tout au monde, commença-t-il.

Elle l'interrompit aussitôt :

– N'exagérez pas.

– Je vous aime autant que tout au monde, mais pas au point de surseoir à une belle occasion s'il s'en présente une.

– Je n'ai pas suivi vos rencontres durant la période de la guerre, dit-elle. J'ai repris le fil depuis quelques mois seulement.

– Ah ? fit-il en riant. Que savez-vous ?

– Sasha.

Il s'arrêta net.

– Vous l'avez abandonnée à Jérusalem. Je ne sais si vous avez eu raison.

Elle traversa. Il resta un instant au bord du trottoir, interdit. Elle se retourna de l'autre côté et cria :

– Vous venez ?

Il la rejoignit.

– Eu égard aux événements à venir, Jérusalem pourrait devenir une ville dangereuse. Si vous tenez à cette femme, vous devriez aller l'y chercher.

Il ne répondit pas.

– Cela dit, je suis assez mal placée pour vous donner des conseils en cette matière.

– Elle relève en effet de ma sphère privée, gronda Boro.

– Ne faites pas le petit garçon boudeur !

Elle marchait sur ses talons retrouvés, droite et fière parmi la foule des passants.

– Il y a une certaine injustice dans nos rapports. Vous savez tout de moi alors que j'ignore absolument qui vous êtes, ce que vous faites, où vous vivez.

Elle demeura silencieuse. Il reprit :

– Pourriez-vous m'en dire un peu plus ?

– Pour renouer avec la thématique précédente, je puis vous avouer que vous êtes une exception dans ma vie.

– Je ne vous crois pas.

– Je ne vous y oblige pas.

– Je ne sais rien de vous, répéta-t-il.

Il supposait seulement qu'elle était un agent très spécial des services britanniques, Intelligence Service ou autre, ce qui, au reste, n'était encore qu'une intuition : Julia Crimson n'avait jamais rien confirmé. De même qu'elle avait toujours échappé au réseau d'interrogations dans lesquelles il avait tenté de l'enserrer.

– Je suppose qu'il est inutile de vous abreuver de questions ?

– Inutile.

Ils longeaient Central Park. Dans le soir tombant, Boro aperçut la touffe rousse d'un petit écureuil.

– Êtes-vous liée à la personne qui m'attend ?

– Comment savez-vous qu'elle vous attend ?

– Vous l'avez dit.

– Je ne peux nier cette évidence.

– Que faisiez-vous dans cet endroit de la 66e Rue ?

– Je venais vous chercher.

– N'y avait-il pas façon plus simple de me retrouver ?

– Sans doute.

Elle refusa d'en dire plus. Ils marchèrent jusqu'à l'hôtel Pierre sans plus parler. Une certaine froideur s'était glissée entre eux. Blèmia n'acceptait pas d'être un objet promené d'un bord à l'autre. Il était venu à New York pour suivre les débats de la nouvelle Assemblée des Nations unies sur le partage de la Palestine. Dov était la seule personne qu'il avait informée de sa venue. Pourquoi et comment Julia l'avait-elle retrouvé ? Qui était ce personnage inconnu qui l'attendait et dont il ignorait jusqu'au sexe ?

– Puis-je vous poser une question, à vous qui savez tout et ne voulez rien dire ? demanda-t-il abruptement.

– Ne vous vexez pas.

– Au début de la guerre, je connaissais une jeune fille. Son père était médecin, et sa mère cantatrice à l'opéra de Vienne. Elle se cachait dans Paris.

Une douce chaleur le gagna lorsqu'il songea aux *Mélodies* de Fauré que Noémie chantait pour lui dans sa chambre[1]. Puis un voile obscurcit son regard.

– Comment s'appelait cette jeune fille ? questionna doucement Julia.

– Noémie Albenitz… Les Allemands l'ont prise.

– Si je découvre quelque chose, je vous le dirai.

Ils étaient arrivés devant l'hôtel Pierre. Julia tendit une main gantée à Boro, comme pour un baisemain.

– Vous ne venez pas ?

Elle secoua la tête.

– Vous allez vous retrouver face à vous-même. Face à une histoire qui ne m'appartient pas.

Un sanglot la fit hoqueter. Il la dévisagea avec curiosité.

– Oubliez cela, murmura-t-elle. Ce n'était que l'émotion d'un instant.

Elle souriait, mais les larmes affleuraient à ses yeux.

– Dites-m'en davantage…

Il enferma son visage entre ses mains et l'obligea à le regarder. Elle ne se déroba pas. Elle était déchirée.

– D'où vous vient cette détresse ?

---

1. Voir *Boro s'en va-t-en guerre*.

Son menton se plissait, ses paupières battaient légèrement.

– Julia ?

Elle ferma les yeux. Une larme roula sur sa joue. Boro la but délicatement.

– Julia…

Il ne l'avait jamais vue pleurer. Ni manifester une émotion aussi vive.

– Pardonnez-moi, dit-elle.

Il refusa de la lâcher.

– Dites-moi cela. Seulement cela.

Elle inspira profondément et murmura encore :

– J'aimais beaucoup la personne qui vous attend.

– Voulez-vous que je le lui dise ?

– Elle le sait.

– Quand vous reverrai-je ?

– Un jour…

– Restez-vous à New York ?

– Non. Maintenant que je vous ai vu, je n'ai plus rien à y faire.

Elle se dégagea, sourit et ajouta :

– Demandez l'appartement 12.

Une seconde plus tard, il la chercha dans les remous de la foule qui l'avait emportée. Elle avait disparu.

La fameuse anagramme

L'appartement 12 était composé de plusieurs pièces dont les lourdes tentures avaient été tirées. Des bougies brûlaient çà et là. Elles dégageaient une odeur de cire parfumée qui se mêlait à une fragrance plus tenace, mélange de paille mouillée et de sciure de bois.

Boro fut introduit dans l'entrée par une jeune fille au joli sourire, fine et gracieuse, curieusement vêtue d'un pull-over orange et d'une paire de hautes bottes.

Elle le salua d'une sobre inclinaison du buste. Ses cheveux longs et soyeux lui tombaient sur les reins.

– Bonjour, Sir Borowicz. *My name is Sahteene.*

Charmé, Boro répondit que lui-même s'appelait Blèmia.

– Accompagnez-moi, s'il vous plaît.

Elle le conduisit dans une pièce aux lumières tamisées. Un feu brûlait dans la cheminée. L'odeur du bois.

– Un verre, Sir Borowicz ?

– Avec plaisir.

La jeune fille se dirigea vers un bar.

– Whisky ? Bourbon ? Brandy ? Porto ?

– Bourbon, *please.*

Le filet d'alcool cascadant dans le verre produisit un bruit délicieux qui réchauffa aussitôt le Hongrois.

Sahteene lui tendit son verre. Par sa grâce et sa fraîcheur, elle lui fit songer à un personnage d'un peintre d'origine hongroise dont il avait vu l'œuvre exposée à la galerie Harumi. Il avait égaré le nom de l'artiste.

– Sir Finnvack va vous recevoir, murmura la jolie Sahteene.

Elle s'éclipsa, laissant le visiteur pétrifié. Ainsi donc, c'était lui l'hôte mystérieux vers lequel Julia Crimson l'avait conduit ! Le fantôme de Regent Street ! L'homme invisible qui n'avait cessé de tourner autour de lui sans jamais se laisser voir ou atteindre, cela depuis son adolescence ! Artur Finnvack ! La seule véritable énigme de sa vie !

Boro s'approcha de l'âtre. Il posa son verre sur le manteau et s'agenouilla devant les bûches. Il souffla doucement sur les braises. Lorsqu'une flamme plus vivace que les autres monta jusqu'à mordre la suie, il se releva. Une silhouette se dessinait dans l'encadrement de la porte. Un homme très grand, vêtu d'une robe de chambre grise en cashmere, qui fumait la pipe : l'odeur de paille.

Blèmia le salua en anglais. L'homme ne répondit pas. Il fixait son visiteur avec une attention particulière, comme s'il avait attendu cet instant-là depuis longtemps et ne se lassait pas d'en profiter. Blèmia ne savait quelle contenance adopter. Il ne distinguait pas les traits d'Artur Finnvack ; seulement l'éclat d'une pupille rendue acérée par la flamme d'une bougie qui s'y reflétait.

– Nous parlerons en français.

L'homme fit un pas en avant. Il se déplaçait maladroitement.

– C'était la langue de votre père.

Il s'assit dans un fauteuil perpendiculaire à la cheminée. Il tendit la main vers son invité :

– Installez-vous.

Boro perçut le bruit caractéristique d'un glaçon frémissant sous une larme d'alcool. La jeune Sahteene était revenue. Elle versait une dose de whisky dans un verre qu'elle posa sur la table basse proche du fauteuil dans lequel avait pris place Artur Finnvack. Puis elle s'en fut et referma la porte sur elle.

– J'ai attendu longtemps cet instant, articula lentement l'ancien bras droit du chef de la section allemande du War Office, Sir Stewart Graham Menzies[1]… Permettez-vous que je fume la pipe ?

– Bien sûr, répondit Blèmia.

Son regard s'habituait peu à peu à la pénombre alentour. La flamme du briquet éclaira une main très blanche, puis l'aile

1. Voir *Mademoiselle Chat.*

d'un nez, le profil d'un homme d'une soixantaine d'années au visage parfaitement dessiné. Artur Finnvack était entièrement chauve.

Il tira deux fois sur sa pipe, puis sa main gauche sembla s'égarer sur le plateau de la table où elle trouva le verre. Il le porta à sa bouche.

– Bourbon, quinze ans d'âge, apprécia-t-il, malheureusement servi avec des glaçons : l'âpreté me tue.

Il avala une gorgée, reposa le verre, le remplaça par la pipe.

– Dunhill army mouth nº 5, bruyère sablée, premier choix.

Il huma la volute de fumée qui s'échappait d'entre ses lèvres.

– Autrefois, je fumais le cigare. J'avais la malencontreuse habitude d'en avaler parfois la fumée. La pipe me résiste bien.

Le français était impeccable, sans l'ombre d'un accent. Sir Artur Finnvack parlait en fixant un point devant lui. Son visage ne bougeait pas. Il ne regardait pas son interlocuteur. Boro attendait. Il avait compris que Sir Finnvack prendrait son temps pour dévoiler une information essentielle, peut-être quelque secret capital, et qu'il avait soigneusement choisi le cadre de leur rencontre comme pour un cérémonial. Il ne poserait aucune question : il savait qu'au terme de sa confession, Finnvack aurait tout dit.

– J'ai appris la semaine dernière que vous viendriez à New York, et je m'y suis fait conduire. J'ai demandé à Julia Crimson de vous mener jusqu'à moi. Elle l'a fait par bonté d'âme. Peut-être par amour. Nous avons longtemps travaillé ensemble, et chaque fois que vous l'avez rencontrée, c'était à ma demande. Sinon pour obéir à un ordre.

Artur Finnvack suçota le tuyau de sa Dunhill army mouth. Le mouvement de ses lèvres produisit un léger bruit comme un baiser.

– Pendant plusieurs années, j'étais le numéro 2 des services secrets britanniques. Cette fonction m'a valu quelques privilèges, notamment celui de vous suivre presque à la trace… Je l'ai fait sans déplaisir. Il m'était seulement étrange d'approcher de si loin un jeune homme que je n'avais pour ainsi dire jamais vu.

Blèmia se tendit sur son siège. Ils s'étaient donc rencontrés. Quand ?

– Je vous ai évité certains dangers, et il m'a parfois été très difficile de vous sortir d'une chausse-trape où vous étiez tombé.

En Espagne notamment. À Alto Corrientes, cellule 12, quartier des condamnés à mort. Vous souvenez-vous[1] ?

– Bien sûr, répondit Boro.

– Parlez, je vous prie, enchaîna Artur Finnvack. Qu'à tout le moins, j'entende votre voix !

– Je me suis évadé grâce à l'apparition miraculeuse d'un sous-marin.

– Vous vous êtes marié !

Ils rirent tous deux devant l'incongruité de la situation.

– Solana Alcantara, grommela Finnvack : un très joli nom, une très jolie fille, un destin terrible… J'ai perdu sa trace.

– Moi aussi, confirma Boro. Je l'ai revue à New York, il y a fort longtemps. La drogue l'avait dévastée.

– Je n'ai rien pu faire pour elle. Je l'ai laissée aller sur le chemin de ses dérives. La drogue, en effet…

Finnvack ralluma sa pipe. Boro se pencha. Il voulait absolument voir cet homme de plus près. Il avait compris pourquoi il ne le regardait pas, pourquoi il fixait ce point éloigné qui n'en était pas un, pourquoi sa main hésitait avant d'empoigner le verre d'alcool. Il aurait pu demander à monter l'éclat des lampes, ou le faire lui-même. Mais il n'était pas homme à tricher sur les règles.

– J'ai demandé à votre cousine d'intervenir. Maryika… Maryika Vremler.

– Vous la connaissez ? ! s'écria Boro.

– Je l'ai vue. Je voulais qu'elle vous convainque de venir à Londres, le temps de la guerre. Je savais que vous risquiez plus lourd que les autres, en raison de la haine que vous vouait le SS Riegenburg…

– Vous le connaissiez aussi ?

– Mais je ne l'ai jamais rencontré ! L'état dans lequel vous l'aviez mis l'empêchait de traverser le Channel pour m'atteindre. Ses amis et lui s'y sont beaucoup essayé. En vain, par chance.

– Par chance, concéda Boro.

Il se leva, attisa une nouvelle fois le feu, glissa une bûche supplémentaire dans l'âtre, et resta près de la cheminée. De là, il distinguait mieux la silhouette d'Artur Finnvack. Il était non seulement grand, mais bien découplé, fort et costaud. Sa robe de chambre lui tombait sur les jambes.

1. Voir *Les Noces de Guernica*.

– Je comprends que vous souhaitiez mieux me distinguer, dit-il. Cela procède d'une logique élémentaire et, en vérité, cela ne me gêne pas. Si vous le souhaitez, montez les lampes.

– Non, répondit Boro. Je suppose que si vous avez choisi de me recevoir ainsi, c'est que vous le désiriez. J'en ignore la raison, mais je la respecte. Restons ainsi.

– La raison tient à mon identité. Lorsque vous la connaîtrez, vous n'aurez de cesse d'avoir vu mon visage, de chercher des repères que vous retrouverez d'ailleurs certainement : vous n'êtes pas photographe pour rien. Mais comme vous avez compris que je suis aveugle, vous comprendrez aussi que je ne veuille pas de cette inégalité qui vous ferait me voir alors que vous me resterez invisible, contrairement à mon rêve le plus cher, et le plus cher depuis toujours.

Sa voix se brisa. Boro s'approcha. Sa main s'arrêta à quelques centimètres de l'épaule. Il n'osa pas : on ne réconforte pas un homme qu'on ne voit pas. Il prit le verre de Bourbon et proposa de le remplir.

– Accompagnez-moi alors, prononça Finnvack d'une voix qui recouvrait son assurance.

Blèmia ajouta un glaçon et du Bourbon dans un verre, deux lampées de whisky dans l'autre. Il regagna sa place auprès de son hôte.

– Je suis devenu aveugle lorsque nous avons libéré les camps. Un peu après que nous les avons ouverts. Quand il a fallu déblayer les corps au bulldozer. Nous avions fait venir les gens des villages voisins pour qu'ils se rendent compte. Les Polonais et les Allemands. Ils ne pouvaient pas ne pas savoir. À cause de l'odeur.

Il ajouta, amer :

– D'ailleurs, personne ne pouvait ne pas savoir. Nous savions tous… Les résistants polonais nous l'avaient dit. On avait des photos. Il y a eu des communications officielles à la Chambre des communes et dans les journaux.

Il soupira, reprit sa pipe, tira à vide sur l'ébonite et ralluma.

– Je suis devenu aveugle à cause de tout cela. C'est arrivé à Buchenwald, brusquement, en un seul jour. Je crois que je ne pouvais pas en voir davantage. En tout cas, ç'a été fini. On m'a ramené à Londres et j'ai démissionné de tous les postes officiels que j'occupais encore. Depuis, je me soucie de la Palestine. Je suis en désaccord total avec la politique de mon gouvernement. L'arraisonnement des bateaux m'est tout à fait insupportable.

– Je comprends assez cela, opina Boro.

– J'aide mes amis sionistes comme je le peux. Il me reste beaucoup de contacts, et mon bras est encore assez long pour que Dov Biekel vous fasse pénétrer dans notre alcôve.

– La 66e Rue ? hasarda Boro.

– J'ai insisté pour qu'il vous y emmène. Et vous y retournerez. Je veux que vous soyez des nôtres.

– C'est me forcer la main.

– Vous me devez bien cela, répliqua Artur Finnvack avec une pointe de sécheresse dans la voix.

– Je ne sais pas exactement à quel titre.

– Je vous ai sauvé la vie plusieurs fois.

– Je ne vous l'avais pas demandé.

– Vous allez faire ce que désormais je ne peux plus faire. Regarder. Voir. Prendre des photos et les conserver par-devers vous, pour l'Histoire. C'est tout ce que je vous demande. Ce n'est pas vous forcer la main. C'est vous offrir une occasion extraordinaire d'archiver un événement considérable de la vie de notre peuple.

La voix avait enflé. Le ton était dur, autoritaire.

– Les nazis m'ont placé là où je me trouve désormais. Avant eux, je n'étais pas sioniste. Je vous demande de faire un reportage complet sur les événements de Palestine.

– Je m'y suis déjà rendu à deux reprises, dit Blèmia.

– Et je vous demande encore de ne publier que ce qui doit l'être, et de conserver le reste dans vos archives. Gardez trace. Vous saurez qu'en faire, le moment venu.

– Qui m'indiquera que le moment est venu ?

– Vous-même. Vous l'apprécierez fort bien.

Artur Finnvack avala son verre d'un trait puis le reposa. Il y eut un bruit sec.

– Relancez le feu, s'il vous plaît.

Boro s'exécuta. Il s'agissait moins d'un ordre à exécuter que d'un entracte suggéré. Il glissa une nouvelle bûche dans l'âtre.

– Pourquoi portez-vous le nom de votre mère ?

– J'ai grandi avec.

– Vous avez choisi de le garder…

– Vous connaissez l'origine du nom du photographe Robert Capa ?

Finnvack l'ignorait.

– Il s'appelle en réalité André Friedmann. Sa compagne s'appelait Gerda Porohylles. On m'a raconté que sous leur vrai nom, ils ne vendaient aucune photo. Ils ont eu l'idée d'inventer un photographe américain dont ils étaient soi-disant les représentants en France : Robert Capa. Toutes les agences se le sont arraché. Moi, j'ai tenté ma chance avec le nom de ma mère.

Boro tisonna le feu et ajouta :

– Mais mon père était photographe.

– Il s'appelait Grilenstein.

– Vous savez cela aussi ? !

– Il est mort sur la Marne pendant la Première Guerre mondiale.

– Gril, je veux bien admettre que vous connaissiez, mais Grilenstein ? Même au Havre où il tenait boutique, personne ne l'appelait ainsi. C'était Gril ! Gril le photographe !

Un sanglot avait écorché la gorge de Blèmia. Son père ! Pourquoi son père faisait-il ainsi irruption dans cette suite feutrée d'un hôtel new-yorkais ? De quel théâtre d'ombres était-il la victime ? Pourquoi acceptait-il d'être ainsi dirigé par un démiurge aveugle qui prétendait tout savoir de lui ?

– Vous souvenez-vous de votre père ?

– Une image. Mais elle m'appartient.

Il avait quatre ans. Un poilu à la lourde capote le tenait dans ses bras. Il était harnaché de toile et de cuir. Il avait appliqué un coquillage en forme de conque à l'oreille de l'enfant. À voix basse, il avait dit : « Petit, je vais repartir au front. Si les yeux te piquent, le soir, sans que tu puisses dormir, ou si tu penses à moi, prends ce coquillage sur la cheminée. Écoute battre la mer. Alors dis-toi que je serai toujours dans les parages… »

Boro s'écarta brusquement de la cheminée : on n'était pas le soir, mais ses yeux le piquaient malgré tout. Il n'aimait pas s'émouvoir sur lui-même.

– Je ne vois pas ce qui vous autorise à me parler de mon père ! s'écria-t-il.

Il marcha jusqu'à la porte, tourna le bouton des lampes et vint se planter face à l'aveugle. Celui-ci n'avait pas bougé. Il regardait toujours droit devant lui. C'était un très bel homme au visage peu marqué. Les maxillaires étaient puissants, les pommettes hautes, les sourcils charbonneux, le crâne absolument lisse. Sous la robe de chambre, il portait une chemise blanche et une cravate grenat. Ses yeux étaient enfermés dans les fentes des paupières. Quelque chose en lui figea notre reporter. Quelque chose de très précis : le front. Sa mère lui avait toujours dit qu'il avait le front des Grilenstein, très haut, très lisse, comme un prolongement à peine marqué de la boîte crânienne.

Blèmia se souvint de la raison qu'avait invoquée Artur Finnvack quelques instants auparavant pour justifier qu'il le reçût dans la lumière tamisée : les repères.

Il revint vers la porte et rétablit l'ombre.

– Artur Finnvack n'est pas non plus le nom de mon père. Ni d'ailleurs celui de ma mère. Celle-ci est anglaise. Elle s'appelait Raidoré. Une contraction de *Rider of ré*… Peu importe. Artur Finnvack est l'anagramme de deux immenses amis sans lesquels je n'existerais pas. Deux pères illégitimes, en quelque sorte. Si vous cherchez, vous finirez bien par trouver.

– Quel est votre vrai nom ? demanda Boro.

C'était la première question essentielle, presque vitale, qu'il posait depuis le début de leur rencontre. Il avait parlé d'une voix aussi rauque que celle de Sasha, mais sans assurance d'aucune sorte. Et il s'était approché si près d'Artur Finnvack que l'odeur du tabac l'imprégnait tout entier.

– Votre vrai nom ? répéta-t-il.

– J'aimerais vous voir à cet instant.

– Votre nom ! cria Boro. Dites-moi votre nom !

– J'aimerais vous voir, à cet instant, répéta Artur Finnvack, car, avant de mourir, votre père m'a fait promettre de toujours garder un œil sur vous, ce que j'ai fait même lorsque vous viviez à Budapest chez cet épicier en gros qui s'appelait Jozek Szajol et que votre mère, par malheur, a suivi à l'autre bout de l'Europe.

Il leva la main, cherchant celle de Boro. Blèmia la lui abandonna. Elles étaient toutes deux glacées.

– Je m'appelle Grilenstein. Je suis votre oncle.

Le frère du caporal Gril

– Votre père est mort dans mes bras. Nous servions tous deux dans le même bataillon. J'étais venu en France avec le corps expéditionnaire anglais, et je me suis débrouillé pour me faire muter dans la même unité que celle de mon frère. Je l'avais beaucoup vu avant la guerre, au Havre, ou près de Londres où j'habitais. C'est là, chez moi, qu'il m'a présenté sa femme. Votre mère. Et puis la guerre a éclaté. Nous avons été séparés. Lorsque je l'ai retrouvé, il était caporal, et moi, lieutenant. Nous avons fait le coup de feu ensemble pendant quelques mois contre les Allemands. On disait les Boches. Ou les Allboches. Ce sont eux qui l'ont tué. Peu importe la manière. J'étais avec lui. Il a compris qu'il ne vous verrait pas grandir. Son sang partait de tout son corps, et il me parlait de ce petit Blèmia, vous, Blèmia Borowicz, et il m'a supplié de faire pour vous ce qu'il aurait fait s'il avait vécu. Et j'ai promis. Et je l'ai fait. Et ne m'en veuillez pas si, pour honorer ce serment, je vous ai suivi à la trace jusqu'au bout du monde…

Artur Finnvack retira sa main de celle de son neveu, empoigna la pipe qui se trouvait sur la table basse, la vida maladroitement, la bourra puis la ralluma. Ses lèvres tremblaient. Boro ne bougeait pas. Son cœur était dans l'Argonne. Il ne se souvenait pas avoir jamais vécu moment plus bouleversant. Il retenait ses larmes. D'ailleurs, il les retenait mal. Il était comme l'enfant blotti dans la capote de son père trente ans plus tôt.

Il s'assit aux pieds de l'aveugle.

– Pourquoi maintenant ? balbutia-t-il.

– Je m'étais promis de conclure ma vie avec vous.

Artur Finnvack tapota sa pipe contre le liège d'un cendrier spécialement conçu à cet effet.

– J'aurais pu vous convoquer avant. J'ai d'ailleurs tenté de le faire, pendant la guerre. Lorsque les médecins ont mesuré mon espérance de vie et établi un diagnostic à six ans. Mais, comme nous le savons tous, les Boches, ou les Allboches, n'auraient jamais autorisé le numéro 2 des services secrets britanniques à se rendre en France pour y voir son neveu, lui-même recherché par toutes les Gestapo du Reich. Quant à vous, vous n'avez pas voulu répondre aux sollicitations de Miss Crimson.

– Elle ne m'a rien dit.

– Elle ne savait pas.

– De quoi souffrez-vous ?

– Un genre de leucémie. Je cavale contre le temps : on a découvert, paraît-il, une molécule qui pourrait m'aller. Si c'est le cas, nous nous reverrons. Sinon, j'espère que vous aurez été ravi de faire ma connaissance.

Artur Finnvack émit un petit rire de gorge. Blèmia se releva.

– Julia vous aime beaucoup.

– Nous avons été amants pendant dix ans.

– Ah ! fit Boro.

– Pas dans les mêmes conditions que vous, s'amusa l'aveugle. Nous, c'était dans un bon vieux lit, le plus souvent à l'hôtel.

Il déposa sa pipe sur la table.

– Je dois vous remettre un objet que je porte depuis l'Argonne.

Il releva la manchette de sa chemise et dégrafa sa montre. Il la tendit à son neveu.

– Elle était à votre père. Je l'ai prise sur son bras pour vous la remettre. C'est une des premières montres-bracelets. Elle a été inventée par Louis Cartier.

Il la tendit à Boro.

Puis se leva.

– Maintenant, embrassez-moi, s'il vous plaît.

Boro coucha son visage contre l'épaule de son oncle et ferma les yeux. En lui, la vie grandit de quelques années.

Trente-six heures

Le Néguev resterait dans l'escarcelle des Juifs, mais Beersheba et une bande de territoire située dans le Sinaï, à la lisière de la frontière égyptienne, reviendraient aux Arabes. Le futur État compterait 500000 Juifs pour 400000 Arabes et couvrirait 55 % du territoire de la Palestine.

Ce partage semblait acceptable à Dov Biekel et aux responsables de l'Agence juive. Il déplaisait au Haut Comité arabe et à la Ligue arabe, qui avaient assuré un soutien en hommes et en matériel aux Arabes de Palestine. En Syrie, l'armée recrutait des volontaires et envoyait des troupes aux abords des frontières. Au Caire, la Ligue arabe créait un comité militaire et agissait de même.

Dans l'appartement de la 66e Rue, la tension était à son comble. Les membres de l'Agence juive supputaient, comptaient, recomptaient, dressaient des listes, les détruisaient, recommençaient, espéraient, téléphonaient, recevaient, écoutaient… Chacun attendait avec angoisse le 26 novembre, jour où l'Assemblée générale était censée se réunir.

La commission vota la première. À la majorité simple, le oui l'emporta avec 25 voix. Mais il y avait quand même 13 non et 17 abstentions. Dont celle de la France. En assemblée plénière où il fallait atteindre la majorité des deux tiers, le oui ne passerait pas.

Dov Biekel dépêcha ses agents auprès des diplomates français. D'autres agirent directement sur les fonctionnaires du département d'État et sur les proches du président Truman. À Paris, le gouvernement Schumann venait de succéder à celui de Paul

Ramadier. Le marché fut mis entre les mains du premier Conseil des ministres du nouveau gouvernement : il fallait choisir entre le plan Marshall et la réaction des populations arabes de l'empire colonial; la reconstruction ou les manifestations hostiles en Algérie et en Tunisie. Un câble de Haïm Weizmann à Léon Blum aida à rallier la France au camp des oui.

Pour autant, le compte n'y était pas. Le Saint-Siège et les pays d'Amérique latine, catholiques et hostiles au sionisme, voteraient sans doute non. La Grèce, qui s'était abstenue en commission, laissait entendre qu'elle se prononcerait contre la résolution. De même Haïti, les Philippines et le Liberia. La veille de la réunion de l'Assemblée générale, les derniers pointages donnaient 30 voix pour le partage, 16 contre. Il manquait deux voix.

– Si le vote a lieu demain, décréta Dov Biekel, nous sommes morts.

Moshé Sharett et les autres dirigeants de l'Agence juive acquiescèrent.

– Il faut le faire différer.

– Comment ?

– Dès demain matin, les délégations prennent la parole. Le vote est prévu pour demain soir. Il faut demander aux délégations amies de tenir le micro. Si les débats se terminent tard, le Président ajournera le scrutin.

– Nous ne gagnerons que douze heures, remarqua quelqu'un.

Dov Biekel ouvrit son agenda.

– Le 27, c'est Thanksgiving. Férié aux États-Unis. On peut tabler sur trente-six heures.

Il fut applaudi.

Résolution 181

Le 26 novembre au matin, sous la coupole de l'ancienne patinoire de Flushing Meadow, s'ouvrit la cent vingt-huitième séance plénière de l'Assemblée générale des Nations unies. Le président de la session, le Brésilien Oswaldo Aranha, proposa de mettre aux voix la résolution 181 portant sur le partage de la Palestine en deux États, l'un juif, l'autre arabe.

Cinquante-sept nations devaient être représentées ; elles n'étaient que cinquante-six, le Siam étant absent pour cause de révolution.

Les débats s'étirèrent jusqu'au soir. À vingt heures, Oswaldo Aranha estima que le temps manquait pour poursuivre sereinement la séance. Il voulut la reporter de douze heures, mais le lendemain était jour férié aux États-Unis. Il convoqua donc les délégués pour le 28.

Pendant trente-six heures, les occupants de l'appartement de la 66e Rue s'activèrent autour des tables d'écoutes et des téléphones. Grâce à un micro placé dans la résidence du délégué syrien, ils apprirent qu'une jeune diplomate d'un pays d'Amérique latine, séduite par un délégué arabe, s'apprêtait à voter contre le partage. Un coup de fil au département d'État, puis un autre du département d'État suffirent à remplacer la diplomate novice par un confrère plus aguerri. Une intervention des dirigeants de la firme Firestone auprès des autorités du Liberia convainquirent le pays de changer d'option, sinon l'exploitation du caoutchouc se ferait sans elle. Le président des Philippines fut informé que le gouvernement américain lui couperait les vivres s'il s'obstinait à choisir le mauvais camp. Le vote de Haïti fut acheté cinq millions de dollars par un consortium de banquiers.

Lorsque les débats reprirent, au matin du 28 novembre, Dov Biekel et ses amis de l'Agence juive étaient toujours inquiets, mais un peu moins : ils avaient réussi à inverser la tendance.

Le délégué du Pakistan prit le premier la parole. La France conclut. Alexandre Parodi, son représentant, suggéra une ultime conciliation avec les pays arabes. Vingt-cinq nations acceptèrent un ajournement de vingt-quatre heures pour permettre aux Arabes de proposer un plan de conciliation.

Les sionistes étaient furieux.

Leur inquiétude dura peu. Moyennant une somme de huit mille dollars, ils avaient acheté la complicité d'un observateur arabe dont le père avait été assassiné par les hommes du mufti de Jérusalem. Cet informateur apprit à Dov Biekel que les représentants des pays arabes ne parvenaient pas à trouver un terrain d'entente.

Le samedi 29 novembre, les débats reprirent. Camille Chamoun, représentant du Liban, fit une déclaration d'intention qui n'avait rien d'un plan. Appuyé par la Syrie, l'Iran demanda un ajournement de plusieurs semaines, le temps de permettre aux Arabes de proposer un nouveau projet. Andreï Andreïevitch Gromyko, représentant de l'URSS, s'y opposa. Il exigea qu'on passât au vote.

Les délégués furent appelés un à un.

Acceptèrent le partage : l'Australie, la Belgique, la Biélorussie, la Bolivie, le Brésil, le Canada, le Costa Rica, le Danemark, la République dominicaine, l'Équateur, les États-Unis, la France, le Guatemala, Haïti, l'Islande, le Liberia, le Luxembourg, le Nicaragua, la Norvège, la Nouvelle-Zélande, le Panama, le Paraguay, les Pays-Bas, le Pérou, les Philippines, la Pologne, la Suède, la Tchécoslovaquie, l'Ukraine, l'Union sud-africaine, l'URSS, l'Uruguay, le Venezuela.

Le refusèrent : l'Afghanistan, l'Arabie saoudite, Cuba, l'Égypte, la Grèce, l'Inde, l'Iran, l'Irak, le Liban, le Pakistan, la Syrie, la Turquie et le Yémen.

S'abstinrent : l'Argentine, le Chili, la Chine, la Colombie, l'Éthiopie, la Grande-Bretagne, le Honduras, le Mexique, le Salvador, la Yougoslavie.

Le 29 novembre au soir, la résolution 181 des Nations unies fut adoptée à une voix de majorité : 33 votes favorables, 13 défavorables, 10 abstentions.

Quelques heures plus tard, tandis que l'émir Fayçal d'Arabie saoudite, les représentants du Pakistan, de l'Irak, de la Syrie et du Yémen, affirmaient que leurs pays ne s'estimaient pas liés par cette décision injuste, Blèmia Borowicz s'était assoupi dans les bras de sa cousine, Maryika Vremler, dans l'appartement que celle-ci occupait sur la Cinquième Avenue.

Pour la deuxième fois de sa carrière de photographe, ainsi que l'avaient prédit les femmes d'Égypte, au rendez-vous de l'Histoire, Boro dormait.

Boro-Maryk

La première fois, c'était le 6 février 1934, place de la Concorde. Boro et Maryika avaient fui l'Allemagne. Ils venaient d'échapper au sinistre Friedrich von Riegenburg. Après un voyage mouvementé à travers le Reich, ils avaient trouvé refuge dans une chambre de l'hôtel Crillon. Cette nuit-là, pour la seule fois de leur histoire commune, Blèmia avait réalisé le plus grand rêve de sa jeunesse.

Près de quinze ans plus tard, alors que les représentants des nations s'exprimaient à tour de rôle sur le partage de la Palestine, Boro s'était précipité chez sa cousine. Il était comme le petit garçon d'autrefois qui quittait les bas quartiers de Pest pour monter sur les hauteurs de la ville à la recherche d'un réconfort. Il échouait toujours dans la grande maison blanche où vivait Maryika Vremler. Elle jouait du piano pour lui. Elle lui racontait des histoires. Elle le soulageait. Il l'aimait. Elle était la première passion de toute sa vie. On lui eût dit alors qu'il la quitterait comme il quitterait sa mère, son beau-père, la ville où il avait grandi, qu'il partirait pour Paris à dix-huit ans tout juste, il eût ri et juré le contraire.

C'est pourtant ce qu'il avait fait. La haine de l'épicier en gros, le besoin de marcher sur les traces de son père, le désir de grandir, tout cela l'avait jeté sur les routes qui l'avaient conduit en France.

Quittant l'hôtel Pierre, il allait dans le flot de la circulation new-yorkaise, mené par une humeur douloureuse, marchant vers la Cinquième Avenue comme il franchissait jadis le pont François-Joseph et le Danube bleu, courant comme s'il se trouvait dans les collines de la rue Jozsef-Utcza où nichait l'aristocratie hongroise pour se jeter, aujourd'hui comme hier, dans les bras de la belle Maryika.

Elle n'était pas là. Une soubrette lui ouvrit. Elle dit que Miss Vremler tournait ce jour-là un film dans le Vermont, qu'elle rentrerait seulement au petit matin après un tournage de nuit.

– Je l'attendrai.

Blèmia bouscula la soubrette, se jeta dans le couloir, ouvrit la première porte qui se présenta, s'abattit sur le lit d'une chambre dont il ne vit rien, dit en anglais qu'il était le cousin de Maryika Vremler et qu'à ce titre il était autorisé à dormir où il le souhaitait dans cette maison.

À l'odeur de la literie, il comprit qu'il se trouvait sur son lit à elle.

Il dormit huit bonnes heures. Maryika le découvrit là, pas même déshabillé, seulement déchaussé. D'abord elle le regarda dans la pénombre de l'aube. L'émotion lui étreignait le cœur. Elle ne l'avait pas revu depuis si longtemps ! Elle l'aimait tant ! Il lui était si indispensable ! Boro ! Blèmia ! Son cousin !

Elle s'allongea auprès de lui, son visage à hauteur du sien. Leurs souffles se mêlèrent. Il ouvrit un œil, sourit, le referma, et sa main se posa sur la chevelure ondulée de sa cousine. Ils se rejoignirent dans le sommeil.

Lorsqu'elle s'éveilla, il n'avait pas bougé, mais il l'observait. Il y avait quelque chose de défait dans son regard. Il était auprès d'elle, avec elle, mais dans un autre temps. Il ne voyait pas la Maryika d'aujourd'hui, mais celle d'hier. D'ailleurs, comme par le passé, la première parole qu'il prononça se rapportait à lui-même. Cela ne lui arrivait pourtant presque jamais ; seulement lorsqu'un bouleversement intime le fragilisait. Dans son adolescence, oui. Depuis lors, jamais.

Il dit :

– Il m'est arrivé quelque chose de terrible.

Il lui prit la main.

– Je suis venu là parce que j'avais besoin de toi.

Il montra l'oreiller parfumé dans lequel il s'était réfugié.

– Tu étais avec moi, ces dernières heures.

– Que s'est-il passé ?

– J'ai rencontré mon oncle.

Il dit cela très simplement, mais elle le connaissait assez pour savoir ce que cette phrase impliquait de charivaris intérieurs. Elle-même connaissait le secret d'Artur Finnvack. Elle avait toujours su que, lorsqu'il lui serait dévoilé, son cousin en serait très ébranlé. Même s'il avait à peine connu son père, celui-ci était la seule statue de son panthéon personnel. Un mythe auquel il ne s'était jamais confronté. La première pierre de cette construction qu'il avait poursuivie en devenant lui aussi photographe ; mais pas seulement au Havre : dans le monde entier. Son père avait grandi en lui.

– Ce fut un tremblement de terre...

Il se dressa sur un coude, caressa la joue de sa cousine et ajouta :

– Je ne m'imaginais pas si fragile.

Il montra la montre de Louis Cartier fixée à son poignet :

– Elle appartenait à mon père. Il la portait au moment de sa mort.

Il répéta « mon père » plusieurs fois.

– Il est redevenu un personnage essentiel de ma vie.

– Il l'était déjà, rétorqua Maryika.

Elle se leva et tira les rideaux.

– Tu l'avais enfoui en toi, très loin, et il était inaccessible. Ton oncle te l'a rendu.

– « Mon oncle », murmura Boro.

Il se leva à son tour. Elle poussa une exclamation.

– Avant, je n'avais que toi. Je disais « ma cousine », et tu étais ma seule famille. Ma mère est morte sans que je la revoie, sans même que je sache où et comment. Maintenant je peux dire « mon oncle, mon père »...

Maryika ne l'écoutait plus. Elle le fixait, incrédule :

– Que t'est-il arrivé ?

– Je me suis battu.

Il passa dans la salle de bains. L'ecchymose à sa pommette avait noirci.

– Ce n'est rien, dit-il.

– Ton bras !

La blessure s'était remise à saigner.

– J'appelle un médecin !

Maryika disparut dans les profondeurs de l'appartement. Boro la rejoignit dans le grand salon. Elle téléphonait. Il appuya sur la fourche de l'appareil.

– Ce n'est rien, et tu t'en occuperas mieux que n'importe quel médecin !

Comme elle composait à nouveau le numéro, il dit :

– Maryk, tu ne comprends pas ? J'ai besoin de quelqu'un ! C'est pour cela que je suis venu ! Je VEUX que tu me soignes, que tu me consoles, que tu te comportes comme ce que tu as toujours été pour moi : ma seule famille.

– Tu as un oncle, désormais.

– Il va mourir.

Elle porta la main à sa bouche et poussa un petit cri aussitôt étouffé.

– C'est pour cela qu'il m'a fait venir jusqu'à lui. Et pour cela qu'il m'a parlé. Parce qu'il va mourir et qu'il devait me dire quel rôle il a joué dans ma vie, sans que je le sache. Il devait me parler de mon père et me remettre sa montre. Il est aveugle et il va mourir.

– Allons te soigner, ordonna Maryika.

Elle désinfecta la plaie, y appliqua des cotons imbibés de teinture d'iode et refit le pansement. Plus tard, elle commanda un repas froid qu'ils mangèrent dans le grand salon. Elle tournait dans un film d'Arthur Lubin, avec Ella Raines et Charles Coburn, dont elle lui raconta le scénario. Il l'écoutait tout en photographiant du regard l'intérieur de sa maison. Dans les volumes et les couleurs, les meubles et les tableaux, il découvrait une harmonie tranquille qu'il retrouvait sur le visage de sa cousine. Elle n'était plus l'étoile montante d'un cinéma qui l'avait honorée quelques années auparavant. Elle avait atteint une maturité lénifiante, dont ses traits et sa maison portaient la trace.

– Les hommes ? questionna-t-il.

– Il y en a.

Il avait connu Wilhelm Speer, le metteur en scène allemand avec lequel elle avait tourné deux films avant la guerre. Mais depuis ?

– Il y en a, répéta-t-elle.

– En ce moment ?

– Blèmia ! le gronda-t-elle.

Il avait tellement cherché à la séduire qu'elle ne se sentait jamais tranquille lorsqu'il prononçait une parole à double sens.

– J'ai été amoureuse deux fois pendant la guerre. Deux acteurs.

– Passionnément ?

– Tu me connais : raisonnablement.

Elle avait le même regard clair que par le passé, la chevelure d'un noir de jais, plus longue, la bouche magnifiquement dessinée, avec cette lèvre supérieure à peine ourlée qu'il avait tant de fois baisée en rêve.

– Ton fils ? demanda-t-il soudain. Où est Sean ?

Il venait de réaliser qu'il ne l'avait pas aperçu. Il n'était donc pas dans la maison ?

– Il viendra ce soir. Il a beaucoup changé depuis que tu l'as vu.

Quand était-ce ? Il ne se rappelait pas. Le souvenir le plus marquant qui lui restait de cet enfant était lié à Dimitri. Ils s'étaient battus, en Espagne, dans l'année 1937, à l'évocation de la mère de Sean. Jalousie : chacun prétendait être le père du garçon.

Boro n'osa questionner Maryika. Son fils ne l'intéressait guère. La rencontre avec Artur Finnvack avait déplacé ses centres d'intérêt, l'attention qu'il portait habituellement aux autres. Il voulait rester auprès de son père. Il voulait redevenir un enfant. Il éprouvait un sentiment bizarre : lui qui avait tant protégé ses amis, défendu autrui, aspirait aujourd'hui à voir s'inverser les rôles.

– Je suis venu te voir pour que tu t'occupes de moi, répéta-t-il. Comme lorsque nous étions enfants.

– Veux-tu que je te donne un bain ? se moqua-t-elle. Ou que je te raconte une histoire ?

– Oui ! s'écria-t-il. Raconte-moi une histoire qui serait la nôtre quand nous nous retrouvions dans la maison blanche de ta mère.

– Laquelle était ta tante !

– Vous viviez dans un univers que tu as recréé ici.

Boro montra les canapés blancs, la cheminée de marbre, les grandes baies donnant sur le ciel. Il y avait même un piano.

– C'était aussi doux, aussi calme, aussi rassurant que ta maison d'aujourd'hui.

– Quand on vieillit, dit-elle, on essaie souvent de se rapprocher de ce qu'on aimait, enfant.

– À condition que l'enfance ait été heureuse.

– Viens à côté de moi, proposa-t-elle soudain, bouleversée par une vague d'émotion.

Il s'allongea sur le sofa, posa la tête sur les cuisses de sa cousine, et elle promena sa main dans ses cheveux, longtemps, jusqu'à ce que l'engourdissement les conduise dans un sommeil tranquille auquel ils s'abandonnèrent.

Sean Borowicz

Sean les découvrit dans cette posture. Plus que par l'homme, dont la figure était dissimulée dans les replis de la robe de Maryika, il fut impressionné par le visage de sa mère. Il était d'un calme, d'une limpidité qu'il ne lui connaissait pas. Il chercha un mot qui convînt à cette sérénité qu'il lisait sur ses traits, et il ne trouva pas mieux que le simple vocable de *bonheur*. Sa mère était heureuse comme sans doute elle avait jamais été. Du haut de ses quatorze ans, Sean observait ce spectacle avec une vive curiosité. Il lui paraissait stupéfiant. Qui donc était l'homme capable d'apaiser ainsi sa mère ?

Il y réfléchit jusqu'au moment où Boro bougea légèrement, ce qui conduisit Maryika à déplacer sa main, puis à la replacer sur la chevelure noire qu'elle caressa doucement. Alors Sean comprit. De tous les hommes dont sa mère lui avait parlé, un seul était suffisamment proche d'elle pour qu'elle veillât ainsi sur lui : le cousin Blèmia.

Il s'assit sur l'un des fauteuils qui faisaient face au canapé, et attendit. Lorsque Boro ouvrit les yeux, il lui sourit aimablement. Notre reporter considéra d'abord avec stupeur cet adolescent surgi dans son paysage, puis il comprit qui il était, et il le comprit même deux fois. Il le fixa sans bouger, captivé par l'image que le garçon lui renvoyait. Il avait une figure ovale, le teint légèrement mat, les yeux noirs, le front haut. Des boucles brunes encadraient ses tempes, descendant jusqu'au cou. Il portait des pantalons trop larges et un pull-over à torsades. Il paraissait d'une beauté presque trop virile pour son âge.

Boro repoussa doucement la main de Maryika et se redressa. Sa cousine s'éveilla aussitôt. Elle fut la seule gênée. En une seconde, elle passa du sommeil à l'état de veille le plus lucide. Elle se leva, s'approcha de son fils et lui entoura les épaules d'un bras maternel. Elle dit :

– Sean, je te présente ton cousin Blèmia.

– Bonjour Blèmia, dit Sean.

Boro pinça les lèvres et salua à son tour. Il ne savait quoi dire, que faire, comment se présenter à ce jeune garçon dont le père, à l'évidence, n'était pas Dimitri. Il se contenta d'un aimable grommellement qui les amusa tous deux. Ce rire emporta les incertitudes.

Au cours des heures qui suivirent, Boro fut incapable de se détacher du jeune garçon. Il l'écoutait, le regardait, établissait d'impossibles comparaisons, et, en même temps, il admirait Maryika de l'élever si bien. Sean parlait la langue du pays dans lequel il vivait, celle du pays natal de sa mère, et le français. En classe, il avait un an d'avance. Il pratiquait le base-ball et le canoë-kayak. Il joua contre Blèmia aux échecs et remporta trois parties sur cinq. Il connaissait parfaitement l'histoire de l'Europe, la composition de l'eau et de l'air, les couleurs chaudes, les couleurs froides, la vie de Pasteur et celle de Robinson Crusoé. Il était brillant en toutes matières. Mais le plus beau tableau, celui que Boro ne se lassait pas de contempler, c'était celui qu'il formait avec sa mère. Il était le petit homme de la maison. Il la moquait sur ses manies, ses vaines habitudes, les travers minuscules que Blèmia lui connaissait si bien. Elle acceptait en riant ses critiques, écoutait ses avis et conseils, lui prodiguait les siens sans une once d'autorité car il n'en avait nul besoin pour obéir – si tant est que ce terme eût la moindre signification dans leurs rapports. Ils s'aimaient follement. Leur complicité en toute chose était patente.

– Ai-je une place dans votre histoire ? demanda Boro le deuxième soir alors que le président Oswaldo Aranha avait reporté de trente-six heures le vote sur le partage de la Palestine.

Sean n'était pas encore rentré. Ils se trouvaient dans la chambre de Maryika où Boro dormait depuis le premier jour. Il y dormait « aimablement » : c'était la condition posée par sa cousine. Il la respectait. Elle avait dit :

– Nous ferons comme si nous étions à Budapest, quand tu fuguais de chez ton beau-père et que je te recueillais dans mon lit.

Il la prenait dans ses bras et ils s'endormaient ainsi, mêlés dans les plis de sa chemise de nuit.

– Ai-je une place dans votre histoire ? répéta-t-il

Elle revenait d'une séance de tournage assez éprouvante. Le metteur en scène avait tenté un long plan séquence qui avait échoué. Il avait prévu de recommencer le lendemain. Cette perspective la déprimait.

– Tu as bien compris, lui dit-elle, que tu occupes l'une des trois premières places.

– Pourquoi ne le lui dis-tu pas ?

– Parce que ce n'est pas facile.

– Profite de ma présence.

– Tu voudrais ?

Elle avait posé la question avec une naïveté heureuse qui le déconcerta.

– Bien sûr !

– Tu le reconnaîtrais comme ton fils ?

Il la fusilla du regard.

– Est-ce vrai ?

– Comment peux-tu croire le contraire ?

Elle lui sauta dans les bras.

– Pourquoi ne me l'as-tu pas demandé avant ?

Il la fit virevolter puis la cueillit dans ses bras.

À cet instant, Sean entra et, les découvrant, s'exclama :

– Je crois que vous avez quelque chose à me dire !

Il avait compris depuis longtemps. Cela aida Maryika dans le rôle qu'elle leur joua ce soir-là, qui fut admirable. Elle prit son fils par la main, le mena jusqu'à Boro et, adoptant une voix de tragédienne, déclara avec emphase :

– Sean Vremler, je te présente Blèmia Borowicz.

Puis ajouta avec un accent épouvantablement hilarant, contrastant avec la solennité de l'instant :

– Blèmia Borowicz est ton père.

– Enchanté, se borna à dire Sean.

Et ils s'embrassèrent.

Au Petit Sednaoui

– Je ne vais quand même pas t'appeler papa !

– Essaie !

– Papa, peux-tu me dire…

Tous trois pouffèrent. C'était le jour du vote. Ils déjeunaient au Petit Sednaoui, un restaurant italien infect de la 60e *Eastside*. Ils l'avaient découvert par hasard. La spécialité affichée était le pigeon décliné sous toutes ses formes. Maryika avait choisi une pizza aux ailes de pigeon rôties, Boro, un pigeon sauce bolognaise, et Sean, des spaghettis roulés au salami de pigeon.

– Je crois que je t'appellerai encore et toujours Boro.

– Ou Blèmia, suggéra Maryika.

– Fais comme tu veux, dit Boro à son fils. L'important, c'est que tu saches qui je suis. Le titre n'a guère d'importance.

– Je m'en suis bien passé jusqu'à présent, ricana aimablement le jeune garçon.

Il montra la canne du reporter :

– Comment t'es-tu blessé à la jambe ?

– En chassant le pigeon avec Rostropovitch. Je suis tombé sur un bec !

Maryika lui prit le bras.

– Chaque fois qu'on lui pose la question, il invente une nouvelle prouesse. Je vais te dire, moi, comment il s'est fait cela.

Boro lui demanda timidement si elle pensait que le moment était bien indiqué pour délivrer ce secret dont il n'était pas si fier.

– Bien sûr !

Maryika attendit que les desserts fussent posés sur la table – des meringues aux abats de pigeon sucrés avec double crème – pour dévoiler ce haut fait d'armes dont Blèmia Borowicz ne tenait pas à se vanter :

– Il avait quatorze ans… Ton âge… Il me courait après. Il est tombé dans une fosse et s'est brisé la jambe.

– C'est tout ?

– Je porterai toujours la trace de cet acte ignoble, compléta Boro avec amusement.

– Reste avec nous, proposa soudain Sean.

Blèmia le dévisagea, attendri.

– Maintenant que tu es là, je voudrais rattraper tout le temps que nous n'avons pas passé ensemble.

– Tu viendras à Paris.

– Pour le moment, c'est toi qui es à New York. Restes-y.

– Un peu, proposa Blèmia.

– C'est quoi : un peu ?

– Deux ou trois jours.

Le garçon se tourna vers sa mère :

– Tu ne m'avais pas dit que papa était d'une nature si économe.

– Une semaine, lança Boro.

Maryika mit un terme à la discussion de ses deux hommes :

– Tu restes le temps que tu voudras.

– Que je pourrai, rectifia Boro.

Il avait deux choses importantes à faire.

Quand ils quittèrent Le Petit Sednaoui, il se rendit d'abord à l'hôtel Pierre. Il demanda Artur Finnvack, appartement 12. Mais Artur Finnvack était reparti trois jours plus tôt. Trois jours, c'était le temps que Blèmia avait passé avec Maryika et son fils après avoir quitté son oncle.

Il téléphona ensuite à Dov Biekel. Ils se retrouvèrent dans le café où ils s'étaient vus la première fois. Boro s'excusa d'avoir disparu.

– Je ne t'en veux pas, fit Dov avec compréhension. Certaines raisons valent tout l'or de la Palestine.

– Tu as vu Finnvack ?

– Il m'a tout raconté… Il faut quand même que tu saches que le partage a été adopté.

– Je le sais, fit Boro. *Mazel tov* !

Il leva sa tasse de café à la santé du nouvel État.

– Comment s'appellera-t-il ?

– Personne n'a encore décidé. Sion, Israël... J'y retourne demain soir.

– Pourquoi demain ? Ne pourrais-tu pas passer par Paris ?

– Pourquoi demain ? s'indigna Dov. Mais parce que nous allons avoir la guerre !

Il dressa pour son interlocuteur un sombre tableau de l'avenir. L'annonce du partage avait provoqué des réactions très violentes dans l'ensemble du monde arabe. En Syrie, les ambassades américaine, française et russe avaient été attaquées. À Aden, on comptait plusieurs victimes parmi la population juive. En Irak, la foule avait assailli des établissements américains et anglais.

– Et en Palestine ? demanda Boro.

Il songeait à Azhar. Il se demandait où se trouvait le jeune homme, comment il interpréterait le vote de l'ONU.

– Pendant deux ou trois jours, on a pensé que les réactions seraient moins violentes à l'intérieur qu'à l'extérieur. C'est ce que croyaient le haut-commissaire britannique et le consul de France à Jérusalem. Mais ils se sont trompés. Dans les villes, les Arabes ont commencé à piller les boutiques tenues par les Juifs, et l'Irgoun a répliqué en jetant des bombes incendiaires. Ça brûle à Jaffa, Haïfa, Tel-Aviv et Jérusalem.

Dov considéra Boro comme s'il se moquait de lui.

– Tu comprendras que Paris, dans ces conditions, ne pèse pas lourd dans mon escarcelle !

– Dommage.

Dov regarda Boro par en dessous. Cette remarque le stupéfiait.

– Tu aurais voulu me confier une course ?!

– En quelque sorte.

Dov Biekel secoua la tête en grimaçant : l'inconscience du reporter passait les bornes.

– Tu vas aller chez moi, poursuivit Boro sans se démonter. À Montparnasse, 21, passage de l'Enfer. C'est au dernier étage.

– Je n'irai pas, affirma froidement Biekel.

– Bien sûr que tu iras.

Les deux hommes se mesuraient du regard. Boro posa sa main sur celle de son ami et dit :

– Là, tu retrouveras Dimitri. Il habite chez moi.

En une seconde, Dov avait pâli.

– Dimitri ?

– Dimitri, confirma Boro.

Biekel ferma les yeux et rentra en lui-même.

– Dimitri vit toujours !

– Il a eu beaucoup de chance.

– Dimitri vit toujours, répéta Dov, comme hypnotisé par cette nouvelle.

– Il vit, et il a besoin de toi. Vas-y.

Dov rouvrit les yeux. Son regard se posa sur Blèmia Borowicz.

– C'est la fin de la guerre, dit ce dernier. J'ai retrouvé un oncle et un fils. Je te rends un frère.

Une Maison rouge sur la Colline du printemps

Dov Biekel atterrit à l'aéroport de Lod deux jours après avoir quitté New York. Il n'avait pas eu le temps de passer par Paris : David Ben Gourion, chef de l'exécutif de l'Agence juive, l'avait convoqué de toute urgence à Tel-Aviv.

Dov n'aimait pas cette cité construite par les pionniers vingt-cinq ans auparavant. Ils avaient quitté Jaffa, ses souks et ses bazars pour fonder une ville nouvelle peuplée seulement de Juifs. La cité était moderne, certes, mais curieusement bigarrée. Les façades mêlaient le blanc au rose, au jaune, au vert, au bleu. Certains quartiers rappelaient au jeune Polonais les constructions de Lodz ou de Varsovie, d'autres semblaient avoir été inspirées par le Bauhaus. Ailleurs le style architectural ressemblait aux autres villes de bord de mer. Dov n'appréciait que les clubs ouvriers, les restaurants à bas prix où on mangeait à crédit, la nonchalance des habitants de cette Colline du printemps qui correspondaient à l'idéal sioniste qui était le sien : socialisme et utopie.

Il aimait aussi l'ancien siège de l'Union locale du syndicat ouvrier, la Maison rouge. Elle avait été construite dans les années vingt au nord de Tel-Aviv. C'était une lourde bâtisse de deux étages aux larges balcons. Elle abritait le quartier général de la Haganah.

Dov n'était pas le seul participant à la réunion. Étaient présents Ehud Avriel, avec qui Dov s'était occupé de l'immigration clandestine pendant la guerre, Golda Meir et plusieurs chefs militaires de la Haganah. Il retrouva avec surprise Ari Finkstein, le faux colonel John Bradly, qui arrivait de Bari.

Campé derrière son bureau, la couronne de cheveux en bataille, l'œil perçant, Ben Gourion attendit que tous fussent installés pour ouvrir le conclave. Il portait un de ces costumes défraîchis qui témoignaient de la pauvreté dans laquelle vivaient le couple et les enfants Ben Gourion. Dov savait que l'Agence juive lui avait maintes fois envoyé des chèques que le vieux leader avait toujours retournés sans jamais les encaisser. Sa femme Paula souffrait de sous-alimentation.

Ben Gourion était un combattant. Pendant des années, il avait mené la vie dure à son prédécesseur à l'Agence juive, Haïm Weizmann, dont il critiquait les méthodes, trop molles à ses yeux. Entre l'aristocrate anglophile jouissant d'un immense prestige et respecté par l'intelligentsia du monde entier, et le Polonais devenu pionnier en Palestine à l'âge de vingt ans, les voies conduisant à la création d'un État juif passaient par des paysages bien différents.

Weizmann, c'était la diplomatie, le contact personnalisé avec les grands de ce monde, une élégance dans la tenue, un raffinement dans le propos.

David Grin, alias David Ben Gourion, était incapable de la moindre rondeur. Il savait où il allait et souhaitait y aller vite. C'était lui qui, en septembre 1945, avait imposé la rupture avec le gouvernement britannique à la suite du maintien du Livre blanc. Après l'avoir emporté sur Haïm Weizmann qui proposait d'ultimes négociations, il était rentré à Paris, s'était rendu au siège clandestin de la Haganah et avait envoyé un télégramme chiffré à Jérusalem ordonnant la reprise des combats contre les Anglais et l'alliance de tous les mouvements. Il pactisait avec l'Irgoun et le Lehi lorsqu'il estimait que la stratégie sioniste devait en passer par là, et rompait brutalement les accords conclus quand le ciel avait changé de couleur. Comme tous, il n'avait qu'un but : la création d'un État juif. Cet objectif prenait le pas sur tous les autres. La découverte de la Shoah l'avait évidemment bouleversé, mais il avait estimé que le combat principal était ailleurs, et que, plutôt que d'aider à sauver son peuple massacré en Europe, mieux valait s'assurer que les survivants puissent venir en Palestine. Il avait dépêché des équipes entières d'agents du Mossad Aliya Beth chargés de se rendre dans les camps de personnes déplacées pour y convaincre les Juifs de rallier la terre de leurs ancêtres. Militant socialiste, il avait eu un mot d'une terrible lucidité à propos de Hitler : il avait affirmé que, sans lui, l'État juif n'existerait pas, mais que, à cause de lui, cet État ne serait pas fondé sur les valeurs socialistes et humanitaires défendues par les pionniers et les sabras. La plupart des Juifs d'Europe concevaient un pays de syndicats communautaires et de fermes collectives. Ils n'étaient plus là pour défendre cet idéal. Ben Gourion doutait que les Juifs séfarades montrassent les mêmes exigences sociales et politiques.

Dov observait David Ben Gourion. Assis derrière son bureau, ignorant ses invités, le président de l'exécutif de l'Agence juive noircissait les pages d'un carnet déjà bien rempli. Était-ce son journal ? Des notes politiques, diplomatiques ? Un traité en cours d'écriture ?

Il ne mit un terme à son activité de scribe que lorsque tous les participants à la réunion eurent été introduits. Alors il se leva et, comme de coutume, sans s'embarrasser d'une introduction ni du moindre propos protocolaire, il entra dans le vif du sujet.

Il dit que sur toutes les ondes des radios arabes, on appelait à la guerre contre les Juifs. À la suite du vote de l'Assemblée générale des Nations unies, le haut commandement arabe avait décrété une grève générale de trois jours.

– Rien, fit-il d'un mouvement de main énergique. Rien à côté de ce qui nous attend !

Il regarda un à un les chefs militaires qui lui faisaient face et répéta :

– Rien du tout.

Ehud Avriel acquiesça. C'était un homme d'une trentaine d'années dont Dov admirait le courage et la pugnacité.

– Des combattants arabes commencent à s'infiltrer par les frontières, notamment dans le Néguev où sont passés des Frères musulmans soutenant le mufti de Jérusalem. Certains d'entre vous savent que nous pourrons nous entendre avec le roi Abdallah de Transjordanie. Mais en aucun cas avec le mufti : il veut la destruction de notre peuple.

Il donna la parole à Golda Meir qui fit un récit très détaillé de sa rencontre avec le monarque. Abdallah souhaitait occuper les territoires attribués par l'ONU aux Arabes. Cette volonté hégémonique s'opposait en tout point à la stratégie du mufti qui voulait régner sans partage sur tout le territoire de Palestine.

– Nous avons évidemment intérêt à traiter avec le roi, conclut Golda Meir.

C'était une femme d'autorité. Née à Kiev, elle avait débarqué en Palestine vingt-cinq ans auparavant. Elle s'était fait connaître du Yishouv en militant activement au sein du syndicat Histadrout. David Ben Gourion en avait fait l'une de ses proches collaboratrices. En l'absence de Moshé Sharett, elle dirigeait le département politique de l'Agence juive.

– La menace et les violences ont un seul effet bénéfique, dit-elle : les familles riches de Jaffa et de Haïfa envoient leurs femmes et leurs enfants au Liban, là où elles passent leurs vacances habituellement.

– Excellente nouvelle ! se félicita Ben Gourion. Ça libère des maisons et ça fait des ennemis potentiels en moins.

Dov Biekel goûta peu la remarque.

– Et les Anglais ? demanda Ari Finkstein. Ne peut-on imaginer un accord avec eux ? Au moins provisoire ?

Ben Gourion frappa son bureau de son poing fermé. Désormais, il vomissait les Anglais. Après le vote aux Nations unies, ils auraient dû laisser l'accès d'un port aux Juifs. Ils n'en avaient rien fait. Ils avaient un rôle de maintien de l'ordre à assumer jusqu'à leur départ. Or, ils désarmaient les Juifs, pas les Arabes. Il leur était arrivé de livrer les premiers aux seconds, ce qui revenait à les assassiner. On avait vu certains d'entre eux piller les magasins juifs avec les Arabes.

– C'est la rançon des attentats commis contre eux depuis un an. Bevin nous hait ! Alors nous ferons sans lui. Au reste, nous ferons sans personne. Seuls.

Il ajouta, l'œil sévère :

– Nous avons l'habitude.

Les responsables locaux de la Haganah dressèrent chacun un état des lieux du territoire. Il apparut clairement que les escarmouches se multipliaient depuis le vote de l'ONU. Des batailles éclataient ici et là entre Juifs et Arabes.

– Avec quoi combattons-nous ? demanda David Ben Gourion. Qu'avons-nous pour nous défendre ?

– Nous-mêmes, lâcha Ari Finkstein.

– Insuffisant ! s'écria Ben Gourion.

Il se mit à marcher de long en large.

– Il y a cinq ans, les Anglais croyaient que notre Haganah se composait de cent mille hommes. Aujourd'hui, nous sommes quarante-quatre mille, avec les femmes. Et sur ce contingent, seuls les combattants du Palmach sont armés, entraînés et prêts à se battre.

Le Palmach était né pendant la guerre. C'était une unité d'élite composée de soldats juifs qui s'étaient portés volontaires pour combattre les troupes de Rommel. Ils avaient été initiés aux coups de main et aux actes de sabotage par les Britanniques. Sionistes, admirateurs de Staline et de l'Armée rouge, courageux, ils se voulaient le fer de lance des troupes juives. Ils étaient six mille, dont un millier de femmes. L'un de ses commandants les plus fameux, Yitzhak Rabin, n'était pas présent à la réunion. Dov l'avait en vain cherché des yeux.

– ... Les autres n'ont jamais été en manœuvre, sont rebelles à toute discipline militaire et n'acceptent que les shorts et les chemisettes en guise d'uniforme ! Avec cela, nous n'irons pas plus loin que les bords de la Méditerranée !

– Nous y sommes déjà ! commenta un officier qui manifestement s'amusait.

Il fit un pas en avant. Il portait l'uniforme traditionnel de la Haganah : short et chemisette.

– Sauf votre respect, nous ne croyons pas qu'il nous faille beaucoup plus pour vaincre les Arabes.

David Ben Gourion toisa l'intervenant avec un mépris exagéré. Son expression suscita un brusque malaise dans l'assemblée.

– Vous croyez que vous aurez toujours affaire à *nos* Arabes ? Ceux que nous connaissons pour les côtoyer depuis vingt ans ? Vous croyez que le danger viendra de ces personnes que nous pousserons hors de chez elles d'une seule main ? Bien sûr que non !

Ben Gourion se redressa comme s'il voulait marquer l'attitude qui serait désormais la sienne : un chef de guerre.

– Vous devrez vous battre contre une armée régulière. Que dis-je, une armée régulière ! Cinq armées régulières ! Et avec quoi, s'il vous plaît ?

Il s'empara d'une feuille de papier soigneusement dactylographiée et lut.

– Nous possédons en tout et pour tout 10000 fusils, 2000 mitraillettes usagées, 190 mitrailleuses qui ne valent guère mieux, quelques mortiers, quelques grenades et des cartouches.

Il fouilla dans ses poches, en retira des bouts de papier qu'il tria sur la table avant d'en déplier un. Il l'examina avec attention et lut :

– Je veux vingt mille hommes au moins pour la défense du territoire, et trente-cinq mille pour l'attaque.

– Possible, apprécia Golda Meir

– Dix mille fusils supplémentaires, cinq cents mitraillettes, deux millions et demi de cartouches.

– Possible, renchérit Dov.

– À cela, il faut ajouter de l'armement lourd : des canons, des véhicules à chenilles, des mortiers, des avions…

Cette fois, tous le regardaient avec stupeur.

– Je veux construire une armée moderne ! s'exclama encore David Ben Gourion. Avec une artillerie, des blindés et des soldats en uniformes !

De nouveau, son poing s'abattit sur la table.

– Il nous faut aussi des avions ! Je veux que vous recrutiez des pilotes. Faites-les s'entraîner dans d'autres pays, qu'ils soient prêts à atterrir chez nous, le moment venu… Nous construirons des pistes pour les recevoir. De combien d'appareils disposons-nous ?

– Huit petits appareils chargés de ravitailler les colonies éloignées, répondit quelqu'un.

– Il faut en acheter d'autres. Nous les rassemblerons sur des aéroports étrangers… Nous avons également besoin de bateaux de guerre.

Le commandant de la Haganah qui s'était déjà fait rabrouer leva la main :

– Où est l'argent ?

– Là, répondit Ben Gourion en affichant un sourire de Père Noël enchanté.

Il sortit un carnet de chèques d'un tiroir de son bureau et l'exhiba avec fierté. À son public éberlué, il raconta comment, en 1945, il s'était rendu à New York pour y rencontrer des sionistes fortunés dont il avait préalablement fait dresser la liste.

– Il y en avait dix-sept. Je les ai convoqués chez l'un de nos amis milliardaires : Rudolph Sonnenborn. Ils ignoraient pourquoi ils venaient, sauf que la cause était urgente. Je les ai vus tous ensemble le 1er juillet 1945, de neuf heures à trois heures. Ils m'ont promis de nous aider, et ils l'ont fait. C'est grâce à eux que nous achetons les bateaux sur lesquels voyagent les réfugiés arraisonnés par les Anglais. Ils envoient aussi des médicaments et quelques armes qui sont passées clandestinement.

Ben Gourion s'interrompit, consulta ses notes et reprit :

– Cela ne suffit pourtant pas. Je vais donc retourner aux États-Unis pour faire la quête.

– J'irai à votre place, l'interrompit Golda Meir. Vous êtes plus utile ici.

L'assemblée la soutint. Il fut entendu que Ben Gourion resterait, et que Golda Meir ferait le tour des fortunes juives de New York et de Los Angeles.

– Il faut se préparer à la guerre, conclut le chef de l'Agence juive avant de prendre congé.

Il ajouta que la Haganah devait d'ores et déjà respecter une consigne majeure :

– Aucune colonie ne sera abandonnée. Ni celles qui se trouvent sur le territoire que nous a accordé l'ONU, ni les autres. La Haganah doit les protéger et laisser ouvertes les routes qui y accèdent. Il nous faut deux cents tonnes d'acier pour blinder les véhicules. Au moins. Et des lance-flammes.

Il ramassa ses papiers, indiquant aux participants que la réunion était close. Comme ils franchissaient le seuil, il demanda à Ehud Avriel, Ari Finkstein et Dov Biekel de rester.

Il alla lui-même refermer la porte et revint à son bureau.

– Asseyez-vous, dit-il.

On passait aux choses précises.

– Vous connaissez le pays presque aussi bien que moi. Vous savez que nos colonies sont éparpillées sur tout le territoire. Si les routes pour passer de l'une à l'autre sont prises, on peut considérer que ces colonies sont perdues. Principalement celles qui entourent Jérusalem : elles ont besoin d'être ravitaillées par la route qui vient de Tel-Aviv. Or, ce n'est pas avec des fusils à un coup que nous les protégerons. Il faut des blindés.

Il insista :

– Je *veux* des blindés.

Il se pencha vers ses interlocuteurs.

– Comment allez-vous faire ?

– J'ai un contact à Genève, répondit Ehud Avriel.

– Et moi à Paris, enchaîna Dov Biekel. Avec un intermédiaire qui pourrait nous mettre en relation avec une usine d'armements tchèque.

Ben Gourion apprécia.

Il tapota le chéquier qu'il avait exhibé quelques instants plus tôt.

– Pour le moment, nous avons un million de dollars dans une banque de Genève. Golda rapportera au moins trente fois plus de son périple américain. Vous filez en Europe dès demain. Vous faites comme vous voulez, comme vous pouvez, mais vous rapportez des armes.

Et il frappa ses deux mains l'une contre l'autre comme pour faire fuir une volée de moineaux.

Retour à la Communauté

Dov et Ari empruntèrent une vieille Oldsmobile et prirent la route de Jérusalem. Le soir tombait. Sur le seuil de leurs maisons, de vieux Arabes aux keffiehs souvent mal ajustés fumaient la pipe. Ils regardèrent passer la voiture sans répondre au salut de ses occupants. Des cavaliers aux longues djellabas blanches se rangèrent à peine pour les laisser passer. Des ânes trottaient, paisibles, transportant des familles qui tournèrent ostensiblement la tête au bruit du moteur.

– Est-ce là l'œuvre du mufti ? grogna Ari Finkstein.

– Autant que la nôtre, répondit Dov.

Il avait le cœur serré. Quelques années auparavant, quand il avait participé à la construction de la Communauté, les Arabes qu'il croisait sur la route le saluait. Au fil des mois, les amabilités s'étaient taries, les amitiés dissipées. Les deux peuples se mesuraient désormais du regard. L'un comme l'autre attendaient la confrontation. Dov Biekel la redoutait. Ari la préparait. Ou *vice versa*.

Ils roulèrent sur de mauvaises routes bordées de rochers. Derrière, dans l'ombre grandissante, ils distinguaient les terrasses en torchis des villages arabes. Soixante kilomètres séparaient Tel-Aviv de Jérusalem. Aux abords de la ville que Juifs, chrétiens et Arabes se disputaient, les colonies se faisaient plus nombreuses. Dov pensa à l'ordre donné par Ben Gourion aux chefs de la Haganah : aucune ne devrait être évacuée.

Ils pénétrèrent dans Jérusalem derrière une caravane de chameaux aux flancs lourdement chargés. « Des armes ? » se demanda Dov. Il suffirait aux méharistes de décharger les sacs dans les profondeurs des souks pour qu'elles s'y perdent avant de réapparaître plus tard entre les mains des hommes du mufti.

– On va au Menorah Club, dit Dov.

C'était là qu'il s'était porté volontaire, en 1940, pour intégrer l'armée britannique. Le Club avait été fondé après la Première Guerre mondiale par les vétérans juifs qui avaient combattu les Turcs aux côtés des Anglais. Deux canons pris à l'ennemi trônaient sur la pelouse à l'entrée du bâtiment.

– On va les remettre en service, dit Dov. Tu viens en camion, une nuit, et tu les embarques.

Ari avait garé l'Oldsmobile en face du Menorah Club.

– S'ils fonctionnent encore, ce sera parfait. Sinon, on les découpera et on en fera des mortiers.

– À condition d'avoir de l'explosif.

– On demandera aux étudiants en chimie de l'Institut hébraïque de nous en fabriquer.

Ils passèrent dans Mea Sharim et prirent la route d'Hébron. Ils ignorèrent la montée qui conduisait à Kfar Etzion et empruntèrent le chemin de la Communauté. De loin, ils discernèrent deux silhouettes au sommet des tours de guet. On apercevait les fusils accrochés à leur épaule. Ari lança une série d'appels de phares. Mais ils ne passèrent pas. Les portes étaient closes. Il fallut que Dov descendît de voiture pour se faire reconnaître.

À l'intérieur de l'enceinte, les allées et les cours étaient vides : c'était l'heure du dîner. Ari gara l'Oldsmobile au bord d'un talus, près d'un antique camion bardé de plaques d'acier. Il rejoignit Dov.

– On va au réfectoire.

La Communauté était à table. Dov connaissait presque tous les pionniers. Il fut embrassé comme le héros de retour d'Amérique. Il s'approcha ensuite d'une jeune femme qu'il ne s'attendait pas à trouver là. Elle dînait entre deux sabras qui s'interpellaient joyeusement tandis qu'elle restait silencieuse, gênée par le bruit et les gesticulations de ses voisins. Dov poussa l'un d'eux et s'assit à sa place. Elle le salua de cette voix rauque qui avait enchanté Blèmia Borowicz et qui le séduisit à son tour, presque autant que le regard clair et calme qu'elle posa sur lui.

– Qu'avez-vous fait, Sasha, depuis l'Italie ?

Elle lui raconta la traversée sur le *Willard*. Elle ne parla pas de Boro qui lui avait envoyé quatre lettres mais dont elle était sans nouvelles depuis une semaine. Dans sa dernière correspondance, il lui avait donné un numéro de téléphone où elle pourrait le joindre à New York.

Elle dit qu'elle travaillait comme médecin à l'hôpital Hadassah. Chaque matin, une voiture l'emmenait sur le mont Scopus, enclave en territoire arabe. Elle en revenait le soir. Dov lui demanda pourquoi elle ne logeait pas à Jérusalem. Elle répondit qu'elle se trouvait bien à la Communauté.

– Je crains que la route ne devienne dangereuse, dit-il.

– Mais elle l'est déjà !

C'était une exclamation on ne peut plus naturelle, comme une évidence qu'elle s'étonnait de devoir formuler.

– Le danger est né le jour même du partage. Il y a eu des manifestations violentes en ville. Les Arabes se sont rassemblés porte de Jaffa et ont marché sur le quartier juif. Ils étaient armés de matraques et de barres de fer.

– Vous étiez là ? s'inquiéta Dov.

– Non, mais j'ai soigné les blessés ! Il y en a eu beaucoup ! Même les Anglais ont pris des coups. Pourtant, le moins qu'on puisse dire est qu'ils n'avaient pas fait grand-chose pour éviter les heurts ! Ils ont laissé les Arabes descendre de la Vieille Ville et attaquer tous les commerces juifs. Il y a eu le feu. En réponse, l'Irgoun a incendié le Rex.

– Mais la route ? interrogea Dov.

– Rien encore, répondit Sasha. Mais cela viendra. Nous roulons dans un camion protégé. On l'appelle *La Tortue*.

C'était le véhicule près duquel Ehud avait garé l'Oldsmobile. Les pionniers l'avaient recouvert de deux plaques d'acier d'un demi-centimètre d'épaisseur, séparées par une planche.

– Vous pouvez tirer dessus à quinze mètres : à l'intérieur, on ne risque rien. En revanche, il est si lourd et si poussif qu'un cheval le dépasse dans les côtes !

Elle s'amusa de cette vision qui consterna Dov Biekel : si un cheval suffisait à battre un camion, ils n'étaient pas près de gagner la guerre !

Il la regarda de biais, puis lui posa une question à brûle-pourpoint : il lui demanda si elle accepterait de l'accompagner en Europe. Elle réfléchit à peine et répondit :

– Non.

Elle ajouta qu'elle avait trop à faire à l'hôpital Hadassah. Elle ne voulait pas abandonner ses malades.

– Vous êtes tchèque…

– Slovaque.

– Je dois aller à Prague, dit-il.

Une lueur d'intérêt brilla dans le regard de la jeune femme.

– Je ne connais pas la langue. Le slovaque est-il proche du tchèque ?

– Oui. Nous partageons les mêmes racines. Qu'allez-vous faire à Prague ?

– Acheter des armes.

Elle inclina le visage, sans commentaire. Dov se demanda si ce mouvement valait acceptation.

Il se leva, tapota sa cuillère contre son assiette pour attirer l'attention générale et dit :

– Il ne faut pas nous faire d'illusions : nous allons vers la guerre.

Les conversations cessèrent. Nul n'avait décerné le moindre titre à Dov, et il ne possédait aucun grade qui l'autorisât à donner des ordres. Mais on savait qu'il était l'un des chefs de cette étrange formation semi-clandestine qui avait organisé la lutte contre les Anglais, la défense contre les Arabes, le rapatriement des réfugiés venus d'Europe : la Haganah. De plus, il revenait de New York, ce qui, en ces jours d'après le partage, lui valait l'admiration générale.

Il poursuivit :

– Les rixes d'aujourd'hui ne sont sans doute rien à côté de ce qui nous attend. Surtout nous.

Il promena son regard sur l'assemblée.

– Notre kibboutz, comme celui de Kfar Etzion, se trouve sur une partie du territoire qui a été attribué aux Arabes par l'ONU. Il est situé près de Jérusalem, qui sera sans doute autant attaquée qu'elle sera défendue. Pour le moment, nous n'avons pas d'armes.

– Eux non plus, remarqua quelqu'un.

– Personne ne bloque leurs frontières. Ils peuvent en recevoir par la Syrie, l'Irak, l'Égypte. Nous, nous n'avons que la Méditerranée. Et le blocus est maintenu.

Dov appela Ari auprès de lui.

– Je repars demain matin pour l'Europe. Ari viendra avec moi.

Il se pencha vers Sasha. Elle hocha la tête et murmura :

– Je crois que vous allez avoir besoin de moi.

– Merci, dit-il.

Il revint à l'assistance :

– Le mot d'ordre est de tenir *toutes* les colonies.

Un bruissement approbateur courut parmi les bancs.

– Des armes viendront. En attendant, il faut les prendre là où elles se trouvent. C'est-à-dire essentiellement chez les Anglais. Les environs de Bevingrad sont truffés de fusils, de pistolets et de grenades qui ne demandent qu'à servir… Autant qu'elles soient de notre côté. Les Anglais vont partir. Il faut les acheter. Et les voler, si on y arrive. Un couple avec une arme peut s'approcher amoureusement d'un soldat et le mettre en joue. Un revolver à l'aller, deux au retour !

L'Irgoun s'était spécialisée dans cette pratique. Elle donnait d'excellents résultats, hélas de portée limitée.

– Certains Arabes seront vendeurs. Achetez tout ce que vous pourrez : non seulement des armes à feu, mais de l'essence, des détonateurs, de quoi fabriquer des mines et des objets piégés. Il faut aussi trouver des planques dans Jérusalem. Visitez les caves et les greniers. Nous y installerons des ateliers pour fabriquer nos bombes et entreposer nos balles. N'oubliez pas que, de son côté, l'ennemi s'arme et se protège de la même façon.

Dov s'arrêta brusquement. Il revint pour lui-même sur la dernière phrase qu'il avait prononcée. Il la repassa lentement par-devers lui et se rassit soudain, frappé de stupeur. Il avait prononcé le mot. C'était la première fois. Il n'avait pas dit *Arabes*. Il avait dit *ennemis*.

Politique et littérature

À Paris, au début du mois de décembre, Ehud Avriel avait rencontré un intermédiaire qui lui avait conseillé de se rendre à Prague où la société tchèque Zbrojovka Brno accepterait sans doute de lui vendre des armes. Une couverture minimale suffirait. Jan Mazaryk, ministre des Affaires étrangères, n'opposerait aucun veto à cette livraison.

Avant la guerre, pour certaines opérations, Ehud Avriel avait utilisé du papier à en-tête du gouvernement éthiopien. Il remit les feuillets en service et les confia à Dov. Celui-ci prit l'avion pour Genève. Il régla les questions financières avec Shaul Avigour, chargé de distribuer l'argent dont disposait la Haganah aux acheteurs d'armes.

Dans la banlieue de Bruxelles, il visita les nombreuses casses où le matériel militaire hors d'usage avait échoué à la fin de la guerre. Il poursuivit ses emplettes à Anvers, dans un surplus militaire. Il acheta des tenues de combat, des casques, des Jeep, des camions et des half-tracks. Puis il rejoignit Ari Finkstein en Yougoslavie. Grâce à ses propres contacts, Ari avait déniché un vieux cargo marchand. Dov l'acheta. Il revint à Anvers et demanda que les engins qu'il avait achetés fussent démontés et envoyés en Yougoslavie. Il téléphona à Ari pour qu'il veillât à ce que les caisses embarquées sur le cargo fussent recouvertes d'oignons.

– Pourquoi des oignons ?

– Parce que les douaniers anglais pleureront en les découvrant, ce qui les dissuadera de fouiller davantage. Il en faut au moins une tonne.

– Il y a un autre bateau à côté du nôtre. Il charge des caisses à peu près semblables à celles que nous embarquons.

Dov demanda le nom du cargo. Il s'appelait le *Lino*.

– Je m'en occupe, dit-il. Je pars en Tchécoslovaquie. On se retrouvera à Jérusalem.

Il prit quelques renseignements sur le *Lino*. Le surlendemain, il atterrissait à Prague.

Il retrouva Sasha dans un hôtel qu'elle avait choisi sur les bords de la Vltava, près du pont Charles. Elle lui proposa de lui faire visiter la ville. Il répondit qu'il n'avait pas le temps.

– Je dois être parti dans trois jours. On m'attend en Allemagne, puis à Rome.

– Vous êtes un grand voyageur ! se moqua-t-elle gentiment.

Lorsqu'il lui avait proposé de l'accompagner, il comptait bien, en effet, découvrir la ville à son bras ; et son cœur, à l'hôtel. Mais le temps comme l'énergie lui manquaient. Dov Biekel n'était pas homme à se diviser. Pour l'heure, toute son énergie était tendue vers la mission que lui avait confiée David Ben Gourion. S'il avait perçu chez sa traductrice une inclination, fût-elle vague, il y eût répondu. Mais, dans son comportement, il n'y avait aucune ambiguïté. Aussi se présentèrent-ils au siège de la société Zbrojovka Brno comme deux émissaires officiels du gouvernement d'Addis-Abeba en mission pour leur gouvernement ; leur attitude ne prêtait à aucune équivoque.

On les fit attendre. La personne du standard expliqua à Sasha qu'en raison des événements, l'emploi du temps des dirigeants de la société Zbrojovka Brno était quelque peu malmené. Ils assistaient présentement à un meeting célébrant l'amitié des peuples soviétique et tchèque en présence de M. Valerian Zorine, vice-ministre des Affaires étrangères d'URSS.

Dans sa langue natale, Sasha posa quelques questions à la standardiste. Il lui fallut dix minutes pour comprendre que, contrairement à ce qu'elle croyait, elle n'avait pas débarqué dans la capitale d'une nation réunifiée, gouvernée par une coalition unissant communistes et sociaux-démocrates. Les premiers tentaient de prendre le pas sur les seconds. Le président Benès et son ministre des Affaires étrangères, Jan Mazaryk, ne parvenaient plus à maintenir leur pays à équidistance entre l'Est et l'Ouest.

Dov Biekel savait cela. Comme Sasha s'étonnait qu'il restât si calme, il lui répondit en souriant qu'il savait même tout, que l'Agence juive ne l'aurait jamais envoyé là si elle n'avait pas obtenu au préalable des certitudes sur le résultat de sa mission.

– L'Agence juive et Addis-Abeba n'ont rien à voir ! Pour eux...

Il la coupa en posant gentiment la main sur son épaule, comme à une enfant trop naïve.

– Nous nous présenterons aux responsables de la société sous l'identité de diplomates éthiopiens. Mais n'allez pas croire qu'ils vont gober cette supercherie ! Ils vont demander aux Soviétiques s'ils sont d'accord pour que Prague nous livre ! Et les Soviétiques, qui n'ont rien contre l'Éthiopie, accepteront ! Après quoi...

Dov leva la main comme s'il saluait un vol de gerfauts échappés du charnier natal :

– Après, voguent les bateaux !

– Que font les Soviétiques *chez moi* ?

Sasha avait appuyé sur les derniers mots. Soudain, elle se reconnaissait une patrie. La guerre d'avant s'éclipsait. Une autre arrivait.

– Les Soviétiques poussent la porte de chez vous comme ils l'ont fait à Berlin et comme ils le feront partout en Europe orientale.

– Et vous traitez avec eux !

Sasha était scandalisée.

– Il y a trois ans, l'armée américaine s'est arrêtée sur la frontière occidentale de la Bohême. Elle a laissé le soin à l'Armée rouge de vous libérer.

– Je vous parle de vous ! Pas de moi !

Dov Biekel se leva et appuya ses deux mains sur les épaules de la jeune Slovaque. D'une voix coupante, il dit qu'il se fichait absolument de savoir qui lui vendait des armes, surtout si ce vendeur était du même côté que lui et du futur État qu'il servait.

– Or, que je sache, c'est bien ce vendeur qui vous a débarrassé des nazis qui nous autorise à venir ici, et qui nous a soutenus à l'ONU lors du vote sur le partage.

Il se rassit.

– Le reste est littérature.

Ils ne furent pas reçus ce jour-là. Sasha rentra à son hôtel. Elle tenta d'appeler New York, mais les lignes avec l'Amérique étaient coupées. Elle frappa à la porte de la chambre de Dov Biekel.

– J'ai besoin d'appeler New York.

– Vous avez essayé ?

– Les communications ne passent pas.

Elle semblait en plein désarroi.

– Je ne pourrai pas non plus le faire directement. Mais je vous promets de transmettre un message.

– Quand ?

– Maintenant, si vous voulez.

Elle le considéra avec une suspicion affichée qui se transforma bientôt en aimable sympathie.

– Combien de temps faut-il pour venir de New York à Prague ?

– Quarante-huit heures, s'il y a des avions.

– Nous sommes vendredi. Croyez-vous que j'aie une chance dimanche ?

– Vous voulez aller à New York ?

– Non. Je voudrais que quelqu'un me rejoigne depuis New York.

– Je pense que c'est possible.

– Je voudrais que vous transmettiez un message à Blèmia Borowicz…

En homme des services secrets, Dov Biekel était habitué à recevoir les informations les plus imprévues, les plus incroyables et les plus confidentielles. Il considéra que celle-ci relevait des trois catégories à la fois. Il ne marqua aucun signe d'étonnement ni ne posa la moindre question. Il comprit pour quelle raison la jeune Slovaque n'avait marqué aucune inclination à son endroit.

– Je vous écoute, dit-il, imperturbable.

Elle se tenait à l'entrée de la chambre. La porte était entrouverte, le couloir désert.

– Demandez-lui de se trouver dimanche à quinze heures au cimetière juif de Prague.

– Bien, fit-il.

Il ouvrit sa valise et en sortit un curieux engin circulaire. Il ressemblait à un bol sans fond.

– Refermez la porte, je vous prie.

Elle ferma.

– Tournez la clé.

Elle tourna.

Dov décrocha le téléphone de la chambre, dévissa la coupelle de l'émetteur et la remplaça par l'objet qui ressemblait à un bol. Il composa un numéro. Il échangea quelques paroles à voix basse avec son interlocuteur avant de raccrocher. Il attendit. Le téléphone tintinnabula. À la troisième sonnerie, il décrocha. Il prononça quelques mots en hébreu. Sasha comprit seulement qu'il avait communiqué le nom de Blèmia à son correspondant.

– De la part de qui ? demanda-t-il en regardant la jeune Slovaque.

– Sasha... Dites Sasha, du *Willard*.

Dov transmit la réponse en hébreu.

– À quelle adresse le trouve-t-on ?

Elle se mordit les lèvres. Elle n'avait pas songé à ce détail. Elle s'était fait une telle joie à l'idée de ce rendez-vous presque magique !

– Vous n'avez pas l'adresse ?

Elle secoua la tête.

– Un numéro de téléphone ?

Elle sortit de sa poche la dernière lettre qu'elle avait reçue d'Amérique. Elle donna le numéro que Boro y avait inscrit. Dov le traduisit en hébreu. Il raccrocha.

– Il n'aura jamais le message, se désespéra la jeune fille.

Dov Biekel lui prit le menton entre le pouce et l'index et dit en riant :

– Nous avons obtenu le partage. Vous croyez qu'un numéro de téléphone nous résisterait ? !

Il la prit contre lui et lui tapota le dos avec amitié.

– Ne vous en faites pas plus que nécessaire, Sasha... du *Willard* !

– Vous croyez qu'il viendra ? demanda-t-elle d'une toute petite voix.

– Je n'en sais rien, répondit Dov. Je ne le connais pas assez pour prévoir ses réactions.

Zbrojovka Brno

Ils furent reçus par les responsables de la société Zbrojovka Brno. Ces derniers se montrèrent très aimables à l'égard des deux représentants du gouvernement d'Addis-Abeba qui avaient fait un si long chemin pour venir acheter des armes.

Sasha se révéla moins bonne traductrice que Dov n'avait escompté. Elle n'était pas très compétente en matière de fournitures militaires, confondait les balles réelles avec les balles à blanc, mitraillettes, mitrailleuses, calibre 12, 7 et autres subtilités propres aux armes et à ce qui va avec. Au terme d'une délicate exposition et d'un solide marchandage, les marchands de la Zbrojovka Brno consentirent à céder au gouvernement d'Addis-Abeba, représenté par ses deux éminents délégués, dix mille fusils, quatre mille cinq cents mitrailleuses et trois millions de cartouches.

– Livraison assurée ? s'enquit Dov en levant le pouce vers le ciel.

– Vous nous préciserez où, traduisit Sasha.

– Bien entendu. Mais je ne parlais pas de la destination. Plutôt du point de départ.

Un journal traînait sur la table. Il montrait M. Valerian Zorine, vice-ministre des Affaires étrangères d'URSS, debout sur une estrade au côté de Klement Gottwald, chef du gouvernement et futur président de la République tchèque.

– Aucun souci, traduisit Sasha.

Elle avait témoigné d'une patience remarquable durant les quelque six heures qu'avaient duré les négociations.

Dov se leva.

– Nous en avons fini.

L'un des deux dirigeants de la firme – un petit gros qui portait un toupet roux du plus étrange effet sur le crâne désertifié d'un marchand d'armes – feignit d'être traversé par une idée lumineuse. Il proposa des avions.

– Quel modèle ? questionna Dov.

Il n'y connaissait rien.

– Des Avia S-199. Les moteurs sont des Junkers de 1300 CV.

– Avia ? questionna Dov avec scepticisme.

– Ce sont des Messerschmitt 109 de la *Luftwaffe* fabriqués sous licence Skoda. Ils équipaient l'armée allemande.

Après avoir traduit, Sasha regarda Dov. Ils ne purent s'empêcher de lâcher un petit rire : des appareils anciennement ornés de la croix gammée pour le futur État juif !

– Je les proposerai à mon gouvernement, répondit Dov. Combien en avez-vous ?

– Dix dans l'immédiat. Quinze de plus en mai.

– Combien ?

– Quatre cent cinquante mille dollars les dix premiers.

Dov discuta et obtint une réduction de 10 %.

– Bientôt, nous aurons des Spitfire anglais. Ils sont beaucoup plus rapides. L'armée tchèque s'en débarrasse. Il y en aura cinquante-cinq.

– Nous reviendrons, promit Sasha.

Dans l'escalier, ils croisèrent un homme que Dov croyait avoir déjà rencontré à Anvers. Lorsqu'il le vit entrer dans le même bureau que celui qu'ils venaient de quitter, cette impression se transforma en certitude. Il prit la main de Sasha, descendit dans la rue et s'attabla dans un café faisant face à la Zbrojovka Brno. Ils burent du thé. Des groupes d'ouvriers se rassemblaient devant le Théâtre des États au cœur de la Vieille Ville. Ils portaient des bleus de travail et des brassards rouges. Certains distribuaient des tracts. Sasha quitta le café afin d'en ramasser un. Elle le traduisit à l'intention de Dov Biekel : révolté par l'acceptation gouvernementale de l'aide américaine proposée par l'impérialiste Marshall, le prolétariat tchèque soutenait le Petit Père des peuples, Staline, qui venait d'exiger du président Benès qu'il revienne sur un accord spoliant la classe ouvrière et les masses populaires.

– Remontez, ordonna Dov Biekel sans écouter la fin de la lecture. Vite !

Il sortit une liasse de billets de sa poche et la glissa dans la main de la jeune Slovaque.

– Vous retournez au bureau, vous proposez cet argent au Toupet ou à l'un de ses doubles : je veux savoir ce qu'ils vendaient, et à qui.

Il désigna un homme qui s'éloignait sur le trottoir : celui qu'il avait vu à Anvers.

– Je le soupçonne d'avoir lui aussi acheté des armes.

– En trente minutes ?!

– Les pays arabes ne sont pas comme nous : ils ont le droit d'acquérir ce qu'ils veulent. Rien de plus facile pour eux que de contourner l'embargo.

Sasha fila. Lorsqu'elle revint, elle confirma les inquiétudes de Dov. L'homme venait de se procurer des armes lourdes qui lui seraient livrées dans un port yougoslave. Le bateau s'appelait le *Lino*. L'homme avait acheté pour le compte du gouvernement syrien.

– Je vais m'occuper de lui, dit le Polonais.

Ils rentrèrent à leur hôtel. Dov s'enferma dans sa chambre et fit son bagage. Après quoi, il frappa à la porte de Sasha.

– Je suppose que vous restez au moins jusqu'à dimanche ?

La jeune fille confirma.

– Alors nous nous reverrons dans le futur État !

Il lui adressa un petit salut amical et s'en fut aussitôt.

Il prit le train pour l'Allemagne où il rejoignit Ari Finkstein.

Près de Munich, les deux hommes achetèrent des petits avions à un ferrailleur. Ils les laissèrent sur place, prévoyant de les rassembler un peu plus tard sur des aéroports de pays amis. Dov ne croyait pas que ces appareils seraient d'une grande utilité dans la guerre qui s'annonçait. Ari le détrompa. Il lui raconta qu'en Espagne, André Malraux montait dans les vieux Potez de son escadrille et balançait les bombes par les ouvertures.

– Alors nous ferons ainsi ! apprécia Dov. Si nous trouvons des bombes…

Un des agents de la Haganah en découvrit dans l'un des nombreux cimetières militaires qui peuplaient les pays d'Europe. Grâce à un pot-de-vin judicieusement distribué, il se fit nommer ambassadeur extraordinaire du Nicaragua, chargé d'enrichir son pays en armes. Il acheta une provision de bombes, des canons antiaériens et des mortiers. Il découvrit dix tanks qu'il put acquérir grâce aux bons soins de Shaul Avigour, l'homme de Genève. Celui-ci venait de recevoir la dot dont les Américains avaient gratifié Golda Meir.

Dov prit l'avion pour Rome. À Alicia, il repéra une base secrète où les futurs pilotes de l'État s'entraîneraient. Il rejoignit une ancienne pension de famille qui dissimulait dans ses combles l'émetteur central de la Haganah pour l'Europe. Il contacta la Maison rouge et demanda combien de pilotes le futur État pourrait aligner. Il reçut la réponse un quart d'heure plus tard : trente-sept.

– Il en faudra cent de plus, dit-il à l'opérateur qui actionnait la radio.

Il se mit en relation avec les agents chargés de récupérer des armes à travers le monde. Ceux qui se trouvaient aux États-Unis avaient acheté des munitions et des armes légères qui seraient acheminées en Palestine dans des caisses contenant des « machines agricoles ». Ils avaient également trouvé un vieux brise-glace qu'il était facile de convoyer jusqu'à Haïfa.

– Qu'en fera-t-on ? interrogea Dov.

– On lui adjoindra des canons de 20 mm et il fera un excellent patrouilleur.

– Bravo !

On avait déniché deux vieilles frégates et quelques vedettes au Canada. Ainsi que trois bombardiers, quelques chasseurs et deux Constellation en Floride et dans le New Jersey.

Les agents envoyés en Grande-Bretagne n'étaient pas restés inactifs. Ils étaient devenus producteurs. Pour les besoins d'un film sur la guerre, ils avaient loué trois chasseurs bombardiers.

– Au premier jour du tournage, on les fera s'envoler, et ils disparaîtront.

– Où ?

– Nous avons des accointances en Corse. À Ajaccio, il y a un petit aérodrome…

– Parfait !

– On a aussi un Constellation et dix petits appareils. Ils ont été achetés pour le compte d'une société installée au Panama. Eux aussi vont rallier la Corse.

– Bravo ! répéta Dov Biekel. Pouvez-vous contacter vos amis de l'aérodrome ?

On lui indiqua un numéro. Il téléphona et parvint à joindre un agent. Celui-ci connaissait un pilote néo-zélandais prêt à se mettre au service du futur État. Dov demanda qu'il prît l'air sur l'un des appareils stationnant à Ajaccio.

– Surveillez la côte dalmate. On cherche un cargo qui a appareillé, ou qui va le faire, et qui s'appelle le *Lino*.

Le bateau transportant des armes pour la Syrie fut repéré le lendemain. Quarante-huit heures plus tard, il mouillait à Bari, en Italie. Par un hasard inexpliqué, il explosa en plein port. Les armes qu'il contenait sombrèrent dans les eaux italiennes.

Deux frères

Lika boitait toujours, mais elle marchait seule. Chaque jour, Dimitri la plantait à l'entrée du passage de l'Enfer, côté Campagne-Première, et lui lançait :

– Une longueur !

Elle s'appuyait sur ses cannes anglaises et trébuchait jusqu'au boulevard Raspail. Les deux premières semaines, il avait accepté qu'elle s'arrêtât au milieu du passage pour reprendre souffle. Ensuite, il l'avait obligée à poursuivre sans marquer de pause. Désormais, le challenge était de deux longueurs.

– Tu vas jusqu'au bout, tu marques un temps d'arrêt, et tu repars ! Je t'attends !

Elle s'élançait. Parfois, l'embout de la canne glissait entre deux pavés. Dimitri se précipitait, mais Lika se rétablissait toujours sans lui et reprenait sa marche après lui avoir glorieusement tiré la langue.

Ils s'aimaient, ne se le disaient jamais mais se le montraient sans cesse. Elle clopinait en sachant qu'il veillait sur elle, à dix pas, et lui-même attendait, prêt à courir pour la cueillir avant la chute. Elle avait un but : le garder. Et lui : l'empêcher de tomber.

Ils avaient tourné pendant toute la guerre autour d'un même poteau, elle pour s'en délivrer, lui pour l'abattre. Ce pieu, c'étaient les nazis. Quatre ans durant, ils l'avaient écorchée vive. Quatre ans durant, il les avait lardés de coups de couteau. S'ils n'avaient pas exactement livré la même bataille, ils avaient tous deux survécu au même enfer. Il était pile, elle était face. Tout ce qu'il avait fait, il l'avait fait pour elle ; tout ce qu'elle avait espéré, c'était que des hommes comme lui agiraient comme il avait agi.

Elle lui serait éternellement reconnaissante d'avoir existé. Elle aimait ce meurtrier plus fort que les bourreaux de ses compagnes. Elle aimait cette fougue et ce courage qui l'avaient entraîné du nord au sud de l'Europe, puis là, auprès d'elle, chez Blèmia Borowicz, où, la découvrant, il avait embrassé un nouveau combat : elle, cette petite Hongroise pas plus haute que lui, boule de nerfs comme il l'était lui-même, qu'il s'était promis de conduire où elle voulait aller, c'est-à-dire en Palestine.

Ils s'étaient saoulés à la vodka, le soir du partage, seuls dans l'appartement de Boro. Ils s'étaient réciproquement congratulés. Héroïne, elle avait contribué à faire sauter l'hôtel King David. Vengeur démasqué, il avait poursuivi leurs fantômes communs au-delà du Rhin. *Mazel tov!* Ils s'étaient promis de rejoindre la Palestine dès que le docteur Romano l'autoriserait. Ils poursuivraient là-bas leur combat de toujours.

Souvent, les mots prononcés par Boro avant son départ pour New York dégrisaient Dimitri. De quel combat s'agissait-il? L'histoire était-elle la même? Se répétait-elle? Ne se laissait-il pas emporter par cet élan qui l'avait tendu, tel un ressort toujours bandé, pendant tant d'années? Ne confondait-il pas les hommes, les époques, les événements?

Il se posait ces questions, et beaucoup d'autres, interminablement. Elles lui semblaient errer d'un coin à l'autre de sa tête sans trouver de réponses appropriées. Ou plutôt, bien que connaissant les réponses à chacune de ces interrogations, il ne parvenait pas à leur appliquer le baume de raison et d'intelligence qui lui eussent permis de voir tout à fait clair en lui. Prolongement de lui-même, Lika ne pouvait pas l'aider en la matière.

Il la promenait, elle et ses béquilles, dans le passage de l'Enfer, sachant bien qu'il allait du même pas, convalescent lui aussi, butant sur les pavés de l'après-guerre.

Jusqu'au jour où, par un clair soleil qui illuminait les façades pastel de l'endroit, il aperçut un homme dans le passage. Cet homme portait une valise. Il observait les numéros inscrits sur la façade des immeubles. Il entra au 21 et en ressortit quelques minutes plus tard. Il avisa les deux jeunes gens à quelque cinquante mètres. Il se dirigea vers eux. En dépit d'une chevelure broussailleuse et toute blanche, l'homme paraissait plutôt jeune. Lika l'examina avec attention, car quelque chose chez lui l'intriguait. Après coup seulement, elle sut se l'expliquer. Évidemment!

Sans doute même comprit-elle une fraction de seconde avant eux. Le temps qu'il fallut à Dimitri pour s'arrêter net, oublier sa fiancée boiteuse, fermer à demi les yeux comme pour mieux voir, tandis que l'autre homme faisait de même à moins de dix pas, sa valise à la main, la mine interloquée.

Lika les observait. Elle en oublia ses béquilles. Elles tombèrent sur le pavé à l'instant exact où Dov Biekel tendait un doigt interrogateur en direction de Dimitri, posant une question dans une langue que la jeune fille ne connaissait pas. Et Dimitri acquiesça, murmurant :

– Dov !

Et Dov répondit :

– Dimitri !

L'instant d'après, les deux frères étaient dans les bras l'un de l'autre. Ils ne s'étaient pas revus depuis quinze ans.

Du rapport entre Madagascar et la Palestine

Bien qu'absent, Boro était au centre de tout. Il était le grand ordonnateur des rencontres qui transformaient cet après-guerre en un espoir où les événements personnels s'imbriquaient aux considérations géopolitiques. Autant pour lui-même, qui découvrait à New York la quadrature d'un cercle plus ou moins familial, que pour ses amis les plus proches. Certes, il n'avait pas retrouvé Noémie Albenitz, ni aucun de ses chers disparus, mais il participait largement à ce mouvement qui suit les déflagrations, lorsque, le tremblement de terre passé, les parentèles et les groupes se cherchent et se reconnaissent.

Il avait aussitôt vu en Dov Biekel le frère de Dimitri. Son œil de photographe ne l'avait pas trompé. Était-ce leurs statures en tous points comparables – taille moyenne, mais tout en muscles, ne se lassait pas de noter Lika –, une manière d'arc-bouter les épaules face à l'adversité, de détailler un inconnu avec une défiance perceptible dans le regard, de s'enflammer dans les échanges ? En tout cas, ils étaient là, passage de l'Enfer, dans la maison de Blèmia Borowicz qui était aussi le parrain de la jeune Hongroise et du couple qui dormait dans la chambre contiguë à la sienne.

Les deux frères étaient un peu plus que des demi-frères. Ils avaient le même père, et leurs mères étaient sœurs. Celle de Dimitri avait été tuée en 1937 à Dzalochine, un shtetl situé près de Lodz. Celle de Dov était morte pendant le soulèvement du ghetto de Varsovie. Leur père avait disparu l'année où Dimitri était parti pour l'Allemagne, celle où Dov était entré à la faculté de mathématiques de Varsovie. Il en avait été rapidement chassé comme tous les autres élèves juifs. La Pologne catholique réclamait avec force cris la déportation du peuple déicide, la confiscation de ses biens, le boycott de ses commerces, l'amnistie pour ses assassins.

– Ils voulaient nous envoyer à Madagascar. Ils ont développé ce projet avec Hitler. Celui-ci était d'accord pour le défendre, et même l'appliquer, à une condition : en échange de son soutien, la Pologne devait lui céder le corridor de Dantzig et l'accès à la Prusse orientale. Varsovie a refusé et la guerre a éclaté. Comme des milliers de Juifs polonais qui sont rentrés ou qui sont sortis des abris, j'ai soutenu mon pays contre les nazis.

– Tu comptes y retourner ?

– Jamais plus. Depuis, il y a eu Kielce. Les pogroms ont repris. Nous n'avons plus nulle part où aller…

– En Palestine, déclara Lika. C'est le seul endroit.

– Cette terre n'est pas dépeuplée, et le gros problème est là.

– Il est d'abord chez les Anglais.

– Les Anglais sont virtuellement sur le départ.

– Les Arabes les suivront, répliqua froidement la jeune Hongroise. Nous les y obligerons.

– Pas moi, répondit Dov Biekel.

– Tu y seras obligé.

Il reconnaissait là le fondement d'un débat national qui avait opposé et opposait encore, et opposerait longtemps, les militants de l'Irgoun et du Lehi à certains membres de la Haganah. Ils voulaient le « Grand Israël ». À n'importe quel prix. Il convenait de chasser les Arabes, puisqu'ils vivaient là et refusaient tout accommodement avec les Juifs.

– La position de Ben Gourion est celle du pragmatisme, objecta Dov. Créons l'État, acceptons les frontières qui nous sont proposées, et nous verrons ensuite.

– Hypocrisie ! s'enflamma Lika. Que ferez-vous, après ? La guerre, évidemment ! La guerre aux Arabes !

– S'ils refusent le partage, c'est ce qui se produira.

– Mais heureusement qu'ils le refusent, ce partage !

Négligeant ses blessures, Lika se leva. Elle avait oublié ses cannes anglaises. Elle se tint un instant dressée contre Dov, puis se laissa retomber sur le fauteuil. Dimitri la regardait. Il observait aussi son frère.

– Vous vous rendez compte, s'ils l'acceptaient ! L'opinion publique internationale ne comprendrait pas que les Juifs prennent les armes pour modifier les lignes de partage proposées par les Nations unies ! Mais, s'ils les prennent pour se défendre, alors tout change !

– Sauf que nous n'avons pas d'armes.

– Tout change, poursuivit Lika sans tenir compte de l'argument, parce qu'alors nous entrons dans une logique de guerre. Une guerre que nous n'aurons pas voulue. Qui nous aura été imposée. Dès lors, c'est comme partout : que le meilleur gagne. Et nous gagnerons.

– Sans armes ? répéta Dov.

– Nous en trouverons. Grâce à elles, nous agrandirons le territoire octroyé par les Nations unies. C'est cela, le plan de Ben Gourion.

– Et celui de l'Irgoun ?

– Le même, moins l'hypocrisie. Nous nous sommes débarrassés des Anglais. Maintenant, débarrassons-nous des Arabes.

Jusqu'alors, Dimitri n'avait pas prononcé une parole. Il regardait tour à tour son amoureuse, puis son frère, comme s'il savait qu'il allait blesser l'un d'eux et qu'il s'en désolait par avance. Il comprenait que les arguments échangés lui étaient en réalité destinés. Il fallait qu'il choisisse. La parole de Boro pesait sur ses épaules : la guerre était finie.

– Je n'ai pas fait tout cela pour en arriver là, dit-il, d'une voix très calme. Je n'ai pas combattu les nazis pendant quinze ans, les franquistes pendant deux ans, pour prendre la place d'un peuple sur une terre trop convoitée.

D'une seule voix, Lika et Dov s'écrièrent que les situations n'étaient pas comparables. Dimitri en convint.

– Mais, précisa-t-il, le risque existe de devenir l'oppresseur des Arabes. Et cela, pour ce qui me concerne, jamais !

– Tu les défends ? questionna Lika avec une rage sourde.

– Je les comprends.

Elle se leva de nouveau. Elle voulait rompre.

Elle se rassit d'un même mouvement. Elle ne le voulait pas.

– Comme vous, je souhaite que nous ayons un État. Nous ne savons où aller, et, en effet, personne ne veut de nous. Mais comment ne pas entendre les Arabes quand ils disent que les Nations unies s'achètent une bonne conscience sur leur dos ?

Quand ils nous rappellent qu'ils ne sont pas responsables du génocide ?

– Je ne les entends pas, répliqua Lika, fermée, car je n'oublie pas que le mufti était à Berlin pendant la guerre, et qu'ils ont choisi le camp de ceux qui nous ont massacrés.

– C'est vrai, approuva Dov.

– Partiellement, contesta Dimitri. Tous n'étaient pas de ce bord-là. Douze mille se sont engagés dans l'armée britannique.

– Presque tous.

– Ce qui reste inacceptable, reprit Dimitri, c'est qu'ils prétendent jeter les Juifs à la mer. De quel droit ? Parce qu'ils sont en Palestine depuis sept siècles ?

– Nous y sommes nés. Au moins symboliquement.

– Je n'admets pas ces critères d'antériorité, déclara Dimitri d'une voix ferme. C'est comme les enfants : *oui, mais j'étais là avant lui !* Ce qui est vrai, c'est qu'ils ont le droit d'y être, et nous aussi. Comment faire ?

– Se défendre s'ils nous attaquent, proposa Dov.

– Se défendre *seulement* s'ils nous attaquent, précisa Dimitri.

– Alors, nous sommes d'accord.

C'est ainsi que Dov Biekel recruta son frère et l'amoureuse de son frère. Trois jours plus tard, après une ultime visite au docteur Romano, ils s'embarquaient pour la Palestine.

Trois petits cailloux

Enchevêtrées les unes dans les autres, les tombes du vieux cimetière juif de Prague paraissaient glisser dans la mémoire du sol. Les lettres gravées sur les pierres avaient été érodées par le temps. Les feuilles mortes de l'hiver restaient accrochées dans les angles comme des larmes gelées.

Il n'y avait personne.

Sasha s'était difficilement frayé un chemin parmi la foule des manifestants qui encombraient les rues de Prague. Les tramways ne passaient plus. Ça et là, au croisement des avenues ou des places, quelques orateurs juchés sur des charrettes appelaient le président Benès à céder aux revendications des communistes. D'autres défilaient, drapeaux rouges déployés. Les queues devant les magasins s'étaient formées ailleurs, loin des devantures vides. La foule grondait. Elle réclamait des têtes. Sasha doutait de l'authenticité des cris et des slogans. Elle percevait comme une orchestration supérieure et lointaine qui s'était abattue sur son pays. Quels crimes avaient donc commis les Tchèques pour, dix ans après Munich, devoir encore subir la loi d'un plus fort ?

Elle attendait dans le froid, appuyée contre un arbre mort. Elle avait convoqué Borowicz en ce lieu étrange et tragique parce qu'elle avait pensé qu'il ne pourrait déserter un endroit aussi symbolique, aussi chargé d'histoire. Elle y venait souvent avec ses parents, jadis. De sa lointaine Slovaquie, le rabbin de Bratislava était capable de décrire l'architecture des stèles, une à une, sans la moindre erreur. Sasha les observait, la voix de l'Homme Illustre dans l'oreille. Elle refaisait seule le parcours qu'ils avaient suivi ensemble pendant de nombreux mois, quand les Rabbins du monde espéraient, à travers eux, sauver les Juifs de Slovaquie.

« Mon pays », murmura Sasha.

Elle consulta sa montre. Il était presque seize heures. Boro ne viendrait pas. Elle se demandait quelle folie l'avait poussée à l'appeler ici, petit coin de terre au-delà de l'autre continent, de l'autre mer, croyant qu'un avion l'y conduirait pour ses beaux yeux peut-être, un dimanche, dans une capitale en ébullition, au beau milieu de l'après-midi.

Elle se détacha de l'arbre mort. Elle fit un pas dans le cimetière, puis un autre, et elle marcha entre les tombes comme si la main du rabbin de Bratislava tenait la sienne.

C'est alors qu'elle l'aperçut.

Il se tenait au-dessus d'une pierre tombale, le Leica vissé à l'œil. Il bougeait imperceptiblement, s'inclinant latéralement, puis retrouvant la verticale. Le lacet de son stick était passé autour de son poignet. Il tanguait doucement dans l'air glacé de l'hiver.

Elle s'arrêta et le regarda, de dos, cet homme qui venait de l'autre continent, de l'autre mer, et qui se trouvait là, maintenant, nu-tête, emmitouflé dans un manteau rouille, couleur des feuilles.

Sans se retourner, il lui adressa un signe de la main. L'avait-il vue ? Il insista. Elle approcha doucement. Quand elle fut à côté de lui, il maintint son appareil devant lui mais se déporta afin de dégager le viseur.

– Regarde, dit-il doucement.

Elle posa l'œil contre l'appareil. Dans un cadre clair, presque transparent, apparaissait la première lettre de l'alphabet hébreu, éclairée par un timide rayon de soleil qui la prolongeait, la démultipliait comme une constellation dans un ciel froid.

– Je suis là depuis vingt minutes. Je t'avais vue. Mais il y avait cette photo… Je savais que la lumière disparaîtrait vite.

Il la remplaça derrière le Leica et mitrailla jusqu'à épuisement de la pellicule. Alors il se tourna vers elle et lui ouvrit les bras.

– Bonjour, jeune fille ! Bonjour, Sasha du *Willard* !

Il l'embrassa. Elle fondit sous lui.

– Je vous quitte dans un kibboutz près de Jérusalem et je vous retrouve ici, dans le vieux cimetière juif de Prague. Y aurait-il quelque obsession en vous ?

– Certainement, admit-elle.

– Parle encore, dit-il. Je ne prononcerai plus un mot avant que tu m'aies tout raconté.

– Mais rien !

– Je me fiche absolument de ce que tu vas dire. La seule chose qui m'intéresse, c'est ta voix. Parle-moi !

Elle lui raconta son voyage en compagnie de Dov Biekel.

– Encore une fois, commanda-t-il quand elle en eut terminé.

– Non. Maintenant, c'est à toi.

Il regarda le ciel, d'un gris uniforme désormais. Le rayon de soleil avait fui.

– D'abord, nous allons marcher ensemble entre les tombes.

– Silencieusement ?

– Bien sûr.

Il connaissait le cimetière juif de Prague. Mais le revoir ainsi, trois ans après la guerre, l'emplissait d'une émotion sans égale. Il en restait donc quelques-uns, dans ces tombes. La maison habituelle des morts. Ils ne reposaient pas tous dans des charniers, entremêlés les uns aux autres comme les pierres blanches de ce cimetière. Était-ce le destin de ce peuple que de dormir dans les profondeurs, et non en surface ? Devrait-il longtemps encore creuser pour habiter le timide espace qu'on acceptait de lui accorder ? Ou faudrait-il qu'il conquière par les armes le droit de s'étendre au soleil.

« Curieuse image », murmura-t-il.

Il s'agenouilla près d'une tombe, ramassa trois cailloux qu'il sécha entre ses gants avant de les déposer sur la pierre : un pour Maryika, un pour Dimitri, un pour son fils.

Trop, ce serait trop

– Maintenant, c'est donc à toi. Et tu ne m'échapperas pas.

L'après-midi avait achevé sa course dans la chambre surplombant la Vltava. La nuit lui avait succédé, seulement coupée par un dîner fin qu'ils s'étaient fait servir au lit. Ils s'éveillaient. Au bracelet-montre de Blèmia, il était cinq heures.

– Donc, j'apprends par tes lettres que tu n'es plus à Paris, mais à New York.

– J'y suis allé pour couvrir les débats et le vote sur le partage, mais cela ne s'est pas du tout passé comme je l'avais imaginé. Figure-toi que je n'ai rien vu de ce jour historique… J'ai dormi.

Elle eut un geste en direction de son front qui lui fit penser qu'avant, dans un *avant* qu'il n'aurait su préciser, elle avait les cheveux très courts.

– J'ai été emporté par quelque chose de plus fort que moi. Cela ne m'était jamais arrivé avant.

Il se leva et se pencha, nu, vers le cerceau du fleuve. Celui-ci apparaissait, très sombre, sous le pâle halo de la lune. Boro songea au Danube.

– Bien sûr, j'ai déjà raté des reportages parce que j'étais épuisé ou pour des raisons de cet ordre. Mais, cette fois, je me suis trouvé submergé par…

Il chercha le mot le plus approprié et finit par le lâcher comme avec des pincettes :

– … par une défaillance psychologique !

Il ricana devant l'incongruité de la chose et s'en revint vers le lit.

– Je me suis découvert une famille. Un oncle, un fils ! Cela m'a brisé.

Sasha ne comprenait pas. Lui, à peine.

– Je croyais que ces choses-là ne m'intéressaient pas : moi, l'histoire des miens…

Il prit la main de Sasha dans la sienne et la baisa au creux de la paume : il y avait une forme d'indélicatesse à évoquer des retrouvailles qu'elle ne vivrait jamais puisque tous, chez elle, avaient disparu.

– Continue, fit-elle en frottant le dos de sa main contre sa joue.

– Non, dit-il.

– Je t'en prie !

– Mais pourquoi ?

Elle s'allongea contre lui et souffla :

– Si je veux m'attacher à toi, il faut que je te connaisse mieux.

– Ne t'attache pas !

– Trop tard.

Il la prit dans ses bras et éteignit la lampe : il se trouvait mieux dans le noir pour parler de lui-même.

– Cet afflux de personnages familiaux m'a renversé. C'est exactement cela : *renversé*. Comme si une voiture m'avait précipité cul par-dessus tête dans un fossé. Alors je suis resté là, sonné, pendant quelques jours. Après, je me suis occupé de mon fils.

– Comment s'appelle ton fils ?

– Sean.

Il raconta à Sasha cette étrange paternité qu'il avait accepté inconsciemment de partager avec son ami le plus proche, son presque frère : Dimitri. Jusqu'à ce voyage à New York, il ne pensait jamais au garçon. Et si Maryika mentionnait son nom, il refusait de saisir la balle au bond, se dégageant d'une manière ou d'une autre en faisant la passe à Dimitri. Pourtant, ils s'étaient battus à propos de cet enfant. À moins qu'ils ne l'eussent fait pour sa mère ?

– Ma cousine Maryika… Je l'ai énormément aimée. D'ailleurs, je l'aime toujours.

– On peut aimer sa cousine ? questionna à mi-voix Sasha.

– D'une certaine façon.

– Comme la mère de ton enfant ?

– Non.

Sasha se dressa sur un coude. Dans l'ombre, Boro distinguait seulement l'angle de sa joue.

– Tu as couché avec elle ?

– Une fois.

– Celle de Sean, dit-elle.

– Peut-être deux.

– Là ? À New York ?

– Non.

Ils étaient restés dans l'appartement de la Cinquième Avenue, n'en sortant que pour faire quelques courses ou attendre Sean devant son collège. Ils avaient mené une sorte de vie de famille. Quelque chose de calme, de très doux, d'absolument sans danger.

– Sean voulait venir avec moi à Paris, puis en Palestine.

– Pourquoi ne l'as-tu pas emmené ?

– Pour te voir.

Elle pouffa.

– Tu mens !

– Un peu.

Il l'embrassa, roulant sa langue sous la sienne, puis la glissant sous ses gencives.

– Si peu !

L'homme chargé d'écouter les conversations téléphoniques dans l'appartement de la 66e Rue s'était présenté un matin à la porte de Maryika. Il avait seulement dit : «Vous devez être dimanche à quinze heures au cimetière juif de Prague. Le message est de Sasha, du *Willard*.» Rien d'autre.

– Et tu es venu ! s'exclama Sasha, ravie.

– J'étais là dès hier soir.

– Pardon ?

Elle plia son coude et il retrouva le profil de sa joue dans la pénombre.

– Il y avait deux avions. L'un arrivait le samedi soir, l'autre le dimanche matin. J'ai pris le premier. J'ai fait escale à Londres.

– Mais il fallait me retrouver avant !

– Où ? demanda-t-il en riant.

Il l'attira sur lui, alluma la lampe de chevet et dit :

– Nous partons demain soir.

Elle ouvrit de grands yeux.

– Je me suis promené, j'ai pris quelques photos. J'ai posé des questions.

– Dans quelle langue ?

– Hongrois, anglais, allemand… La situation va se tendre, demain, et il se peut que les frontières soient aussitôt fermées. Ce n'est pas un risque que nous devons courir.

– Et où irons-nous ?

– Paris.

Elle secoua la tête.

– Je retourne à Jérusalem. On m'attend à l'hôpital.

– D'abord Paris, puis Jérusalem, proposa-t-il.

Elle lui suggéra de franchir deux frontières et de faire une escapade dans le pays de sa mère et de sa cousine. Il refusa obstinément. Elle insista. Il dit qu'il n'irait pas. Elle lui demanda pourquoi. Il répondit :

– Un peu de famille, ça va. Trop, ce serait trop.

– Belle phrase ! s'écria-t-elle, moqueuse.

Il en convint et éteignit la lumière.

Le coup de Prague

Au printemps 1945, Edouard Benès rentrait d'exil. Après avoir passé quatre ans en Angleterre, il retrouvait son pays amputé de la Slovaquie. Celle-ci avait fait sécession en 1938 pour devenir un État croupion dirigé par Mgr Tiso, inféodé au IIIe Reich. La Tchécoslovaquie retrouva son intégrité à la fin de la guerre. Le parti socialiste d'Edouard Benès conclut un accord de gouvernement avec les sociaux-démocrates, les populistes et les communistes.

Aux élections de mai 1946, le parti communiste devint la première formation politique du pays. Pour autant, le régime démocratique alors en vigueur fut maintenu. Jusqu'au moment où le président Benès voulut se rapprocher de l'Europe occidentale, notamment de la France. Staline opposa son veto à cette politique et obligea les ministres tchèques à refuser l'aide à la reconstruction, objet du plan Marshall. Jan Masaryk, fils de Thomas – le père de la patrie – considéra alors que son pays était passé sous contrôle des Soviétiques. Le bloc de l'Est, constitué de la Pologne, de la RDA, de la Hongrie, de la Roumanie, de l'Albanie et de la Bulgarie, venait de verrouiller sa frontière occidentale.

Lorsque Sasha et Boro arrivèrent à Prague, en février 1948, toutes les formations politiques préparaient les élections prévues pour le printemps. Cette fois, les communistes n'apparaissaient pas les mieux placés. Ils procédèrent alors selon une méthode qui allait faire ses preuves pendant les quatre décennies à venir : ils posèrent un pied botté sur les assemblées et les institutions démocratiques. Klement Gottwald, chef du gouvernement,

Rudolf Slansky, secrétaire général du Parti communiste, orchestrèrent avec maestria la partition écrite à Moscou. La police fut entièrement noyautée, les syndicats mobilisés, les ouvriers embrigadés, les armes distribuées. Les plus farouches partisans d'une alliance avec l'Ouest furent arrêtés. Trois ministres non communistes échappèrent à des attentats au colis piégé. Eux et quelques autres offrirent leur démission au président Benès, qui la refusa. Le ministre de l'Intérieur, Vaclav Nosek, dispersa ses milices aux quatre coins de la ville.

Le lundi matin, quand Sasha et Boro quittèrent leur chambre d'hôtel, les standards téléphoniques, la radio, les sièges des journaux étaient occupés. D'immenses cortèges se formaient sur les artères principales. Un Leica dans la main, l'autre dans la poche, Blèmia photographiait. La situation de Prague lui rappelait celle de Barcelone en 37. Avec, cependant, une différence essentielle : en Espagne les staliniens avaient réduit leur opposition de gauche par la force et organisé la prise du pouvoir par les armes. Ici, ils se couvraient derrière un vernis démocratique. L'armée n'apparaissait pas. Les manifestants étaient des civils – les hommes plus nombreux que les femmes, elles en fichus, eux en pardessus gris et chapeaux sombres. Ils marchaient en silence, sans joie, masse compacte rejoignant les places où les orateurs appelaient à l'épuration : épuration des administrations, de la police, du gouvernement.

Tout en photographiant, Boro se faisait traduire les slogans par Sasha. Elle prenait ce rôle très à cœur. Après tout, ne l'avait-elle pas fait venir pour cette raison : qu'il accomplisse son métier de reporter photographe sur la scène dévastée de son ancien pays ?

Oui : son ancien pays. Comme Boro lui prenait la main pour traverser l'esplanade de la place Saint-Georges noire de monde, elle dit qu'elle ne reviendrait plus, qu'elle ne reconnaissait pas son peuple dans ces foules lâches qui couraient à la soupe.

Elle ajouta :

– Tu verras ! Même Benès abdiquera !

Elle trébucha sur un rail de tramway. Il la rattrapa.

– Les communistes sont des salauds !

– Ce ne sont pas des communistes, rectifia Boro.

En Espagne, bouleversé par les mensonges et les trahisons, Dimitri lui avait donné la clé de l'histoire.

– Ce sont des staliniens.

– Comment ces types-là peuvent-ils se conduire ainsi après avoir libéré la moitié de l'Europe ?

À cette question, Borowicz n'avait pas de réponse. L'Espagne lui avait appris à ne pas compter sur le Petit Père des peuples pour protéger les peuples. À Barcelone, à Madrid, à Albacete, il avait vu les sbires du général Orlov à l'œuvre. Ils avaient accompli là-bas la tâche qu'ils avaient commencée chez eux en organisant les purges et les procès des années trente. Avouez ! Debout face aux pelotons ! Neuf grammes de plomb par opposant !

Les vétérans de la guerre d'Espagne avaient été assassinés dès leur retour au pays : comment mieux les faire taire pour qu'ils ne racontent pas ce qu'ils avaient vu là-bas ? Puis Staline avait fait exécuter les généraux et officiers supérieurs qui l'avaient mis en garde contre la fourberie hitlérienne : comment mieux les faire taire pour qu'ils ne racontent pas ce qu'ils avaient dit sans jamais être entendus ?

– La logique stalinienne est elle de la dictature et du sang, dit Boro comme ils traversaient le pont Charles pour rejoindre l'hôtel de ville. Mais ce n'est pas celle des communistes.

Les vrais, il les avait vus à l'œuvre dans les milices de la République espagnole, puis dans la résistance. Eux n'usurpaient aucun titre. Ils se battaient pour un idéal qui n'avait aucun rapport avec l'oppression organisée au nom d'une idéologie dévoyée. Ce qu'il leur était donné de voir là, précisément, à Prague, au cours de cet hiver 1948.

– Arrêtons-nous là un instant, dit-il à Sasha.

Il lui prit le bras et la conduisit dans l'embrasure d'une porte cochère.

– Je vais te raconter une histoire. Elle se passe à Paris à l'automne 1941. C'est un jeune type de quinze ans qui cherche un nazi pour le descendre dans la rue. Il a des copains qui font la même chose. Les plus âgés ont dix-huit ans. Ils sont tous communistes. Entre le moment où ils tirent leur premier coup de feu et celui où ils reçoivent une dernière balle, celle du peloton d'exécution, ils vivent entre trois et six mois. Pas plus. Quand ils meurent, d'autres types prennent le relais. Ceux-là sont un peu plus âgés. Mettons, vingt ans. Ils sont juifs, étrangers, et tous communistes. Tous fusillés et tous sachant, au début de leur combat, qu'ils vont l'être. Mais ils y vont quand même.

Boro montra une voiture noire qui passait devant eux, acclamée par une petite troupe de miliciens portant un brassard rouge.

– Ces types-là n'auraient eu que mépris pour ceux qui s'apprêtent à voler le pouvoir ici aujourd'hui.

Il reprit la main de Sasha.

– Viens.

Ils suivirent la voiture noire. Boro avait reconnu la silhouette carrée du premier ministre, Klement Gottwald.

– On va le mitrailler ! Ce sera notre combat !

Il se précipita vers la voiture officielle. Elle roulait au pas, ralentie par la foule. Boro se pencha, le Leica vissé à l'œil. Gottwald lui adressa un petit salut de la main.

– Viens ! cria-t-il de nouveau à l'adresse de Sasha.

Elle le regardait, incrédule. Il fendait la foule, canne brandie devant lui, tenant son appareil d'une main, se haussant sur la pointe des pieds pour photographier par-dessus les visages, cadrant sans doute les mille horloges de Prague, les clochetons, les caténaires des tramways, puis braquant son objectif sur une personne isolée, un groupe, s'agenouillant pour les prendre en contre-plongée, remerciant, filant plus loin et recommençant.

D'un double coup de coude, il éloigna deux miliciens qui le serraient de trop près, revint chercher Sasha qui avait perdu du terrain, et ils arrivèrent sur la place de l'Hôtel de Ville en même temps que le chef du gouvernement. Celui-ci rejoignit une estrade sur laquelle d'autres officiels en gris sombre l'attendaient. Il serra des mains, on brancha les micros, il parla. Boro le mitraillait, c'était bien le mot. Lui et les fonctionnaires bureaucrates qui l'entouraient comme ils encadraient déjà la plupart des chefs de gouvernement des pays confiés à la garde des Soviétiques.

Boro cria pour se faire entendre :

– Que dit-il ?

– Il appelle ses troupes à maintenir l'état d'alerte, traduisit Sasha. Il demande qu'on protège les ministres communistes pour qu'ils ne soient pas démissionnés.

Boro rechargea ses deux Leica. Prenant appui sur l'épaule d'un quidam en pardessus, il se hissa sur la ridelle d'un camion.

– *International Press !* cria-t-il.

On lui fit une place. Il épuisa ses deux nouveaux rouleaux, puis redescendit et rejoignit Sasha.

– On s'en va, dit-il.

Square Venceslas, il recensa ses munitions : il avait impressionné seize rouleaux. Il lui en restait quatre.

– Maintenant, promenons-nous.

Ils revinrent vers les palais des vieux rois de Bohême.

– Quand part-on ? demanda Sasha.

– Je te l'ai dit : dès ce soir.

Il avait réservé deux places sur le dernier vol pour Paris.

– Pour que mes photos présentent un quelconque intérêt, il faut qu'elles soient exclusives. Demain, elles ne le seront plus.

– C'est la seule raison ?

– Je pense aussi que les frontières vont être fermées.

– Mais encore ?

Elle paraissait insatisfaite.

– Tu voudrais rester ?

Elle secoua la tête.

– Alors ?

– Alors, dit-elle de sa belle voix rauque, lorsque tu prends deux billets pour où que ce soit, et si je suis la seconde personne, je voudrais que tu me demandes si j'accepte de te suivre.

Il la considéra avec ébahissement.

– Parce que tu refuserais ?

– Macho de con ! s'écria-t-elle.

– On me l'a déjà dit.

Il reprit sa marche. Il allait plus vite qu'elle. À son tour, il boudait.

– Moi, je rentre. Toi, tu fais ce que tu veux.

Elle s'arrêta et posa les poings sur ses hanches. Il poursuivait sa route vers la Vltava.

– Blèmia Borowicz !

Il se retourna. Elle était plus belle que jamais. Fine et fière dans un long manteau grenat assez bien assorti à la façade du bâtiment rococo qui se profilait derrière elle.

Il sortit son Leica.

– Ne bouge pas !

Elle se retourna en haussant les épaules.

– Tant pis ! regretta-t-il.

Il la rejoignit. Elle était littéralement furieuse.

– Quand as-tu pris les billets ? demanda-t-elle sur le souffle, la voix aussi coupante qu'une lame.

– Avant de partir de New York

Elle fit volte-face et le regarda bien en face.

– C'est cela que je te reproche, Blèmia Borowicz ! D'avoir pris MON billet sans savoir ce que je comptais faire, sans me l'avoir demandé, sans même être sûr que tu serais à l'heure au vieux cimetière juif !

– Ah bon ! fit Boro.

Il n'en revenait pas.

– Je rentre à l'hôtel.

Il la suivit, penaud.

Une larme à l'œil

Olga Polianovna détestait la neige. Les hommes sortent moins volontiers sous les flocons que sous le soleil. Les toupies volantes du Sébasto et de Godot-de-Moroy fuyaient le trottoir par temps mouillé. La galetouse de ce mois de février serait maigrelette. Non que l'ancienne danseuse de chez Balanchine prît une commission sur toutes ses protégées. Mais certaines avaient le cœur large et la reconnaissance généreuse. Elles se souvenaient que la Louve les avait aidées autrefois, quand elle aussi mettait la main à la pâte. Elle avait levé le pied pendant la guerre pour se consacrer à peu près exclusivement à son quasi-époux, Scipion l'Africain aux multiples enfants. Elle tenait alors un bordel à Barbès-Rochechouart[1], où les demoiselles interrogeaient la marchandise boche avant de transmettre à une clientèle triée sur le volet de la Résistance.

Olga était patriote. Elle ne comprenait pas pourquoi le général de Gaulle ne l'avait pas décorée. Elle aurait au moins mérité la Légion d'honneur ! N'était-ce pas un réseau que ce lupanar de luxe où quinze filles gâtaient l'Occupant dans le seul but de collecter des informations utiles ? Elles allaient à la turlutte comme on monte au front ! Elles dégoupillaient leurs robes, armaient leurs bouches et leurs mains, elles attaquaient cul au clair, et encore en chantant, elles gravissaient les tuniques, les pantalons, découvraient les chemises, les cols, les cravates, bramaient comme on meurt et mouraient en bramant – car rien

1. Voir *Cher Boro*.

ne leur coûtait tant que de cultiver la jouissance allemande pour le plaisir du renseignement.

Et elle, la Louve de Sibérie, maîtresse femme de ce maître bordel, elle qui avait dirigé d'une main de fer ce réseau de première bourre, n'avait obtenu aucune récompense, sinon la fermeture de son hospice pour filles ! Elle aurait pu accrocher un ruban rouge à sa jarretelle ! Prétendre à une retraite de combattante ! Titrer ses cartes de visite !

Au lieu de quoi, tous les matins, elle donnait la main à un fleuriste qui n'avait même pas l'heureuse idée de la tripoter un peu ! Certes, quand elle s'observait dans le miroir, elle comprenait qu'on préférât plus ferme et plus jeune. La joue se déglinguait. La lèvre partait à tribord. Les racines avaient besoin de colorant. Mais elle savait encore aborder ! Tenir un gouvernail ! Tomber à la flotte !

Boro, par exemple, le petit Tsarévitch qu'elle apercevait au loin, remontant d'un pas tranquille la rue Daguerre. On ne l'avait pas vu depuis longtemps. Était-ce une raison pour ne pas lui offrir une chance ? Après tout, il avait donné, naguère ! Et joyeusement, même ! À l'évocation de ce souvenir, l'ancienne reine des trottoirs se tâta soudain l'occiput : avait-il vraiment faibli, ou bien était-ce un rêve ?

Elle l'aborda alors qu'il s'apprêtait à tourner dans la cour où l'imprimeur faisait démarrer ses machines.

– Prince Boro, fit-elle avec majesté, bienvenue chez vous !

Il s'inclina cérémonieusement et lui prit la main. Il la baisa en même temps qu'un flocon de neige tombant dru.

– Offrez-moi mon café matinal, voulez-vous ?

Blèmia consulta la montre de son père, qu'il ne quittait plus. Il n'était pas encore neuf heures.

– Allons-y, ma danseuse préférée !

Il lui prit le bras recouvert d'un taffetas harmonieusement bouclé.

– Du tout neuf ? questionna-t-il en élargissant l'angle de vue jusqu'à embrasser complètement l'étrange robe-sac qu'Olga portait comme un manteau.

– Du très vieux raccommodé.

Ils entrèrent dans un bistrot qui sentait l'ail et se posèrent au bar. La direction venait de changer : elle mesurait ce jour-là un petit mètre soixante-quinze pour un tour de poitrine raisonnable et un décolleté osé pour la saison.

– Du pas neuf du tout, répéta Olga.

Elle souffrit en ajoutant un deuxième membre de phrase auquel elle avait réfléchi le temps de traverser et de s'asseoir, et qui lui semblait être une solide entrée en matière :

– Un peu comme moi.

Blèmia tomba dans le panneau. Il se récria :

– Tu racontes des sornettes !

Elle se mit à pleurnicher :

– J'aimerais bien.

Il lui prit le menton entre le pouce et l'index, comme il avait fait la veille avec Sasha. Le teint était certes bien différent, et l'histoire du visage aussi. Il dit :

– Tu es merveilleuse !

– Pas une ride ?

– Une toute petite.

Du doigt il suivit une ravine qui courait de la paupière à la joue.

– Pas d'autres ?

Il regarda attentivement.

– Pas que je voie.

– Tu vois mal, cracha-t-elle en se détournant.

La direction leur posa deux petits noirs.

– Olga ! Hé, Olga !

– Oui ? dit-elle en regardant le mur.

– Je t'aime comme tu es, et tu es belle comme je t'aime.

– Au point de me suivre ?

– Jusqu'au bout du monde !

– C'est trop loin. Raccourcis la distance.

– Alors regarde-moi.

Elle lui présenta son profil.

– Tu vois avec l'oreille, maintenant ?

Elle vida sa tasse et commanda un Pernod.

– À cette heure ? demanda Boro.

– Le Pernod console des malheurs qui se sont abattus sur les épaules flageolantes de l'ancienne danseuse de chez Balanchine que tu as aimée une nuit.

– Une nuit ? douta Blèmia.

Lui non plus ne se souvenait pas si ses ardeurs étaient allées jusqu'à la nuit.

– Voudrais-tu encore ? demanda la Louve en se tournant vers lui avec un sourire crispé mais une dentition parfaite.

– Déjà, il faudrait savoir si nous l'avons vraiment fait !

– Exact. Mais pour cela, il faut recommencer.

– Tu te souviens des détails de chaque fois ! admira Boro.

– En général non, fit-elle, mutine. Mais toi, certainement !

– Allons, fit Boro en déposant un billet sur le zinc. Devenons raisonnables.

– C'est ce que je te disais avant d'entrer dans ce bouge : du très vieux raccommodé.

Boro ramassa la monnaie, glissa sa main sous la taille de sa chère Olga, la ramena vers elle et lui déposa un solide baiser en pleine bouche.

– Tu vois !

Le bercail et la Paix

Marinette Merlu ouvrit des yeux d'avalanche quand Blèmia Borowicz passa le pas de la porte. Il lui sembla qu'elle allait dégringoler vers lui et l'ensevelir dans la poussée de ses bras.

Il se glissa derrière le standard et appliqua deux baisers sonores sur ses joues rebondies.

– Marinou Marinon ! Comment va-t-on, depuis tout ce temps ?

– Tristement, monsieur Boro. Sans vous, l'agence…

– Tssss !

Il lui tira gentiment l'oreille.

– Je ne suis pas monsieur Boro et je n'accepte pas l'emploi du *vous* quand nous avons échangé mille baisers il y a peu !

Germaine Fiffre, qui venait de faire irruption dans l'entrée, saisit les derniers mots prononcés par son Kirghiz préféré. Elle afficha un regard outré qui fut capté par Olga Polianovna, laquelle venait d'entrer dans le sillage du reporter.

– Excusez du *peu* ! chantonna Marinette Merlu.

Elle compta sur ses doigts.

– Cela doit bien faire quinze ans !

– Remettez le couvert ! grinça la Louve. Il y aura du monde à table !

Prakash, Pàzmany et Ted Bitruche apparurent à l'extrémité du couloir. En moins de trois minutes, la nouvelle avait fait le tour de l'agence : il était de retour !

– Holà, Choucas ! s'écria le reporter en quittant Marinou pour aller embrasser son double. Même Pàz est là !

Il les étreignit tous deux. Il s'attarda près de Pàzmany qu'il n'avait pas vu depuis longtemps.

– On a pris un peu de gras, et aussi des couleurs, mon garçon !

Ils s'embrassèrent à nouveau : trois Hongrois échappés de chez eux, camarades depuis vingt ans.

Germaine Fiffre dérivait vers la bouderie. Boro la cueillit à l'instant où elle s'apprêtait à tourner casaque pour rejoindre son bureau, s'enfermer et entamer une petite grève qui apprendrait les bonnes manières à l'Insupportable Suborneur : comment osait-il léchouiller tous ces visages en oubliant le sien, certes moins jeune que les autres, mais il y avait un temps pour tout, et le travail qu'elle accomplissait à l'agence valait largement un regard, sinon une bise !

– Bonne Germaine !

Boro lui fila l'accolade.

– Vous avez veillé sur tout durant mon absence ? Le personnel, les chiffres, l'extinction des ampoules, le propre du linoléum ?

– Absolument tout ! assura la chef comptable. Vous pouvez leur demander !

Elle montra le personnel de l'agence assemblé dans l'entrée. Personne n'approuva. Ils aimaient ce jeu dont les règles n'avaient pas été édictées : saisir le premier prétexte pour faire bouillir la vieille fille et assister aux débordements de sa susceptibilité.

– Je ne vois pas de quoi elle parle, commenta, perfide, Olga Polianovna. Elle n'a veillé sur rien du tout.

– Nous sommes assez grands pour nous prendre en charge nous-mêmes ! enchaîna Marinette. N'est-ce pas, les garçons ?

Les deux Hongrois approuvèrent. Ted Bitruche ne se prononça pas : il attendait de voir dans quelle direction allait souffler le vent pour s'orienter. Germaine s'apprêtait à prendre la route de son bureau quand Blèmia l'arrêta d'un geste.

– On ne se fâche pas le jour de mon retour ! On sourit et on ne boude pas !

– Je ne boude pas, répondit la Fiffre d'un ton boudeur.

Elle lança le menton en avant, frappant Marinette d'un regard étincelant.

– Surtout quand certains jouissent d'un privilège auquel, par chance, je n'ai pas goûté !

Prakash et Pàzmany, qui savaient tout sur les vies multiples de leur premier camarade, frère et ami, éclatèrent de rire à l'énoncé de cette perfidie.

– ... Quand je dis certains, je pense à *certaines* !

La Fiffre frappa Olga du même regard que celui avec lequel elle avait fusillé la péronnelle du standard.

La Louve balança la main de gauche et de droite.

– On ne sait pas, justement… Nous en parlions il y a à peine un quart d'heure.

Germaine Fiffre haussa les épaules et s'en fut dans ses appartements. Le claquement de la porte sur le chambranle fit tomber la neige accumulée sur la gouttière de la cour.

– Monsieur Bitruche !

La bouche du responsable du labo se transforma en V de la victoire : son tour était venu.

– Prague, vous avez entendu parler ?

– Ancienne capitale du Saint Empire germanique, répondit le lèche-cul, ville de la Réforme avec Jan Hus, brûlé vif le 6 juillet 1415, devenu jour de fête nationale. Vous en venez, je suppose…

– Ce qui vous a permis d'ouvrir le *Littré* pour nous montrer à tous l'étendue de votre culture… Qu'est-ce qui vous laisse supposer que j'y étais ?

– Il s'y passe des événements intéressants, et j'ai pensé qu'un reporter de votre trempe se devait d'y être.

– J'y ai dit ! pouffa Marinette Merlu.

De New York, Boro avait appelé l'agence pour prévenir qu'il serait à Paris après un court séjour à Prague.

– Monsieur Bitruche, vous manquez d'indépendance d'esprit, grommela Boro.

– Et même d'intelligence, renchérit Béla Prakash : vous auriez dû comprendre que le fayotage n'est pas le genre de la maison !

Le V de la victoire se transforma en circonflexe de déconvenue.

– Voici de quoi vous occuper.

Boro lui lança un sac contenant les pellicules de Prague et de New York.

– Vous commencez par celles estampillées Prague. Ce sont les plus importantes. Olga…

La Louve grimpa sur ses tiges et les poussa en avant.

– Non… Plutôt Marinette… Vous appelez les quotidiens du soir et vous leur dites que l'agence possède des photos exclusives des événements de Prague.

– Bien, m'sieur Boro.

– Blèmia ! rectifia le reporter en roulant des billes joyeusement furibardes.

Il prit les deux Hongrois par les épaules et ils filèrent tous trois dans le grand bureau du fond.

– Restons entre nous, proposa Boro. Fiffre fait la tête, Bitruche et Marinette sont occupés, la Louve attendra. Et puis, on ne s'est pas vus depuis dix siècles.

Le club des Trois

Renversés sur le dossier de leurs chaises, les pieds sur la table, les trois Hongrois fêtèrent leurs retrouvailles dans le bureau de Borowicz. C'est-à-dire qu'ils dressèrent par le menu le tableau de leurs conquêtes, de leurs projets, de leurs déceptions et de leurs espoirs. Malgré l'heure matinale, ils agrémentèrent ces confidences d'une larme de vodka puisée dans une bouteille que le Choucas conservait dans un tiroir de son bureau.

À midi, ils décidèrent qu'ils déjeuneraient ensemble, bons vins, bonne chère, et réservèrent une table chez Christine et Didier, un restaurant de la rue de Suffren où Pàz avait ses habitudes. Ils condamnèrent leur porte, faisant une exception pour Marinette qui vint annoncer que tous les quotidiens du soir étaient preneurs des photos de Prague.

– Je dois d'abord les visionner, dit Boro.

Il consulta la montre de son père. Il était onze heures.

– Il faut choisir : les photos ou le déjeuner.

– Le déjeuner, déclara Pàz.

– Le déjeuner, confirma le Choucas.

– Alors le déjeuner, décida Blèmia.

Marinette observa les trois reporters avec suspicion. Une bouteille de vodka était posée sur la table.

– Vous avez bu ? grimaça-t-elle.

– Pas encore.

– Pas assez.

– Le seul qui prend les photos sans même les voir, c'est Lazareff.

– Alors on les lui donne. Combien en veut-il ?

– Six.

– Choisis-les, déclara Boro.

– Vraiment ?

Marinette n'osait y croire.

– Tu en choisis six, tu demandes à Olga de me les apporter chez Christine et Didier, je confirme et on les donne à *France-Soir*.

– Va y avoir de la jalousie, prévint Marinette.

– Olga va prendre la mouche, confirma Pàzmany.

– Rien par rapport à Germaine.

– Et Bitruche ?

– Tu te débrouilleras, conclut Boro. Les responsabilités, ça se défend !

Marinette prit congé. Elle remonta le couloir d'un pas martial, cogna à la porte du labo et demanda à Ted Bitruche où il en était des travaux commandés par monsieur Blèmia. L'homme du labo répondit à travers la cloison qu'il ne rendrait compte de sa mission qu'à celui qui la lui avait confiée.

– On sait que vous ne parlez qu'au chef, clama Marinou, mais en l'occurrence, le chef, c'est moi !

Bitruche entrouvrit la porte. Il se gondolait sans retenue.

– Vous, la chef ! Ha ha ha !

– Parfaitement, vieux garçon ! C'est moi qui choisirai six photos parmi celles que vous m'apporterez sur mon bureau – elle consulta sa montre – dans moins d'une heure !

– D'abord, c'est pas un bureau, mais un standard téléphonique ! Ensuite, ça ne se passe jamais comme ça ! Dites à monsieur Boro qu'il verra les contacts au labo dans une bonne heure.

– Prévenez-moi quand vous aurez fini. C'est moi qui viendrai.

Ted Bitruche se renfrogna.

– C'est sérieux, ce que vous dites là ?

– Je choisirai six photos pour *France-Soir*.

– Ça relève plutôt de mes compétences…

– Des miennes !

La porte voisine venait de s'ouvrir sur une Germaine Fiffre à l'envers.

– C'est moi qui choisirai ! piailla-t-elle. Je suis la numéro 2.

– À mon avis, répliqua Marinette, vous êtes déclassée !

Elle s'en fut vers l'entrée de l'agence en sifflotant. Ted Bitruche et Germaine Fiffre roulaient des yeux furibards.

– Manquerait plus que ça ! jura Germaine.

Elle prit son envol, parcourut en un millième de seconde la distance qui la séparait du bureau des Kirghiz et fit irruption sans frapper. C'était là le signe d'une nervosité extrême.

– Je crois que nous allons bientôt recevoir une démission ! énonça le Choucas en tendant la bouteille de vodka à son voisin de droite.

Qui la prit et la proposa à la Fiffre :

– Une petite rasade, bonne Germaine ?

Qui la refusa d'une mimique définitivement écœurée.

– Il paraît que vous confiez au standard des responsabilités qui me reviennent ?

– Ou à moi ! proféra Bitruche en passant une tête dans le bureau.

– C'est bien possible, confirma Boro en abandonnant la bouteille de vodka à son triste sort.

Il s'empara d'une feuille posée sur sa table.

– Nous avons fait le tour des sujets d'actualité qui mériteraient la présence sur place de l'un d'entre nous.

– Vous en paraissez bien incapables ! riposta la vieille fille.

– L'Inde, avec l'assassinat du mahatma Gandhi en janvier, poursuivit Boro sans tenir compte de la banderille… La Chine, où Tchang Kaï-chek se représente aux élections présidentielles… Le Vietnam où les attaques contre les Français se multiplient…

Il reposa la feuille sur son bureau.

– Qu'en pensez-vous ?

– Excellents sujets, apprécia Ted Bitruche.

– Je suis venue vous parler des six clichés de *France-Soir*, siffla Germaine.

– Et alors ? questionna Boro.

– Si vous ne les choisissez pas vous-même, c'est à moi de le faire.

Prakash et Pàzmany s'étaient levés. Ils décrochèrent leurs manteaux.

– C'est l'heure !

– On emmène la bouteille !

– Germaine, soyez un peu plus sage ! conseilla Boro en posant une main aimable sur l'épaule de la vieille fille.

À son tour, il enfila son raglan.

– Vous vous rongez les foies pour pas grand-chose…

– C'est exactement ce que je lui disais ! ronronna Bitruche.

– Les photos seront choisies par mademoiselle Merlu, ainsi que nous en avons décidé en conclave.

– Clave-clave, échota Pàzmany.

– À boire ! À manger ! cria Prakash qui avait atteint la porte de l'agence.

Au standard, Marinette Merlu répondait au téléphone avec une autorité nouvelle.

– Si je ne choisis pas les photos moi-même, vous aurez ma démission sur votre bureau dans le quart d'heure !

– Jugulez, bonne Germaine. À défaut, temporisez.

– Borovice, je pars !

– Revenez dans le quart d'heure !

– Comme d'habitude ! renchérit le Choucas.

Deux minutes plus tard, les trois Hongrois entraient dans le bistrot où Blèmia avait commencé sa matinée.

– Trois vodkas pour l'étape !

La direction les servit généreusement.

Comme ils ressortaient, l'apprentie fleuriste présenta son museau.

– On offre un godet à la jeunesse ?

– Trop tard ! s'exclama Blèmia.

– C'est ce que je te disais ce matin, gentil Tsarévitch : trop tard !

Boro souffla, terriblement lassé soudain.

– Louve, dans une heure tu nous apportes les photos que Marinette te donnera. Nous sommes chez Christine et Didier, rue de Suffren. Tu auras ton godet, parole d'homme !

Le Choucas avait arrêté un taxi. Ils s'y engouffrèrent.

– Filons !

– Avant de tituber pour de bon, proposa Prakash, je suggère que nous attribuions les reportages. Qui va en Chine ?

– Moi, répondit Pàz. Il y a longtemps que je n'ai pas traversé la mer.

– Le Vietnam ?

– Pas de saison, objecta Boro.

– L'Inde ?

– Trop tard. Gandhi est mort depuis presque deux mois.

– Je veux bien aller à Berlin, proposa le Choucas. Il se murmure que les Russes vont cadenasser le secteur qui leur a été attribué. Autant y entrer avant.

Ils se tournèrent vers Boro qui n'avait rien dit. Le taxi descendait vers Montparnasse. Comme il accélérait devant l'entrée du passage de l'Enfer, Blèmia se pencha pour voir si, par miracle, il apercevrait la silhouette d'une jeune femme aux cheveux flammés et à la voix rauque. Mais Sasha était partie. Elle avait pris l'avion le matin même pour la Palestine.

IV

LA MAISON DES ENFANTS

Est-ce la guerre ?

Depuis le vote sur le partage de la Palestine, Jérusalem vivait sous le feu des Arabes. Dans la ville, la tension entre les populations ne faisait que croître. Les convois de ravitaillement étaient systématiquement attaqués. Le kibboutz de la Communauté ne se trouvait pas très éloigné des combats. De la tour de guet principale, les colons suivaient à la jumelle la lente progression des convois blindés qui cheminaient dans le défilé menant de Bab el-Oued à Jérusalem. Vers l'ouest, à quelques kilomètres seulement, les pionniers vivant dans les cinq kibboutzim du bloc d'Etzion s'étaient également protégés. Eux aussi avaient creusé des tranchées, érigé des barrages de barbelés, doublé les tours de garde. Ils surveillaient du même regard attentif et inquiet les villages arabes en contrebas et, lorsqu'ils parvenaient jusque-là, la lente progression des camions et des cars affrétés par l'Agence juive.

Lika Kis et Dimitri avaient intégré la Communauté, où Dov vivait aussi. Quand elle se rendait à Jérusalem, la jeune Hongroise rencontrait parfois ses anciens camarades de l'Irgoun, notamment ceux qui avaient fait sauter l'hôtel King David deux ans plus tôt. Ses jambes, consolidées mais encore fragiles, l'empêchaient de participer comme elle l'aurait souhaité à la lutte contre les Anglais ou contre les Arabes. Elle avait retrouvé son vélo. Juchée sur sa selle, elle repérait les bâtiments officiels où les premiers étaient encore cantonnés, cherchant les accès principaux et secondaires qui permettraient aux Juifs de les occuper sitôt après leur départ. Les Arabes agissaient de même. Les deux camps savaient que le 14 mai 1948, date fixée par le haut-commissaire britannique pour le rapatriement de ses troupes, ils entameraient une course de vitesse dont l'issue serait décisive.

Chaque jour, Lika rendait compte de ses pérégrinations à Dimitri. La semaine qui avait suivi leur arrivée, elle l'avait promené dans Jérusalem, lui juché sur la selle de la bicyclette, elle en amazone sur le porte-bagages. Elle lui avait montré le Mur des Lamentations, le Saint-Sépulcre, la Tour de David, la mosquée El-Aqsa, le Mont des Oliviers... Le Polonais, qui n'avait jamais quitté l'Europe, avait aspiré ces paysages nouveaux comme autant d'amples et lentes goulées dont il avait peu à peu fait son miel. En huit jours, il avait appris à se déplacer seul dans Jérusalem. Une semaine plus tard, il connaissait la ville aussi bien qu'Ari Finkstein.

Il aimait se promener dans la Vieille Ville. Il y entrait le plus souvent par la porte de Damas. Il traversait le quartier musulman où les Juifs se rendaient rarement. Les ânes et les grelots des moutons lui rappelaient son enfance, mais aussi quelques régions d'Espagne. Les chameaux n'évoquaient rien pour lui : il n'en avait jamais vu. Il les observait longuement, fasciné par la tranquille nonchalance de ces énormes bestiaux aux yeux si placides. Ils étaient montés par des hommes coiffés de tarbouches rouges à pompon dont les pieds nus battaient les flancs de leurs montures. Ils s'interpellaient en arabe. Leurs paroles se mêlaient aux airs des gramophones en provenance de terrasses éloignées et aux klaxon des voitures qu'on percevait par-delà les murailles.

Dimitri se perdait ensuite par les ruelles étroites du quartier juif. Les vieillards en noir étaient en tous points semblables à ceux de sa Pologne natale. Ils portaient les mêmes caftans, les mêmes bonnets de fourrure, et les mêmes enfants, nombreux et très jeunes, les escortaient, filialement respectueux. L'odeur, mélange de poussière, de lessive et de cuisine, l'importunait. Il la fuyait dans le quartier arménien et se retrouvait ensuite chez les chrétiens.

Chaque semaine, il conduisait Lika sur le mont Scopus, à l'hôpital Hadassah. Elle était reçue par un médecin qui avait pris la relève du docteur Romano. Ce docteur était une femme. Elle changeait les pansements de la jeune Hongroise et lui faisait parfois une piqûre dans le talon. La première fois, elle exigea des radios. La deuxième, elle dit que ses soins pourraient désormais être administrés par une infirmière. C'est ainsi que Lika et Sasha se séparèrent sans savoir où ni en quelles circonstances leurs histoires s'étaient croisées.

Sasha avait quitté le kibboutz de la Communauté pour Jérusalem. Un confrère lui avait cédé un logement minuscule proche du mont Scopus. Comme tous les habitants de la ville, elle avait faim. Le ravitaillement ne passait plus. Il fallait se contenter des quelques fruits secs qu'on trouvait encore dans des échoppes dégarnies, d'une maigre nourriture distribuée par le service de la Haganah chargé de la distribution des vivres. L'eau manquait aussi. Chaque matin, Sasha parcourait les quatre kilomètres séparant le centre de Jérusalem de l'hôpital à bord d'un car où montaient également quelques blessés juifs ou arabes, les médecins et les infirmiers qui travaillaient à l'hôpital Hadassah. Grâce à un accord non écrit mais respecté, le car n'était jamais attaqué : la Magen David rouge – la Croix-Rouge juive – tracée sur ses flancs le protégeait.

C'est dans ce car, le lendemain de son retour, qu'un de ses collègues avait confirmé à Sasha la prédiction qu'elle avait formulée quelques jours plus tôt à Prague : Edouard Benès avait en effet accepté la création d'un gouvernement composé exclusivement de communistes et de sympathisants. La Tchécoslovaquie avait donc abdiqué. Était-ce pour cette raison que, quinze jours plus tard, on avait retrouvé le corps sans vie de Jan Masaryk, en pyjama, dans la cour du palais Czernin où résidait le ministre des Affaires étrangères ? Comme la plupart de ses compatriotes, Sasha se posait une question que se poseraient longtemps encore les historiens tchèques : était-ce un meurtre ou un suicide ?

Blèmia Borowicz non plus n'avait pas la réponse. Il téléphonait un jour sur deux à Sasha à l'hôpital. Il lui avait envoyé les photos de leur reportage, publié dans *France-Soir*, reprises par *Newsweek*. Elle lui disait qu'elle avait faim. La première fois, incorrigiblement fat, il avait demandé :

– Faim de moi ?

Elle lui avait raccroché au nez et avait demandé au standard qu'on ne lui passe plus aucune communication en provenance de Paris.

Il lui avait envoyé trois cartons de boîtes de conserve qu'elle avait partagées avec le personnel de l'hôpital. Elle l'avait remercié, bien obligée, une dizaine de jours plus tard : il l'avait jointe par surprise, appelant depuis Marseille. Elle avait cru – et même espéré – qu'il embarquait pour la Palestine. De sa voix chaude, appuyant sans doute volontairement sur cet imperceptible accent qui la charmait tant, il avait dit que les dockers étaient en grève et qu'il les accompagnait.

– Et moi ? Tu ne veux pas m'accompagner ?

– Tu as faim ?

Elle lui avait de nouveau raccroché au nez.

Elle l'avait rappelé le 27 mars. Elle se souvenait de la date car ce jour-là, pour la première fois depuis des semaines, un convoi de ravitaillement était parvenu la veille à Jérusalem.

– Viens ! avait-elle capitulé. Je voudrais te voir.

– Bientôt.

Il arriverait avant le départ des Anglais. Dov Biekel lui avait fait la même demande : la guerre contre les nations arabes débuterait à ce moment-là. Il fallait que Boro soit là.

Ce 27 mars, Dov Biekel ne se préoccupait pas encore de la guerre contre les nations voisines, mais de celle qu'il s'apprêtait à livrer contre le plus populaire et le plus redoutable de tous les chefs de guerre arabes : Abd al-Kader al-Husseini. Le cousin du mufti était arrivé à Jérusalem. Il commandait désormais aux troupes dispersées qui attaquaient les convois sur la route depuis Bab el-Oued. Carte en main, entouré d'Ari Finkstein, Dov étudiait le plan de Jérusalem et de ses environs. Les deux hommes s'interrogeaient : était-il raisonnable de renvoyer le convoi arrivé la veille, au risque de l'exposer aux troupes d'Abd al-Kader ?

La question était plus complexe qu'il y paraissait de prime abord. La poser, c'était mettre sur la table le problème des colonies ceinturant Jérusalem : fallait-il à tout prix respecter la consigne énoncée par David Ben Gourion de ne pas abandonner un seul pouce de terrain ?

Comme tous les chefs de la Haganah de Jérusalem, Dimitri et Ari penchaient pour la désobéissance. Le commandement de Tel-Aviv était d'un avis contraire. Pis : il avait dépêché un envoyé spécial pour s'assurer que l'ordre serait bien respecté. L'officier avait atterri aux commandes de l'un des rares avions-taxis du pays sur une piste de fortune, puis, après avoir renouvelé l'ordre de Ben Gourion, il avait repris la voie des airs pour Tel-Aviv.

– Si tu estimes qu'il n'y a aucun danger, pourquoi n'es-tu pas venu en Jeep ? l'avait raillé Dov Biekel au moment où l'homme sautait dans son piper-cub. Par la route, comme nous tous ?

– Vous avez soixante camions, des voitures blindées et des automitrailleuses ! Elles sont passées dans un sens, elles repasseront dans l'autre !

– À l'aller, les Arabes ont été informés de l'existence du convoi au dernier moment : ils n'ont pas eu le temps de s'organiser. Maintenant, ils l'attendent. Abd al-Kader se doute bien que ces soixante camions ne moisiront pas à Jérusalem !

– Débrouillez-vous, mais respectez la consigne ! avait crié le pilote avant de lancer l'hélice de son appareil.

Comme les gaz montaient en pression, il avait fait un signe à Dov qui avait sauté sur l'aile.

– Kfar Etzion est indispensable à la protection de Jérusalem. Il protège la route du Sud. Tu sais que le Vieux n'abandonnera jamais la ville.

– Je demande à voir, avait grommelé Dov Biekel.

Le problème posé était moins celui du retour du convoi que celui des colonies où il devrait s'arrêter pour les ravitailler à leur tour. Car à la Communauté et dans les cinq kibboutzim de Kfar Etzion, on mourait aussi de faim. Ari et Dov avaient proposé que les habitants fussent évacués vers Jérusalem où ils profiteraient des vivres et seraient en sécurité. Tel-Aviv avait refusé : approvisionner les colonies, oui ; les abandonner : non.

En sorte que quelques-uns des camions formant le convoi avaient été rassemblés dans la cour d'un ancien orphelinat de la ville où on les chargeait en vivres et en médicaments. Les autres étaient soigneusement révisés par les mécanos de la Haganah : il ne fallait pas qu'ils tombent en panne sur la route du retour. On vissait de nouvelles plaques de blindage sur ceux qui en manquaient. Les artificiers équipaient les automitrailleuses.

– Cela suffira-t-il ? s'inquiétait Dov.

Il avait demandé à son frère Dimitri de le rejoindre au PC de la Haganah. Celui-ci se trouvait dans la Vieille Ville, au cœur d'un labyrinthe de caves voûtées. Des sacs de sable protégeaient les issues. À l'extérieur, se confondant avec les passants, de jeunes garçons armés surveillaient les abords. Toute présence suspecte était signalée.

Dimitri se fit reconnaître. Un planton le conduisit jusqu'à la salle où son frère l'attendait. Dimitri arrivait des hauteurs de la ville : il avait soigneusement exploré les environs de Jérusalem à la jumelle.

– Je n'ai vu aucun rassemblement. Je ne crois pas qu'une opération se prépare.

Ses avis étaient toujours très écoutés, y compris par les anciens volontaires de la Brigade juive. Il avait combattu en Espagne. Ce fait d'armes l'auréolait d'une réputation de stratège que Dimitri estimait imméritée. Depuis son arrivée, il avait maintes fois expliqué à son frère et à ses homologues qu'aucun terrain de manœuvre ne ressemble à un autre, et que les combats auxquels il avait participé à Madrid et à Barcelone ne ressemblaient en rien à ceux qui se déroulaient autour de Jérusalem.

– D'abord parce que les Républicains bénéficiaient d'un statut qu'aucune des parties ne détient ici : ils avaient été élus et représentaient l'État.

– Pas nous ?

– En tout cas, pas encore.

Il y avait bien d'autres raisons. La République espagnole ne combattait pas pour gagner un territoire, mais pour écraser une insurrection née d'une tentative de coup d'État. Les Brigades internationales s'étaient formées pour lutter contre le fascisme, et cela aussi conférait une dimension propre à la guerre d'Espagne : le facteur idéologique, lié à l'histoire européenne depuis la fin des années trente. Enfin, la République comme les franquistes bénéficiaient de moyens qui manquaient autant aux Arabes qu'aux Juifs : aucun pays ne les pourvoyait en armes comme l'Allemagne et l'URSS l'avaient fait en Espagne.

– Cela viendra, lui objectait-on : l'Égypte, la Syrie, l'Irak et le Liban armeront l'ennemi une fois que la guerre aura été déclarée.

– Mais elle l'est déjà ! s'écriait Dimitri.

Ce 27 mars, alors qu'il venait de s'asseoir autour de la table rassemblant les chefs de la Haganah de Jérusalem, il perdit patience :

– Que faites-vous là, penchés sur vos cartes d'état-major, à étudier les lieux d'attaques possibles, si vous n'êtes pas en guerre ? Et pourquoi faire escorter des camions de vivres par des véhicules armés et blindés, si vous n'êtes pas en guerre ?

Un froid tomba sur l'assistance. C'était comme si ces hommes jeunes hésitaient à endosser le costume des militaires qui, ils le savaient tous, leur reviendrait bientôt.

– Il n'y a pas eu de coups de feu entre Arabes et Juifs ? Il n'y a pas eu de morts ? Ce n'est pas cela, la guerre ?

Ils regardaient le Polonais, de quinze ans leur aîné, mais ô combien plus aguerri.

– Le seul point commun entre l'Espagne de 36 et la Palestine d'aujourd'hui, c'est que dans les Brigades, nous étions comme vous : nous n'avions pas d'uniformes, nous manquions d'armes, nos chefs étaient nos copains, on refusait de marcher au pas et on obéissait seulement parce qu'une cause supérieure nous mobilisait.

– Nous aussi, objecta Ari.

– C'est ce que je dis. Alors, admettez que vous êtes en guerre, et faites-la !

– Tu es ici avec nous, intervint Dov. Alors, fais-la aussi.

Dimitri reprochait à son frère de se voiler la face sur une conjoncture qui lui paraissait on ne peut plus claire, tandis que Dov n'acceptait pas les distances que son frère feignait de prendre vis-à-vis d'une situation qui l'impliquait autant que lui-même.

– Tu n'as peut-être pas choisi de venir là pour les mêmes raisons qui t'ont conduit en Espagne, mais tu y es ! Alors restes-y, et aide-nous !

Dimitri se tenait debout derrière la table où tous restaient assis. Pour l'heure, il n'était pas capable de prendre sa place parmi les autres.

Il ignora l'interruption de son frère et poursuivit :

– En Espagne, au début, nous avions l'enthousiasme, mais pas le sens des armes. On se moquait de la discipline. On n'en voulait pas.

Il promena son regard sur ces jeunes gens qui avaient eux aussi l'enthousiasme mais ignoraient tout autant la discipline.

– Votre chef s'appelle David Ben Gourion. Et David Ben Gourion vous a donné un ordre. Alors vous allez le respecter.

Il changea de place pour se camper devant la carte.

– Je vais vous donner mon avis. Il n'a de valeur qu'indicative.

Il posa un doigt sur la carte, désignant un coude au sud de Jérusalem.

– À partir de là, le convoi ne risque plus rien. La route est meilleure et moins propice aux embuscades. De plus, si nous n'avons pas remarqué d'activité particulière autour de Jérusalem, c'est que rien ne se prépare ici. Et pas davantage là-bas. Sinon, nous l'aurions vu.

– D'accord, admit Ari Finkel. Deuxième question : doit-on ravitailler la Communauté et Kfar Etzion ?

– C'est un risque, dit Dov.

– Majeur, approuva Dimitri.

Les deux frères se regardèrent. L'un était attaché à la Communauté parce qu'il avait participé à sa construction, l'autre parce qu'il y vivait avec la fille qu'il aimait. Un élan de solidarité passa entre eux, mais aucun ne prit la parole. Ce fut une sabra originaire de Haïfa qui emporta la décision. Elle dit :

– L'ordre, c'est de n'abandonner aucun centimètre carré des territoires sur lesquels nous nous trouvons. Êtes-vous tous d'accord ?

Ils l'étaient.

– Ne pas ravitailler en vivres et en armes les colonies qui entourent Jérusalem reviendrait à les abandonner.

Elle regarda l'assistance.

– Êtes-vous d'accord ?

Ils l'étaient.

– Alors on y va, décida Dov.

Il consulta sa montre.

– Il est dix-huit heures. Nous ne roulerons pas de nuit parce que les phares alerteraient les Arabes. Cela nous laisse le temps pour charger.

– Il faudrait partir à six heures au plus tard, décréta Ari.

– Vérifiez l'armement des voitures de protection. Et renforcez les pare-chocs des véhicules de tête.

– Je vais dormir, déclara abruptement Dimitri.

– Tu restes à Jérusalem ? demanda son frère.

C'était la première fois depuis leur arrivée qu'il ne rejoignait pas Lika à la colonie.

– Si tu me trouves un endroit où dormir.

Il y avait un canapé défoncé dans la pièce. Les deux frères décidèrent de s'y étendre à tour de rôle.

Le convoi

À cinq heures, les équipes n'avaient pas fini de préparer les véhicules et les camions n'étaient pas encore tous chargés. Dov avait à peine dormi. Il suivait le travail des volontaires : ceux qui renforçaient les blindages, clouant les feuilles de métal sur les supports en bois ; ceux qui huilaient les mitrailleuses et s'assuraient de la bonne marche des culasses ; ceux qui auscultaient les moteurs des voitures… La cour de l'ancien orphelinat Schneller était encombrée de cars, de camions, de conduites intérieures et d'automitrailleuses qui constituaient un inestimable apport pour le Yishouv. Si le convoi tombait dans une embuscade, Jérusalem perdrait un trésor. Autant pour les vivres, les munitions et les médicaments transportés que pour les véhicules réquisitionnés aux quatre coins du territoire.

Dans l'ombre, le Dôme du Rocher apparaissait dans le clair-obscur d'un nouveau jour qui tardait à se lever. Les nuages s'effilochaient au-dessus des créneaux de la Vieille Ville. Le quartier arabe dormait encore. Autour de l'ancien orphelinat, des lumières s'allumaient pour s'éteindre aussitôt : les insomniaques comprenaient qu'un événement se préparait et que l'obscurité les protégerait des mauvaises curiosités.

– Dépêchez-vous, murmurait Dov en passant d'une équipe à l'autre. Nous sommes déjà en retard.

Les mécanos s'activaient en silence. Les volontaires chargeaient les camions et remontaient les ridelles, sans bruit. L'aube blanchissait.

– Il est bientôt six heures.

Dov s'était laissé surprendre par son frère. Il avait dormi le premier. Dimitri avait pris sa place sur le canapé.

– Combien seront-ils ?

– Soixante véhicules, un chauffeur pour chacun, des volontaires pour décharger le matériel à Kfar Etzion, et une centaine de types du Palmach. Ils iront relever ceux qui se trouvent à Etzion.

– Bien, assura Dimitri. Je monterai dans le premier camion.

Dov connaissait peu son frère, mais avait compris qu'il reviendrait à la Communauté avec le convoi.

– Pourquoi fais-tu cela, si ce n'est pas *ta* guerre ?

– Ils n'ont même pas vingt ans ! Ce sont des enfants !

Dimitri désignait les jeunes gens du Palmach qui pénétraient dans l'enceinte de l'ancien orphelinat.

– Trouve-moi une cigarette, dit Dov.

Dimitri n'en avait pas. Son frère en demanda une à un homme qui vissait une plaque d'acier à l'avant d'un des véhicules de tête. C'était une camionnette entièrement blindée qui ressemblait à un char de bric et de broc, sans chenilles, équipé de meurtrières en lieu et place de pare-brise. La plaque devait agir comme un bouclier : elle repousserait les blocs de pierre fermant la route et défoncerait les barricades.

Dov alluma sa cigarette. Le point incandescent brilla dans l'ombre.

– Les risques grandiront en même temps que le retard, fit remarquer Dimitri.

– As-tu parlé à Lika ?

– Cette nuit, avant de m'endormir. Dans un quart d'heure, ceux de la Communauté rejoindront Kfar Etzion.

Pour gagner du temps, il avait été décidé qu'ils aideraient à décharger les camions. Les provisions seraient réparties plus tard.

– Il faut partir, dit Dimitri.

Une heure perdue, c'était autant d'accordé à l'ennemi.

– Si nous démarrons maintenant, ils entendront les moteurs des camions, mais le temps qu'ils s'éveillent et comprennent, nous serons loin. Si nous partons dans une heure, ils seront debout et déjà actifs. Ceux qui nous verront sur la route auront tout loisir de prévenir les villages alentour.

Les attaques débutaient invariablement de la même manière. Au passage des convois, les villages donnaient l'alerte. Les muezzins transmettaient, et tous les hommes valides des bourgs voisins se précipitaient sur la route. Puis venaient les femmes et les enfants. Après l'assaut, ils ramassaient le butin. Lorsque les hommes de la Haganah survenaient pour emporter leurs morts, ils retrouvaient les cadavres mutilés, décapités, éborgnés, émasculés.

« Mon frère a raison, songeait Dov, c'est déjà la guerre. »

Ari Finkstein arriva à six heures trente. Les guetteurs perchés sur les hauteurs de Jérusalem n'avaient toujours rien remarqué d'anormal. Mais il fallait partir. Cela devenait même urgent.

– Occupe-toi du chargement, ordonna Dov à Ari. Fais stopper l'opération. Je réunis les chauffeurs.

Ils se retrouvèrent sur une pelouse glacée.

– Voici les consignes, dit Dov Biekel.

Il parlait à voix basse. Une soixantaine d'hommes faisaient cercle autour de lui.

– On démarre le plus vite possible et on fonce jusqu'au raidillon qui mène aux cinq kibboutzim de Kfar Etzion. Les habitants seront là pour aider à décharger. Vingt minutes, pas une de plus. Au-delà, nous laissons aux Arabes le temps de se regrouper.

– Il leur faut plus que cela, commenta l'un des chauffeurs. Beaucoup plus.

– Je sais, répondit Dov. Mais cette fois, ils sont dirigés par un chef de guerre.

Il lâcha le nom d'Abd al-Kader al-Husseini. Une sourde rumeur traversa l'assemblée : chacun connaissait sa réputation.

– Seuls les cars et les camions atteindront Kfar Etzion. Les véhicules blindés resteront sur la route pour maintenir l'ennemi à distance. Quand il sera redescendu, ils encadreront le convoi.

Dov écrasa sa cigarette sous le talon de sa chaussure.

– Les gars du Palmach monteront dans les cars. Ils sont équipés de mitraillettes et de mortiers. Ça peut servir.

– Souhaitons que non, énonça le chauffeur du premier camion.

C'était celui que s'était attribué Dimitri.

– On y va ! conclut Dov. Vous démarrez à mon signal. Pas avant !

Il faisait grand jour désormais. Un soleil rose et pâle montait entre les collines. Ari, Dov et son frère passèrent chaque véhicule en revue. Le temps de fermer toutes les ridelles, de vérifier que rien ni personne ne manquait, il fut sept heures trente. Dimitri monta dans la cabine du premier camion dix minutes plus tard. On avait oublié la radio. Elle arriva comme huit heures sonnaient. Dov jura : ils avaient oublié de prévoir un opérateur.

– Je sais m'en servir, le rassura Dimitri.

– Émettre et recevoir ?

– Les deux, dans l'ordre que tu choisiras.

– C'est moi que tu auras en ligne. Je te communiquerai toutes les informations à l'instant même où je les recevrai.

– Quelle belle famille nous formons ! ironisa Dimitri.

Il étreignit son frère et grimpa dans la cabine du camion. Seul le précédait le véhicule blindé de tête.

– Nous partons, ordonna Dimitri au chauffeur.

Il lança un *Shalom* à Dov qui levait les mains en signe de départ. Les moteurs toussèrent. Soixante camions, quatre cars blindés, autant d'automitrailleuses quittèrent à la queue leu leu l'ancien orphelinat et roulèrent lentement jusqu'à la porte de Sion. Ils croisèrent une fourgonnette aux flancs ornés d'une Magen David rouge. Elle mordit sur le trottoir pour laisser passer le convoi. À l'intérieur, Sasha consultait sa montre avec inquiétude : elle arriverait en retard à l'hôpital Hassadah.

Les Vasques de Salomon

– Accélérez ! ordonna Dov quand ils atteignirent les faubourgs de la ville. Et ne vous arrêtez plus jusqu'à Kfar Etzion.

Dans le crachouillis de la fréquence, Dimitri entendit encore que les Arabes étaient debout et désormais informés.

– Nous sommes invincibles ! crâna-t-il.

Devant eux, le véhicule chargé d'ouvrir la route progressait en cahotant, ralenti par sa carapace d'acier. Il dégageait un nuage de fumée noire qui brouillait la vision du chauffeur. Celui-ci n'avait pas vingt ans. Il conduisait arc-bouté sur son volant, le dos éloigné du dossier de son siège. Il avait peur. Dimitri lui posa quelques questions sur sa vie personnelle, mais le jeune homme ne les entendit pas. Il scrutait le paysage, la route, les collines, les plateaux éloignés.

– Ils ne sont pas là, le rassura Dimitri. On les verrait.

Il regarda dans les gros rétroviseurs vissés sur les ailes. Les poids lourds suivaient à distance raisonnable.

– Vous n'avez pas d'arme ? questionna le chauffeur avec inquiétude.

– Nous n'en aurons pas besoin.

Ce n'était pas la vraie raison. La vraie raison était que Dimitri n'en voulait pas : il n'était pas venu en Palestine pour se battre. Ou alors contre les Anglais. Mais l'ennemi, ce jour-là, n'était pas anglais.

– Je ne vois toujours rien, dit le chauffeur.

Il sembla se détendre. Son dos réépousa le dossier du siège. Il darda sur son passager un bref regard doublé d'un sourire.

– Vous avez raison : tout va bien.

Quelques kilomètres en arrière, au PC de la Haganah, Dov recevait les rapports transmis oralement par les observateurs perchés sur les hauteurs et disséminés dans les villages. Les nouvelles n'étaient pas bonnes. Le convoi avait été repéré. À Hébron et Bethléem, les souks se vidaient. Des centaines de véhicules avaient été réquisitionnés pour transporter les volontaires sur la route de Kfar Etzion. Tout au long du chemin, les bourgs s'armaient. On sortait les fusils. On rassemblait les cocktails Molotov. Au volant de sa Jeep, Azhar fonçait chercher l'homme dont il était devenu le chauffeur attitré : Abd al-Kader al-Husseini.

À Jérusalem, au PC de la Haganah, un vif débat opposait deux groupes. Ceux qui, conduits par Ari Finkstein, préconisaient de renoncer au ravitaillement des colonies pour se mettre à couvert, et les autres pour qui un tel renoncement revenait à abdiquer. Les premiers se souciaient du matériel et des combattants du Palmach, arguant que Jérusalem ne pouvait prendre le risque de perdre ses soldats, ses camions et son armement. À quoi les autres rétorquaient que si elles n'étaient pas ravitaillées, les colonies devraient être considérées comme perdues.

Tel-Aviv trancha : on n'abandonnerait pas Kfar Etzion.

Dov brancha la radio qui le reliait au premier camion, chercha la fréquence et actionna le bouton de l'émetteur. Son frère lui répondit.

– Ils se rassemblent.

– Sur la route, on ne voit rien.

– Ils attaqueront au retour. Il ne faut pas leur laisser le temps de se regrouper. Les automitrailleuses resteront sur l'axe principal pour tenter de les disperser. Vous, vous montez jusqu'aux kibboutzim. Déchargez le plus rapidement possible.

Il reposa le combiné sur sa fourche.

– À droite, commanda Dimitri.

Ils empruntèrent le raidillon menant à Kfar Etzion. Le véhicule de tête avait stoppé en amont. Il fut rejoint par les automitrailleuses. Tandis que les camions de vivres gravissaient péniblement le chemin pierreux, les voitures blindées se placèrent sur la route, face à la rocaille derrière laquelle, à distance respectable, Azhar venait d'arrêter sa Jeep. Abd al-Kader n'était pas à côté de lui. Le chef de guerre avait dépêché son premier lieutenant, Kamal Irekat. Celui-ci observait le mouvement des poids lourds à la jumelle.

– Quand le dernier véhicule aura quitté la route, nous irons.

– Inch Allah, murmura Azhar.

Dimitri sauta de la cabine avant même l'arrêt du camion. Trois cents *kibboutzniks* étaient rassemblés sur le terre-plein central. Les hommes du Palmach qui devaient être relevés s'étaient regroupés, sacs et armes à leurs pieds.

– Tout le monde décharge ! cria Dimitri. Il faut que nous soyons redescendus dans vingt minutes.

Lika vint vers lui. Il lui prit le bras tout en assignant une place aux camions qui débouchaient à leur tour sur le plateau.

– Les Arabes se regroupent, dit-elle. Derrière les collines.

– Nous devons être plus rapides qu'eux.

Une chaîne s'était formée. Hommes, femmes et enfants déchargeaient en silence les vivres, les médicaments, les armes contenus dans les premiers poids lourds. Même les religieux donnaient un coup de main.

– Je ne resterai pas, dit Dimitri. Je redescendrai avec eux.

– Alors je viendrai avec toi.

– Jamais ! fit-il.

Il lui lança un regard noir et violent. Il lui sembla que sa joue et sa lèvre étaient emportées par le tic nerveux qui ponctuait jadis ses élans de contrariété. Mais l'ancienne blessure de guerre s'apaisa aussitôt.

– Je reviendrai ce soir.

Un avion passa au-dessus, très bas. C'était un piper. Instinctivement, Dimitri ploya Lika sous lui et la mit à couvert sous le châssis d'un camion. Dix hommes du Palmach l'imitèrent. L'appareil survola la colonie, vira sur l'aile et repartit en direction de Jérusalem. Lika n'avait pas compris le mouvement de Dimitri. Il était le seul, avec les combattants du Palmach, à s'être ainsi protégé. Ils étaient aussi les seuls à avoir fait la guerre et à savoir qu'une bombe peut tomber d'un avion-taxi.

Le piper était un appareil de reconnaissance envoyé par la Haganah. Maintenant, Dov, Ari et leurs principaux lieutenants réunis autour d'eux savaient que des milliers d'Arabes amassaient des pierres à proximité du virage des Vasques de Salomon.

Dov empoigna le combiné de l'émetteur et appela la radio du premier camion. Une femme lui répondit. Elle donnait le sein à une toute petite fille. Elle vivait à Kfar Etzion.

– Il faut partir, commanda Dov. Ils bloquent la route en bas.

En bas, précisément, les quatre automitrailleuses s'étaient mises en mouvement. À travers les meurtrières pratiquées dans les tôles, ses occupants avaient vu l'ennemi dévaler les collines et les plateaux pour se rassembler sur la route. Ils étaient des centaines à amasser les pierres et à les monter les unes sur les autres pour former obstacles et barricades. D'autres ajustaient leurs fusils, visant les automitrailleuses et le véhicule équipé du bouclier. Ils ne tiraient pas encore. Les voitures blindées se déplacèrent pour libérer la descente de Kfar Etzion et faire face aux attaquants. À l'intérieur, on ne tirait pas non plus : il fallait économiser les munitions.

Les chauffeurs pressaient les kibboutzniks. La moitié seulement des marchandises avait été déchargée des camions. Jérusalem ordonnait d'abandonner le terrain et de retourner sur la route. Dov cherchait Dimitri qui ne répondait pas : il avait pris sa place dans la chaîne, et passait à Lika qui passait au suivant. L'opération avait pris une heure de retard.

Dans son PC, Dov téléphona au commandement britannique de Jérusalem. Les Anglais s'étaient engagés à maintenir l'ordre sur le territoire encore sous mandat. C'était le moment d'intervenir.

Mais le commandement britannique ne répondait pas.

Dov quitta son poste et y plaça Ari Finkstein :

– J'y vais. Si tu as mon frère, dis-lui qu'un quart d'heure de plus là-haut, c'est vingt morts assurés en bas.

Il partit sans avoir pris le temps d'enfiler son blouson de cuir.

Les volontaires d'Hébron et de Bethléem avaient rejoint les milliers de villageois qui hurlaient désormais les cris de guerre précédant les attaques. Les hommes étaient en première ligne. Les femmes accourraient plus tard, participant au pillage et au dépeçage. Azhar était descendu de sa Jeep. Il avait obtenu du lieutenant d'Abd al-Kader l'autorisation de participer aux combats. Il décrocha le fusil de chasse appartenant à son père qu'il conservait à l'avant de la Jeep, coincé au-dessus des pédales.

Dimitri embrassa Lika et lui promit d'être de retour avant la nuit.

– Prends une arme, dit-elle.

Il refusa.

Les camions tournèrent sur le terre-plein et commencèrent à descendre le raidillon. Par radio, Dimitri annonça aux servants des automitrailleuses que le convoi arrivait. Elles se rangèrent sur les bas-côtés.

Le camion de Dimitri déboucha le premier sur la route. Il se plaça à cinquante mètres du véhicule bouclier et attendit les autres. Les cars transportant les soldats du Palmach arrivèrent à leur tour. Le dernier poids lourd précédait la dernière automitrailleuse. Tous les regards étaient rivés sur les rochers derrière lesquels les combattants arabes attendaient. Azhar avait pris place parmi eux. Il se trouvait à six cents mètres du raidillon conduisant à Kfar Etzion, dans le virage des Vasques de Salomon. C'était là que l'attaque commencerait vraiment.

Quand les camions, les cars et les automitrailleuses furent en place, le camion bouclier s'ébranla doucement : celui dans lequel se trouvait Dimitri, puis les autres. Un silence soudain s'était abattu sur la route de Jérusalem.

Une Jeep et un fusil

Le général Jones, gouverneur militaire de Jérusalem, était absent. Son second également. Dov attendit une heure avant d'être introduit dans le bureau d'un capitaine britannique qui assurait la permanence. Il se présenta comme un ancien officier de la Brigade juive et alla directement au fait, exposant ce pourquoi il s'était déplacé : un convoi allait être attaqué au sud de Jérusalem.

L'Anglais pria aimablement son visiteur de s'asseoir et répondit avec un flegme imperturbable :

– Nous le savons.

– Alors, faites quelque chose ! s'écria Dov Biekel.

Le capitaine inspira profondément, ramassa un coupe-papier sur son bureau et en examina la pointe avec minutie.

– Quoi ? demanda-t-il enfin après une réflexion soutenue.

Il reposa le coupe-papier sur le plateau et s'empara d'une mappemonde taille-crayon.

– Intervenez. Réquisitionnez six half-tracks et prenez la route d'Hébron.

– Pourquoi ferais-je cela ?

– Parce que, statutairement, vous devez maintenir l'ordre en Palestine.

– À condition qu'on nous le demande *avant* !

Le capitaine glissa un crayon dans la mappemonde et entreprit de le tourner avec soin.

– Si vous nous aviez informés de votre projet de transport, peut-être aurions-nous pu faire quelque chose.

– Comme chaque fois : vous nous mettez en garde pour refuser finalement de nous prêter assistance.

– Vous autres Juifs…, commença l'Anglais.

Dov l'interrompit avec brutalité :

– Nous autres Juifs, nous essayons de vous faire comprendre à vous autres, Anglais, qu'il y a danger et que vous devez nous aider !

– Nous ne devons aider personne, répliqua l'officier. Pas plus les Juifs que les Arabes… Ce que vous vouliez, c'est que nous partions. Eh bien, soyez satisfaits : nous partons.

– Prenez six half-tracks ! commanda Dov Biekel.

Il se leva puis se rassit, s'obligeant au plus grand calme.

– Prenez six half-tracks, une section de vos hommes et empêchez le massacre qui se prépare.

Le capitaine vérifia que la mine du crayon était convenablement aiguisée, puis il en choisit un autre après avoir posé le premier dans un pot.

– Cela nous coûterait cher en vies humaines, rétorqua-t-il.

– Rien ! Quand ils vous verront, les Arabes cesseront le combat. Ils respectent votre autorité.

– Mais pas vous. C'est de là que vient tout le problème. Et maintenant, vous nous demandez de vous défendre parce que vous n'êtes pas capables de le faire tout seuls.

Dov se souleva de son siège, cette fois hors de lui. Il se pencha par-dessus le bureau, fit voler le coupe-papier, le pot, la mappemonde et le taille-crayon, puis empoigna l'officier par le col.

– Nous ne sommes pas capables de nous défendre seuls parce que vous nous empêchez de nous armer ! Sinon, nous n'aurions pas besoin de vous, et je ne vous demanderais rien !

Il repoussa le capitaine sur son siège. Lequel bascula, emportant son occupant dans une gesticulation ridicule.

– Quand nous nous sommes battus à vos côtés contre l'Allemagne hitlérienne, l'idée ne serait venue à personne de prétendre que les Anglais ne savaient pas se défendre seuls !

Dov quitta le bureau sur un violent claquement de porte. Il revint au QG de la Haganah, demanda à Tel-Aviv de lui ménager une rencontre avec le colonel Harper qui commandait un régiment à Jérusalem. Il savait que cet officier écoutait. Les Juifs comme les Arabes.

À Tel-Aviv, les autorités du Yishouv tentaient, mais en vain, de prendre contact avec Sir Alan Cunningham, haut-commissaire britannique en Palestine.

Il était presque treize heures lorsque Dimitri et son frère entrèrent en liaison radio. Dov n'eut pas besoin de maints détails pour comprendre que la situation était catastrophique : le récepteur lui envoyait des glapissements, des pétarades et des explosions. Et, par-dessus cela, le timbre lointain de la voix de Dimitri :

– Nous ne tiendrons pas longtemps. Il faut des renforts…

La communication fut coupée.

Le camion bouclier avait forcé les premiers barrages. Il venait de se fracasser contre un amas de pierres. Il reposait, couché sur le côté, attaqué par un essaim d'hommes en armes. D'autres, des centaines d'autres, se précipitaient sur le reste du convoi. Les balles crevèrent les pneus des camions. Les automitrailleuses répliquèrent lourdement. Dimitri ordonna le repli. Dans un désordre effroyable, les camions et les cars qui n'avaient pas encore pris feu tentèrent de revenir vers Kfar Etzion. Mais le raidillon était impraticable, bloqué par les carcasses des poids lourds détruits. Ils roulèrent sur les jantes en direction du premier bâtiment du kibboutz de la Communauté, abandonné quelques jours plus tôt.

Azhar observait le repli du convoi juif. Il se souvint que deux ans auparavant, il avait conduit ici un reporter français. Il revint en courant vers sa Jeep, démarra et enclencha la première vitesse. Une grappe de combattants grimpa sur les sièges.

– *Allah Akbar !*

– Il faut sauver ceux de la voiture bouclier ! hurla Dimitri.

Un feu nourri pleuvait autour de son camion. Le chauffeur pilotait, recroquevillé sur son siège pour se protéger des balles. Le pare-brise était constellé d'étoiles. Le poids lourd avançait désormais derrière les autres : l'ordre de repli avait inversé l'ordre du convoi. Les véhicules se traînaient sur leurs pneus crevés, tels de vieux alligators. Un car gisait, renversé sur le côté. Ses occupants tiraient à la mitraillette sur les attaquants qui les submergèrent bientôt, et on n'entendit plus rien de ce côté-là, seulement des glapissements de victoire recouvrant les gémissements des hommes égorgés.

– Il faut retourner à la voiture bouclier !

Dans le rétroviseur d'aile, Dimitri voyait que ses occupants résistaient, tirant à travers les meurtrières percées dans les plaques de blindage. Les Arabes n'approchaient pas, maintenus à distance par les salves des fusils et des mitraillettes. Ils lançaient des cocktails Molotov qui explosaient sans percer le blindage.

Les camions survivants pénétrèrent dans l'enceinte défaite de la Communauté. Dimitri sauta à terre et se planta devant l'ancienne Maison des Enfants. Il guida les chauffeurs de manière qu'ils arrêtent leurs véhicules devant l'entrée, formant un rectangle de protection.

– Évacuez les blessés à l'intérieur !

Il s'empara d'un fusil sur le corps abattu d'un combattant du Palmach et revint sur la route. Trois hommes l'accompagnaient. Ils montèrent dans les deux autos blindées qui roulaient encore et tentèrent de s'approcher des camions en feu où gisaient des blessés. Ils en sauvèrent deux. Puis ils essayèrent de rejoindre le camion bouclier. En vain. Ils durent rebrousser chemin. Avant de se barricader dans la Maison des Enfants, Dimitri récupéra la radio abandonnée dans son camion. Elle ne répondait plus.

Dov était en communication ininterrompue avec Tel-Aviv. Comment sauver les cent quatre-vingts personnes du convoi ? Pour l'heure, les Anglais refusaient de bouger. La Haganah ne disposait d'aucun avion susceptible d'apporter des renforts en hommes ou en matériel. Et pas plus d'appareils équipés pour lancer des bombes. D'ailleurs, il n'y avait pas de bombes non plus.

Comment faire ?

– Je tente une dernière manœuvre, déclara Dov Biekel avec amertume.

– Je reste là, dit Ari Finkel.

Cette fois, Dov Biekel prit sa veste de cuir au passage.

La moitié des occupants de l'engin bouclier étaient morts. Les autres cuisaient dans la ferraille, mais se battaient toujours. Les munitions s'épuisaient. Ils avaient tenu près de sept heures. Tous savaient que, à moins d'un miracle, ils n'en sortiraient pas vivants. À travers les meurtrières, ils voyaient et entendaient leurs assaillants. L'idée de se rendre ne leur était même pas venue : ils savaient quel traitement était réservé aux prisonniers juifs tombant aux mains des Arabes.

À trois cents mètres, enfermés dans la Maison des Enfants, les survivants du convoi ne soignaient même pas les blessés : les médicaments étaient restés à Kfar Etzion ou dans les camions pillés puis incendiés. Eux aussi attendaient un miracle. Les plus vaillants faisaient le coup de feu contre les assaillants, protégés par le rectangle que formaient les carcasses des camions. Dimitri avait oublié qu'il n'était pas en guerre. Attaqué, il se défendait et défendait les autres. Pour la première fois depuis quinze ans qu'il combattait, il n'avait pas pris les armes afin d'extraire du monde quelque saloperie idéologique, le fascisme d'une dictature, un autre Hitler ou un Franco. La joue plaquée contre la crosse du fusil qu'il avait récupéré, le doigt sur la détente, il tirait pour sauver sa peau.

Il le faisait aussi pour Lika, tant il lui eût déplu de périr maintenant qu'il avait rencontré cette jeune fille qui, il le savait, se mourait là-haut de le savoir en bas.

Il pensait à elle lorsqu'une Jeep s'approcha du camion le plus éloigné de l'endroit d'où il tirait. Il ne l'entendit pas, car le bruit de son moteur fut recouvert par l'explosion de l'engin bouclier qu'un tir de mortier venait d'éventrer. Les derniers survivants tombèrent au moment où le chauffeur de la Jeep sortait son fusil de sous ses pieds, descendait, prenait appui sur le phare du camion de protection, visait un Juif qui ne l'avait pas repéré et qui se présentait à lui de profil, tirait enfin, projetant Dimitri sur la terre froide d'un pays qui n'existait pas encore.

Ô Dimitri !

À dix heures, le lendemain matin, une automitrailleuse anglaise précédant un convoi de half-tracks s'arrêta avant le virage des Vasques de Salomon. Le colonel Harper demanda à parler au chef de guerre Abd al-Kader al-Husseini. Celui-ci n'ayant pas participé directement à la bataille, le colonel négocia la reddition des Juifs avec son premier lieutenant. Kamal Irekat prenait ses ordres auprès du mufti en sorte que les pourparlers durèrent plus de deux heures.

Le soleil avait dépassé le zénith lorsque le colonel Harper gara sa Jeep devant les camions protégeant l'entrée de la Maison des Enfants. Il prit le porte-voix que Dov Biekel lui tendait et demanda aux assiégés de se rendre :

– Vous sortirez sous notre protection. Vous abandonnerez le matériel de guerre, qui reviendra aux vainqueurs. Vous aurez la vie sauve.

Dov s'empara à son tour du porte-voix et traduisit en hébreu les termes de l'accord. Il dit qu'il l'avait lui-même accepté au nom de la Haganah.

À l'intérieur de leur réduit, les survivants du convoi détruisirent leurs armes, puis sortirent. Ils étaient hâves, hébétés.

Dov Biekel pénétra dans le périmètre formé par les camions. Il découvrit le corps de son frère. Dimitri vivait encore. Le blessé prononça quelques mots incompréhensibles qui furent emportés dans un caillot de sang. Dov le prit dans ses bras et remonta la suite des half-tracks anglais au milieu d'une haie d'ennemis vociférants, tenus à distance par les hommes du Suffolk Regiment.

Derrière le convoi militaire, trois ambulances frappées de la Magen David rouge attendaient. Dov déposa Dimitri sur un brancard et dit à Sasha :

– C'est mon frère.

Sasha l'examina à la hâte. Une balle lui avait ouvert la tempe.

– Elle a pénétré ? demanda Dov.

– Je ne sais.

– En tout cas, murmura Dov, il est entier.

Sasha acquiesça. Elle était bouleversée. Trois corps reposaient à même le sol près des ambulances. L'un était calciné. L'autre, émasculé. Le troisième, décapité.

Le Vieux

Cette fois, David Ben Gourion recevait chez lui. Il portait la même chemise claire à col ouvert que Dov lui avait vue quatre mois plus tôt. Sa crinière blanche voletait autour de son crâne, comme celle d'un tribun en colère. Et, de fait, le chef de l'exécutif de l'Agence juive était en proie à une ire que les participants à la réunion avaient perçue dès le premier instant. Il marchait de long en large devant la bibliothèque de son bureau, les mains enfoncées dans les poches d'un pantalon tire-bouchonnant sur des sandales à lanières. Il soufflait bruyamment.

Le premier à en prendre pour son grade fut l'officier de la Haganah qui avait assuré, lors de la réunion à Maison rouge, que les Arabes seraient facilement vaincus. Ben Gourion se planta devant lui et, du haut de sa petite taille, lui rappela ses prédictions d'alors :

– N'était-ce pas vous qui prétendiez vaincre les Arabes de l'intérieur avec trois fusils à poudre ?

L'officier reçut la salve sans broncher. Il avait troqué le short et la chemisette contre un pantalon et une veste canadienne kaki.

– Eh bien, vous vous êtes mis le doigt dans l'œil ! glapit Ben Gourion.

Il recula de quelques pas pour faire face à l'assemblée des chefs de la Haganah.

– Que s'est-il passé à Khulda ?

Il n'obtint que le silence.

– Khulda ? répéta-t-il.

Il parla lui-même : un convoi chargé de provisions était tombé dans une embuscade près du kibboutz de Khulda, à l'ouest, sur la route de Jérusalem. Vingt-deux morts, seize blessés. L'attaque était la réponse à l'assassinat de quinze Arabes, perpétré la veille par des hommes de la Haganah. Cet assassinat résultait lui-même du meurtre d'un gardien juif, auquel avait succédé l'assassinat d'un chauffeur de car arabe.

– Attaques, représailles, attaques, représailles… Nous sommes entrés dans un cycle meurtrier dont nous ne trouverons pas l'issue.

Ben Gourion se haussa sur ses sandales. Il était plus petit que le plus petit des hommes présents.

– Nous savons tous que les Arabes ont porté les premiers coups. Ils ont commencé, ce qui nous donne une vraie légitimité pour riposter.

– Nos réponses sont inappropriées, déclara froidement Dov Biekel.

Ari Finkel appuya son camarade :

– C'est vrai qu'ils se sont révoltés sitôt après le partage. Surtout dans les villes à population mixte : Tel-Aviv, Jaffa, Haïfa, Jérusalem. Mais ce n'était pas méchant. Nos représailles ont été démesurées.

– Ce n'étaient pas les nôtres. C'étaient celles de l'Irgoun et du groupe Stern.

– Il n'empêche que sans elles, reprit Dov, je ne suis pas sûr que les Arabes seraient partis…

– Qu'ils partent ! s'exclama Ben Gourion.

– … et pas sûr non plus que nous aurions la guerre.

Ytzak Rabin prit la parole :

– En janvier, les kibboutzim du nord ont été attaqués par une unité de l'Armée de libération de la Palestine venue de Syrie… D'autres sont entrés par la Transjordanie… D'autres…

Dov Biekel le coupa :

– Je parle de la guerre avec les Arabes de l'intérieur. Celle que nous livrons en ce moment.

Il formula plus clairement les propos qu'il venait d'énoncer : avec un peu plus de diplomatie, et sans les violences coutumières de l'Irgoun, les sionistes auraient peut-être pu éviter la guerre avec les Arabes.

– Et vous le regrettez ? s'écria David Ben Gourion.

Emporté par son courroux, il reprit sans attendre sa marche le long de la bibliothèque :

– La guerre est bénéfique ! Imaginez que les Arabes aient accepté le plan de partage de l'ONU ! C'est une chance qu'ils l'aient refusé ! La guerre va nous permettre de gagner du terrain ! Merci à l'Irgoun si elle fait fuir les Arabes de Haïfa et d'ailleurs !

– C'est une vision cynique de la situation, commenta Dov.

– Une vision politique, rectifia un officier. Nous ne pouvons partager une terre avec un peuple qui veut notre mort.

– Il ne la voulait pas, objecta Finkstein.

Dov posa la main sur son bras pour le faire taire. Ils ne la voulaient pas tout en la voulant quand même, exaspérés par le mufti et les États extérieurs. Certains Arabes pactisaient, autant que certains Juifs qui ne souhaitaient pas le départ de leurs voisins. De toute façon, la guerre, désormais, était là. Elle paraissait souhaitable à Ben Gourion, inévitable à Dov – tout comme elle paraissait souhaitable ou inévitable dans l'autre camp.

– À Khulda, reprit le Vieux, quatre combattants du Palmach ont préféré faire exploser une grenade à l'intérieur de leur voiture blindée plutôt que tomber aux mains de l'ennemi.

– Je les comprends, murmura Dov Biekel.

Nul ne l'entendit.

– C'est la différence entre nos deux peuples. Nous tuons, certes, parce que la guerre le veut. Mais nous n'émasculons pas. Nous savons lire, pas eux. Nous sommes une société semi-industrialisée ; eux, agricole. Ils aiment leur clan et leur famille, nous nous sacrifierons pour notre pays. Nous avons l'énergie qui leur fait défaut.

Ben Gourion pinça les lèvres, frémit du menton et ajouta :

– Mais nous avons le dessous dans les combats.

Un silence sinistre tomba sur les officiers de la Haganah.

– Le convoi de Khulda n'est pas arrivé à Jérusalem où la population meurt de faim. Le défilé de Bab el-Oued est condamné. Au nord, quarante-cinq des nôtres sont tombés dans une embuscade près de la frontière syrienne. En quinze jours, nous avons perdu d'innombrables voitures blindées. Pour le moment, l'ennemi a remporté la bataille des routes. Qu'en dites-vous ?

– Les Juifs sont à peine sept cent mille, et les Arabes un million trois, fit remarquer l'officier en veste canadienne.

– C'est pour cela qu'il faudra les expulser. Mais en attendant ?

– Ils sont entourés d'États qui les aident et les arment. Nous, c'est la Diaspora. Elle est loin.

– Cette proximité leur apporte des soldats, intervint Itzak Rabin. Deux mille volontaires sont arrivés de Syrie, du Liban et d'Irak. Eux, les Anglais les laissent passer !

David Ben Gourion écouta patiemment les officiers qu'il avait réunis autour de lui. Dov gardait le silence. Il pensait à son frère. Il pensait à un papier qu'il avait trouvé dans la poche d'un Arabe tombé près de la Maison des Enfants. C'était une lettre souhaitant la bienvenue au cousin Fawzi el-Koutoub. Dov avait fait des recherches : Fawzi el-Koutoub était l'artificier d'Abd al-Kader al-Husseini. Il venait peut-être de Syrie, du Liban ou d'Irak. Mais il avait été formé en Allemagne par les SS. Il avait été responsable d'un attentat rue Ben Yehouda : le 22 février, un camion piégé avait fait sauter trois immeubles, causant la mort de cinquante-huit de ses occupants.

Dov se demandait si ce n'était pas le cousin d'Ali qui avait tué son frère.

Lorsque les officiers se furent exprimés, Ben Gourion reprit la parole. Il dit que de décembre à mars, les Juifs s'étaient d'abord défendus. Il s'agissait désormais de prendre l'offensive.

– Pour le moment, les Arabes l'emportent. Nous devons inverser le courant. Sinon, nous n'aurons pas d'État.

– Il faut le proclamer ! s'écria quelqu'un.

Tous renchérirent : la proclamation permettrait de recevoir des armes.

– Nous ne pourrons le faire que lorsque les Anglais auront déguerpi : le 15 mai… Mais ce ne sera pas chose facile.

Au-delà même du Conseil national du Yishouv, dont tous les membres n'étaient pas favorables à la proclamation immédiate du nouvel État, un nouveau problème avait surgi du côté des Nations unies.

– Moshé Sharett rentre de New York, dit David Ben Gourion. Hier, il était dans cette pièce. Je l'ai enfermé pendant vingt-quatre heures pour qu'il ne divulgue pas la nouvelle dont il était porteur.

Le Vieux inspira profondément, coinça les mains dans les poches arrière de son pantalon et dit, très solennel :

– Les États-Unis envisagent de revenir sur le partage de la Palestine.

Un chœur de vociférations parcourut la salle.

– Le président Truman pensait que nous réglerions la question des Arabes en quelques semaines. Mais, depuis novembre, il y a eu le coup de Prague. Le département d'État ne souhaite absolument pas que l'URSS prenne trop de poids au Moyen-Orient.

Ben Gourion stoppa sa marche le long des rayonnages de livres.

– Messieurs, nous en sommes là.

Il s'assit sur le coin de son bureau.

– Nous n'avons pas le choix : nous devons prouver au monde entier que l'armée juive sait défendre son territoire, de la même manière qu'elle défendra son État quand celui-ci existera.

– D'accord, dit abruptement Itzak Rabin. Mais il nous faut des armes. Ce n'est pas avec des mitrailleuses Bren ou des tuyaux en caoutchouc bourrés de dynamite jetés depuis des avions-taxis que notre milice deviendra une armée régulière !

– Nous aurons des armes, répliqua le Vieux. Golda a réuni cinquante millions de dollars aux États-Unis, et elle rapportera autant la prochaine fois.

Du regard, il chercha Dov Biekel et Ehud Avriel.

– Cela va nous permettre de payer les armes tchèques et d'en acheter de nouvelles. Il faut qu'elles arrivent.

– Les Anglais bloquent tous les passages, rétorqua Ehud Avriel. Sur terre comme sur mer.

Ben Gourion frappa ses mains l'une contre l'autre. La remarque l'avait exaspéré.

– Cela, je le sais ! Mais je les veux, ces armes ! Réactivez vos contacts, débrouillez-vous : il nous les faut.

Un sourire malicieux éclaira brusquement son visage buriné. Il quitta son bureau et revint se camper devant l'assistance.

– Savez-vous qui est Nashron ?

Ari Finkstein savait : un personnage de la Bible qui, le premier, avait franchi la mer Rouge après l'Exode.

– Nous allons lancer l'opération Nashron. Nous allons délivrer Jérusalem.

Le sourire disparut aussi rapidement qu'il était apparu.

– Jérusalem, c'est non seulement un symbole, mais surtout un sixième du Yishouv.

Il traversa la petite assemblée qui lui faisait face et s'approcha d'une carte de Palestine à grande échelle punaisée sur un mur de la pièce. Tel un professeur, il saisit une longue baguette et la promena autour de Jérusalem.

– Puisque nous n'arrivons pas à contrôler la route, nous allons prendre les villages qui entourent Jérusalem. Couper les Arabes de leurs bases. Après, nous passerons !

Ari chercha le regard de Dov : Ben Gourion se serait-il autoproclamé chef militaire de la Haganah ? Dov se rapprocha de son ami et, à voix basse, confirma ce que l'autre ignorait : les dirigeants sionistes avaient attribué la responsabilité de la Défense au président de l'Agence juive.

– ... Et nous ferons pareil ailleurs, si nécessaire, poursuivit David Ben Gourion. Nos colonies sont éloignées les unes des autres. Pour les protéger, nous avons besoin des routes. Quand l'État sera créé et que les pays arabes nous attaqueront, il faudra que nous transportions nos armes d'un point à un autre du territoire. Donc, les routes.

– Et les villages ? demanda Dov Biekel. Nous les occupons, et après ?

Ben Gourion revint à son bureau. Il ne se retourna pas vers ses interlocuteurs. Il parla tout en regardant ses livres. Il dit :

– Je réunirai dans la journée l'état-major général de la Haganah. Nous mettrons au point le plan Daleth. Les unités chargées de l'attaque des villages en prendront connaissance.

Il se retourna. Ses traits étaient tendus.

– L'opération Nashron commencera le 2 avril. Après-demain. Je veux des camions pour transporter le ravitaillement, des hommes pour le convoyer, des fusils pour le protéger.

– Combien de camions, d'hommes et de fusils ?

– Je veux qu'on emporte trois mille tonnes de vivres.

– Il est fou ! s'esclaffa Ari Finkstein.

– Donc, reprit Ben Gourion sans se démonter, deux mille hommes et deux mille fusils.

– Impossible, répondit l'officier à la tunique kaki.

Ben Gourion secoua sa crinière blanche.

– Nous ne pourrons en réunir que cinq cents.

– J'en veux deux mille, insista le Vieux. Trouvez-les.

– À moins de dégarnir les fronts de Galilée et du Néguev, je ne vois pas comment nous ferons.

– Dégarnissez !

– Je n'en trouverai pas deux mille.

– Combien ?

L'officier réfléchit, consulta quelques-uns des hommes qui l'entouraient et conclut :

– Mille cinq cents.

– Parfait ! s'écria Ben Gourion avec un sourire rusé. Mille cinq cents hommes, mille cinq cents fusils… Il suffit de les emprunter aux colonies les moins exposées.

Il consulta ostensiblement sa montre. La séance était levée.

– J'attends ceux de l'état-major à quatorze heures.

Les officiers sortirent l'un après l'autre. Dov Biekel s'attarda. Il s'approcha de Ben Gourion et dit :

– Je ne pourrai pas être présent à la réunion de l'état-major.

Le futur Premier ministre de l'État d'Israël leva un sourcil charbonneux sur son interlocuteur.

– Pourquoi ? demanda-t-il sévèrement. Je suppose que vous avez une excuse de premier ordre.

– Ce n'est pas une excuse, Monsieur. C'est un drame personnel.

Ben Gourion haussa l'autre sourcil.

– J'enterre mon frère, Monsieur.

André Ernö Friedmann

Boro descendit le premier de l'avion. Il portait la canadienne trop étroite dans laquelle il avait sillonné les terres républicaines en Espagne. Lui qui n'en mettait jamais avait noué une cravate noire autour de son cou. Son visage était terrifiant de froideur.

Maryika apparut à sa suite en haut de la passerelle. Les journalistes et les photographes présents se regroupèrent. En dépit d'un ciel clair, quelques flashes crépitèrent.

Boro dégringola les marches. Il interpella aimablement ses camarades de la presse. Parmi eux, il y avait un homme au teint légèrement mat, brun, qui affichait un visage souriant en dépit des circonstances. L'œil noir, aussi grand que Boro, lui aussi portait un Leica en bandoulière. Il était hongrois. Il s'appelait André Ernö Friedmann.

Il dit :

– Nous avons presque fait le tour de la terre ensemble, et pourtant nous ne nous sommes encore jamais rencontrés.

Il prit les mains de Boro dans les siennes et ajouta :

– Je ne suis pas venu pour prendre des photos, mais pour vous serrer contre mon cœur.

Il planta son regard dans celui de Blèmia et ajouta :

– J'arrive du Caire. *Newsweek* m'a envoyé en Palestine.

Boro était ému.

– En Espagne, poursuivit Friedmann, j'ai perdu l'amour de ma vie.

– Je l'ai rencontrée, murmura Boro. Gerda. Gerda Taro.

– Un grand amour ou un immense ami, c'est pareil.

– Vous connaissiez Dimitri ?

– Comme vous Gerda. Nous nous sommes croisés à Barcelone et à Madrid.

– Merci d'être là.

– Je ne reste pas.

Il détacha ses mains de celles de Boro et les posa sur ses épaules. Puis il l'attira doucement à lui et les deux hommes s'étreignirent, chacun offrant à l'autre ses pays, ses amours, ses chagrins. Sans paroles ni sanglots. Autour d'eux, le silence était impressionnant. Tous regardaient les deux plus grands photographes du monde s'embrasser au pied d'un avion : Blèmia Borowicz et Robert Capa.

Ils se détachèrent.

– *Salud !* fit Capa.

Son visage était de marbre.

– *Salud !* répondit Boro.

Ils élevèrent le poing à hauteur d'oreille comme faisaient les volontaires des Brigades internationales, puis Capa se détourna et Boro revint vers sa cousine.

Sean descendait derrière sa mère. Il avait refusé de la laisser partir seule. Lorsqu'elle avait appris la nouvelle, Maryika s'était effondrée. Elle avait aussitôt décidé de partir. Elle avait raconté à son fils l'histoire de Dimitri, qu'elle avait rencontré à Berlin alors qu'il fuyait les nazis. Elle l'avait revu en Espagne. Jusqu'à sa naissance, elle n'avait pas su qui était le père de Sean : Boro ou lui.

Derrière Sean venaient Prakash et Pàzmany. Eux aussi avaient exigé de venir. Si Dimitri était le frère de Blèmia, alors il était leur demi-frère. Et jamais ils n'auraient abandonné le troisième Hongrois, premier d'entre eux, dans le chagrin qui le consumait depuis qu'il avait reçu l'appel de Dov Biekel lui annonçant la mort de Dimitri.

Ils se trouvaient alors chez lui, passage de l'Enfer. Il y avait une fête. Boro avait quitté le salon pour répondre. Il n'était pas revenu. À deux heures du matin, Pàz l'avait retrouvé dans l'ancien labo photo de l'appartement. Il était assis par terre, les jambes sous le menton, très droit, comme dans une position de yoga. Il avait dit :

– Laissez-moi.

Pàz avait envoyé le Choucas. Blèmia avait répété :

– Laissez-moi.

Les deux Hongrois avaient éteint les lumières de la fête. Ils s'étaient abattus sur les canapés du salon. Le lendemain, Boro les avait retrouvés. Il avait enfilé cette canadienne trop étroite et portait la cravate noire.

Il avait dit :

– Dimitri est mort.

La voix très ferme, le teint gris.

Il n'avait pas laissé aux autres le temps de réagir. Il avait poursuivi :

– Maryika arrive demain. Nous enterrerons Dimitri jeudi à Jérusalem.

– Nous venons aussi, avait dit Bèla Prakash, parlant au nom des deux.

– Bien entendu, avait répondu Boro.

Dov Biekel attendait de l'autre côté de la vitre de l'aéroport de Lod. Sachant que Maryika Vremler viendrait à l'enterrement de son frère, il avait obtenu une protection des autorités anglaises. Sir Alan Cunningham avait dépêché une voiture blindée et deux half-tracks flambant neufs en guise d'escorte. Au passage, il avait fait prévenir la presse. À la demande de Blèmia Borowicz, les journalistes refluaient. Dov était soulagé : l'affaire pour laquelle la star américaine s'était déplacée ne méritait pas les feux de la rampe. Sauf pour eux-mêmes.

Il accueillit Boro avec un petit sourire triste. Il dit :

– Tu voulais que je le protège contre lui-même, mais les autres me l'ont enlevé.

– Où est-il ?

– Sur le mont Scopus. À l'hôpital Hadassah.

– Allons-y.

Dov montra les half-tracks devant lesquels patrouillaient deux soldats anglais.

– Tu peux croire cela ? Sa Majesté nous escorte !

La voiture blindée s'avança. C'était une vieille Bentley alourdie par les tôles renforcées. Un fanion britannique flottait sur l'aile.

– Je ne monte pas là-dedans, dit Boro. Tu as une Jeep ?

– Là, fit Dov en désignant une Jeep misérable et crottée… Pourquoi ?

– Je reste avec toi, et je suppose que tu ne voyageras pas sous les couleurs de l'Angleterre.

Boro installa Sean, Maryika et les deux Hongrois dans la Bentley. Il s'assit à côté de Dov à bord de la Jeep. Les deux half-tracks encadrèrent les voitures.

– Comment est-ce arrivé ?

Dov raconta. Quand ils atteignirent Latrun, Boro savait tout. Il demanda quelle cérémonie était prévue.

– Aucune.

– Tu as raison. Il n'en aurait pas voulu.

– On l'enterre là où il est tombé... C'est comme si on l'ensevelissait les armes à la main.

– Pas de drapeau, fit Boro.

– Bien sûr.

– Sa fiancée est là. Tu la connaissais ?

– Ils ont vécu chez moi, où tu les as retrouvés.

Le half-track montait la route caillouteuse qu'aucun convoi ne franchissait plus depuis la dernière attaque. La Jeep venait ensuite, puis la Bentley et le second half-track.

– Lika...

– Oui. Lika... Il me semble qu'elle est dans un état terrible. Elle n'a pas voulu quitter Dimitri. Elle ne verse pas une larme, ne dit rien, elle reste seulement auprès de lui.

– Elle a beaucoup souffert, dit Boro.

– Comme la moitié des gens qui se trouvent ici.

Une heure plus tard, ils entraient dans Jérusalem.

– Pour passer, il suffirait que les convois soient escortés par deux half-tracks anglais, gronda Dov.

Ils empruntèrent la route menant au mont Scopus. Boro avait prévenu Sasha qu'il arrivait. Il ignorait qu'elle avait recueilli Dimitri.

Ils s'arrêtèrent devant l'hôpital Hadassah. Un groupe de chercheurs montait dans un petit car arrêté devant l'Université. Boro descendit de la Jeep et rejoignit les passagers de la Bentley. Il prit Maryika par le bras, et tous entrèrent. Sasha se trouvait dans l'entrée. Elle portait une blouse blanche frappée de la Magen David rouge. Elle sourit à Blèmia. Il alla vers elle et la prit contre lui. Elle mumura :

– Je suis désolée... On ne pouvait plus rien faire.

– Où est-il ?

– Viens avec moi.

Blèmia attendit que les autres l'eussent rejoint. Il dit :

– Sasha, mon amie.

Puis :

– Ma cousine.

Puis :

– Mes deux amis hongrois.

Puis :

– Mon fils.

Il répéta « mon fils » en posant la main sur l'épaule de Sean, et c'est avec lui qu'il pénétra dans la pièce où reposait Dimitri.

Le dormeur du Val

Ils l'enterrèrent devant la Maison des Enfants, là où Azhar l'avait abattu. Le terrain avait été nettoyé de ses débris humains. Les carcasses calcinées des camions formaient un quadrilatère sinistre au centre duquel des volontaires de la Haganah avaient creusé un trou.

Lika était là. Elle refusa de parler à quiconque. Elle était descendue de Kfar Etzion sur sa bicyclette. Elle assista à la courte cérémonie, l'œil sec mais brûlant. Un homme plus âgé qu'elle l'accompagnait. Dov le connaissait : c'était l'un des responsables de l'Irgoun de Jérusalem.

Maryika et Dov prirent la parole. Maryika avait la voix claire, très belle. Elle évoqua le jour où Dimitri avait frappé à sa porte, quand le Reichstag brûlait sous ses fenêtres. Dov parla de leurs parents, condamnés tous deux parce qu'ils étaient juifs, comme son frère, qu'il l'eût voulu ou non, puisqu'il était là au terme d'infatigables combats.

Boro s'inclina longuement sur la fosse, puis il appela son fils et lui dit :

– Avant, je mettais trois cailloux sur les tombes. Un pour toi, un pour Maryika, un pour Dimitri. Maintenant, il n'y en aura plus que deux.

Il en prit deux qu'il jeta sur le catafalque.

– Quand tu vas saluer quelqu'un qui n'est plus là, je voudrais que tu fasses de même.

– Alors j'en mettrai deux aussi, répondit Sean.

Ses cailloux rejoignirent ceux de son père. Puis Dov ajouta les siens. Prakash et Pàzmany prirent les pelles que les volontaires de la Haganah avaient laissées sur place, et ils refermèrent la tombe.

Boro se tenait entre son fils et sa cousine. Sean dit qu'il allait prononcer quelques mots. Il quitta ses parents, s'approcha de la terre retournée et, dans le soleil déclinant, récita le sonnet de Rimbaud :

C'est un trou de verdure où chante une rivière,
Accrochant follement aux herbes des haillons
D'argent ; où le soleil, de la montagne fière,
Luit : c'est un petit val qui mousse de rayons.

Un soldat jeune, bouche ouverte, tête nue,
Et la nuque baignant dans le frais cresson bleu,
Dort ; il est étendu dans l'herbe, sous la nue,
Pâle dans son lit vert où la lumière pleut.

Les pieds dans les glaïeuls, il dort. Souriant comme
Sourirait un enfant malade, il fait un somme :
Nature, berce-le chaudement : il a froid.

Les parfums ne font pas frissonner sa narine ;
Il dort dans le soleil, la main sur sa poitrine,
Tranquille. Il a deux trous rouges au côté droit.

Opération Nashron

Maryika et Sean repartirent le jour où cent quatre-vingts soldats du Palmach attaquaient le village de Castel, à l'ouest de Jérusalem. Prakash et Pàzmany étaient rentrés la veille. Boro resta avec Sasha.

Tandis que les troupes se déployaient autour des villages surplombant Jérusalem, les camions de ravitaillement se rassemblaient à Kfar Bilou, dans un ancien camp tenu par les Britanniques. Trois mille tonnes de vivres : telle était la quantité dont la ville assiégée avait besoin. Les volontaires partirent en quête de fruits, de légumes, de conserves, de poisson, de viande... Toutes les colonies furent sollicitées. Toutes donnèrent.

Les entreprises des grandes villes prêtèrent cent cinquante camions. Il en manquait autant. Des soldats furent mobilisés. Ils se placèrent aux carrefours, interceptèrent les poids lourds de passage et les obligèrent à prendre la route de l'ancien cantonnement britannique.

Deux jours après l'enterrement de Dimitri, Blèmia Borowicz rejoignit Kfar Bilou. Il avait repris ses Leica. Il avait l'impression de boiter doublement. La mort de son ami, de son frère, de l'homme qu'il aimait le plus au monde, le laissait désarmé au bord de la route. À quelques semaines d'intervalle, il avait reconstruit le nid de ses origines et perdu l'une des bases de son existence. Il allait donc doublement à cloche-pied.

Pour Dov, les choses étaient plus simples. Durant toute la guerre, il s'était persuadé que sa famille avait été détruite. Il avait retrouvé un demi-frère qu'il croyait à jamais disparu. Cette joie s'était enfuie. Il avait perdu l'espoir d'une complicité. Il retrouvait le champ des combats habituels.

Ce fut lui qui amena Borowicz à Kfar Bilou. Il avait accompagné les sections de la Haganah qui montaient à Castel et à Deir Muhezin. Le commandant de l'opération lui avait remis une enveloppe : le plan D, élaboré par David Ben Gourion et l'état-major de la Haganah. Il l'avait ouvert. Il avait lu. Les consignes portaient sur la nature des opérations lancées contre les villages arabes :

> « Ces opérations peuvent être divisées selon les catégories suivantes :
>
> • Destruction des villages : les incendier, les détruire par explosifs, placer des mines dans les décombres – particulièrement dans les villages dont les populations sont difficiles à contrôler ;
>
> • Monter des opérations de ratissage et de contrôle selon les modalités suivantes : encerclement du village, fouilles et recherches. En cas de résistance, les forces armées doivent être éliminées et la population expulsée. »

C'était clair. C'était terrible. Sur la route qui descendait de Jérusalem, Dov Biekel avait tenté de se persuader qu'ainsi allaient les nécessités de la guerre, qu'il était impossible de construire un État au cœur d'un territoire hostile, que les Arabes, beaucoup plus nombreux que les Juifs, les jetteraient autrement à la mer, comme le préconisait le mufti de Jérusalem, que dans sa volonté de construire le pays, David Ben Gourion était contraint d'en passer par ces mesures-là. En même temps, d'autres pensées l'assaillaient : par leurs représailles démesurées, l'Irgoun et le groupe Stern n'avaient-ils pas réduit à néant l'espoir d'une vie commune et partagée avec les Arabes ? Ne s'étaient-ils pas faits les complices des nations belliqueuses, Syrie, Irak, Liban, Égypte, qui, soufflant elles aussi sur les braises d'une injustice incontestable, contribuaient à propager l'incendie à des foyers qu'ils n'auraient peut-être pas atteints ?

Ces arguments contradictoires se précipitaient dans la tête de Dov Biekel, le ramenant fatalement à son frère. Avant d'être attaqué, Dimitri avait refusé de prendre les armes pour les diriger contre les Arabes. Oui, ils avaient ouvert le feu les premiers. Ils l'avaient tué. Oui, ils avaient rejeté le plan de partage proposé par les deux tiers des pays du monde. Oui, ils avaient déclaré la guerre au futur État. Mais, pour autant…

Comme ils approchaient du camp de Kfar Bilou, Dov confia ses interrogations au reporter français. Il les rassembla en une seule phrase :

– Je ne sais pas si nous avons raison.

À quoi Boro répondit que, dans cette affaire, il avait compris depuis peu que la déraison guidait les pas de chacun.

– Il est déraisonnable de vouloir construire un pays à marches forcées ; déraisonnable d'avoir fermé les frontières à des réfugiés sans patrie ; déraisonnable d'appeler à la guerre ; déraisonnable de ne pas attendre.

– Attendre quoi ?

– Que les Juifs et les Arabes se parlent à nouveau.

– Les Américains envisagent de revenir sur le partage.

– Ils ont raison, dit Boro en agrippant la vitre de la Jeep, car ils venaient de passer dans une fondrière. Vous construisez votre pays trop vite.

– Après, il sera trop tard.

– Parce qu'on aura oublié le massacre des Juifs d'Europe ?

Dov ne répondit pas. Ce silence valait acquiescement.

– On ne l'oubliera jamais.

– Le monde retrouvera une bonne conscience. C'est exactement ce qui doit se passer dans la tête du président Truman. Or, c'est la mauvaise conscience de deux tiers des nations du monde qui nous permet d'avoir un État.

– À quel prix ? questionna Boro.

– La guerre.

– Ton frère…

Dov Biekel ne répondit rien. Il ne pouvait confier au reporter français que le seul espoir qu'il nourrissait concernant l'avenir était lié à la trahison du roi Abdallah. Si le souverain jordanien respectait l'engagement oral qu'il avait pris devant Golda Meir, son pays absorberait les populations que la peur, le plan B et l'appel du mufti allaient jeter sur les chemins de Palestine. Alors une cohabitation entre les deux États serait possible. Le souverain hachémite se chargerait de sécuriser les routes de son territoire, les Juifs feraient de même sur le leur, et les Jeep des uns et des autres rejoindraient Kfar Bilou sans foncer par les défilés pour passer avant l'édification de barricades hostiles.

– Nous sommes arrivés, dit Dov.

Il franchit un carrefour de deux pistes. L'une allait vers la mer, l'autre vers le désert. Il dégringola un chemin pierreux et déboucha sur une voie plus large creusée de fondrières. Une dizaine d'hommes en armes surveillaient les abords. Ils ne portaient pas d'uniformes, mais les chemises et les pantalons dépareillés des combattants de la Haganah. Ils reconnurent Dov, lui lancèrent un signe amical, et la Jeep s'enfonça dans les terres arides, soulevant derrière elle un nuage de poussière jaune.

Ils arrivèrent sur le plateau où stationnaient les camions. Boro n'avait jamais vu un rassemblement de véhicules aussi disparates. Il y avait des remorques, des bennes, des camionnettes, des tracteurs, des fourgons à plate-forme, des poids lourds, des cars, des bus transformés... Beaucoup portaient sur leurs flancs la marque de leurs propriétaires, entreprises de transport, de livraison de fret, de menuiserie, de produits en gros...

– Ils viennent de partout, commenta Dov.

– Je vois, répondit Boro.

Il y avait des réclames pour un poissonnier de Haïfa, un menuisier de Tel-Aviv, Samuelson & fils, Copperman vous livre en trente minutes, Mangez Kasher chez Matussière...

– Tous les camions et toutes les réserves alimentaires du pays sont là.

– Pas seulement, fit Boro.

Il venait de remarquer les véhicules blindés, tous alignés de l'autre côté du plateau. Leurs excroissances diverses les rendaient grotesques. On eût dit des crustacés géants, préhistoriques.

– Fabriqués par nos soins ! déclara fièrement Dov. Peu efficaces, mais impressionnants.

– Risibles ! contesta Boro.

Il arma son Leica et prit quelques photos.

– C'est avec cela que vous comptez gagner la guerre ?

Dov descendit de la Jeep.

– Pour le moment, nous ne pouvons aligner mieux. Mais les armes viendront.

Il accompagna le reporter dans ses déambulations. Boro avait retrouvé ses réflexes de photographe. Il mitraillait. Des mécanos soudaient des anneaux ou des crochets sur les camions qui en étaient dépourvus afin de pouvoir les tracter en cas de nécessité. Quelques chauffeurs opacifiaient leurs phares tandis que d'autres en dévissaient carrément les ampoules. Les hommes d'escorte vérifiaient leurs armes. Des adolescents faisaient la chaîne, chargeant les dernières victuailles dans les véhicules vides. Des hommes en armes, tous très jeunes, patrouillaient, mitraillette ou fusil en bandoulière. Il régnait sur le plateau une atmosphère de fraternité à la fois joyeuse et inquiète. Tous redoutaient l'instant du départ, et, en même temps, l'attendaient avec impatience.

Ils le redoutaient car leur mission consistait à faire passer ce convoi, le plus important de tous, alors qu'aucun ne franchissait plus les lignes et les barrages ennemis depuis plusieurs semaines ; combien de blessés ? de morts ? y parviendrait-on ? Ils pensaient à leurs familles, à leurs amis reclus de l'autre côté de la rocaille.

Ils l'attendaient avec impatience, car l'ordre de départ signifierait que les troupes d'assaut occupaient les villages du défilé de Bab el-Oued d'où partaient habituellement les attaques.

Ils le redoutaient, car si les Palmakhniks ne parvenaient pas à s'emparer des refuges de l'ennemi, il faudrait y aller sous le feu et la mitraille, protégés par des blindages qui ne résistaient pas à des tirs proches, défendus par des armes anciennes, pour ne pas dire antiques.

– Mille cinq cents hommes pour cette seule opération. L'équivalent de trois bataillons.

Dov Biekel était confiant en l'avenir immédiat.

– Nous n'avons jamais réuni une telle force. Elle impressionnera les Arabes.

L'ordre arriva dans la nuit. Les commandos du Palmach avaient réussi leur mission : le défilé de Bab el-Oued était neutralisé.

Le convoi s'ébranla sous la pluie. Il essuya quelques salves de tireurs isolés et arriva à Jérusalem peu avant l'aube. Il fut accueilli dans la liesse. Ari Finkstein organisa la distribution des vivres et des médicaments. Comme Blèmia Borowicz s'apprêtait à retrouver Sasha, Dov Biekel lui proposa de le suivre. Boro refusa : il n'avait plus de pellicule et souhaitait dormir.

– Je rentre demain à Paris.

Dov secoua la tête.

– Tu resteras avec nous.

– Sans pellicule ?

– J'en trouverai.

Boro fit un nouveau signe de dénégation.

– Je ne suis pas venu comme reporter. Je suis venu pour Dimitri.

– Tu resteras comme reporter.

Une lueur d'intérêt brilla dans l'œil du photographe.

– Tu as quelque chose d'exceptionnel à me proposer ?

– Les armes arrivent.

– Ah ! fit Boro.

Il ébaucha une grimace où le doute le disputait à la passion.

– Ce n'est pas parce que nous sommes passés aujourd'hui que la bataille de Jérusalem est gagnée.

– Gagnée pour qui ? interrogea froidement le reporter.

– Tu n'es pas Dimitri, répliqua Dov.

– Je vais dormir. Je te donnerai ma réponse ce soir.

Il se coula entre les pierres ocre de la ville.

Sasha ne dormait pas quand il la rejoignit. Il la prit dans ses bras et dit :

– Le convoi est arrivé.

Elle le savait. La rumeur avait couru jusqu'à elle.

– Alors ? demanda-t-il, réjoui.

– Tu vas partir.

– Peut-être, fit-il.

– Je t'en prie…

Elle le renversa sous elle et lui maintint les bras.

– Je voudrais que tu restes un peu.

– Les événements m'ont beaucoup secoué.

– Justement.

Elle lui prit la bouche et la garda longtemps.

– Alors ?

– Montre, proposa-t-il.

Elle rabattit les draps et les couvertures sur eux, laissant seulement passer un filet de jour.

– On dirait que nous sommes revenus sur le *Willard*. On dirait que nous nous connaissons à peine. On dirait que tu voudrais me faire un peu plaisir.

Elle se recroquevilla dans la moiteur de sa couche et reprit d'une voix enfantine :

– Ce serait avant les Anglais, avant la guerre.

– Impossible, dit-il. La guerre m'a pris une partie de moi-même.

– Donne-moi l'autre, murmura-t-elle.
Il dit qu'il allait essayer.
Il essaya vraiment.
Le soir, il appela Dov Biekel.
– Je reste, dit-il seulement.

Deir Yassin

Il voulait aussi voir Lika.

Ari Finkstein le conduisit à Kfar Etzion, mais la jeune fille n'y était pas. Il la chercha parmi les décombres de la Communauté, mais ne la trouva pas. Il marcha dans Jérusalem, en vain. Il était inquiet. Où la jeune fille était-elle passée ? Lors de l'enterrement de Dimitri, elle l'avait effrayé par une froideur, une rigidité, une fermeture qui lui avaient rappelé l'inconnue de l'hôtel King David. Il craignait qu'elle ne revînt à ses démons, une violence farouche née du malheur.

Ari Finkstein bouscula le cap de ses préoccupations. Il l'emmena à bord d'une voiture blindée jusqu'à Beit Darras, entre Ashdod et Ashqelon. Sur la route, il lui tendit un sac que Blèmia découvrit avec bonheur : il contenait quarante rouleaux de pellicule Kodak d'une sensibilité moyenne.

Ari gara la voiture blindée en bordure d'un ruban de macadam parallèle à la mer. Des jeunes gens comblaient les trous. D'autres disposaient des torches éteintes aux quatre coins du terrain. Ces déambulations étaient protégées par la présence de lourds camions qui les soustrayaient à la vue de regards indiscrets.

– Une piste d'atterrissage, énonça victorieusement l'homme de la Haganah. Les Anglais l'ont abandonnée. Nous la préparons pour ce soir.

Blèmia avait compris : les armes arrivaient.

– Cette nuit. Nous avons loué un DC4 à Paris. Nous l'avons envoyé en Tchécoslovaquie. Il partira de Prague en début de soirée. Il sera là à trois heures du matin. Les Soviétiques l'ont autorisé à survoler la Yougoslavie. Il apportera des marchandises destinées à... Addis-Abeba !

Il était quatre heures quand, après avoir tourné quatre fois au-dessus de l'aérodrome de fortune avant que les torches fussent embrasées en guise de balises, le pilote américain se présenta face à la piste. Il descendit trop vite, rebondit sur une excavation mal rebouchée, et termina sa course au ras du champ marquant le commencement d'une aire agricole.

Toutes les personnes qui avaient participé à la préparation du terrain se précipitèrent. Il fallut attendre que s'ouvrent les trappes des soutes. On descendit une centaine de caisses. Ari Finkel ouvrit la première : elle contenait une mitrailleuse.

– Chargement ! commanda-t-il en hébreu.

Une chaîne se forma dans l'ombre. Les caisses furent embarquées à bord des camions. Le DC4 apportait quarante mitrailleuses, deux cents fusils et des millions de balles. Le chargement disparut dans la nuit.

Quelques jours plus tard, le *Nora* fit son entrée dans le port de Haïfa. Les Anglais montèrent à bord. Les contrôles furent rapides. Le caboteur avait appareillé d'un port yougoslave. Sa cargaison eût dissuadé la plus zélée des bonnes volontés douanières : il transportait des oignons.

Les Anglais redescendirent, dégoûtés et l'œil mouillé. Sitôt qu'ils eurent tourné les talons, les hommes de la Haganah surgirent, accompagnés d'une dizaine de volontaires. Ils déchargèrent d'abord les oignons, puis les fusils et les mitraillettes dissimulés en dessous. Le chargement acheté par Dov Biekel avec l'efficace complicité d'une interprète slovaque à la voix rauque fut entreposé au fond d'un hangar du port. Toutes les opérations de déchargement furent impressionnées sur six rouleaux de pellicule Kodak de sensibilité moyenne.

Le surlendemain, douze rouleaux conservèrent la trace de la bataille de Castel. Le chef de guerre arabe Abd al-Kader al-Husseini attaqua le village à la tête de trois cents hommes équipés de mortiers. Il perdit cette manche en même temps que la vie. Ce fut son chauffeur, Azhar, qui le retrouva au bas d'une colline. Il l'emporta. Ses cris de douleur s'amplifièrent et se multiplièrent dans les défilés et les oueds, furent soufflés par le vent dans les villages et les hameaux, et bientôt repris par une communauté déchirée, en deuil, qui porta son héros par les rues de Jérusalem. Le lendemain, deux mille combattants arabes attaquaient Castel. La ville passa d'un camp à l'autre avant d'être définitivement conquise par les troupes de Palmach.

À quelques kilomètres de là, Lika et l'homme de l'Irgoun qui avait assisté à l'enterrement de Dimitri se retrouvaient à l'entrée d'un autre village arabe, Deir Yassin. L'Irgoun et le groupe Stern avaient soigneusement organisé une opération dont l'objectif visait à faire fuir le maximum d'Arabes du maximum de territoires. Lika s'était jointe à eux parce qu'elle les connaissait depuis l'attentat du King David. Dimitri n'était plus là pour la protéger, y compris contre elle-même. Ceux qui l'avaient tué méritaient de périr à leur tour. Le raisonnement de la jeune Hongroise se bornait à cette arithmétique simple. Il n'était pas plus élaboré, se disait-elle, que celui qui avait poussé son jeune amoureux à exécuter les nazis après la défaite de l'Allemagne. Elle était comme lui. Elle le prolongeait.

Le 9 avril, Lika entra donc dans le village de Deir Yassin avec les trois commandos de l'Irgoun et du groupe Stern qui avaient décidé de faire un exemple de ce village qui avait toujours entretenu des rapports d'amitié avec les Juifs. Trois commandos d'assassins se frayèrent un passage à la mitraillette et furent rapidement stoppés dans la partie ouest du village par des villageois plus résistants et plus combatifs que prévus. Il fallut demander de l'aide à la Haganah de Jérusalem. Le 6e bataillon du Palmach envoya quelques hommes, un camion et une mitrailleuse à Deir Yassin. La mitrailleuse fut installée à une centaine de mètres de l'entrée du village. Ses servants tirèrent sur les hauteurs. Cela suffit à ouvrir le passage. Les membres de l'Irgoun, Lika en tête, se précipitèrent. Ils mitraillèrent chaque bâtiment. Toute résistance était vaincue par le feu : une grenade ou un pain de dynamite par maison, une rafale de mitraillette par tireur embusqué. Des familles entières furent abattues. On nettoya à la baïonnette et à la grenade ; le village fut laissé en état de choc.

Après la bataille, les trois commandos firent monter quelques vieillards et quelques enfants dans les camions. Ils les emmenèrent à Jérusalem où ils furent exhibés dans les quartiers juifs, à Mahaneh Yehouda et à Zikhron Yossef. C'est là que Boro imprima un nouveau rouleau de pellicule, et de là qu'il partit avec le représentant de la Croix-Rouge pour Deir Yassin.

Il vit Lika. Elle portait un treillis kaki bardé de deux cartouchières. Elle boitait légèrement. Le reporter surmonta sa nausée. Il la rattrapa, l'empoigna par le cou et l'obligea à marcher droit devant lui. Il hurlait. Il disait qu'il ne l'avait pas portée hors de la prison de Saint-Jean-d'Acre, puis chez lui, puis chez le docteur Romano, pour qu'elle se venge ainsi de tous les malheurs qui s'étaient abattus sur elle. Il hurlait dans la fumée, dans l'odeur répugnante des corps incendiés. Il hurlait par-dessus le crépitement des armes qui se faisaient encore entendre. Il hurlait qu'elle n'avait pas le droit de faire ce qui avait été fait, que rien ne l'expliquait, rien ne le justifiait, que ni les camps ni la mort de Dimitri ne lui donnaient ce pouvoir-là, et il la lâcha dans les vapeurs criminelles qui montaient jusqu'à lui. Puis il se laissa tomber sur le sol crayeux, ensanglanté, et il pleura, il pleura la guerre, il pleura Jérusalem, il pleura Dimitri.

Je t'aime pour toujours, mais pas toujours

Il faisait grand soleil sur la ville. La muraille de Soliman le Magnifique en paraissait presque joyeuse. Au sud, le désert de Judée se parait de nuances ocre.

À neuf heures, ce 13 avril, Sasha monta dans l'ambulance frappée de la Magen David rouge qui la conduisait chaque matin à l'hôpital Hadassah. L'automitrailleuse qui précédait le convoi fit mouvement pour se placer en tête du cortège. Celui-ci était plus important qu'à l'ordinaire. À l'ambulance blindée et au véhicule militaire s'étaient ajoutés quatre camions, une deuxième ambulance transportant des blessés, et deux cars blindés dans lesquels étaient montés des médecins et des chercheurs venus du monde entier, invités par la faculté de médecine hébraïque du mont Scopus.

Sasha prit place dans la première ambulance à côté du directeur de l'hôpital Hadassah. Elle portait une jupe d'un rouge éclatant et un twin-set noir. Son regard était alourdi par la fatigue. Elle avait passé la moitié de la nuit à convaincre Blèmia Borowicz de rester en Palestine. De tous les arguments avancés, un seul avait fait plier le reporter : un jour prochain, l'État juif serait proclamé. À vrai dire, Sasha devait bien se l'avouer, elle n'avait trouvé que deux arguments : celui-là, et elle-même. Si le premier avait fait mouche, le second s'était perdu dans des raisonnements oiseux que la jeune femme connaissait pour les avoir plusieurs fois entendus, et souvent pratiqués. Elle avait compris que le reporter français venait de faire un pas de côté, qui deviendrait une enjambée avant ou après la proclamation de l'État. Il l'aimait, certes, mais pas au point de rester pour elle, avec elle.

D'ailleurs, l'aimait-il ? Tandis que le directeur de l'hôpital s'adressait au chauffeur de l'ambulance, Sasha réalisait qu'il ne lui avait jamais fait cet aveu, et elle non plus. Pour la première fois, elle se posa la question. Il lui fallut trois minutes et quelques interrogations intérieures pour admettre que non, ou sans doute pas, puisque, premièrement, si elle se sentait bien avec lui, ses absences ne lui pesaient pas, deuxièmement, elle ne souhaitait pas vivre avec lui, troisièmement, elle n'avait ressenti aucune jalousie en le voyant avec sa cousine (qui, à l'évidence, avait été ou était encore la plus grande histoire de sa vie amoureuse), quatrièmement, à bien le regarder, le directeur de l'hôpital Hadassah lui plaisait tout autant.

Elle sourit intérieurement et posa son sac à main sur ses genoux.

De son côté, chez elle, assis sur la table bancale d'une petite cuisine ensoleillée, Borowicz froissait la dixième feuille de papier sur laquelle il avait inscrit les premiers mots d'une rupture qu'il ne savait pas formuler. Sa valise était prête. Au cours de la nuit, il avait feint de vouloir attendre la création de l'État pour partir, mais il savait bien, en proférant ce mensonge, qu'il quitterait l'appartement au petit matin. Ce n'est pas qu'il ne l'aimait plus, c'est qu'il l'aimait comme toutes les autres lorsque les ailes de l'envol recommençaient à lui pousser : il les aimait pour toujours, mais pas assez pour transformer ce toujours en quotidien. Ainsi qu'il avait tenté de l'expliquer dans ses lignes transformées en boulettes de papier roulant sous ses pieds, *je t'aime pour toujours, mais pas toujours…* Bref, comme d'habitude, Boro cherchait les mots pour rompre et ne les trouvait pas. Cent fois déjà il s'était trouvé confronté à semblable situation, et, cette fois-ci comme les autres, il choisit finalement de saluer sa grande lâcheté en ce domaine par une grimace adressée à lui-même dans le miroir de l'entrée.

Il enfila la canadienne que Dimitri lui avait donnée en 1936, à Barcelone, celle qu'il portait par-dessus son bleu de chauffe lors de l'attaque de la Capitainerie générale. Il ramassa sa valise, embrassa d'un dernier regard le petit appartement de Sasha, éprouva un serrement de cœur en tournant le bouton de la porte, se figea sur le palier en entendant la déflagration monumentale d'une explosion.

Il abandonna sa valise et courut jusqu'à la cuisine. Il ouvrit la porte-fenêtre et mit le pied sur le petit balcon qui dominait la ville. En bas, à deux rues de distance, une automitrailleuse reposait sur le côté. Un voile de poussière l'entourait. Du quartier arabe de Sheikh Jerrah montaient des youyous et des cris tandis que des centaines de keffiehs convergeaient vers l'hôtel Orient-House près duquel le véhicule blindé avait été attaqué. Il avait sauté sur une mine actionnée à distance.

Les premiers coups de feu partirent, soit des meurtrières de la voiture renversée, soit de la foule des Arabes qui montaient des souks en hurlant *Deir Yassin ! Deir Yassin !*

En une seconde, la rue se transforma en torchère. Boro courut à l'extrémité du balcon pour embrasser un panorama plus large. Au milieu de la meute belliqueuse, bâtons et fusils brandis, il aperçut le toit blanc d'une ambulance. Il crut recevoir une décharge de cent millions de volts à travers le corps quand, sur le toit, peints en rouge, il vit les points étoilés d'une Magen David.

Sasha.

Le reporter fila dans le salon, l'entrée, descendit quatre à quatre les escaliers, oubliant sa valise, et se rua sur la porte donnant sur la rue. Elle était fermée. Bloquée de l'extérieur. Boro pesa de tout son poids. En vain. Il remonta à l'étage, cogna contre tous les battants, réussit à convaincre trois ou quatre locataires de l'aider, et ils redescendirent, tentèrent de sortir, mais furent brutalement repoussés par la cohorte des Arabes qui montaient vers le convoi au cri de *Deir Yassin ! Deir Yassin !*

Boro regagna la cuisine. Dans un tohu-bohu invraisemblable, les camions et une des deux ambulances avaient réussi à faire demi-tour. Les véhicules s'échappèrent tant bien que mal du quartier arabe de Sheikh Jerrah sur leurs roues crevées, poursuivis par des rafales d'armes automatiques et les explosions de cocktails Molotov. L'autre ambulance et deux cars restaient prisonniers des attaquants.

Boro hissa sa jambe valide sur la rambarde du balcon. Il avait repéré une corniche crénelée qui partait de la maison voisine et semblait finir au-dessus d'un toit plat d'où il lui serait peut-être possible de gagner la rue. La rambarde suivait le mur aveugle du bâtiment jusqu'à la corniche. Le reporter ne comptait évidemment pas se mêler à la bataille. Il voulait rejoindre Dov et prévenir les Anglais.

Il glissa la lanière de sa canne à son poignet, grimpa sur la rambarde et, se maintenant en équilibre précaire au-dessus du vide, il avança centimètre après centimètre le long du mur. Il s'agrippa à la cornière. Il se hissa à la force des bras, posa le pied sur le toit plat. À cet instant, deux étages plus bas, une automitrailleuse du Palmach essayait d'approcher pour porter secours à la voiture renversée. Trois autres suivaient. Dans un concert de tirs et d'explosions, elles furent toutes repoussées. À l'intérieur des deux cars, Boro aperçut des silhouettes couchées entre les sièges. Il n'en vit pas davantage, choisissant de courir vers le bord opposé du toit. Il se glissa dans ce qui lui parut être un conduit de cheminée, déchira sa canadienne en forçant le passage, et atterrit devant un curieux chien assis qu'il fracassa d'un coup de chaussure. Il sauta dans une pièce vaste et vide. Une porte brinquebalante donnait sur un escalier. Il en dévala les marches et se retrouva dans une ruelle que quelques Arabes remontaient en courant. Il alla en sens inverse, héla un cyclopousse et, moyennant quelques dollars, se fit conduire à l'hôtel King David, QG des forces anglaises de Jérusalem.

L'enfer en miniature

En certaines circonstances, surtout s'il était confirmé par la présentation d'une carte de presse, le nom de Blèmia Borowicz valait sésame. Boro n'avait jamais pleinement pris conscience de la notoriété que ses reportages aux quatre coins du monde, publiés par les plus grands journaux, lui avaient apportée. Il ne le mesura absolument pas lorsqu'il se présenta devant le planton qui gardait l'entrée de l'enceinte fortifiée et barbelée derrière laquelle les Britanniques commençaient à rassembler leurs affaires : il lui fallut trente bonnes minutes pour se faire admettre.

Il le comprit davantage après qu'un soldat de garde eut accepté de l'entendre, et tout à fait quand il fut mis en présence d'un officier balbutiant qui promit de faire venir le commandant Robertson Hedges en échange d'un autographe.

Le captain avait changé de tunique en même temps que de grade. Cette promotion lui donnait des responsabilités nouvelles qui pesaient sur ses épaules. Il s'employait à le faire comprendre à ses interlocuteurs en ponctuant ses réflexions puis ses phrases de force soupirs. L'officier ne contrôlait plus les voitures de passage sur les routes allant à Jérusalem ou à Kyriat Malakhi. Il ne s'occupait plus des prisonniers de Saint-Jean-d'Acre. Il avait été nommé à l'état-major.

Il avança dans le couloir où se tenait Blèmia Borowicz, la main tendue, la grimace importante.

– Nous revoilà ! soupira-t-il avec componction. Au moment où l'Empire britannique s'apprête à modifier en profondeur sa vision coloniale des choses du Proche et du Moyen-Orient, vous réapparaissez dans son viseur…

– On va aller vite, coupa Boro en prenant la main de l'Anglais. Un convoi vient d'être attaqué sur la route du mont Scopus. Vous allez intervenir.

– Des ambulances, nous sommes au courant.

– Et vous restez plantés là sans bouger ?

Boro saisit le soldat par la manche et le dévisagea avec colère.

– Vous devez faire régner l'ordre jusqu'à votre départ du territoire !

– L'attaque est une vengeance des Arabes. Il y a eu cent morts à Deir Yassine !

– Vous n'aviez qu'à intervenir aussi à Deir Yassine !

Comme l'Anglais ne bougeait pas, Boro s'approcha et lui parla à cinq centimètres du visage.

– Voulez-vous connaître la suite des événements, commandant Robertson Hedges ? … Si vous ne sortez pas votre postérieur de cet hôtel pour l'asseoir dans un *command car*, je vous promets un reportage sensationnel sur la lâcheté anglaise en général et la vôtre en particulier !

L'officier tiqua, émettant du bout des lèvres un petit cri de gallinacé outragé. Boro consulta sa montre.

– Je vous donne cinq minutes.

– Mais que voulez-vous que je fasse ? Il y a toute une chaîne de commandement…

– Cent personnes sont en train de se faire massacrer. Vous en référerez à votre chaîne de commandement après les avoir sauvées !

Une heure plus tard, équipé d'un gilet de protection et d'un casque militaire, Boro montait dans un half-track anglais qui prit aussitôt la route du mont Scopus. L'engin se fraya un passage au milieu de la foule qui montait des profondeurs de la ville pour attaquer ce qu'il restait du convoi des Juifs. Six soldats avaient pris place à l'intérieur du véhicule. Ils avaient vingt ans. Un officier les commandait. Il fit arrêter le half-track à deux cents mètres de l'automitrailleuse renversée. Les hommes coincés à l'intérieur se défendaient comme des diables. Allongés dans le véhicule, ils tiraient à travers les meurtrières. Les cocktails Molotov frappaient la carrosserie sans pénétrer le blindage. Les roues étaient orientées vers le ciel. Les Arabes lançaient des boules de tissu enflammées en direction des réservoirs d'essence. Ils attaquaient par vagues, chargeant simultanément l'automitrailleuse, l'ambulance et les deux cars pris au piège.

L'officier commandant le half-track décrocha la radio et demanda un appui aérien.

– Vous êtes complètement cinglé ! hurla Boro.

Il ouvrit la porte arrière du half-track et désigna la route à l'officier.

– Envoyez vos hommes ! Ils seront beaucoup plus efficaces qu'un bombardement qui interviendra on ne sait quand !

Aucun des soldats ne bougeait. L'officier lui-même demeurait indécis. Boro le poussa en avant.

– Venez avec moi !

Il sauta le premier. Comme l'Anglais restait en arrière, il lança sa canne. Il y eut un froissement, une zébrure dans l'air. Le lacet vint s'enrouler autour de la crosse du revolver que le militaire portait à la ceinture. L'homme fut déstabilisé.

– Accompagnez-moi !

Il rejoignit Boro sur la route. L'apparition du half-track avait suscité un flottement parmi les assaillants.

– Ordonnez l'arrêt des tirs ! cria Boro.

D'une voix qui ne portait pas à plus de deux mètres, l'autre obéit. Le reporter revint vers le half-track. Il se saisit d'un porte-voix posé à l'arrière, le tendit à l'officier qui le plaça devant sa bouche et renouvela l'ordre. Boro fit un pas de côté, cherchant à distinguer la silhouette de Sasha dans l'ambulance que les assaillants entouraient. Il ne vit rien. Ni dans l'ambulance, ni dans les deux cars d'où partaient des coups de feu. Car après les deux ou trois minutes d'indécision qui avaient suivi l'apparition du half-track, les tirs avaient repris.

– On repart ! s'écria l'Anglais.

– Dans quel sens ? hurla Boro.

L'officier désigna le convoi en contrebas.

Les deux hommes remontèrent à bord du véhicule. L'Anglais semblait avoir gagné quelques grammes d'un nouveau courage.

– *En bas !* ordonna-t-il au chauffeur.

Celui-ci fit repartir le lourd engin.

– On va s'approcher du premier car. Mes hommes descendront, et nous tenterons de faire monter les voyageurs enfermés.

Dans un lent mouvement de chenille, le half-track commença à descendre la côte. Le grincement de la ferraille était ponctué par le bruit des balles ricochant sur les blindages. Casque sur la tête, Boro observait nerveusement le champ de bataille. L'ambulance et les deux cars reposaient sur les jantes. Leurs tôles étaient noircies, mais pas percées.

À l'intérieur du half-track, les hommes s'apprêtaient à descendre. Mais, comme il atteignait l'ambulance et le premier car, le véhicule patina soudain et s'encastra dans la roche bordant la route. Il y eut un vacarme épouvantable, un choc, et le moteur s'arrêta. Le chauffeur avait été tué net.

– On repart! commanda l'officier.

Tandis qu'il poussait le cadavre de côté pour s'asseoir derrière le volant, Boro ouvrait la porte arrière et sautait à bas de l'engin. Il se courba et fonça vers l'ambulance. Il cogna dans la portière et se fit ouvrir : l'infirmier l'avait pris pour un Anglais.

Il entra dans un enfer en miniature : une chaleur intense, une odeur âcre de poudre, de fumée, d'eau oxygénée, de sang, tout cela porté par un nuage bleuâtre né de la rencontre entre les incandescences de l'extérieur et les fioles brisées à l'intérieur.

Sasha tremblait, tétanisée, recroquevillée dans un coin de l'ambulance où l'infirmier l'avait placée d'autorité. Le directeur de l'hôpital était resté assis sur son siège. Sa tête était renversée sur le côté. La moitié de son visage avait été arrachée par une rafale adroitement ajustée à travers une fente de la carrosserie. C'est par là que l'infirmier tirait au fusil. Boro comprit qu'il visait les assaillants sitôt qu'ils s'approchaient du réservoir d'essence.

Il s'assit à côté de Sasha, ôta son casque et voulut lui prendre la main. Mais elle lui résista. Elle était en proie à la panique et claquait des dents.

Boro rampa sur le plancher de l'ambulance jusqu'à l'homme au visage emporté. Il était mort.

– Vous n'auriez pas dû venir, commenta l'infirmier sans quitter son poste de surveillance. Vous y laisserez votre peau.

Il ajusta et tira. Il avait anticipé le recul du fusil en éloignant son épaule.

– Les Anglais vont revenir.

– Il sera trop tard.

L'infirmier n'était pas seulement employé à l'hôpital Hadassah ; il était également combattant de la Haganah.

– Les salopards qui étaient à Deir Yassin auront notre mort sur la conscience.

Les balles claquaient contre les parois de l'ambulance. De temps en temps, un choc plus sourd suivi d'un souffle recouvrait les pétarades : les cocktails Molotov. Et par-dessus cela, dans le vacarme des armes, un cri revenait sans cesse : *Deir Yassin !*

Les Anglais arrivèrent en nombre cinq heures plus tard. Les deux cars, atteints par des chiffons enflammés, avaient brûlé. Les occupants de l'automitrailleuse avaient tous péri. Protégés par un nuage de fumée émis par un engin fumigène, les Anglais sauvèrent six personnes.

Soixante-dix autres avaient payé pour le massacre de Deir Yassin.

Le roi et la reine

Dans la soirée du 10 mai 1948, une conduite intérieure noire s'arrêta devant le seuil d'une maison particulière d'Amman, en Jordanie. Le chauffeur resta derrière son volant. Deux Arabes descendirent. Ils furent aussitôt pris en charge par trois compatriotes qui les conduisirent dans une salle éclairée par de lourds chandeliers. La porte se referma sur eux. Dov Biekel dénoua son keffieh blanc. Golda Meir l'imita. Elle consulta sa montre.

– Nous sommes à l'heure, à une minute près.

Le roi Abdallah l'était aussi. Il entra sans que ses visiteurs eussent entendu le moindre bruit signalant son apparition.

Golda Meir s'inclina légèrement devant le monarque et présenta son conseiller. Dov, à son tour, salua le roi. Celui-ci était vêtu d'une djellaba blanche immaculée. Il paraissait tendu. Il convia ses visiteurs à s'asseoir et prit place en face d'eux, sur un fauteuil bas en cuir. Un serviteur jusqu'alors invisible et silencieux servit trois tasses de thé et des gâteaux sucrés qu'il déposa sur un plateau circulaire en cuivre avant de quitter la pièce.

– Avez-vous reçu mes nouvelles propositions ? demanda le roi à Golda.

Il avait parlé en anglais.

– Oui, répondit dans la même langue l'envoyée de l'Agence juive. Nous les avons soigneusement examinées.

Les émissaires du souverain avaient suggéré que les Juifs lui cèdent une partie des territoires que les Nations unies leur avaient accordés.

– Cette proposition me paraît revenir sur les accords officieux que nous avions conclus en novembre dernier.

– Il est vrai, concéda le roi.

Il releva les manches de sa djellaba et disposa ses mains devant son visage, pouces sous le menton, comme s'il priait.

– En novembre, nous étions convenus que mes troupes ne vous attaqueraient pas si vous les laissiez occuper les territoires attribués au futur État arabe. Mais, depuis, la situation a changé. Les capitales arabes me pressent de me ranger de leur côté, et mon peuple ne me ménage pas non plus. Vous en connaissez la raison.

– Deir Yassin ? interrogea Golda Meir.

– Oui. Deir Yassin.

– Les Arabes ont eu leur revanche avec l'hôpital Hadassah.

– Je n'approuve pas.

– Avez-vous reçu le télégramme d'excuses que David Ben Gourion vous a envoyé après Deir Yassin ?

– Oui, répondit le roi. Et j'ai aussi entendu la déclaration du grand rabbin d'Israël exprimant sa honte. Mais cela ne suffit pas à mon peuple. Au cours des quatre derniers mois, la moitié de la population arabe a fui la Palestine. Cela crée des martyrs.

Golda Meir trempa ses lèvres dans la tasse de thé qui lui avait été servie. Dov prit la parole à son tour. Il était convenu entre Golda et lui qu'elle n'exprimerait que des points de vue positifs, quand lui-même se chargerait d'émettre des positions négatives.

– Nous comprenons que vous deviez présenter à votre peuple un point de vue solidaire des autres gouvernements arabes. Mais nous ne pouvons accepter de vous céder une partie d'un territoire déjà très exigu et fragile.

– Friable, vous voulez dire ! s'exclama le roi.

À son tour, il prit sa tasse de thé.

– Je m'attendais à cette réponse.

Il but une gorgée et enchaîna, préférant regarder le fond de sa tasse plutôt que ses deux interlocuteurs.

– Ma deuxième offre vous proposait d'intégrer votre État au mien. Vous bénéficieriez d'une autonomie totale et seriez représentés à égalité avec nous. Vous auriez la moitié des sièges au Parlement.

Dov Biekel secoua négativement la tête.

– Je m'y attendais aussi.

Le roi reposa sa tasse sur la soucoupe d'argent.

– Nous aurons donc la guerre.

– Si nous sommes attaqués, nous répliquerons, soyez-en sûrs.

– Mais vous ne gagnerez pas nécessairement.

– Nous gagnerons, répliqua Golda avec une conviction qui ébranla le monarque.

– Même contre ma Légion arabe ?

La Transjordanie disposait de l'armée la plus puissante du Moyen-Orient. La Légion arabe, commandée par Glubb Pacha, avait été créée et entraînée par les Anglais.

– Nous préférerions que vos forces se tiennent à l'écart des combats, reconnut Dov Biekel.

– Elles le pourraient à condition que les vôtres ne dépassent pas les frontières octroyées par les Nations unies.

– Jérusalem comprise ?

– Naturellement, répondit le monarque.

– Vous savez fort bien que nous ne céderons pas sur ce point, déclara Dov Biekel avec une emphase marquant sa détermination.

– Nous non plus, répondit le souverain d'un ton aussi résolu.

Tous trois burent une gorgée de thé. Sans doute était-ce une manière d'assimiler plus facilement l'information qui venait d'être échangée : on se battrait pour la Ville sainte.

– Et les territoires situés à l'ouest du Jourdain ? questionna Dov.

– L'ONU les a attribués au futur État arabe.

– Dont vous vous assurerez ? demanda Golda.

Le roi pinça les lèvres. Un léger sourire éclaira son regard.

– À moins que vous ne préfériez le mufti de Jérusalem ?

– C'est un point de vue que nous partageons avec Londres : pas lui.

– Londres, vous et nous sommes d'accord sur ce point. Cela me semble être le seul, désormais.

– Occuperez-vous tous les territoires cédés par les Nations unies aux Arabes de Palestine ?

Le roi Abdallah posa un regard clair sur le conseiller spécial de Golda Meir. Il éleva les mains comme s'il s'apprêtait à énoncer une fatalité.

– Il faut bien que je défende mes frères !

Aucun des deux envoyés de David Ben Gourion ne releva l'hypocrisie. Le roi n'allait pas défendre ses frères : il allait les spolier du territoire qui leur revenait.

– De toute façon, cet aspect du problème ne nous regarde pas, énonça Golda Meir.

– Même si ma détermination vous arrange.

Elle inclina la tête.

– En novembre, dit le roi en se levant, nous étions convenus d'un accord immatériel. Aujourd'hui, nous restons dans…

Il chercha ses mots. Dov lui vint en aide.

– … dans la transparence.

– Ainsi vont les choses de ce monde, répliqua le monarque avec philosophie. Il ajouta : Puis-je vous demander pourquoi vous êtes si pressés de proclamer l'existence de votre État ?

– Si pressés ? rétorqua Golda. Nous attendons ce moment depuis deux mille ans !

L'entrevue se termina sur ces mots. Lorsque Dov et Golda se retrouvèrent dans la voiture conduite par Ari Finkstein, ils admirent que le dernier échange avec le souverain garantissait aux deux parties un effacement relatif et réciproque dans les combats à venir. Il marquait surtout la volonté d'un des deux camps de se substituer aux Palestiniens, ce que l'autre acceptait sans regimber.

Ainsi se trouvait tragiquement planté le décor des années à venir.

Israël

Le 12 mai, la Légion arabe du roi Abdallah attaquait les kibboutzim de Kfar Etzion, situés en secteur arabe. Elle était soutenue par une cohorte de blindés derrière lesquels s'abritaient aussi les volontaires des villages entourant le kibboutz de la Communauté. Le premier jour, cent vingt colons (dont vingt femmes) furent massacrés.

Dans la soirée, David Ben Gourion réunit le Conseil national du Yishouv. L'ordre du jour ne comptait qu'un intitulé : la création de l'État.

Deux camps s'affrontaient : ceux qui, se rangeant à la prudence des Américains, suggéraient de différer l'annonce afin d'éviter que le nouveau pays fût rayé de la carte avant même d'avoir vu le jour ; ceux qui préconisaient la création immédiate.

David Ben Gourion, partisan de la proclamation de l'État, défendit ardemment son point de vue. La guerre froide se profilant dans les brumes internationales, il estimait que s'il fallait revenir devant les Nations unies, les sionistes n'obtiendraient plus l'accord conjoint des Américains et des Soviétiques. À ceux qui doutaient de la victoire militaire, il démontra qu'elle était possible. D'ores et déjà, les Juifs avaient gagné la première manche : la résistance palestinienne intérieure était vaincue. Il fallait maintenant résister à la force coalisée de la Syrie, de l'Irak, du Liban, de l'Égypte et de la Transjordanie. En termes d'hommes, c'était possible : avec environ trente-cinq mille combattants de chaque côté, le rapport numérique était égal. Certes, les Arabes bénéficiaient d'un armement lourd supérieur à celui du Yishouv, mais, sitôt les Anglais partis, le nouvel État recevrait les quelques chars, avions et mitrailleuses achetés à l'étranger.

Selon Ben Gourion, il convenait de ne pas s'alarmer outre mesure des déclarations belliqueuses des chefs d'État arabes. Ils vitupéraient avec violence mais n'alignaient qu'un cinquième de leurs troupes. Ils avaient décidé très tardivement d'entrer en Palestine, et le roi Farouk, sans doute le plus déterminé d'entre tous, franchirait les frontières autant pour soutenir les Palestiniens que pour contrer l'influence du souverain hachémite Abdallah.

Ben Gourion l'emporta. Par six voix contre quatre, le Conseil des Treize (dont deux membres étaient absents) vota la proclamation de l'État.

Le lendemain, tandis que Kfar Etzion tombait définitivement aux mains des Arabes, le Conseil s'accorda sur le texte qui serait lu lors de la proclamation. On choisit la date du 14 mai, veille de shabbat, seize heures, avant le coucher du soleil.

Le lendemain, dans la grande salle du Musée de Tel-Aviv, sur une estrade surmontée de deux drapeaux frappés de l'étoile de David et d'un portrait de Theodor Herzl, David Ben Gourion lut le texte proclamant la naissance de l'État d'Israël. Son discours fut diffusé dans tout le pays grâce à un studio radio installé dans les toilettes.

À la même heure, les militaires et les fonctionnaires britanniques en poste à Jérusalem depuis trente ans pliaient bagage. Sir Alan Cunningham embarquait à Haïfa sur un navire de la Royal Navy en partance pour l'Angleterre.

Et les armées arabes attaquaient.

Épilogue

Blèmia Borowicz roulait dans le désert. Le chauffeur pilotait adroitement la Jeep derrière un convoi de la Croix-Rouge. Boro ignorait que Sasha sût conduire. Il contemplait son profil et la découvrait comme si elle était une autre. C'était une de ses faiblesses : lorsqu'il revoyait après plusieurs mois une femme qui avait quitté sa vie, le désir de la reconquête s'emparait de lui. Peut-être était-ce un défi qu'il se lançait à lui-même pour vérifier que son charme opérait toujours, ou une manière de retremper les lèvres dans le vin d'une belle histoire.

Il posa la main sur le levier de vitesse. Sasha roulait en seconde. Elle laissa enfler le moteur sans passer la troisième. Blèmia comprit : il ôta sa main. Aussitôt, la jeune femme enclencha la vitesse supérieure.

– Merci, dit-elle.

– Dommage, répliqua-t-il.

Elle lui lança un sourire moqueur.

– Dans un pays libre et indépendant, les femmes sont libres et indépendantes.

– Je n'en ai jamais douté, soupira-t-il.

Il l'avait quittée près d'un an auparavant, après que la Légion arabe eut accepté la reddition des Juifs de la Vieille Ville de Jérusalem. Il l'avait aidée à s'installer dans un appartement de Petah Tikva. C'était l'époque où l'armée égyptienne attaquait dans le Néguev et bombardait la gare de Tel-Aviv. L'époque où les combats faisaient rage dans le Nord. L'époque où les armes manquaient encore.

Tout avait changé lorsqu'elles étaient arrivées. Israël avait repris le dessus et, bientôt, remporté toutes les batailles. Sept cent mille Palestiniens avaient fui un territoire qui aurait dû être un pays et que ses trois voisins achevaient de se partager : Israël, la Jordanie et l'Égypte.

Dix mois après le début de la guerre, le roi Farouk venait de proposer un cessez-le-feu qu'Israël, pressé par l'opinion internationale, avait accepté. L'accord avait été paraphé la veille. Sasha avait été envoyée comme médecin de la Croix-Rouge pour soigner les blessés de la bataille du désert. Elle avait emmené Boro, envoyé spécial du magazine américain *Newsweek*.

Un chasseur passa haut dans le ciel. Boro reconnut un Spitfire. Il était aux couleurs de l'Union Jack.

– Que font les Anglais ici ?

– Ils surveillent la bonne application du cessez-le-feu.

L'appareil survolait la frontière israélo-égyptienne. Trois autres Spitfire le rejoignirent, qui filèrent ensuite vers le sud.

Boro suivit le sillage des avions. L'un d'eux revint en piquant. Devant la Jeep, le camion de la Croix-Rouge pila, tout comme ceux qui le précédaient.

Un autre appareil déboucha de l'horizon. Il arrivait du nord. C'était un des quatre Messerschmitt achetés par Dov Biekel à Prague. Une étoile de David bleue ornait son empennage.

– Mettez-vous à couvert ! hurla une voix.

Sasha sauta à bas de la Jeep et vint s'agenouiller sous le camion. Boro avait armé son Leica. Il vissa un objectif de longue focale sur le boîtier et avança à croupetons dans le sable. Deux autres Spitfire surgirent. Ils volaient en rase-mottes. Un deuxième Messerschmitt rejoignit le premier, en appui. Boro comprit que les Israéliens attaquaient la chasse anglaise.

– Incroyable ! hurla-t-il à l'adresse de Sasha.

Les crépitements des mitrailleuses recouvrirent sa voix. L'un des Messerschmitt remonta en chandelle, poursuivi par un Spitfire. Allongé sur le dos au ras du sable, Boro déclenchait, armait, déclenchait, armait… Il ne voulait rien perdre de cette invraisemblable bataille aérienne.

Il se coucha de profil et saisit l'instant exact où le Messerschmitt atteignait l'un des Spitfire, deux secondes avant l'explosion du moteur. Il tourna sur lui-même, allongeant sa jambe blessée. Il saisit le pilote s'éjectant, la corolle blanche du parachute s'ouvrant dans le ciel bleu acier, mais rata l'expression d'incommensurable stupeur qu'affichait le visage du *flying officer* Donald Elliott Tennesse[1] s'apprêtant à chuter le cul dans le sable du désert.

Tout en se laissant mener par les oscillations de son parachute, le pilote anglais se posait une seule question : il se demandait comment il avait fait pour combattre les aviateurs nazis pendant cinq ans sans jamais avoir été envoyé au tapis, et tomber ici, touché par les balles d'un Messerschmitt allemand frappé de l'étoile de David et piloté par un aviateur juif.

Comme il s'apprêtait à se recevoir auprès d'un hurluberlu occupé à prendre des photographies, couché dans le sable, le *flying officer* Donald Elliott Tennesse ne put trouver qu'une explication à son malheur : certainement, il avait eu une hallucination.

(À suivre)

1. Voir *Boro s'en va-t-en guerre*.

Merci à Ludi Boeken et à Olivier Rubinstein pour leur relecture exigeante, à Annette Lévy-Willard et à Simon Franck pour leurs éminentes qualités de GPS, et à Valérie Abecassis pour sa tendre complicité.

D. F.

Table

I. LE ROI DAVID

II. L'AGENCE DE LA PAIX

III. NAISSANCE D'UN ÉTAT

IV. LA MAISON DES ENFANTS

ŒUVRES DE DAN FRANCK

Les Calendes grecques, Calmann-Lévy, 1980. Seuil, « Points », 1999. (Prix du Premier Roman, 1980.)
Apolline, Stock, 1982. Seuil, « Points », 1997.
La Dame du soir, Mercure de France, 1984. Seuil, « Points », 1995.
Les Adieux, Flammarion, 1987. Seuil, « Points », 1998.
Le Cimetière des fous, Flammarion, 1989. Seuil, « Points », 1999.
La Séparation, Seuil, 1991. Seuil, « Points », 1998. (Prix Renaudot, 1991.)
Une jeune fille, Seuil, 1994. Seuil, « Points », 1996.
Tabac, Seuil, 1995. Mille et une nuits, 1997.
Nu couché, Seuil, 1998. Seuil, « Points », 1999.
Les Enfants, Grasset, 2003. (Prix des Romancières 2003.)
Roman nègre, Grasset, 2008.
Bohèmes. Les aventuriers de l'art moderne (1900-1930), Calmann-Lévy, 1998.
Libertad ! Les aventuriers de l'art moderne (1931-1939), Grasset, 2004.
Résistances. Les aventuriers de l'art moderne (1940-1945), Grasset, en préparation.
Le Petit Livre des instruments de musique, Seuil, « Points », 1993.
Les Carnets de la Californie, texte sur Picasso, Le Cercle d'Art, 1999.
Les Années Montmartre, Mengès, 2007.

EN COLLABORATION AVEC ENKI BILAL

Un siècle d'amour, Fayard, 1999.

ŒUVRES DE JEAN VAUTRIN

Romans

À bulletins rouges, Gallimard, 1973. Carré noir, 1974.
Billy-Ze-Kick, Gallimard, 1974. Mazarine, 1980. Folio, 1985.
Mister Love, Denoël, 1977.
Typhon gazoline, Jean Goujon, 1978.
Bloody-Mary, Mazarine, 1979. Livre de Poche, 1982. (Prix Fictions 1979, prix Mystère de la critique.)
Groom, Mazarine, 1980. Gallimard, 1981.
Canicule, Mazarine, 1982. Livre de Poche, 1983.

La Vie Ripolin, Mazarine, 1986. Livre de Poche 1987. (Grand Prix du roman de la Société des gens de lettres, 1986.)
Un grand pas vers le bon Dieu, Grasset, 1989. Livre de Poche, 1991. (Prix Goncourt 1989, Goncourt des Lycéens, 1989.)
Symphonie Grabuge, Grasset, 1994. Livre de Poche, 1996. (Prix populiste.)
Le Roi des ordures, Fayard, 1997. Livre de Poche 1998.
Un monsieur bien mis, Fayard, 1997.
Le Cri du peuple, Grasset, 1999. Livre de Poche 2001. (Prix Louis Guilloux pour l'ensemble de son œuvre.)
L'homme qui assassinait sa vie, Fayard, 2001.
Le Journal de Louise B., Robert Laffont, 2002.
Quatre Soldats français :
  * *Adieu la vie, adieu la mort*, Robert Laffont, 2004.
  * * *La dame au gant rouge*, Robert Laffont, 2004.
  *** *La grande zigouille*, Robert Laffont, 2006
Paroles d'auteurs, La Lorraine (collectif) Serge Domini Éditeur.
En attendant l'eau chaude, Flammarion, 2007.

Nouvelles

Patchwork, Mazarine, 1983. Livre de Poche, 1992. (Prix des Deux-Magots, 1983.)
Baby-boom, Mazarine, 1985. Livre de Poche 1987. (Prix Goncourt de la nouvelle 1986.)
Dix-huit tentatives pour devenir un saint, Payot, 1989. Folio, 1990.
Courage chacun, Julliard, « L'Atelier », 1992. Presses Pocket, 1993.
Si on s'aimait ?, Fayard, 2005.

Albums photos

Crime-club, photographies de Gérard Rondeau, La Manufacture, 1985.
Le Cirque, photographies de Gérard Rondeau, Reflets, 1990.
Terres de Gironde, collectif, Vivisques, 1991.
Jamais comme avant, photographies de Robert Doisneau, Le Cercle d'Art, 1996.
Untel père et fils, photographies de Christian Delécluse, Le Cercle d'Art, 1998.
J'ai fait un beau voyage, photo-journal, photographies de Jean Vautrin, Le Cercle d'Art, 1999.
Sabine Weiss, photographies de Sabine Weiss, La Martinière, 2003.
Dijon, portrait d'une ville. Photographies de Philippe Maupetit. Éditions Le Cercle d'Art 2007.

LA DAME DE JÉRUSALEM

Bandes dessinées

Tardi en banlieue, fusains et acryliques de Jacques Tardi, Casterman, 1990.

Bloody-Mary, dessins de Jean Teulé, Glénat, 1983 (prix de la Critique à Angoulême).

Le Cri du peuple, adaptation et dessins de Jacques Tardi, 4 volumes :

Prix Alpha-Art du dessin et prix Alpha-Art du public, 2002 à Angoulême.

vol. 1 : *Les Canons du 18 mars*, Casterman, 2001.

vol. 2 : *L'Espoir assassiné*, Casterman, 2002.

vol. 3 : *Les Heures sanglantes*, Casterman, 2003.

vol. 4 : *Le Testament des ruines*, Casterman, 2004.

Recueils

Romans noirs, Fayard, 1991.

Histoires déglinguées, nouvelles, Fayard, 1999.

La Vie Badaboum, Fayard, 2009.

Cet ouvrage a été composé en Times par Palimpseste

Achevé d'imprimer en juillet 2009
sur les presses numériques de l'Imprimerie Maury S.A.S.
Z.I. des Ondes – 12100 Millau

35-33-2409-7/02

Dépôt légal : avril 2009
N° d'impression : G09/43790 L

Imprimé en France

Pour l'éditeur, le principe est d'utiliser des papiers composés de fibres naturelles, renouvelables, recyclables et fabriquées à partir de bois issus de forêts qui adoptent un système d'aménagement durable.
En outre, l'éditeur attend de ses fournisseurs de papier qu'ils s'inscrivent dans une démarche de certification environnementale reconnue.